CLAUDIA KERN

Der verwaiste Thron 1

Buch

Im Fürstentum Somerstorm herrscht große Aufregung, denn der siebzehnte Geburtstag von Ana, der einzigen Tochter des Fürstenpaares, steht kurz bevor – und die Feier, die an diesem Tag stattfinden wird, soll als Generalprobe für die im Sommer geplante Hochzeit dienen. Doch was zunächst so fröhlich mit Gästen, Musikanten und Gauklern beginnt, endet in einem schrecklichen Massaker. Plötzlich befindet sich Ana auf der Flucht, nur begleitet von einem Leibwächter, den sie kaum kennt und dessen schroffes, abweisendes Verhalten seine Absichten und Handlungen undurchschaubar erscheinen lassen. Auf Burg Somerstorm, wo der Fürst und die Fürstin erschlagen in ihrem Blut liegen und sich Anas Bruder auf dem Dach eines Wehrturms versteckt, herrschen nun die Nachtschatten – Gestaltwandler, die vor langer Zeit von den Menschen vertrieben wurden und die nun zurückgekehrt sind, um sich das zu nehmen, was ihnen ihrer Meinung nach schon lange zusteht. Ana hat unterdessen beschlossen, sich ins benachbarte Fürstentum Westfall zu begeben, denn sie ist fest davon überzeugt, dass ihr Verlobter, Rickard von Westfall, der Sohn des Fürsten, ihr helfen wird. Sie ahnt nichts von den Entwicklungen, die dort mittlerweile stattgefunden haben und die sie zu einer unerwünschten Person in den Fürstentümern entlang des Großen Flusses machen – genauso wenig, wie sie ahnt, was auf ihrer heimatlichen Burg geschehen ist und was ihr Bruder Gerit damit zu tun hat …

Autorin

Claudia Kern ist Mitbegründerin des Science-Fiction-Magazins Space View, das sie mehrere Jahre als Chefredakteurin betreute und für das sie auch heute noch eine regelmäßige Kolumne schreibt. 1999 war sie als Serienredakteurin für ProSieben tätig und zog danach als hauptberufliche Autorin zurück nach Bonn. Sie schreibt Romane und übersetzt SF- und Fantasy-Romane aus dem Englischen. Claudia Kern hat einige Sachbücher zu Fernsehserien verfasst, schreibt Film- und TV-Kritiken und entwirft Storys und Dialoge für Computerspiele.

Nebenher ist sie für die RingCon, Europas größte Herr-der-Ringe-Convention, und die FedCon, Deutschlands größte SF-Veranstaltung, tätig.

Claudia Kern lebt und arbeitet in Bonn.

www.claudiakern.com

Claudia Kern

Der verwaiste Thron 1

Sturm

Roman

Originalausgabe

blanvalet

FSC
Mix
Produktgruppe aus vorbildlich
bewirtschafteten Wäldern und
anderen kontrollierten Herkünften

Zert.-Nr. SGS-COC-1940
www.fsc.org

Verlagsgruppe Random House FSC-DEU-0100
Das für dieses Buch verwendete FSC-zertifizierte Papier
Super Snowbright liefert Hellefoss AS, Hokksund, Norwegen.

1. Auflage
Originalausgabe August 2008 bei Blanvalet,
einem Unternehmen der Verlagsgruppe
Random House GmbH, München

Die Veröffentlichung dieses Werkes erfolgt auf Vermittlung
der Autoren- und Verlagsagentur Peter Molden, Köln.
Umschlaggestaltung: HildenDesign München
Umschlagfoto: © Eric Bouffard, studioeb
Redaktion: Peter Thannisch
HK · Herstellung: Heidrun Nawrot
Satz: deutsch-türkischer fotosatz, Berlin
Druck und Einband: GGP Media GmbH, Pößneck
Printed in Germany
ISBN: 978-3-442-24420-1

www.blanvalet.de

Für Stephan

Prolog

Ich hoffe, dass der Krieg noch ganz lange dauert«, sagte Craymorus. Der Waldboden raschelte und knackte unter seinen Sohlen. »Mindestens noch zwei Jahre, bis ich zwölf bin.«

»Und dann?«, fragte Purves. Er war ein großer Mann mit knochigen Händen und strähnigen, langen Haaren.

»Dann darf ich auch in den Krieg ziehen, so wie Jasse Drehmburgen. Er hat sogar ein Schwert.« Craymorus bückte sich und hob einen Ast auf. Halbherzig stocherte er damit in der Luft herum, aber der Ast war zu krumm, um wie ein richtiges Schwert auszusehen. Also ließ er ihn wieder fallen.

»Jasse will dem Roten König den Bauch aufschlitzen, hat er gesagt, so wie sein Vater immer die Schweine aufschlitzt.«

»Was hat denn Jasse gegen den Roten König?«

Das war eine seltsame Frage. Jeder, den Craymorus kannte, hasste den Roten König. Er war ein Räuber und Dieb, der seinen eigenen Vater vergiftet hatte, um auf den Thron zu gelangen. Die Wandermusikanten sangen in ihren Liedern davon.

»Jasse kann den Roten König nicht leiden, weil der seinen Vater umgebracht hat«, sagte er schließlich.

»Jasses Vater?«

Craymorus lachte. »Nein, den Vater des Königs, nicht Metzger Drehmburgen.«

»Und wieso kümmert es Jasse, was der König mit seinem Vater macht?«

»Weiß nicht. Weil es falsch ist?«

»Ist es das?«

Die Fragen waren Craymorus unangenehm. Er hob die Schultern und blickte an Purves vorbei in den Wald. So hoch im Norden gab es keine Laubbäume, so wie er sie aus seiner Heimat kannte, nur Fichten und Tannen, deren Nadeln den Boden bedeckten. Alles war vertrocknet. Die Luft roch sandig und scharf. Es war Craymorus nicht aufgefallen, dass sie den Weg verlassen hatten, doch als er jetzt danach suchte, konnte er ihn nirgends entdecken. Die Dunkelheit legte einen Schleier über den Wald.

»Wo sind wir?«, fragte er.

»Wo du sein wolltest.« Purves blieb stehen und legte ihm eine Hand auf die Schulter. Die Nägel kratzten durch Craymorus' Hemd hindurch über seine Haut. Er duckte sich und wich der Hand aus.

»Ich will hier nicht sein.«

Er meinte nicht nur den Wald mit seinen ausgeblichenen Farben, sondern auch das uralte Anwesen, auf dem sie seit einigen Wochen lebten, und den ganzen menschenleeren, trostlosen Norden. Sein Vater hatte gesagt, es sei wichtig, dass sie den Süden verließen, aber Craymorus verstand nicht, warum das so war. Es hatte wohl etwas mit dem Roten König und dem Krieg zu tun.

»Ich will nach Hause.« Seine Stimme klang weinerlich. Craymorus wischte sich mit dem Hemdsärmel über die Augen. Man zeigte keine Schwäche in Gegenwart anderer.

»Wolltest du nicht die Ungeheuer sehen?«

Er zog die Nase hoch. »Ja.«

Beinahe hätte er vergessen, dass sie deswegen aufgebrochen waren. Stunden waren seitdem vergangen. Der Tag war der Nacht gewichen.

»Sind sie hier?«, fragte er.

»Siehst du sie denn?«

Craymorus blinzelte Tränen aus seinen Augen und starrte in die Dämmerung. Der Wald war still. Die Vögel hatten längst aufgehört zu singen.

»Siehst du sie jetzt?«

Craymorus kniff die Augen zusammen und konzentrierte sich mit aller Kraft, zwang sich dazu, die Ungeheuer zu entdecken. Er suchte sie in der Dunkelheit, wo die Nacht mit den Schatten verschmolz, und er suchte sie in der Luft, weil Jerzebal, seine Zofe, erzählte, die Ungeheuer kämen mit dem Wind über das Land.

Jerzebal nannte sie Nachtschatten. Craymorus' Vater nannte sie Spinnerei.

»Sind sie wirklich hier?«, fragte Craymorus. »Mein Vater sagt, dass sie schon lange tot sind.«

»Dein Vater ist ein Narr.«

Unwillkürlich wich Craymorus vor dem Hass, der in den Worten lag, zurück.

»Ist er nicht«, war das Einzige, was er hervorbrachte, obwohl er so viel mehr hatte sagen wollen. »Wie …«

Er brach ab und drehte sich um. Der Wald umgab ihn wie ein undurchdringlicher schwarzer Wall. Ein Insekt summte neben seinem Kopf und verstummte.

Er war allein.

Ich hab doch nur einmal geblinzelt, dachte er. Die Angst ließ ihn frösteln. Wo ist er denn hin?

Irgendwo kicherte jemand. Es klang wie Purves' Stimme, aber sie schien weiter von ihm entfernt zu sein, als möglich war.

»Wo bist du?«, rief er. Der Wald verschluckte seine Worte.

Vorsichtig tastete er sich an den Bäumen entlang. Die Dunkelheit pulsierte im Rhythmus seines Herzschlags. Schatten lösten sich aus der Nacht und umflossen ihn.

Etwas kitzelte sein Ohr. Augen, so kalt und hell wie Sterne, sahen ihn an.

»Lauf, kleiner Junge«, flüsterte Purves. »Lauf, so schnell du kannst.«

Seine Hände zitterten vor Angst, aber dennoch schlug er nach dem Schatten. Sein Schlag traf nur Luft. Er wurde vom eigenen

Schwung nach vorne getragen und fiel auf die Knie. Seine Finger streiften Fell. Es roch nach Essig.

»Lauf!«, schrie Purves ihn an.

Craymorus sprang erschrocken auf.

Um ihn herum wurden aus Schatten Gestalten. Klauen streckten sich ihm entgegen, aufgerissene Mäuler schnappten nach seinen Beinen. Er sprang über sie hinweg, tauchte unter ihnen hindurch, stolperte über Wurzeln und prallte gegen Zweige. Dornen rissen sein Hemd auf, dann seine Haut, aber er lief weiter. Er war schnell und stark, das sagte jeder. Eines Tages würde er die Aufgaben seines Vaters erben und an den Tafeln der Könige sitzen. Das war seine Zukunft, nicht der Tod.

Er trat ins Leere. Einen winzigen Moment lang sah er den sternenklaren Himmel über sich wie die Augen von tausend höhnischen Ungeheuern, dann stürzte er dem Abgrund entgegen – lange, viel zu lange.

Als der Aufprall schließlich kam, glaubte Craymorus, sein Körper müsse zerspringen wie Glas. Zweimal überschlug er sich, dann blieb er zwischen den Felsen liegen.

Hinter ihm rutschten Dreck und Steine nach unten. Er schmeckte Blut, aber er spürte keine Schmerzen, nur eine dumpfe Enttäuschung, als habe ihn das Leben betrogen.

Craymorus wusste nicht, wie viel Zeit vergangen war, bis er den Schatten bemerkte, der die Sterne verdeckte.

»Kleiner Junge«, flüsterte Purves' essigsaure Stimme. »Du wirst nie wieder vor irgendetwas davonlaufen. Dies ist mein Geschenk an dich.«

Craymorus schloss die Augen und erwartete den Tod.

Doch auch der Tod betrog ihn.

Erster Teil

Kapitel 1

Schroff und grau sind die Gesichter der Menschen von Somerstorm, so schroff und grau wie die Berge, die das Land von allen Seiten umschließen. Bei all meinen Erkundungen traf ich weder auf ein übellaunigeres Volk noch auf eine schlechtere Küche.

Jonaddyn Flerr, Die Fürstentümer und Provinzen der vier Königreiche, Band 2

Sie hatten ihre Farben auf dem Weg durch Somerstorm verloren, die Händler, Gaukler und Maler, die sich langsam den Weg zur Festung hinaufkämpften. Manche rissen an den Zügeln ihrer Ochsen, andere stemmten sich gegen Karren, deren Räder im Schlamm versunken waren. Die Farben ihrer Gewänder waren dem Schlamm gewichen, die bunten Fahnen, auf denen sie ihr Können anpriesen, hingen schlaff und nass herab. Der Nebel, der aus dem Tal aufstieg, zog Rot, Gelb, Grün aus ihren Stoffen und ließ nur Grau zurück.

Es war Frühling in Somerstorm.

»Komm vom Fenster weg, bevor die Götter dich sehen.«

Zrenje hatte das Zimmer betreten, ohne anzuklopfen, so wie es ihre Art war. Ana drehte sich nicht um zu ihr, sondern blickte weiter durch den schmalen Spalt nach draußen. Fast einen Meter dick waren die Steine, aus denen die Fürsten Somerstorms vor Jahrhunderten ihre Festung erbaut hatten. Die Spalte darin waren so schmal, dass ein erwachsener Mensch kaum den Kopf hindurchstecken konnte. Ana hatte einen Schemel unter das Fenster ihres Turmzimmers geschoben und stand jetzt auf Zehenspitzen darauf, die Ellenbogen auf den kalten Stein gestützt.

»Komm da weg. Fordere dein Schicksal nicht heraus. Nicht an diesem Tag.«

»Es ist mein Geburtstag, Zrenje, das ist doch nichts Schlimmes.« Ana sah ihre Zofe an. »In Westfall feiert man jedes Jahr Geburtstag.«

»Aber nicht hier.« Zrenje stemmte die Arme in die Hüften. Sie war eine kräftige Frau mit rauer Haut und heruntergezogenen Mundwinkeln. Ihre Haare waren grau. Sie trug sie zusammengesteckt unter einem Kopftuch. »Das weißt du doch.«

»Ja, ich weiß.«

Geburtstage waren Geheimnisse in Somerstorm. Während man in anderen Fürstentümern feierte, verkroch man sich hier an einem dunklen Ort und hoffte, dass die Götter nicht bemerkten, dass man dem Tod ein weiteres Jahr entgangen war. Ana lebte mit diesem Aberglauben seit ihrem vierten Lebensjahr, ihr jüngerer Bruder Gerit sein ganzes Leben lang.

Sie wandte sich von den Ochsenkarren ab und von den Flüchen, die der Wind nach oben trug. »Aber eure Götter sind nicht unsere Götter. Sie können von uns nicht die gleiche Ehrerbietung erwarten wie von ihrem eigenen Volk. Ich bin sicher, dass sie uns diesen einen Tag verzeihen werden.«

Das waren die gleichen Sätze, die ihr Vater, Fürst Lennard, sagte, wenn ihn ein Diener vor dem bevorstehenden Fest warnte, doch erst jetzt, wo Ana sie selbst aussprach, fiel ihr auf, wie leer und naiv sie klangen. Die Götter Somerstorms vergaben nicht.

Zrenje sah sie an. In ihrem Gesicht lag eine Mischung aus Besorgnis und Enttäuschung. Sie schien etwas sagen zu wollen, wandte sich dann jedoch wortlos ab und ging zu dem gewaltigen sechstürigen Kleiderschrank, der die gesamte linke Wand von Anas Zimmer einnahm. Ein Kleid hing außen an einer der

Türen. Es war in dunkles Tuch eingehüllt. Ein Diener hatte es an diesem Morgen dort hingehängt.

»Das Glück bleibt Euch treu, Mefrouw«, hatte er gesagt. »Der Fürst befürchtete bereits, es würde nicht mehr rechtzeitig zur Feier eintreffen.«

Aber es war eingetroffen, so wie es der Händler aus Bochat versprochen hatte. Im Herbst hatte er die Festung besucht und Anas Maße genommen. Zwei Kleider sollte er anfertigen, eines für ihren Geburtstag, ein zweites für ihre Hochzeit. Er hatte sie nicht nach ihren Wünschen oder Vorlieben gefragt, sie nur gebeten, ihm eine Strähne ihres Haars zu überlassen. Von Anas Mutter hatte er erfahren, welches Wetter am Tag ihrer Geburt geherrscht hatte. Mehr, so hatte er erklärt, würden die Schneider nicht benötigen, um das passende Gewand für sie zu nähen. Seitdem hatte Ana gewusst, wohin der Händler seine Informationen bringen würde, denn eine solche Arroganz fand man den Erzählungen nach nur an einem einzigen Ort.

»Die Feier wird bald beginnen«, sagte Zrenje. »Ich nehme an, du willst das Kleid tragen, das dein Vater hat anfertigen lassen?«

Ihre Stimme ließ keinen Zweifel daran, dass Ana sich ihrer Meinung nach besser in einen Jutesack gehüllt hätte.

»Natürlich.« Den ganzen Morgen hatte sie der Versuchung widerstanden, unter das Tuch zu blicken. Ein besonderer Augenblick hatte es werden sollen, und den sollte Zrenje nicht ruinieren.

»Wie du möchtest.« Die Zofe nahm das Kleid vom Bügel und legte es auf den Ankleidetisch neben dem Schrank. Das Tuch wurde von Metallklammern zusammengehalten. Zrenje begann sie mit ihren breiten Fingern aufzubiegen.

»Nein«, sagte Ana. »Lass mich das machen.«

Sie trat neben ihre Zofe und klappte die erste Metallklammer auf, dann die zweite und dritte. Das Tuch lag schwer und dunkel auf dem Kleid. Ana öffnete die beiden letzten Klammern, atmete tief durch und zog das Tuch auseinander.

Sie hörte, wie Zrenje neben ihr den Atem ausstieß. Schönheit war etwas, woran man in Somerstorm nicht gewöhnt war. Alles, was man hier herstellte, hatte einen Nutzen, einen klar umrissenen Zweck. Doch dieses Kleid, das vor ihnen auf dem Tisch lag, dieses Kleid, aus dem der Geruch nach warmen Sommerabenden emporstieg, weigerte sich, nützlich zu sein. Seine Linien waren schlicht und klar, der Stoff weiß und so weich, dass Anas Fingerspitzen davon abglitten. Keinem Windstoß würde es standhalten, keinem Ritt durch Matsch und Schnee. Stickereien betonten die Falten des Kleids und zogen sich wie ein sanft fließender Fluss vom Saum über den Kragen bis hin zu den Schultern. Es strahlte Weichheit, Sanftheit, Schönheit aus, das genaue Gegenteil von all dem, was Somerstorm ausmachte.

»Es ist wunderschön«, flüsterte Zrenje. Ihre Hände mit den längst verblassten Sklavenmalen schwebten über dem Kleid, wagten nicht, es zu berühren.

»Ja, das ist es«, sagte Ana. Vergeblich bemühte sie sich, die Enttäuschung aus ihrer Stimme herauszuhalten.

Zrenje verschränkte die Arme vor der Brust. »Was gefällt dir daran nicht?«

»Nichts. Es ist schön, wunderschön. Es…«

»Der Fürst hätte zehn gute Sklaven mit dem Gold kaufen können, das er dafür ausgegeben hat. Wenn mit dem Kleid etwas nicht stimmt, werde ich es ihm sagen.«

»Nein.« Ana schüttelte den Kopf, versuchte ihre Enttäuschung in Worte zu fassen.

»Es ist … Meine Mutter hat mir immer von den Meisterschneidereien von Braekor erzählt. Die Seide, die sie dort verwenden, stammt von Raupen, die ein Leben lang mit Honig gefüttert werden. Deshalb ist der Stoff feiner und weicher als jeder andere.

Die besten Wahrsager der Königreiche arbeiten für die Schneider. Sie blicken in die Seele von all denen, die zu ihnen kommen. Das, was sie dort finden, arbeiten sie in die Gewänder ein, damit das Äußere das Innere widerspiegelt.«

Sie betrachtete das weiße, weiche Kleid. »Aber das hier bin nicht ich. Das ist gelogen.«

Zrenje betrachtete sie mit gerunzelter Stirn. »Was ist daran gelogen?«

»Es ist zu schön.« Ana wandte den Blick ab. »Ich bin nicht so schön.«

»Nicht so schön wie ein Kleid?« Die Zofe lachte. Es klang wie das Schnaufen eines Ochsen. »Da hast du natürlich Recht.«

»Was?«

Sie zeigte auf den makellosen Stoff. »Es hat keine Narbe am Schienbein, weil es nicht von einem Pferd getreten wurde, als es zehn Winter alt war. Deine Haut ist nicht so weich, weil du mit dunklem Roggenbrot, Möwenfleisch und Dornenbeeren großgezogen wurdest. Dein Haar ist kein goldener Fluss, sondern hat die Farbe von gefrorenem Sand. Du bist zu groß und zu dünn, trotzdem ist jeder Junge in der Festung, im Dorf und in den Minen verrückt nach dir. Und Rickard hat den weiten Weg von Westfall auf sich genommen, nur um dir sein Eheversprechen zu geben. Weißt du, warum?«

Weil ich eines Tages das reichste Fürstentum in allen Königreichen erben werde?, wollte Ana zurückgeben, aber Zrenje ließ sie nicht zu Wort kommen. »Weil du keine leere Hülle bist wie dieses Kleid. Ich kenne die Schneider von Braekor nicht, aber wenn sie behaupten, sie könnten die Seele eines Menschen in ein Stück Stoff bannen, egal, wie schön es ist, dann lügen sie. Das kann niemand. Nicht einmal die Götter, mögen sie die Ohren vor meinem Frevel verschließen. Du musst dich nicht mit einem Kleid messen. Es ist nichts ohne dich. Verstehst du das?«

Zrenje sprach stets mit großer Vehemenz, so als müsse sie

einen Unschuldigen vor dem Henker retten. Ana hatte sich längst daran gewöhnt, trotzdem berührten die Worte etwas in ihr.

»Hilf mir beim Ankleiden«, entgegnete sie statt einer Antwort. Es war nicht statthaft, sich bei einer Sklavin für einen Rat zu bedanken.

»Jawohl, Mefrouw.«

Zrenje lächelte und begann Anas Samtwams aufzuknöpfen. Drei Schichten Kleidung legte Ana an jedem Frühlingsmorgen an, wollene Unterkleidung, einen langen Wollrock, Lederstiefel, ein Leinenhemd mit hohem Kragen, der den Hals vor Wind und Nässe schützte, und ein Samtwams, um die Wärme im Körper zu halten. Nach und nach legte sie die Schichten jetzt ab. Ana spürte die Wärme des Kaminfeuers auf ihrem Bauch und die Kälte der Steine in ihrem Rücken. Das Kleid glitt wie Wasser über ihre Haut. Es schmiegte sich an sie und wirkte so vertraut, als habe sie nie etwas anderes getragen. Sie wischte sich die Hände an ihrem Hemd ab und strich vorsichtig über die Seide.

So weich.

Zrenje legte ihre raue Hand auf Anas Arm. »Du musst mir etwas versprechen.«

»Keine Sorge, ich werde die Götter das Kleid nicht sehen lassen.«

In Somerstorm glaubte man, dass der Blick der Götter Steine nicht durchdringen konnte. Es war der Schutz, den der Fels denen gewährte, die in seiner Kargheit lebten.

»Ich trage es nur zum Fest heute Abend.«

Zrenje nickte. »Gut. Du weißt ja, wie sehr sie Schönheit verabscheuen. Ich habe es deinem Vater schon oft gesagt, und ich sage es dir auch noch mal. Diese Männer, die er holt, beschützen dich vor dem Bösen in der Welt, aber ich beschütze dich vor dem Bösen über der Welt. Das ist die Aufgabe einer Zofe, und solange du bei mir bist, werde ich sie erfüllen.«

Solange du bei mir bist … Das war eine Phrase, die Zrenje

seit Anas Verlobung immer häufiger benutzte. Im Sommer schon würde sie nach Westfall gehen und die Kälte, die Kargheit und die zornigen Götter für immer hinter sich lassen. Ana sehnte den Tag herbei.

»Das weiß ich«, sagte sie. »Du bist…«

Sie unterbrach sich, als die Tür ihres Turmzimmers aufgerissen wurde und Gerit ins Innere stürmte.

»Weißt du schon, dass die Gaukler da sind?« Ihr Bruder klang atemlos, war wohl den ganzen Weg nach oben gerannt. »Mutter begrüßt sie gerade. Kommst du mit runter?«

»Ich weiß nicht. Führen sie denn irgendwas vor?«

Gerit hob die Schultern. Er war dünn und, obwohl er erst dreizehn Winter erlebt hatte, bereits genauso groß wie sie.

»Es sind doch Gaukler, oder?«, fragte er zurück. »Was sollen sie sonst machen?«

Ana dachte an die Wagen mit ihren verschlossenen, geheimnisvollen Kisten. Das Desinteresse, das sie bisher aufrecht gehalten hatte und mit dem sie Gerits Begeisterungsstürme meistens konterte, wich der Befürchtung, dass sie etwas Einzigartiges verpassen würde, wenn sie in ihrem Zimmer zurückblieb. Gerit würde wochenlang von dem schwärmen, was er dort unten gesehen hatte, von den Tieren, der Magie, der Musik.

»Ich bin gleich zurück.«

Mit zwei Schritten hatte sie die Tür erreicht. Gerit grinste und lief an den Wachen vorbei auf die Treppe zu. »Wer als Erster unten ist!«

»Dein Kleid!«, rief Zrenje hinter ihr her. Ana griff nach dem Umhang, der an einem Haken neben der Tür hing, und warf ihn sich im Lauf über.

»Ich bin gleich wieder da!«, rief sie zurück.

Zrenje antwortete etwas, was Ana nicht verstand. Vor ihr lief Gerit die ersten Stufen der Wendeltreppe nach unten. Hinter ihr klatschten die Stiefelsohlen der Wachen rhythmisch auf den Steinboden. Der Schatten ihres Leibwächters glitt über die Wände, lautlos und dunkel, so wie er.

Gerits Lachen hallte durch den Turm. »Du wirst verlieren!«

Seine Siegesgewissheit spornte Ana an. Zwei, drei der ausgetretenen Stufen nahm sie auf einmal. Das Licht der Kerzen tauchte die Treppe in ein diffuses gelbes Licht, in dem die Stufen kaum zu erkennen waren. Doch sie kannte den Weg so gut, dass sie nicht ein einziges Mal strauchelte.

Als das graue Rechteck des Tageslichts vor ihr sichtbar wurde, erkannte sie, dass sie das Rennen nicht mehr gewinnen konnte. Gerit nahm den letzten Absatz mit einem einzigen Sprung und lief durch die offene Tür hinaus in den Hof.

»Sieg!«, rief er, ohne sich umzudrehen.

Ana folgte ihm nach draußen. »Gar nicht wahr. Wir hätten gleichzeitig loslaufen müssen. Der Sieg zählt nicht.«

»Würde ich auch sagen, wenn ich so eine lahme Ente wäre.« Gerit wischte sich die Haare aus dem Gesicht. »Wo sind denn die Gaukler?«

Ana sah sich um. Der Turm lag auf der Westseite der Festung, direkt neben der Küche und dem Gesindehaus. Das schwere eiserne Nebentor, durch das die meisten Waren in die Festung gebracht wurden, stand offen. Wachen lehnten an der Mauer. Zwei von ihnen richteten sich auf, als sie Anas Blick bemerkten.

»Sind die Gaukler etwa durch das Haupttor gekommen?«, fragte Gerit. »Das sind doch keine Familien von hohem Blut.«

»Vater hat sie bestimmt durch das Haupttor eingelassen, um sie für die lange Reise, die sie auf sich genommen haben, zu ehren«, sagte Ana.

»Trotzdem ist es unangemessen.« Ihr Bruder schüttelte den Kopf. In seinen Studien befasste er sich gerade mit Höflichkeitsregeln und Traditionen, Dingen, die er wissen musste, wenn er später einmal die Festung leiten sollte. Er war der Zweitgeborene – der Viertgeborene, wenn man die Zwillinge mitzählte, die dem Blick der Götter nur wenige Stunden lang entgangen waren –, er hatte keine Wahl. Sein Leben war vorbestimmt.

So wie meines, dachte Ana, schob den Gedanken aber sofort zur Seite.

»Red mit Vater darüber«, sagte sie. »Er wird dir erklären, weshalb er so gehandelt hat.«

»Ja.« Gerit hörte ihr nicht mehr zu. Der Wind trug Ochsengeruch und Stimmen über den Hof. Die Gaukler waren da.

Ana bog um die Ecke, die zum Haupttor führte. Dieser Bereich der Festungsanlagen war normalerweise der Fürstenfamilie und ihren Gästen vorbehalten. Der Boden war gepflastert, Fahnen und Banner im Grau und Gold Somerstorms wehten auf den Mauerzinnen. Die Sklaven, die hier arbeiteten, trugen grau-goldene Uniformen, nicht die sackähnliche Kleidung aus schwerer Wolle und Ziegenfellen, die einem sonst rund um die Festung begegnete. Bereits vor einigen Tagen hatten sie innerhalb und außerhalb der Mauern Zelte aufgestellt, um dem Gefolge der eintreffenden Gäste eine Unterkunft zu bieten. Ein Teil des Hofes war mit Fellen überdacht worden, unter denen sich Feuerstellen und Bierfässer befanden. Jetzt eilten sie mit Tabletts voller Bierkrüge zwischen den Ochsenkarren und den neugierigen Zuschauern umher.

Die Gaukler drängten sich um die Feuerstellen. Einige saßen auf Strohballen, andere hatten sich Felle über die Schultern gelegt und wärmten ihre Hände an Krügen mit dampfendem Obstbier. Ihre Kleidung hing nass an ihren Körpern, und sie duckten sich jedes Mal, wenn eine Windböe durch den Unterstand fuhr. Nur wenige sprachen miteinander. Die meisten starrten vor sich hin.

»Die sehen aber nicht sehr lustig aus«, sagte Gerit. »Was sind denn das für Gaukler?«

Ana hob die Schultern und blickte zu ihren Eltern, die umringt von Wachen auf der Eingangstreppe standen. Zwei Gaukler, ein kahlköpfiger Zwerg mit krummen Beinen und ein junger, stark tätowierter Mann unterhielten sich mit ihnen. Ana hoffte, dass die beiden begriffen, welche Ehre der Fürst ihnen mit einer persönlichen Begrüßung gewährte.

»Komm, mal sehen, was sie sagen.« Ana bahnte sich einen Weg durch die Ochsenkarren, Gerit folgte ihr. Es hatte aufgehört zu regnen, aber das Kopfsteinpflaster glänzte noch nass. Ihre glatten Ledersohlen schlitterten darüber.

Ihre Mutter nickte Ana zu. Sie war eine selbstbewusste Frau, etwas größer als der Fürst, etwas schlanker als er und etwas strenger als er.

»Daneel und Grom, dies sind meine Kinder, Ana und Gerit.«

Die beiden Männer verneigten sich tief. »Ihr beschämt uns mit Eurer Großmut, Fürstin Marie«, sagte Daneel. Seine Aussprache war undeutlich. Ana bemerkte die eingefallenen Lippen und die hohlen Wangen unter den Tätowierungen. Daneel hatte keine oder nur noch sehr wenige Zähne. »Ihr gebt uns Bier und Brot und stellt uns Euren Kindern vor, als wären wir Euresgleichen«, fuhr er fort. »Unsere Gebete werden Euch stets einschließen, denn mehr haben wir nicht zu entgegnen.«

Die Fürstin neigte den Kopf. Sie schien antworten zu wollen, aber Gerit kam ihr zuvor.

»Warst du in der Ewigen Garde?« Die Frage schoss aus ihm heraus.

Daneel sah ihn an. »Das werde ich häufig gefragt, aus ersichtlichen Gründen. Aber die Antwort wird Euch leider enttäuschen. Ich hatte nie die Ehre, in der Ewigen Garde zu dienen. Ich war nur ein Matrose, den die Götter mit der fleckigen Krankheit gestraft haben, wofür, wissen nur sie selbst.«

»Ach so.« Ana sah die Enttäuschung auf Gerits Gesicht.

Daneel lächelte. »Vielleicht ist das aber auch eine Lüge. Vergesst nicht, wäre ich in der Ewigen Garde gewesen, so wäre ich jetzt ein Deserteur. Man nennt die Garde schließlich nicht die Ewige Garde, weil man kommen und gehen kann, wie man will. Aber warum, würdet Ihr Euch dann fragen, würde jemand die Garde verlassen wollen, wenn er doch alles getan hätte, um ein Teil von ihr zu werden? Darauf müsste ich antworten, dass es wahrscheinlich die Liebe zu einer Frau wäre, die einen aufrechten Offizier ins Unglück stürzen und ihn zwingen würde, sein Gesicht hinter Tätowierungen zu verbergen und sich zwischen Taugenichtsen und Halsabschneidern zu verstecken.«

Gerits Augen leuchteten. »Ist das wahr?«

»Ihr seid der Sohn des Fürsten. Es wäre unverschämt von mir, Euch zu diktieren, was Wahrheit und was Lüge ist. Darüber solltet Ihr selbst bestimmen.«

Gerit runzelte verwirrt die Stirn. Ana lachte. »Du bist sehr eloquent, Daneel. Ist dies das Talent, mit dem du uns heute Abend erfreuen wirst?«

»Nun…«

»Wenn es Euch beliebt«, unterbrach ihn der Zwerg. Seine Stimme klang merkwürdig gepresst.

»Ich glaube, es wird uns belieben.« Der Fürst nickte den Wachen zu zum Zeichen, dass die Audienz beendet war. »Ich habe die Dienerschaft angewiesen, euch mit allem zu versorgen, was ihr benötigt. Der Geburtstag meiner Tochter soll für alle ein Fest sein.«

»Es wird ein Fest werden, das niemand so schnell vergessen wird, mein Fürst.« Daneel lächelte erneut und zeigte nichts außer rosa Zahnfleisch. »Mit Eurer Erlaubnis werden wir uns jetzt um den Aufbau kümmern. Einige Vorführungen sind recht aufwendig.«

»Natürlich.« Der Fürst nickte.

Ana betrachtete die beiden Gaukler. Obwohl Daneel fast das gesamte Gespräch bestritten hatte, wurde sie den Eindruck nicht los, dass der Zwerg es eigentlich bestimmt hatte.

»Ana«, sagte Gerit, als seine Eltern sich abwandten, um ins Haus zurückzugehen, »glaubst du, dass Daneel wirklich bei der Ewigen Garde war?«

Ana wusste nicht, was sie darauf antworten sollte. Er wollte es glauben, und wenn sie ehrlich war, wollte sie es auch. Sie hätte lieber einen Offizier beherbergt, der sein Leben für die Liebe geopfert hatte, als einen Matrosen, dem die Zähne ausgefallen waren.

»Ja«, log sie, »ich glaube es.«

Gerit nickte. »Ich auch.«

Ein plötzlicher Windstoß riss den Himmel auf. Banner und Fahnen begannen zu knattern, die Gaukler rückten näher aneinander. Anas Umhang blähte sich auf und flatterte hinter ihr im Wind. Das Sonnenlicht ließ ihr Kleid glitzern und blendete sie.

»Was für ein wunderschönes Kleid«, sagte der Zwerg mit seiner seltsamen Stimme. »Ein Kleid gemacht für eine Göttin.«

»Sag das nicht.« Ana zog den Umhang hastig zusammen.

»Warum nicht? Warum sollte ich die Wahrheit verschweigen?« Der Zwerg stand vor ihr und starrte sie aus wässrigen blauen Augen an. Sie hatte nicht bemerkt, dass er ihr so nahe gekommen war.

»Komm, Gerit, wir gehen rein.« Sie zog ihren Bruder die Stufen hinauf. Der Zwerg schien ihr folgen zu wollen, aber der dunkle Schatten, der vor ihm auf den Boden fiel, hielt ihn so sicher zurück wie eine Kette.

»Glaubst du etwa an diesen abergläubischen Mist?« Gerit löste sich aus ihrem Griff und schüttelte den Kopf. »Vater sagt, das sei alles Unsinn.«

»Natürlich glaube ich nicht daran. Mir ist nur kalt, das ist alles.« Ihre Worte klangen so scharf, dass Gerit nicht weiter nachhakte.

»Schon gut«, sagte er.

Ana ignorierte ihn. Sorgfältig knotete sie den Gürtel des Umhangs zusammen. Er hat Recht, dachte sie, das ist nur Aberglaube. Die Götter werden mich nicht strafen. Wahrscheinlich haben sie gar nichts bemerkt. Es war doch nur ein paar Atemzüge lang zu sehen.

Sie blickte zurück zum Eingang. Der Zwerg stand in der Sonne, der dunkle Schatten des Leibwächters neben ihm.

Er lächelte.

Kapitel 2

Nur selten sieht man einen Altar am Wegesrand, und wenn man die Menschen Somerstorms nach ihren Göttern fragt, schütteln sie nur ablehnend den Kopf. Dies ist eine Geste, an die sich der Reisende gewöhnen sollte, denn er wird ihr auch bei vielen anderen Fragen begegnen.

Jonaddyn Flerr, Die Fürstentümer und Provinzen der vier Königreiche, Band 2

Es war heiß und stickig im Bankettsaal der Festung Somerstorm. Acht Kamine waren in die steinernen Wände des Saals eingelassen, in vieren davon brannte Feuer. Das Aroma des Süßholzes, das man eigens vom Großen Fluss hierhergebracht hatte, vermischte sich mit dem Geruch nach Schweiß und Ziegenfett.

Ana hatte die Gäste nicht gezählt, die an den hufeisenförmig aufgestellten Tischen saßen, aber sie schätzte, dass es über zweihundert waren. Fast alle, die ihr Vater eingeladen hatte, waren gekommen. Ana sah Karral, den Fürsten von Braekor, der mit zwei seiner Frauen und elf seiner Kinder einen ganzen Tisch für sich allein beanspruchte. Er saß am oberen linken Ende des Hufeisens zum Zeichen für die guten Beziehungen, die Somerstorm und Braekor pflegten. Einen Tisch weiter entfernt saßen die Zwillingsbrüder Huko und Ramon, die gemeinsam über einige kleine Inseln regierten. Im Krieg waren sie neutral geblieben, deshalb wurden sie von den meisten Herrscherhäusern geächtet. Einem dieser Herrscherhäuser stand Fürst Marg vor. Sein hageres, finsteres Gesicht verriet die Schmach, die er empfand, weil man ihn neben die Brüder und weit entfernt von den Gastgebern platziert hatte. Weiter entfernt saßen nur noch die Häuptlinge der drei großen Somer-Stämme und einige Händler, mit denen Anas Vater seit Jahren Geschäfte machte. Die Botschaft, die dahintersteckte, war für jeden im Saal deutlich lesbar. Man hinterging Somerstorm nicht, ohne den Preis dafür zu zahlen.

»Das ist ein Witz.«

Fürst Otar sprach so laut, dass Ana zusammenzuckte. Er saß auf einem der Ehrenplätze an ihrer rechten Seite. In einer Hand hielt er eine Bergziegenkeule. Fett lief über sein Handgelenk in den Ärmel seines Hemds und sammelte sich als dunkler Fleck am Ellenbogen. »Dieses ganze Fürstentum ist ein Witz.«

Aus den Augenwinkeln sah Ana zu ihm hinüber. Otar war ein großer, fleischiger Mann. Sein Kopf war kahl, sein Gesicht voller roter Flecken und aufgeplatzter Adern. Früher hatte er als stärkster Kämpfer der Königreiche gegolten, doch aus seinen Muskeln war längst Fett geworden, das ihn nach unten zu ziehen schien und seinen Rücken krümmte.

Otar bemerkte Anas Aufmerksamkeit. Er drehte den Kopf und sah sie aus blutunterlaufenen Augen an. »Ein Witz, verstehst du das?«, sagte er leiser.

Sie wich seinem Blick aus. »Ihr seid betrunken, Fürst Otar. Vielleicht solltet Ihr Euch aus...«

Er unterbrach sie. Sein saurer Weinatem strich über ihr Gesicht. »Ich lasse mir von dir nichts befehlen. Du und deine Familie, ihr seid niemand. Euer Gold gibt euch die Macht, einen guten Mann wie Marg zwischen Verräter und Bauern zu setzen, dabei solltet ihr vor ihm niederknien.«

»Die Fürsten von Somerstorm knien vor niemandem.« Ana

versuchte Entschlossenheit in ihre Worte zu legen, doch ihre Stimme zitterte.

Otar lachte. Die Ziegenkeule in seiner Hand fiel auf den Teller zurück. Das Messer, das darauf lag, schepperte.

»Fürsten von Somerstorm? Kleines Mädchen, ich sehe keine Fürsten von Somerstorm, nur einen Sklavenhändler und seine Brut.«

Seine Stimme war wieder lauter geworden. Gesichter wandten sich ihm zu und dann rasch wieder ab. Niemand wollte in diesen Streit hineingezogen werden. Auf der anderen Seite des Hufeisens gingen die Unterhaltungen ungestört weiter. Ana blickte zu ihren Eltern und ihrem Bruder hinüber, hoffte, dass sie die Situation erkannten, in der sie gefangen war. Aber sie waren in ihre eigenen Gespräche vertieft. Von ihnen war keine Hilfe zu erwarten.

»Mein Vater«, sagte Ana, als sie sich Otar wieder zuwandte, »hat das Fürstentum für seine Kriegsdienste erhalten. Es steht ihm zu.«

»Ein Stück Felsen stand ihm zu, das niemand haben wollte, so war es gedacht. Ohne das verdammte Gold würden ihn heute alle noch den Sklavengeneral nennen, nicht Fürst von Somerstorm.« Otar schnaubte. »Fürst – als flösse auch nur ein Tropfen altes Blut durch seine Adern.«

Er griff nach dem Messer und begann wütend, das Fleisch vom Knochen der Keule zu trennen. Ana spürte, wie ihr Herz hämmerte. Eine unsichtbare Grenze schien um sie und Otar entstanden zu sein, die niemand zu übertreten wagte. Selbst die Diener machten einen Bogen um sie.

»Keiner sagt euch ins Gesicht, wie sehr wir euch verachten.« Otar richtete den Blick starr auf die Ziegenkeule. Knochen knirschten und Sehnen zerrissen unter der Messerklinge. »Wir sitzen an seinem Tisch, trinken seinen Wein, essen sein Fleisch, aber am liebsten würden wir ihm ins Gesicht spucken, diesem Sklavenhändler mit seiner Sklavenbraut und seinen Bastarden.«

Er schien vergessen zu haben, dass Ana neben ihm saß. Sie wagte es kaum, sich zu bewegen, bemerkte mit Erleichterung die Gaukler, die am offenen Ende des Hufeisens hektisch begonnen hatten, ihre Instrumente und Requisiten aufzubauen. Eigentlich hätte die Vorstellung erst nach dem Essen anfangen sollen. Jemand hatte wohl erkannt, dass es Zeit war, die Aufmerksamkeit einiger Gäste voneinander abzulenken.

»Und noch was.« Otar zog das Messer aus dem Fleisch und zeigte damit auf Ana. Sie wich zurück, doch im gleichen Moment fiel ein Schatten über den Fürsten und die fetttriefende Klinge in seiner Hand.

Otar sah kurz auf, dann legte er das Messer zur Seite. Der Schatten verschwand. »Ich habe deinem Vater die Ehre erwiesen, ihm eine Verbindung mit dem ältesten Blut der vier Reiche anzubieten.« Seine Stimme zitterte vor Wut. »Er hat abgelehnt. Mein Sohn war wohl nicht gut genug für dich.«

»Es waren bereits andere Arrangements getroffen worden. Euer großzügiges Angebot erreichte uns leider zu spät.« Das war die offizielle Begründung, die Anas Familie stets angab, wenn sie auf das Heiratsangebot von Fürst Otar angesprochen wurde. Die Briefe mussten sich überschnitten haben, Fürst Balderick von Westfall hatte nur wenige Tage zuvor im Namen seines Sohnes vorgesprochen, man war untröstlich über die voreilige Entscheidung, aber sicherlich würde Fürst Otar verstehen, dass man sie nicht mehr rückgängig machen konnte. Ana hatte die Geschichte oft erzählt. Die Wiederholung der Floskeln gab ihr Sicherheit, so als würde sie ein sorgfältig gelerntes Gedicht aufsagen.

»Euer Sohn ist ein guter und anständiger Mann«, sagte sie und brachte sogar den Mut auf, dem Fürsten in die Augen zu sehen. »Die Fürstentochter, die sein Herz für sich gewinnt, kann sich glücklich schätzen. Ich bedaure, dass ich es nicht sein werde.«

In Wirklichkeit war Uz, Otars Sohn, ein berüchtigter Trinker, der schon mit seinen knapp neunzehn Jahren die Körpermaße seines Vaters angenommen hatte und zu jähzornigen Ausbrüchen neigte. Ana war froh, dass er weit weg am Tisch der jungen, unverheirateten Krieger saß.

Otar schüttelte den Kopf. »Du verlogene kleine Schlampe.« Er sprach so leise, dass Ana im ersten Moment glaubte, ihn missverstanden zu haben. Doch dann wiederholte er den Satz noch einmal lauter, als begänne er Gefallen daran zu finden. »Verlogene kleine Schlampe. Du würdest den Kadaver eines Ebers ehelichen, wenn dich das nach Westfall brächte!«

Seine Worte hallten durch den Saal. Blicke richteten sich auf den Fürsten, Münder schlossen sich.

Otar stand auf. Er schwankte und musste sich mit einer Hand an der Tischkante abstützen, während er mit der anderen seinen Weinkelch hob.

»Einen Trinkspruch!«, brüllte er durch den Saal. Auch die letzten Unterhaltungen verstummten. Diener und Musikanten blieben stehen. Das Klappern von Geschirr erstarb.

Otar ließ seinen Blick über die Gesichter der Gäste gleiten. »Lasst uns trinken auf das Ende der Heuschrecken, die über das Land herfallen.« Er sah Ana an. »Und auf das Ende ihrer Brut.«

Gerit sprang mit einem wütenden Schrei auf. Sein Leibwächter legte ihm die Hände auf die Schultern und drückte ihn zurück auf seinen Stuhl.

»Noch sind sie hier«, sagte Otar, »aber der nächste Sturm wird sie davonwehen. Trinken wir auf diesen Sturm!«

Er hob den Kelch hoch. Rotwein schwappte über den Rand und tropfte auf seinen Kopf. In langen roten Bahnen lief er über sein Gesicht.

»Trinken wir auf den Sturm!«, brüllte Otar.

»Ja.« Eine Stimme, die fast wie seine eigene klang, antwortete ihm. Uz erhob sich schwerfällig und schwankend. Der Kelch in seiner Hand zitterte. »Auf den Sturm!«

Die anderen Krieger rückten von ihm ab, als fürchteten sie, ihre Nähe allein gäbe ihm Unterstützung. Die Blicke aller im Saal richteten sich auf Fürst Lennard. Otar und Uz hatten ihn in seinem eigenen Haus beleidigt. Das Gesetz gab ihm das Recht, sie zum Duell zu fordern oder ihnen den Krieg zu erklären. Ana hoffte, er würde beides tun.

Der Fürst von Somerstorm erhob sich. Er war kein großer Mann und wirkte in den schweren goldbestickten Roben, die er trug, beinahe verloren, als sträube sich sein Körper gegen das Amt, das der Geist ihm aufgezwungen hatte.

Er sah weder Otar noch Uz an, die immer noch mit erhobenen Kelchen an ihren Plätzen standen. Stattdessen wandte er sich den Künstlern am anderen Ende des Saals zu und klatschte einmal kurz in die Hände.

»Musik«, sagte er und setzte sich.

Grom, der Zwerg, nickte. Die Trommler, die hinter ihren großen Beckentrommeln standen, begannen sofort einen Rhythmus vorzugeben. Die Flötenspieler verneigten sich, dann setzten sie ihre Instrumente an die Lippen. Sie waren so nervös, dass sie zwei verschiedene Melodien spielten, ohne es zu bemerken.

Otar und Uz standen noch einen Moment reglos da, dann schleuderte der Fürst seinen Kelch zu Boden. Es schepperte laut. Rotwein spritzte. Dann drehten sich beide Männer um und gingen zu den großen, offen stehenden Türen. Auf seinem Weg dorthin riss Uz zwei Stühle und einen Diener um.

Ana hielt den Kopf gesenkt. Niemand sollte die Schamesröte sehen, die ihr ins Gesicht gestiegen war.

Die schrägen Melodien der Musikanten hallten durch den Saal, täuschten über die Stille der Gäste hinweg. Ana konnte sich das geheuchelte Mitgefühl auf ihren Gesichtern vorstellen und die Gier, mit der sie insgeheim darauf brannten, untereinander über die Schmach herzuziehen, die Anas Vater seiner Familie zugemutet hatte. Sie konnte es sich vorstellen, weil sie an ihrer Stelle genau das Gleiche getan hätte.

Das Lied der Musikanten endete mit einem letzten ersterbenden Flötenton. Die fünf Männer verneigten sich und sahen einander an. Keiner von ihnen wagte es, den Blick auf das schweigende Publikum zu richten.

Ein Stuhl wurde zurückgeschoben. Ana hob den Kopf, bis sie sehen konnte, dass Norhan, der alte General ihres Vaters, aufgestanden war. Seine Paradeuniform war ebenso grau wie sein Haar.

»Steht ein Sarg in diesem Saal?«, fragte er. »Liegt hier ein Toter, der an eurer Fröhlichkeit Anstoß nehmen könnte?« Er lächelte, als einige der Gäste den Kopf schüttelten. »Worauf wartet ihr dann noch? Esst, trinkt und tanzt, um der Fürstentochter von Somerstorm zu zeigen, dass ihr euch mit ihr über ihren Festtag freut.« Er nickte den Dienern zu. »Bringt mehr Fleisch und geizt nicht mit dem Wein. Für jeden leeren Kelch, den ich an diesem Abend sehe, gibt es zehn Stockschläge.«

»Es wird keine Klagen geben, Herr«, sagte Peck, der Hauptdiener, rasch.

»Davon bin ich überzeugt. Musikanten, spielt ›Das Frühlingslied des Hirten‹, wenn es euch vertraut ist.«

»Das ist es, Herr.« Die Erleichterung im Gesicht des Trommlers war nicht zu übersehen. Er flüsterte den Flötenspielern etwas zu und begann in schnellem Rhythmus zu trommeln. Er hatte kräftige, stark behaarte Arme und ein vernarbtes Gesicht.

Norhan klatschte übertrieben fröhlich in die Hände und stimmte die Melodie an, noch bevor die Flötenspieler eingesetzt hatten. Seine Offiziere schlossen sich ihm auf einen Blick an, nach und nach folgten die anderen Gäste. Einige junge Krieger standen von ihren Plätzen auf und gingen auf die Mädchen zu, um sie zum Tanz aufzufordern. Keiner von ihnen blickte in Anas Richtung.

Ein Schatten fiel über sie. Im ersten Moment dachte sie, es sei ihr Leibwächter, der den ganzen Abend noch kein Wort gesprochen hatte, doch als sie aufsah, blickte sie in das Gesicht ihres Vaters.

Er lächelte. »Morgen werden sie es alle bereits vergessen haben«, sagte er so leise, dass sie ihn gerade noch im Lärm der Musik verstehen konnte. »Glaub mir.«

Mühsam hielt sie ihre Tränen zurück. Er schien nicht zu begreifen, wie tief die Beleidigungen saßen, die Otar ausgesprochen hatte, und wie hämisch seine Gäste darauf reagiert hatten. Auch jetzt beobachteten sie den Fürsten und seine Tochter, versuchten wohl in ihren Gesichtern zu lesen.

Ana erwiderte das Lächeln ihres Vaters. »Sie werden es nie vergessen«, sagte sie leise. »Ihr habt zugelassen, dass dieser schreckliche alte Mann Eure Tochter eine Schlampe nennt. Wie konntet Ihr das erlauben?«

Sein Lächeln war so falsch wie das ihre. »Du wirkst müde«, sagte er nach einem Moment. »Du hast meine Erlaubnis, dich zurückzuziehen.«

»Wie Ihr wünscht.«

Sie spürte die Blicke der anderen, als sie sich erhob und den Saal verließ. Hinter ihr schlossen Diener, deren Gesichter ihr fremd waren, die Türen. Tränen der Scham und der Wut brannten in ihren Augen. Ihr Vater schickte sie zu Bett wie ein nörgelndes Kind, dabei hatte er diese Situation verschuldet. Wenn nur Rickard hier gewesen wäre. Er hätte niemals zugelassen, dass seine Verlobte und ihre Familie beleidigt wurden. Rickard war auf den Schlachtfeldern des Krieges aufgewachsen. Er wusste, was Ehre bedeutete.

Die Musik wurde leiser, Anas Schritte schneller. Sie hallten durch die dunklen Steingänge, dicht gefolgt von denen ihres Leibwächters. Es war kein Diener zu sehen. Wer nicht im Bankettsaal eingesetzt wurde, arbeitete in der Küche. Der Rest der Burg war verlassen.

Als Ana sicher war, dass niemand in ihrer Nähe war, fuhr sie herum. Ihr Leibwächter prallte beinahe gegen sie. Mit einer gemurmelten Entschuldigung trat er einen Schritt zurück.

»Warum hast du nichts unternommen?«, fuhr sie ihn an.

Er blinzelte. »Mefrouw?«

Er nannte sie bei ihrem Somerstorm-Titel, aber seine Größe verriet, dass er nicht aus dieser Gegend stammte. Die Menschen von Somerstorm waren klein und gedrungen, er hingegen groß und hager.

»Du bist mein Leibwächter, wieso hast du nichts gegen Fürst Otar und seine Beleidigungen unternommen?«

»Es ging nicht um Euer Leben.«

»Aber um meine Ehre.«

»Eure Ehre ist nicht meine Sorge.«

Seine Unverschämtheit raubte Ana fast den Atem. Sie verschränkte die Arme vor der Brust. »Sie sollte aber deine Sorge sein«, sagte sie, »wie alles, was mich betrifft.«

Er schwieg. Die Schatten des Gangs verhüllten sein Gesicht. Den ganzen Abend hatte er hinter Ana gestanden, aber sie hatte nicht darauf geachtet, wie er aussah. Wichtigere Dinge hatten ihre Aufmerksamkeit erfordert.

»Wie heißt du?«, fragte sie.

»Jonan, Mefrouw.«

»Jonan, ich werde deine Unverschämtheit morgen früh dem Kastellan melden.« Sie wandte sich ab und ging tiefer in den Gang hinein. »Er wird entscheiden, was mit dir …«

»Seid still.«

Er stand plötzlich vor ihr und blockierte den Weg. Ana wollte sich an ihm vorbeidrängen, befürchtete plötzlich, ihn provoziert zu haben. Sie kam zwei Schritte weit, dann holte er sie ein.

»Seid still.« Jonans Worte waren nicht mehr als ein Zischen an ihrem Ohr. Sein Körper war so dicht neben ihr, dass sie seine Anspannung spüren konnte. »Lauscht.«

Sie blieb stehen. Im ersten Moment hörte sie nur ihren eigenen Herzschlag, dann Jonans Atem und entfernte Musik. Die Türen des großen Saals mussten offen stehen, sonst hätte man die Klänge nicht so tief in den Gängen hören können.

Sie erkannte die Melodie, die die Musikanten angestimmt hatten, den »Klagegesang des gierigen Bauern«. Das Lied erzählte die Geschichte eines Mannes, der eine Goldader findet, sie nicht mit seinen armen Brüdern teilt und durch diese Gier ins Unglück gestürzt wird. Ana fand es merkwürdig, dass Musikanten gerade dieses Lied an einem Hof spielten, dessen Wohlstand allein dem Gold zu verdanken war. Doch die Gäste schien das nicht zu stören. Sie sangen mit. Ana hörte ihre Stimmen bis in den Gang hinein. Sie sangen durcheinander, als würde jeder seiner eigenen Melodie folgen, ohne auf die anderen zu achten. Laut und schräg klangen sie.

Kreischend.

»Sie schreien«, flüsterte Ana. Ihre Lippen begannen zu zittern. Irgendwo schlugen Türen. »Wieso schreien sie?«

»Wartet hier.« Jonan löste sich aus den Schatten. Der Fackelschein spiegelte sich in den langen, gekrümmten Klingen in seinen Händen. Ana hatte nicht gehört, dass er sie gezogen hatte.

»Ich komme mit«, sagte sie. Die entfernten Schreie dröhnten in ihren Ohren. »Ich bleibe nicht allein hier.«

Er drehte den Kopf. Sie sah Ablehnung in seinen Augen, dann so etwas wie Verständnis. »Folgt mir.«

Obwohl die Fackeln in regelmäßigen Abständen brannten, schien der Gang, durch den sie zurückgingen, dunkler und enger geworden zu sein. Eine Männerstimme brüllte über die Musik hinweg und verstummte so plötzlich, als habe man eine Tür geschlossen. Der »Klagegesang des gierigen Bauern« erstarb, nur die Trommeln schlugen ungerührt weiter ihren Rhythmus.

»Wir müssen zu meinem Vater«, sagte Ana. »Er wird wissen, was hier geschieht.«

Jonan schwieg.

Ana wünschte sich, sie hätte sein Gesicht sehen können, aber er drehte ihr den Rücken zu. Die Angst krampfte ihren Körper zusammen.

»Es wird doch alles gut, oder?« Sie wusste, dass sie wie ein kleines Kind klang. Es war ihr egal.

Jonans gleichmäßige Schritte stockten. »Natürlich.«

Ana hörte die Lüge in seiner Stimme.

Der Bankettsaal war nur noch zwei Biegungen entfernt. Die Trommeln waren jetzt lauter als ihr Herzschlag. Es roch nach gebratenem Fleisch. Ein zweiter, seltsam metallischer Geruch mischte sich darunter. Etwas schabte über den Boden wie eine Schwertspitze, die über Stein kratzt.

Jonan blieb stehen. »Lauft.«

Ana schüttelte den Kopf. »Allein gehe ich ...«

»Lauft!«

Vor ihr verlöschten die Fackeln. Dunkelheit stürzte Ana entgegen. Erschrocken wich sie zurück, drehte sich um und begann zu rennen. Ihre Ledersohlen schlugen im Rhythmus der Trommeln auf den Stein. Sie wagte es nicht, dorthin zurückzublicken, wo die Schwärze Jonan verschluckt hatte, glaubte, sie würde erstarren, wenn sie sah, was sich darin verbarg.

Eine Biegung nach der anderen ließ sie hinter sich. Ihre Kehle brannte, ihre Seiten stachen. Sie hörte jemanden schluchzen. Erst nach einer Weile begriff sie, dass sie es selbst war.

Der Gang endete in einer Tür, die zum Ostturm führte. Sie stand offen, aber Ana bog nach links ab, lief tiefer in die Burg hinein, den Gemächern ihrer Eltern entgegen. Sie hörte keine Schreie mehr, keinen Lärm. Alles war still.

Als Ana den Schatten sah, war es bereits zu spät. In vollem Lauf prallte sie gegen ihn und wurde zurückgeschleudert. Etwas schlug gegen ihren Hinterkopf. Sie lag auf einmal auf dem Boden, ohne zu wissen, wie sie dorthin gekommen war.

Ein verschwommenes Gesicht tauchte über ihr auf. »Ich bringe Euch in Sicherheit.«

»Nein.« Sie wollte sich gegen Jonans Griff wehren, aber ihre Arme waren zu schwer. »Wir müssen Vater finden.«

Seine Stimme wurde dumpfer, leiser. »Ich habe ihn längst gefunden.«

Schwärze hüllte Ana ein.

Er hatte gesehen, wie sein Vater starb. Mit dem Rücken zu seinen Angreifern, die Hände in das Holz der verschlossenen Tür gekrallt, war er den Tod eines Feiglings gestorben. An nichts anderes konnte Gerit denken. Er sah das Bild, wann immer er die Augen schloss.

General Norhan hatte ihn gerettet, war sterbend zu ihm gekrochen, um ihn mit seinem eigenen Körper zu decken. »Beweg dich nicht«, hatte er geflüstert, und so war Gerit liegen geblieben, eingehüllt vom Eisengeruch des Blutes, umgeben von den röchelnden Lauten des Todes, niedergedrückt von einem Sterbenden.

Er wusste nicht, wann er sich befreit hatte und wie er auf das Dach gekommen war. Beim einen Lidschlag hatte er noch auf dem Boden gelegen, beim nächsten saß er bereits auf dem Dach. Eine Decke lag neben ihm. Mit zitternden Händen griff er danach und legte sie sich über die Schultern. Die bluttriefende Kleidung klebte an seinem Körper. Es war kalt.

Ich werde hier oben bleiben, dachte er. Ich werde Ratten fangen und Regenwasser trinken. Niemand wird mich finden.

Der Hof tief unter ihm war verlassen. Rauch zog träge aus einem der Gesindehäuser. Gerit sah Flammen hinter den Fensterlöchern, aber niemanden schien das Feuer zu kümmern. Nach einer Weile erlosch es von selbst.

Hufschlag riss ihn schließlich aus seinem Dämmerzustand. Gerit drehte den Kopf und blickte zu den Stallungen. Zwei

Pferde trabten heraus. Im Licht der Monde hob sich der schwarz gekleidete erste Reiter scharf von der roten Stalltür ab. Er führte das zweite Pferd an den Zügeln. Eine Frau war mit Seilen daran festgebunden. Ihr Kopf war hinter dem Hals des Pferdes nicht zu sehen, aber Gerit bemerkte sofort das Kleid, das goldbestickte weiße Kleid, das sein Vater – gestorben wie ein Feigling – in Braekor hatte anfertigen lassen.

Er stand auf. Die Decke rutschte von seinen Schultern. »Ana!«, rief er. »Ana!«

Ana bewegte sich nicht, aber der vordere Reiter zügelte sein Pferd. Er blickte zum Dach empor. Das Pferd tänzelte nervös.

Gerit hob den Arm. »Ich bin hier.«

Der Reiter zögerte, dann wandte er sich ab und gab seinem Pferd die Sporen. Im Galopp ritt er durch das Tor, das zweite Tier hinter sich herziehend.

Gerit sah ihm nach, bis er in der Nacht verschwand.

»Lasst mich nicht allein«, sagte er leise. »Bitte lasst mich nicht allein.«

Kapitel 3

Nicht die Schwerter der Fürsten und Könige regieren in Somerstorm mit gnadenloser Allmacht, sondern das Wetter. Jedem Reisenden sei geraten, die Zeit seines Besuchs mit Bedacht zu wählen. Im Winter mag er leicht Opfer des Schnees werden, aber dies kann ihm auch zu jeder anderen Jahreszeit passieren. Sturm, Regen und Kälte sind die Gegner, denen er sich stellen muss, doch bleibt er dafür von einer anderen Plage verschont, denn Banditen sind in diesem Land so selten wie Sonnentage. Wer wäre auch so unvernünftig, sich den Elementen auszusetzen und einem Reisenden aufzulauern, wenn man gefahrlos die Leichen anderer, weniger glücklicher Reisender plündern kann?

Jonaddyn Flerr, Die Fürstentümer und Provinzen der vier Königreiche, Band 2

Ana wusste nicht, wann es Morgen geworden war, aber plötzlich blinzelte sie in helles Sonnenlicht. Überrascht bemerkte sie, dass sie Zügel in den Händen hielt und dass die Welt hin und her schaukelte. Sie saß auf einem Pferd.

Bilder aus der vergangenen Nacht standen reglos wie Monumente in ihrem Gedächtnis, isoliert von den Ereignissen, die sie mit ihnen verband. Sie betrachtete sie, aber sie wirkten weit entfernt, so als habe ein anderer sie erschaffen und in ihren Geist gesetzt.

Sie richtete sich im Sattel auf. Die Landschaft, die sie sah, bestand aus zerklüfteten Felsen, grünem Moos und gelbem Gras, das vom Wind gegen die Hügel gedrückt wurde. Es roch nach Salz.

Ich bin nicht weit vom Meer entfernt, dachte Ana. Was mache ich hier?

»Geht es Euch besser, Mefrouw?«

Ana drehte sich erschrocken um. Hinter ihr, keine fünf Schritte entfernt, ritt Jonan auf einem Rappen. Er trug einen langen Mantel aus Ziegenfell.

»Das ist Laws Mantel«, sagte sie. Der Stallmeister trug ihn bei jedem Ausritt. Er hatte ihn vom Fürsten als Belohnung für etwas erhalten, an das sich Ana nicht mehr erinnern konnte.

»Er braucht ihn nicht mehr.«

Sie wusste nicht, was sie darauf antworten sollte, also schwieg sie. Die Sonne wärmte ihr Gesicht, der schwere Umhang, der nicht ihr gehörte, aber nach dessen Ursprung sie auch nicht zu fragen wagte, schützte sie vor dem Wind. Der Pfad, auf dem sie ritten, führte zwischen Hügeln, Felsen und kargen Wiesen hindurch. Wahrscheinlich nutzten die Hirten die Wiesen als Sommerweiden, denn Ana sah einige Unterstände, aber keinen einzigen Menschen.

»Wo sind wir?«, fragte sie nach einer Weile.

»Kurz hinter Nrje.«

Ana schüttelte den Kopf. »Das ist unmöglich. Nrje liegt mehr als einen Tagesritt von der Festung entfernt. Du musst dich irren.«

»Dies ist der dritte Tag unserer Reise, Mefrouw.«

Ihr Herz schlug schneller. Ihr Mund wurde trocken. »Du lügst.«

»Wie Ihr meint.« Jonan lenkte sein Pferd an ihrem vorbei. Seine Haut war beinahe so dunkel wie der Ziegenfellmantel.

Ana blickte auf seinen Rücken. Seine Gleichgültigkeit machte sie wütend. »Was soll das heißen? Wo sind wir wirklich?«

»Hinter Nrje«, sagte Jonan. Er drehte sich nicht um. Ana musste sich im Sattel vorbeugen, um ihn zu verstehen.

»Wegen der Flüchtlinge und der Patrouillen reiten wir abseits der Straßen«, fuhr er fort. »Deshalb kommen wir so langsam voran.«

»Was für Patrouillen?«

»Die Patrouillen, die nach Euch suchen, Mefrouw.«

Ana zog ihren Umhang fester zusammen. Darunter trug sie immer noch das Seidenkleid aus Braekor. Der Saum, der unter dem Umhang hervorragte, war schwarz vor Schmutz.

»Deine Worte verwirren mich«, sagte sie und versuchte ein wenig von der Würde ihrer Mutter in ihre Stimme zu legen. »Warum sollten wir uns vor den Patrouillen verstecken? Sie wollen mich doch sicherlich zurück zur Festung geleiten.«

»Es sind nicht unsere Patrouillen.« Jonan hielt den Rappen an und drehte sich zu ihr um. Seine dunklen Augen musterten sie einen Moment lang.

»Ihr erinnert Euch doch an das, was geschehen ist?«, fragte er dann.

»Natürlich.« Ana unterdrückte ein nervöses Lachen, das urplötzlich in ihr aufstieg. »Wer könnte sich an solche Gräuel nicht erinnern?«

Sein Blick ließ nicht von ihr ab. Sie senkte den Kopf. Ihre Finger drehten die Zügel mal in die eine, mal in die andere Richtung.

»Es ist nur so…«, sagte sie. Die Worte fielen ihr schwer. »Es ist nur so, dass ich es manchmal vergesse, so wie man vergisst, wo man einen Schal abgelegt hat.«

Ein Teil von ihr hoffte, dass Jonan sie anschreien würde, dass er sie voller Verachtung daran erinnern würde, dass ihre Mutter und ihr Vater kein Schal waren, den man einfach vergaß. Sie hoffte, dass er irgendetwas tun würde, um die starren Monumente in ihrem Geist umzuwerfen. Sie wollte all das fühlen, was sie hätte fühlen sollen, Trauer, Wut, Angst, aber da war nichts außer einer dumpfen Leere.

Jonan musterte sie einen Moment länger, dann wandte er sich ab.

»Ich verstehe«, sagte er und ritt weiter.

Ana starrte auf seinen Rücken, enttäuscht und verärgert zugleich. Wie konnte er es wagen, sie so zu ignorieren? Sie hatte ihm etwas Schändliches offenbart, obwohl er nur ein Leibwächter war. Er hätte darauf mit mehr als zwei Worten reagieren müssen, das gebot der Respekt. Aber vielleicht respektierte er sie gar nicht. Vielleicht respektierte er nur das Gold, das ihr Vater seinem Orden gab. Gegeben hatte.

»Welche Pflichten hat mein Vater dir auferlegt?«, fragte sie.

Er drehte sich nicht um, ein weiteres Zeichen seiner Missachtung.

»Ich war der Nachtwache zugeteilt, Mefrouw. Zwei Winter lang bewachte ich jede Nacht die Tür zu Eurer Kammer.«

»Warst du nicht gut genug, um mich bei Tag zu begleiten?«

Sie glaubte zu sehen, wie sich seine Schultern strafften. »Die Priester des Ordens bestimmen über meinen Dienst. Diese Frage müsstet Ihr an sie richten.«

»Du gehörst zum Orden der Trauernden Klingen, nicht wahr?«

»Wie all Eure Leibwächter, Mefrouw.«

»Ist es richtig, dass Verbrecher diesem Orden beitreten, um dem Scharfrichter zu entgehen?«

»Jeder Mann und jede Frau, die etwas zu sühnen haben, können dem Orden beitreten.«

»Und was hast du zu sühnen?«

Dieses Mal strafften sich seine Schultern tatsächlich. Wie eine Statue saß er auf seinem Pferd.

»Ich habe einen Schwur geleistet, Euch zu beschützen«, sagte er. »Alles andere betrifft nur mich.«

Er sprach ebenso ruhig wie zuvor, aber eine Kälte war in seine Stimme gekrochen, die Ana vorher nicht bemerkt hatte. Sie schwieg, wurde sich langsam der Situation bewusst, in der sie sich befand. Hier draußen zwischen den Hügeln gab es keine anderen Menschen, nur sie und einen Mann, dessen Namen sie bis vor kurzer Zeit noch nicht einmal gekannt hatte. Niemand war hier, der sie beschützen konnte, die Wachen, an deren Gegenwart sie sich so gewöhnt hatte, waren in der Festung zurückgeblieben, ob lebendig oder tot, wusste sie nicht. Überallhin hatten Wachen und Leibwächter sie begleitet, auf jedem Gang, sei er auch noch so kurz. Sie hatten Spiele gespielt, sie und ihr Bruder, hatten sich vor ihnen versteckt, aber man hatte sie stets nach kurzer Zeit gefunden.

Die Erinnerung daran versetzte ihr einen Stich.

»Wo ist Gerit?«, fragte sie. »Ist er …«

Sie ließ den Satz unvollendet.

»Er lebte, als wir die Festung verließen, Mefrouw.« Jonans Stimme klang immer noch kalt. Ana wünschte, sie hätte sein Gesicht sehen können, aber der Pfad war so schmal, dass sie nicht nebeneinander reiten konnten.

»Du hast nicht versucht, ihn zu retten?«

»Das war nicht möglich.«

Sie wartete, aber Jonan entschuldigte sich weder dafür, noch erklärte er, weshalb das nicht möglich gewesen war. Unter anderen Umständen hätte Ana ihn wie jeden Dienstboten für seine Unverschämtheit zurechtgewiesen, aber das wagte sie nicht.

Ich muss klug sein, dachte sie, klug und vorsichtig.

Der Pfad wurde breiter, die Hügel niedriger. Sumpfiges Hochland breitete sich vor Ana aus. Es erstreckte sich nach Osten bis zum Meer, nach Norden bis zu den Bergen und nach Süden bis zu der Grenze nach Braekor. Im Sommer war das Hochland wegen der gewaltigen Mückenschwärme fast unpassierbar. Im Winter war es nur hoch in den Bergen kälter. Ana wusste das von den Reisen, die sie mit ihrer Familie nach Braekor unternommen hatte. Ihr Vater und Fürst Karral waren Freunde. Gewesen.

»Wir sind tatsächlich hinter Nrje«, sagte sie leise. Jonan antwortete nicht. Er hatte sich im Sattel aufgerichtet und blickte auf die wogenden Gräser hinaus.

»Jemand nähert sich.« Seine Worte knoteten ihren Magen zusammen. Sie sah sich um. Gras, Hügel, ein paar Felsen, nichts, wo man sich hätte verstecken können.

»Runter von den Pferden.«

Ana folgte der Anweisung, ohne nachzudenken. Sie streifte die Steigbügel ab und glitt vom Rücken der kleinen grauen Stute. Jonan nahm ihr die Zügel ab.

»Schnell«, sagte er leise. »Reißt Grasbüschel aus. Wir müssen die Pferde mit Morast abreiben.«

Ana nickte. Mit beiden Händen riss sie einige Büschel aus dem Boden und wischte damit durch den Schlamm. Hinter ihr schnaubten die Pferde kurz. Als sie sich umdrehte, lagen sie bereits auf der Seite. Jonan stemmte ein Bein gegen den Hals des Rappen.

Ana drückte ihre Stute tiefer in den Schlamm. Das Tier hatte die Augen weit aufgerissen, wehrte sich aber nicht, als sie begann, es abzureiben. Der Schlamm war kalt und voller Eis. Anas Hände zitterten, ob vor Kälte oder Angst, konnte sie nicht sagen.

»Das reicht«, sagte Jonan leise. »Passt auf Euer Pferd auf. Es darf nicht aufstehen.«

Er legte sich auf die Schulter seines Pferdes. Ana folgte seinem Beispiel. Sie spürte den warmen Pferdekörper. Atem stieg dampfend aus den Nüstern auf. Ana fragte sich, was passieren würde, wenn es wieherte, aber sie wagte es nicht, diese Frage Jonan zu stellen. Stumm wartete sie.

In einiger Entfernung hörte sie dumpfen, nassen Hufschlag. Er stammte von mehreren Pferden, drei vielleicht, oder vier. Die Geräusche kamen näher.

»Seid ganz still und bewegt Euch nicht«, flüsterte Jonan. Ana presste den Kopf gegen die Pferdeschulter. Sie hörte das Herz des Tiers schlagen. Das Gras rund um sie herum stand hoch und dicht. Neben ihr legte Jonan eine Hand auf die Klinge an seiner Hüfte.

Der Hufschlag war jetzt ganz nah. Ana hörte keine Stimmen, nur das Schnauben der Pferde. Durch das Gras sah sie schlammbedeckte Läufe und Lederstiefel, die in Steigbügeln steckten.

Sind das etwa Soldaten?, fragte sie sich. Der Gedanke brachte Hoffnung mit sich. Jonan hatte behauptet, fremde Patrouillen würden nach ihr suchen, aber was wäre, wenn es doch die Soldaten ihres Vaters waren? Wäre es nicht möglich, dass Jonan sie entführt hatte, vielleicht betäubt mit einem Sud aus Teufelspilz? Sie hatte doch nur sein Wort dafür, dass ihre Eltern ermordet worden waren. Gesehen hatte sie es nicht. Und sie hatte auch die Kreaturen nicht gesehen, vor denen sie angeblich aus der Festung geflohen waren. Wäre es nicht viel wahrscheinlicher, wenn es Jonans Komplizen gewesen wären, Verbrecher aus dem Orden, dem ihr Vater so leichtsinnig vertraut hatte? Er wartete sicher bereits voller Sorge mit ihrer Mutter und Gerit in der Festung und fragte sich, weshalb die Soldaten seine Tochter nicht fanden.

Ana ballte die Hände zu Fäusten. Eine Bewegung würde reichen, um die Wahrheit herauszufinden.

Vorsichtig hob sie den Kopf.

Jonan warf ihr einen warnenden Blick zu, aber sie beachtete ihn nicht weiter. Mit einer Hand schob sie die Grashalme auseinander und sah nach oben.

Vier Männer waren es, die auf Pferden den Pfad entlangritten. Sie waren keine zehn Fuß von ihr entfernt, nahe genug, um ihre schlammverschmierte Kleidung und den Ausdruck in ihren Gesichtern zu erkennen. Es waren keine Soldaten, das bemerkte Ana sofort. Sie trugen keine Uniformen, sondern graue Wolle und Leder. Zwei von ihnen trugen breitkrempige, fremdartig wirkende Hüte, die anderen beiden Lederkappen, die eng am Kopf anlagen und unter dem Kinn verschnürt waren.

Auf den ersten Blick hatte Ana die Männer für Brüder gehalten, doch jetzt sah sie, dass sie sich nicht ähnlich sahen. Einer war groß, bärtig und mehr als vierzig Winter alt, einer klein und gedrungen, der dritte kräftig mit fleischigem rotem Gesicht und der vierte schließlich schmal, mit einer Narbe, die vom Ohr bis zur Kehle verlief. Trotzdem verband sie etwas, das spürte Ana, mehr als die Kameradschaft von Soldaten, etwas anderes als das gleiche Blut einer Familie.

Sie verharrte, als der Vernarbte plötzlich den Kopf drehte und in ihre Richtung blickte. Er hob die Nase in den Wind wie ein Raubtier. Die Bewegung hatte etwas seltsam Unmenschliches. Einen Moment blieb er mit gestrecktem Hals auf seinem Pferd sitzen, dann senkte er wieder den Kopf und wischte sich den Regen aus dem Gesicht.

Es klirrte, als er seine Hand wieder auf die Hüfte legte, und Ana sah, dass ein Schwert in seinem Gürtel steckte. Sie starrte darauf, dann glitt ihr Blick zu den anderen. Jeder von ihnen trug ein Schwert, im Gürtel des Ältesten steckten sogar zwei.

Sie ließ den Kopf zurück auf die Schulter des Pferdes sinken. In der Ferne verhallte der Hufschlag langsam.

Jonan stand auf und zog seinen Rappen an den Zügeln hoch.

»Was habt Ihr Euch dabei gedacht?«, fragte er. »Sie hätten uns beinahe erwischt.«

Ana beachtete ihn kaum. »Sie trugen Schwerter«, sagte sie tonlos. »Alle trugen Schwerter, hast du das gesehen? Sie müssen doch wissen, dass das verboten ist. Mein Vater hat vor Jahren angeordnet, dass nur Soldaten Schwerter tragen dürfen. Wieso tun sie das trotzdem und so ganz ohne Furcht? Man wird sie hinrichten, wenn man die Waffen sieht. Ihr Besitz wird an meinen Vater fallen. Sie werden alles verlieren.«

Tränen liefen über ihre Wangen. Sie wusste nicht, weshalb sie um diese Fremden weinte, aber der Gedanke, dass sie alles verlieren würden, erschütterte sie.

»Es wird nichts für ihre Familien übrig bleiben, gar nichts. Und das nur wegen ein paar Schwertern. Verstehen sie das denn nicht?«

Sie sah Jonan an. »Warum tragen sie Schwerter?«

Er erwiderte ihren Blick. Seine Stimme war sanft, als er ihr antwortete. »Weil es niemanden mehr gibt, der es ihnen verbietet.«

Sie warteten, bis es aufhörte zu regnen und die Sonne hoch am Himmel stand, erst dann ritten sie weiter. Die Patrouille war nicht zurückgekehrt, und sie hatten die ganze Zeit über keinen anderen Menschen gesehen. Mehr als ein Dutzend Mal hatte Ana zu der Frage angesetzt, die sie am meisten beschäftigte, genauso oft hatte sie gezögert und sie schließlich verworfen. Doch jetzt, als sie wieder auf Jonans Rücken blickte, fand sie endlich den Mut, sie zu stellen.

»Wer hat die Festung überfallen, Jonan?«

Er zuckte zusammen und räusperte sich. Sein Pferd schnaubte.

»Wie meint Ihr, Mefrouw?«, fragte er.

Ana dachte an die dunklen Ringe, die sie unter Jonans Augen gesehen hatte. Wahrscheinlich hatte er seit ihrer Flucht nicht mehr geschlafen.

»Der Überfall auf die Festung. Wer hat ihn begangen?«

»Es war sehr dunkel, ich konnte sie nicht richtig sehen.«

Das war nicht die Antwort, die sich Ana erhofft hatte.

»Waren es Soldaten aus einem anderen Fürstentum?«, fragte sie weiter.

»Das würde niemand wagen. Bestimmt waren es Gesetzlose, die sich als Dienstboten und Gaukler getarnt einschlichen. Euer Reichtum hat viele Neider.«

»Das ist mir bekannt.«

Ana dachte an die Bilder in ihrem Kopf, an den seltsam säuerlichen Geruch und an die Laute, die sie nie zuvor gehört hatte.

»Aber es waren Menschen?« Sie stellte die Frage, obwohl sie Angst hatte, den Verstand zu verlieren. Sie hatte zwei ganze Tage verloren, wer konnte schon sagen, ob die Götter sich noch mehr von ihrer Seele genommen hatten.

»Ich nehme es an.«

Sie wartete, aber Jonan sprach nicht weiter. Vielleicht wusste er es tatsächlich nicht, vielleicht log er sie an.

Kann ich dir vertrauen?, dachte Ana, ohne den Blick von seinem Rücken zu nehmen. Kann ich dir wirklich bei meinem Leben vertrauen?

Sie fragte sich, was wohl der Fürst ihr geraten hätte, wäre er bei ihr gewesen. Vertraue niemandem, den du nicht bezahlen kannst, diesen Satz hatte er so oft gesagt, dass sie glaubte, seine Stimme zu hören, als sie daran dachte.

Er hatte all ihre Wachen und Leibwächter bezahlt, aber Ana hatte nicht einmal genug Silber, um dem einen, der ihr geblieben war, einen Krug Bier zu kaufen. Sie besaß das Kleid auf ihrer Haut, mehr nicht. Und doch hatte Jonan sie zwei Tage lang beschützt. Er hätte sie den Patrouillen ausliefern können, aber das war nicht geschehen.

Aber es könnte immer noch geschehen. Sie wusste nicht, was in Jonan vorging. Er antwortete ausweichend auf ihre Fragen, belog sie vielleicht sogar, sagte ihr nur das, was er wollte. Ana dachte an ihre Mutter, die sich von den Köchen jedes Rezept im Detail hatte erklären lassen, um stets über alles informiert zu sein. Niemand hatte ihr etwas vorgemacht. Seit dem Tag, an dem ihr Vater sie aus der Sklaverei befreit und zu seiner Frau gemacht hatte, war ihr Leben von niemandem mehr kontrolliert worden – nicht einmal vom Fürsten. Es war Zeit, dass sie sich ein Beispiel daran nahm.

Ana richtete sich im Sattel auf. »Wohin reiten wir?«

Jonan schreckte wieder hoch, aber dieses Mal fragte er nicht nach. »Zum Hafen, Mefrouw.«

»Weshalb?«

»Um Somerstorm zu verlassen. Ihr könnt hier nicht bleiben.«

»Und wo kann ich deiner Meinung nach bleiben?« Ihre Worte klangen genauso scharf, wie sie beabsichtigt hatte.

»Nun …« Zum ersten Mal geriet Jonan ins Stocken. »Wir werden eine Schiffspassage buchen. Sollten wir nicht genug Silber dafür haben, werde ich auf dem Schiff arbeiten, bis wir unser Ziel erreicht haben.«

»Unser Ziel?«

»Hala'nar, Mefrouw.«

Ana lachte unwillkürlich. »Hala'nar? Das ist noch nicht einmal ein Fürstentum. Was bei den Göttern sollten wir bei diesen Wilden in der Wüste anfangen?«

Jonan drehte sich im Sattel um. »Ihr habt Recht, es ist kein Fürstentum, deshalb wären wir in Hala'nar sicher. Niemand kennt Euch, niemanden interessiert, was jenseits der Wüste geschieht. Wir könnten dort warten, bis die Dinge klarer sind.«

»Wie lange?«, fragte Ana knapp.

Er hob die Schultern. »Monate, vielleicht Jahre. Hala'nar ist sehr weit weg, Schiffe, die Neuigkeiten bringen, sind rar.«

Sie wollte antworten, aber er stoppte sie mit einer Handbewegung. »Ich habe dem Fürsten geschworen, für Eure Sicherheit zu sorgen. In Hala'nar seid Ihr sicherer als an jedem anderen Ort.«

Er sah sie eindringlich an, so als wolle er sich vergewissern, dass seine Worte Gehör gefunden hatten. Ana wandte den Blick ab.

»Reiten wir weiter«, sagte sie. »Der Weg ist noch lang.«

Ihre Gedanken kreisten um das, was vor ihr lag. Wie konnte

Jonan erwarten, dass sie sich in irgendeinem Wüstenkaff verkroch, wie ein Tier unter Tieren? Was wusste er schon über die Abkommen, die ihr Vater mit anderen Fürstentümern getroffen hatte, über seine Allianz mit Westfall, über die Freundschaft zu Braekor und über Rickard, der vor Sorge umkommen würde. Sobald er erfuhr, was geschehen war, würde er eine ganze Armee mobilisieren und die Banditen aus Somerstorm vertreiben. Sie sah sich bereits zurückkehren, inmitten seiner Banner, umgeben von hochgestreckten Lanzen neben ihm reitend. An seiner Seite würde sie leben, nicht an der Seite eines Leibwächters, der gerade mal gut genug gewesen war, um ihre Tür bei Nacht zu bewachen.

Doch sie sagte nichts davon, folgte ihm nur schweigend, den Blick auf seinen Rücken gerichtet. Die Einöde zog an ihr vorbei, monoton und menschenleer. Mehrere Stunden vergingen, dann endlich sah sie, worauf sie gewartet hatte.

Jonans Schultern sackten nach vorn, sein Kopf neigte sich. Ana wartete. Ihr Herz schlug schneller, als er nicht wieder hochschreckte, so wie er es die letzten Male getan hatte, sondern in seiner Haltung verharrte.

Sie zügelte ihr Pferd.

Jonans Rappe trottete weiter den Pfad entlang. Die Zügel hingen schlaff herab, der Reiter auf seinem Rücken bewegte sich nicht. Mit angehaltenem Atem sah Ana ihm nach, bis das Pferd schließlich in einer Senke verschwand.

Sie wendete ihr eigenes Pferd. Der Hafen, zu dem Jonan sie hatte bringen wollen, lag im Osten, keine Tagesreise entfernt. Der Patrouille waren sie im Westen begegnet, die große Straße, die ganz Somerstorm in der Mitte durchschnitt, befand sich nördlich von ihr.

Ana spornte die Stute an und wandte sich gen Süden. Sie ritt so schnell, wie sie es sich auf dem sumpfigen Untergrund zutraute, Braekor entgegen.

Kapitel 4

Es gibt kein Wort für Glück in der Sprache Somerstorms, weder für die göttliche Fügung, die einen Menschen Vorteilhaftes durch Zufall oder Spiel erreichen lässt, noch für den Zustand, den man durch redlichen Lebenswandel oder eine liebevolle Beziehung erlangt. Den Leser mag es noch mehr überraschen, dass es auch kein Wort für Unglück gibt, sollte man doch meinen, in Somerstorm hätte man Grund, gleich ein paar Dutzend davon zu erfinden.

Jonaddyn Flerr, Die Fürstentümer und Provinzen der vier Königreiche, Band 2

In ihrem ganzen Leben war sie noch nie so allein gewesen. Keine Wachen folgten ihr, keine Zofe maßregelte sie, kein Mensch sagte ihr, wohin sie zu gehen und was sie zu tun hatte. Am ersten Tag hatte sie noch in ständiger Angst gelebt. So war sie in Panik geraten, als sie Ochsenkarren in weiter Ferne entdeckt hatte. Sie war davongaloppiert und hatte erst angehalten, als ihr Pferd vor Erschöpfung zu stolpern begann. Jetzt, am Ende des zweiten Tages, war sie bereits mühelos zwei Patrouillen ausgewichen und hatte einen Hirten mit einer Ziegenherde passiert. Er hatte sie noch nicht einmal angesehen.

Sie ritt in der Geschwindigkeit, die ihr behagte, und rastete, wenn es ihr beliebte oder wenn ihr ein Bach die Gelegenheit gab, ihren Wasserschlauch aufzufüllen. In ihren Satteltaschen hatte sie Brot, Schmalz und Ziegenkäse entdeckt, genug, um einige Tage zu überleben. Ab und zu erschrak sie, wenn sie ein unvertrautes Geräusch hörte, aber abgesehen von diesen Momenten war sie gelassen und zufrieden.

Sie war in dem Glauben aufgewachsen, dass die Goldadern in den Bergen und der fast unermessliche Reichtum, den sie ihrem Vater gebracht hatten, sie und Gerit zu einem Ziel für Entführer und Neider machte. Nie hatte sie die Festung allein verlassen, nie hatte sie auch nur den Hof überquert, ohne von einem Dutzend Augen beobachtet zu werden.

Und jetzt war sie allein, endlich allein.

Ana spürte einen Stich des schlechten Gewissens, als ihr klar wurde, dass sie eine Freiheit genoss, die auf Kosten ihrer Familie erkauft worden war. Ihr Vater, wenn er sie jetzt hätte sehen können, wäre wohl besorgt um ihr Leben gewesen, aber aus irgendeinem Grund glaubte Ana, dass ihre Mutter stolz gewesen wäre. Ana hatte ihr Leben in die eigene Hand genommen, genau wie sie vor so vielen Jahren.

Ana blickte in den grauen Himmel. In Somerstorm glaubte man, dass die Seelen der Toten in die Erde einsanken wie Regen. Dort unten sollte es einen warmen Strom geben, auf dem sie bis zum Ende der Welt treiben würden, warm und zufrieden. Anas Familie hatte diesen Glauben nie angenommen, sondern den ihres Heimatlands bewahrt. Sie glaubten, dass die Seelen nach dem Tod von Libellen eingefangen und in den Himmel getragen wurden, wo sie zu Füßen der Götter saßen und auf die letzte Flut warteten, damit sie danach die Welt neu erschaffen konnten. Als Kind hatte Ana ihre Mutter einmal gefragt, weshalb es so wenige Libellen in Somerstorm und so viele am Großen Fluss gab. Sie hatte geantwortet, in Somerstorm gäbe es ja auch weniger Menschen. Die Antwort hatte Ana damals gefallen. Heute fragte sie sich, ob die wenigen Libellen gereicht hatten, um all die Seelen, die bei dem Fest freigelassen worden waren, einzufangen.

Ana zwang sich dazu, ihre Gedanken in die Zukunft zu richten, nicht in die Vergangenheit. Sie konnte an dem, was geschehen war, nichts ändern. Darüber nachzudenken, war Zeitverschwendung. Das hätte ihr Vater wohl gesagt.

Sie schätzte, dass sie noch einen oder zwei Tagesritte von Braekor entfernt war. Seit mehreren Stunden ritt sie bereits stetig bergauf. In einiger Entfernung sah sie die nebelverhangenen Bergspitzen des Jzewje-Gebirges, der Grenze zwischen Somerstorm und Braekor. Es gab nur einen einzigen Pass, der über die Berge führte. Ana hoffte, dass sie dort auf Wachpatrouillen Braekors stoßen würde. Es war möglich, dass sie noch nicht wussten, was geschehen war.

Sie schloss die Augen und versuchte sich daran zu erinnern, wer beim Fest nicht an Fürst Karrals Tisch gesessen hatte. Fast alle seine Töchter waren anwesend gewesen, zwei seiner vier Frauen und seine beiden jüngsten Söhne, Karral IV und Karral V. Karral I und II regierten Braekor in Abwesenheit ihres Vaters, Karral III war bereits vor Jahren einem Orden von Erdmagiern beigetreten und nahm fast nie an Festlichkeiten teil. Ana hielt den Brauch, jedem Sohn den Namen des Vaters zu geben und einfach durchzuzählen, für seltsam. Aber es war Tradition in Braekor und hatte es Karral vermutlich erleichtert, die Namen seiner zahlreichen Kinder zu behalten. Töchter benannte man meistens nach Blumen oder Früchten. Eine Tochter Karrals hieß Apfel, eine andere Primel. Wahrscheinlich waren sie beide ebenso tot wie Karral, Karral IV und V und all die anderen, die im Bankettsaal gesessen hatten, als sich die Türen schlossen.

Ana zog die Kapuze des Umhangs tief in ihr Gesicht. Ihr war auf einmal kalt.

Über ihr zog sich der Himmel endgültig zu. Der Regen, der sich schon seit einem Tag angekündigt hatte, wehte über das Land hinweg und prasselte fast waagerecht gegen Anas Körper.

Schnee und Hagel mischten sich darunter. Weit entfernt rollte Donner heran.

Ich muss Schutz suchen. Ana dachte an die Weide, die sie einige Meilen zuvor gesehen hatte. Ziegen hatten neben einem Holzverschlag gegrast. Es behagte ihr nicht zurückzureiten, aber sie wusste nicht, ob sie weiter oben in den Hügeln noch eine andere Unterkunft finden würde. Bei ihren Reisen nach Braekor hatte sie auf so etwas nie geachtet.

Zögernd wendete sie ihr Pferd und ritt den Pfad hinab. Der Wind drückte gegen ihren Rücken. Das Tageslicht verschwand hinter einer grauen Wand.

Als Ana die Weide erreichte, klebten Umhang und Kleid bereits an ihrem Rücken. Ihre Finger waren beinahe taub. Sie zitterte vor Kälte. Der Verschlag war größer, als sie gedacht hatte. Jemand hatte Holzstämme halbiert und in den Boden gerammt. Die Zwischenräume waren mit Lehm und Stroh aufgefüllt worden. Es gab keine Tür, nur einen Vorhang aus Maka, dessen Enden mit Steinen beschwert waren, um zu verhindern, dass der Wind hindurchwehte.

Ana stieg ab und schob den Vorhang zur Seite. Das Innere des Verschlags war dunkel. Sie wich angewidert zurück, als ihr der Gestank von Ziegenkot und kaltem Rauch entgegenschlug. Sogar die Stute scheute im ersten Moment, ließ sich dann jedoch bereitwillig ins Innere führen. Der Vorhang schlug hinter ihr zu.

Es dauerte einen Moment, bis sich Anas Augen an die Dunkelheit gewöhnt hatten. Dann bemerkte sie, dass der Verschlag voller Ziegen war. Sie standen im Stroh, das den Lehmboden knöchelhoch bedeckte, und sahen Ana teilnahmslos an.

Es gab eine Feuerstelle in dem Verschlag und einen Rauchabzug. Mehrere Töpfe standen auf dem Boden, eine Säge und eine Schaufel lehnten an der Wand. Getrockneter Ziegendung stapelte sich in einer Ecke. In einer Gegend, wo es nur wenige Bäume gab, war Holz zu kostbar, um es zu verbrennen.

Zitternd zog Ana den durchnässten Umhang aus und begann sich mit Stroh abzureiben. Der Ziegengestank stach in ihrer Nase, und die Halme hinterließen rote Striemen auf ihrer Haut, aber es war die einzige Möglichkeit, sich zu wärmen. Ana hatte weder Feuerstein noch Zunder, und selbst wenn sie so etwas gefunden hätte, hätte sie nicht gewusst, wie man damit ein Feuer macht. In der Festung hatten Diener solche Aufgaben erledigt.

Draußen prasselten Regen und Hagel auf die Landschaft nieder, im Inneren des Verschlags drangen jedoch nur ein paar Tropfen durch das Dach. Ana setzte sich zwischen einige Strohballen und bedeckte ihre Beine mit Stroh vom Boden. Ihr Kleid war schnell getrocknet, und mit dem Stroh kam auch endlich die Wärme. Sie hatte Hunger, aber selbst der kurze Weg zu ihrer Stute, die keine drei Schritte entfernt stand, erschien ihr zu weit.

Erst wenn mir richtig warm ist, dachte Ana und schloss die Augen.

Als sie die Augen wieder öffnete, war es ganz dunkel im Verschlag geworden. Das Gewitter war weitergezogen, der Regen hatte nachgelassen.

Jemand hustete.

Ana zuckte zusammen. Beinahe hätte sie aufgeschrien, biss sich aber im letzten Moment auf die Lippe.

Zwei Silhouetten schälten sich aus der Dunkelheit, unförmig und schwarz. Sie bewegten sich durch den Verschlag. Ana hörte, wie ihre Füße über den Boden schlurften. Die kleinere der beiden Gestalten hockte sich neben die Feuerstelle und begann Dung aufzuschichten. Die größere blieb stehen.

»Du wirst doch keinen Ärger machen, oder?«, fragte sie mit heiserer Stimme. Sie gehörte einem Mann. Er sprach mit einem so schweren Dialekt, dass Ana ihn kaum verstand.

»Nein«, antwortete sie. »Keinen Ärger. Ich habe nur Schutz vor dem Regen gesucht.«

Die kleinere Gestalt blies in den glimmenden Dung, entfachte ein Feuer aus den wenigen Funken. Sie legte einige kleine Zweige darauf, dann sah sie auf. In dem rötlichen Feuerschein konnte Ana ihr Gesicht erkennen. Es war ein Mädchen, kaum älter als sie, aber mit dreckverschmiertem Gesicht. Ebenso wie der Mann war sie in Ziegenfelle gehüllt, die sie jetzt nach und nach ablegte.

»Ist unsere Hütte«, sagte sie, »nicht deine.«

Ihr Dialekt war noch unverständlicher als der des Manns. Ana bekam den Eindruck, dass sie nicht oft sprach. Sie richtete sich auf.

»Das stimmt«, sagte sie. »Ich möchte euch um eure Gastfreundschaft in dieser Nacht bitten.«

Der Mann lachte so meckernd wie eine seiner Ziegen. Er wirkte wesentlich älter als das Mädchen, war vielleicht ihr Vater. Sein Lachen endete in einem heiseren Husten, der so lange anhielt, dass Ana glaubte, er müsse ersticken. Schließlich atmete er aber doch tief ein und spuckte auf den Boden.

»Gastfreundschaft, ja?«, fragte er. »Willst wohl auch noch was essen?«

Ana schüttelte den Kopf. Der Gedanke an die dreckigen Töpfe ließ ihren Hunger verschwinden. »Nein, ich möchte nur Schutz. Beim ersten Tageslicht werde ich euch nicht länger behelligen.«

»Du redest komisch«, sagte das Mädchen.

»Ich komme aus Braekor. Ich war mit meinem Vater unterwegs, aber wir haben uns im Sturm verloren. Er und seine Männer müssten ganz in der Nähe sein. Vielleicht habt ihr sie ja gesehen.« Die Lüge fiel ihr leicht. Sie hatte sie für eine solche Situation einstudiert.

»Wir haben keinen gesehen«, sagte der Mann. Er klang nachdenklich. Die Aussicht, dass Ana nicht so allein war, wie es schien, gefiel ihm wohl nicht.

Er drehte sich zu dem Mädchen um. Stumm tauschten sie Blicke aus. Ana blieb reglos sitzen, versuchte sich ihre Angst nicht anmerken zu lassen.

»Dein Pferd frisst Stroh«, sagte das Mädchen unvermittelt. »Wir brauchen Stroh.«

»Mein Vater wird euch für alle Mühen und Kosten entlohnen, die euch meine Unterbringung machen mag.«

Die beiden sahen sie an. Das Mädchen runzelte die Stirn, so als habe sie die Bedeutung der Worte nicht verstanden.

»Er wird euch bezahlen«, erklärte Ana.

»Wird er das?« Der Mann hockte sich neben das Feuer. »Vielleicht, wenn er nicht tot ist. Schwerer Sturm heute.«

Er hielt die Hände über die Flammen. Sie waren breit, hässlich und voller Schwielen. »Hast ein hübsches Kleid«, sagte er dann.

Ana sah an sich herab. Selbst das wenige Licht reichte aus, um den Stoff glitzern zu lassen.

»Es ist mein wertvollster Besitz«, antwortete sie zögernd.

»Wertvoller als eine Nacht im Trockenen?« Der Mann grinste, aber das Mädchen schüttelte den Kopf.

»Brauchen wir nicht. Das Pferd.«

»Das nehmen uns andere weg, wenn sie's sehen. Das Kleid ist für uns, nur für hier.«

»Einverstanden, ihr könnt es haben«, sagte Ana rasch. Ohne Pferd war sie verloren, ohne das Kleid besaß sie wenigstens noch den Umhang.

Der Mann streckte eine Hand aus. »Gib her.«

Ana sah sich in dem Verschlag um, aber es gab keine Ecke, in der sie sich diskret hätte ausziehen können. Also zog sie den Umhang von den Strohballen, auf die sie ihn zum Trocknen gelegt hatte, und bedeckte ihren Körper damit. Umständlich zog sie sich darunter aus. Das Mädchen kicherte, der Mann grinste immer noch.

Als sie fertig war, warf sie das Kleid den beiden zu. Der Mann fing es, bevor es den Boden berühren konnte.

»Für dich«, sagte er zu dem Mädchen. Ana war überrascht über die Zuneigung in seiner Stimme. Während die beiden abgelenkt waren, zog sie sich hastig den Umhang über. Er war immer noch feucht.

Das Mädchen schmiegte ihre Wange an das Kleid. »So weich«, sagte sie leise. Beinahe ehrfürchtig legte sie es ins Stroh, dann zog sie die Felle aus, die in mehreren Schichten auf ihrem Körper lagen. Sie war so mager, dass ihre Hüften hervorstachen.

Der Mann nahm das Kleid und streifte es ihr über. Es glitt in weichen Wellen über sie hinweg. Sie atmete tief durch, wischte sich die Hände am Stroh ab und strich über den Stoff.

»Bist schön«, sagte der Mann.

Den Rest des Abends verbrachten sie schweigend. Das Mädchen und der Mann aßen Ziegenfleisch aus einem Topf, Ana hockte zwischen den Strohballen und versuchte zu schlafen. Es musste ihr gelungen sein, denn als sie den Verschlag das nächste Mal wieder wahrnahm, saßen der Mann und das Mädchen nicht mehr neben dem Feuer. Sie hatten ihre Fellmäntel auf dem Boden ausgebreitet und lagen aufeinander, das Mädchen auf dem Rücken, der Mann über ihr. Sie bewegten sich rhythmisch. Er stöhnte. Das Mädchen blickte zur Decke. Ihre Hände strichen über den Stoff, immer und immer wieder.

Ana schloss die Augen.

Kapitel 5

In Braekor glaubt man, dass ein böser Gott des Nordens vor langer Zeit beschloss, die Menschen für ihren Frohsinn zu bestrafen. Also erschuf er einen Sturm, der von Norden aufzog und Leid und Wut über die Welt bringen sollte. Doch der König von Braekor bat die Riesen, seinem Volk zu helfen. Sie kamen seinem Wunsch nach und schoben die Erde so stark zusammen, dass hohe Berge entstanden, über die der Wind nicht hinwegkam. Und so blieb die Fröhlichkeit in Braekor, und das Leid kam über Somerstorm.

Jonaddyn Flerr, Die Fürstentümer und Provinzen der vier Königreiche, Band 2

Es war bereits hell, als Ana erwachte. Die Ziegen hatten den Verschlag verlassen, die Stute war geblieben und fraß Stroh vom Boden. Der Mann und das Mädchen waren nicht zu sehen. Auf der erkalteten Feuerstelle stand ein leerer Topf. Ana zog den Umhang vor ihrer Brust zusammen und schob den Vorhang zur Seite. Erst als sie sicher war, dass die Bewohner des Verschlags nicht in der Nähe waren, nahm sie Brot und Käse aus der Satteltasche und begann zu essen. Dann sah sie sich im Inneren um.

Sie hatte gehofft, die beiden hätten ihr Kleid vielleicht zurückgelassen, doch diese Hoffnung zerschlug sich rasch. Ana fand weder ihr Kleid noch irgendeine andere Kleidung, die sie hätte tragen können. Es gab keine Decken, keine Felle, nichts außer dem Stroh am Boden und ein paar Stricken. Sogar die Werkzeuge hingen nicht mehr an der Wand.

Ich werde nicht halbnackt durch Braekor reiten, dachte Ana. Was würde man dort von mir denken?

Ihr Blick fiel auf den Vorhang am Eingang. Es war ein alter Sack aus Maka, dessen Seiten man aufgetrennt hatte. Mit einem Ruck riss sie ihn ab. Die Helligkeit, die plötzlich ins Innere fiel, ließ sie blinzeln. Ungeziefer verschwand raschelnd in dunklere Ecken. Ana schüttelte sich.

Der Stoff ließ sich mühelos zerreißen. Sie zog den Umhang aus, steckte den Kopf durch das Loch, das sie hineingerissen hatte, und band den Sack mit einem Strick über den Hüften zu. Er kratzte auf ihrer Haut, aber selbst dieses Gefühl war besser als die Nacktheit. Ana zog den Umhang darüber, führte die Stute aus dem Verschlag und schwang sich in den Sattel. Hinter ihr wehte der Wind durch den ungeschützten Verschlag und wirbelte das Stroh durcheinander.

Ana dachte an den Mann und das Mädchen, die ihre Nächte von nun an frierend verbringen würden. Die beiden hatten sie bestohlen, deshalb hatte sie sich nichts vorzuwerfen, trotzdem ließ sie der Gedanke nicht los. Sie würde einen der Karrals bitten, ihnen ein Goldstück zukommen zu lassen oder ihnen eine richtige Hütte zu bauen mit Fenstern und einer Tür. Die Idee beruhigte ihr Gewissen.

Im Tageslicht fand sie den Pfad über die Berge rasch. Auf den Reisen mit ihren Eltern hatten sie den großen Pass gemieden und sich an die Wege gehalten, die von den Ziegenhirten und ihren Herden benutzt wurden. General Norhan hatte darauf bestanden, weil es dort sicherer war als auf den Hauptstraßen. Großer Reichtum ist Grund für großen Neid, hatte ihr Vater oft gesagt.

Ana blickte zurück zu dem Verschlag am Fuß der Berge. Der Eingang war ein dunkles Loch im Holz. Sie wandte sich ab und ritt weiter, schneller als zuvor.

Je weiter sie in die Berge vordrang, desto steiler wurde der Weg. Wolken zogen träge an den Bergen vorbei. Der Wind hatte nachgelassen und mit ihm auch die Kälte. Ana trieb die kleine Stute an. Sie wollte die andere Seite unbedingt erreichen, bevor es Nacht wurde. Auf der anderen Seite gab es ein Gasthaus, hier gab es nur Felsen und gelegentlich ein ausgebleichtes Ziegenskelett am Wegesrand. Aufgeschüttete Steinhaufen zeugten davon, dass nicht nur Ziegen dem Pass zum Opfer fielen.

Gegen Nachmittag sah Ana endlich den Grenzposten, der Somerstorm von Braekor trennte. Es waren hässliche, gedrungen wirkende Gebäude, die aus dem gleichen grauen Stein wie die Berge um sie herum bestanden. Die kleinen Felder, die man mühsam den Bergen abgerungen hatte und mit deren Ernte sich die Soldaten, die hier oben stationiert waren, selbst versorgten, lagen brach. Der Posten war nur im Sommer besetzt. Im ersten Jahr seiner Herrschaft hatte der Fürst noch darauf bestanden, auch im Winter Soldaten hier zu stationieren, aber die zehn Mann, die ihren Dienst angetreten hatten, waren verschwunden. Niemand wusste, ob sie erfroren oder nach Braekor geflohen waren.

Anas Vater hatte solche Posten auf allen Wegen entlang der Grenze errichten lassen. Wer Somerstorm verlassen wollte, musste einen Passierschein kaufen. Damit sollte verhindert werden, dass Hirten und Bauern das karge Land verließen und gen Süden zogen. Trotzdem gab es immer mehr leer stehende Höfe – und Steinhaufen am Wegesrand.

Leichter Schneefall setzte ein, als Ana den Kamm des Passes erreichte. Sie zügelte ihr Pferd und blickte zurück. Nebel hing über dem Weg, den sie gekommen war, und verhüllte das Land. Es gab keinen Grenzstein, der das Ende Somerstorms und den Beginn Braekors markierte. Wer hier oben angekommen war, wusste, was er zurückließ und was vor ihm lag.

Wenn ich das nur auch wüsste, dachte Ana.

Sie warf einen Blick in den grauen Himmel. Schneeflocken fielen ihr entgegen, legten sich auf ihren Umhang und die Mähne des Pferdes. Der auffrischende Wind war kalt und trieb mehr Schnee vor sich her. Der Wetterumschwung, den Ana befürchtet hatte, war gekommen.

Kurz dachte sie darüber nach, im Grenzposten Schutz zu suchen, verwarf den Gedanken jedoch. Sie hatte von Schneestürmen in den Bergen gehört, die Wochen dauerten. Ihre Vorräte reichten nur noch für einen Tag. Sie musste das Tal auf der anderen Seite erreichen, bevor sie verhungerte.

Nervös lenkte sie ihr Pferd gen Süden. Der Abstieg war ebenso steil wie der Aufstieg. In Serpentinen wand sich der Weg an Steilwänden und Abgründen vorbei. Die Hufe der Stute schlitterten über den schneebedeckten Fels.

Ana lockerte die Zügel und überließ es dem Pferd, den richtigen Weg zu finden. Sie kamen nur quälend langsam voran, aber sie wagte es nicht, das Tier anzutreiben. An manchen Stellen war der Pfad kaum breiter als der Pferderücken. Ana war beinahe froh darüber, dass der wirbelnde Schnee ihr den Blick in die Abgründe verwehrte.

Nach einer Weile wurde der Weg breiter, und das Gefälle nahm ab. Ana erinnerte sich von früheren Reisen daran. Das Gasthaus war ganz in der Nähe.

Der Schnee stach in ihren Augen. Es dämmerte bereits, und durch den dichten Schneefall konnte sie kaum weiter als bis zum Maul ihres Pferdes sehen. Sie befürchtete, dass sie an dem Gasthaus vorbeireiten würde, ohne es überhaupt zu bemerken. Sie wusste, dass eine ungeschützte Nacht in diesem Sturm ihren Tod bedeuten konnte.

Ein dunkler Schemen löste sich aus dem alles verhüllenden Grau. Einen Moment lang glaubte Ana, es sei nur ein weiterer Felsen, dann bemerkte sie das spitz aufragende Dach und die geraden Wände. Sie hatte das Gasthaus gefunden.

Der Schnee hat den Göttern die Sicht geraubt, dachte Ana. Sie konnten mich nicht fehlleiten.

Es war ein Gedanke, auf den Zrenje stolz gewesen wäre.

Vor dem Gasthaus stieg Ana aus dem Sattel. Bis zu den Knöcheln sank sie im Schnee ein. Sie band das Pferd an einen Pfosten. Es gab einen Stall hinter dem Haus, wo sie es später unterbringen würde, aber zuerst musste sie den Wirt dazu überreden, sie ohne Bezahlung zu beherbergen. Ana zweifelte nicht daran, dass ihr das gelingen würde. Sie hatte sich allein bis hierher durchgeschlagen. Sie würde nicht an einem Wirt scheitern.

Entschlossen ging sie die drei Stufen zur Eingangstür hinauf. Ein Teil von ihr bemerkte, dass es keine Fußspuren außer den ihren im Schnee gab. Sie schluckte, dann zog sie an dem Griff der schweren Holztür.

Sie bewegte sich nicht.

Ana zog noch einmal, drückte dann dagegen. Nichts. Sie begann mit den Fäusten dagegenzuhämmern, aber das Holz dämpfte das Geräusch so weit, dass sie nicht sagen konnte, ob man es drinnen überhaupt hören konnte.

Sie wandte sich von der Tür ab und schüttelte Schnee aus ihren Haaren. Rechts und links von ihr gab es kleine Fenster im Stein, kaum größer als ihr Kopf. Holzklappen, die mit Riegeln aus Eisen und schweren Schlössern gesichert waren, waren davor befestigt worden.

Ana rüttelte daran. »Hallo?«, rief sie. »Ist jemand da? Ich brauche Hilfe!«

Niemand antwortete. Ana dachte an den verlassenen Grenzposten auf der anderen Seite der Berge. Warum sollte ein Gasthaus im Winter geöffnet sein, wenn niemand den Pass überquerte? Wahrscheinlich kamen die Besitzer des Gasthauses ebenso wie die Soldaten erst im Sommer zurück, wenn Waren über den Pass gebracht wurden und Händler von beiden Seiten ihre Dienste benötigten.

Ana ging um das Haus herum. Es gab nur ein Stockwerk und ein spitzes Dach, von dem der Schnee herunterrutschte, wenn er zu schwer wurde. Hügel aus Schnee, die so hoch wie Anas Pferd waren, zeugten von der Härte des Winters.

Sie hatte gehofft, wenigstens einen Weg in den Stall zu finden, aber das Tor war genauso verriegelt wie das Haupthaus. Ana fand keinen Weg hinein.

Sie schluckte ihre Angst hinunter. Kälte und Feuchtigkeit krochen durch ihren Körper, ihre Finger waren fast taub, ihr Gesicht brannte, als wäre sie zu lange in der Sonne gewesen.

Ich muss etwas tun, dachte sie, bevor ich erfriere. Irgendetwas tun.

Ihre einzige Hoffnung war das Gasthaus. Es war zu dunkel, um weiterzureiten, und zu kalt.

Ihr Fuß stieß gegen einen Stein. Er war so schwer, dass sie ihn mit beiden Händen aufheben musste. Vor der Hintertür des Gasthauses, die vermutlich in die Küche führte, blieb sie stehen, holte mit dem Stein aus und schlug ihn mit aller Kraft gegen den Riegel.

Ana schrie auf, als der Stein ihr aus der Hand geprellt wurde. Einen Moment lang glaubte sie, sie habe sich die Finger gebrochen, doch der Schmerz ließ so schnell nach, wie er aufgekommen war. Sie biss die Zähne zusammen, hob den Stein wieder auf und probierte es noch einmal, dieses Mal mit weniger Schwung. Rost platzte von dem Vorhängeschloss ab. Fast ein Dutzend Mal schlug Ana zu, doch mehr erreichte sie nicht.

Sie ließ den Stein fallen und begann wütend gegen die Tür zu treten. »Lass mich rein!«, schrie sie. »Lass mich doch endlich rein.«

»Was machst du da?« Die Stimme klang harsch, befehlsgewohnt. Ana fuhr herum. Drei Männer tauchten hinter ihr aus dem Schneegestöber auf. Sie trugen knöchellange Fellmäntel und hatten ihre Kapuzen tief ins Gesicht gezogen.

Ana trat ihnen entgegen, versuchte sich nicht anmerken zu lassen, dass sie Angst hatte. »Gehört euch dieses Gasthaus?«

»Beantworte meine Frage.«

»Ich suche Schutz vor der Kälte und dem Schnee.« Ana zeigte auf die verschlossene Tür. »Es wird nicht zum Schaden des Besitzers sein, wenn er mich einlässt.«

»Ich kann mir schon vorstellen, wie du bezahlen würdest«, sagte einer der Männer. Die anderen beiden lachten.

»Wenn wir nur den Schlüssel hätten«, sagte der erste.

Anas Hoffnungen sanken. »Dann gehört euch das Gasthaus nicht? Seid ihr Reisende?«

Der Mann mit der befehlsgewohnten Stimme antwortete. »Nein, sind wir nicht«, sagte er und zog die Kapuze vom Kopf. Ana sah die Tätowierung auf seiner Stirn, ein Dreieck in einem Kreis.

»Ihr seid Soldaten Braekors!« Erleichterung strich über sie, warm und willkommen. »Ich habe nach euch gesucht.«

Die Männer sahen sich an. Ana spürte ihre Verwirrung.

»Bringt mich zu eurem Offizier«, fuhr sie fort. »Ich habe wichtige Nachrichten für ihn.«

»Ich bin der einzige Offizier hier.« Wieder sprach der Mann, der sie zuerst angesprochen hatte. Er blieb vor ihr stehen und musterte sie aus schräg stehenden Augen und einem faltigen Gesicht. Er musste zu den Sraval gehören, dem Hirtenvolk, das Braekor einst allein für sich beansprucht hatte. Das war längst Vergangenheit.

»Was sollen das für Nachrichten sein?«, fragte er nach einem Augenblick scharf, als wolle er den Eindruck vermeiden, dass er ihr glaubte.

Ana zögerte. Der Offizier hatte wahrscheinlich einen sehr niedrigen Rang, wenn man ihm trotz seines reiferen Alters nur das Kommando über eine kleine Patrouille anvertraute. Sie fragte sich, ob er überhaupt verstehen würde, was ihre Anwesenheit in

Braekor bedeutete. Andererseits würde er sie wohl einfach stehen lassen, wenn sie ihm verschwieg, wer sie war.

»Fällt dir keine Lüge ein, die du mir auftischen könntest?«, fragte der Offizier. Er drehte sich zu seinen Männern um. »Kommt, wir …«

»Mein Name ist Ana von Somerstorm«, unterbrach Ana ihn. »Ich bin die Tochter von Lennard von Somerstorm. Erweise mir deinen Respekt, so wie ich es verdiene.«

»Du lügst.«

»Ich werde nicht mit dir diskutieren. Bring mich zu eurem Lager und schicke einen Boten nach Bor. Dort wird jemand wissen, wer ich bin.«

Die Arroganz, mit der sie auf den Offizier herabblickte, zeigte Wirkung. Er sah seine Männer zögernd an, dann nickte er. »Also gut, wir nehmen dich mit. Aber wenn du lügst, wirst du noch wünschen, der Schnee hätte dich verschluckt.«

Ana ließ sich ihre Erleichterung nicht anmerken. Mit durchgedrücktem Rücken und erhobenem Kopf ging sie zurück zu der Vorderseite des Gasthauses. Die Soldaten hatten ihre Pferde neben der Stute angebunden. Als sie aufstiegen, sorgten sie dafür, dass Ana in ihrer Mitte ritt. Sie wies sie dafür nicht zurecht. Sie trug weder die Kleidung einer Fürstentochter, noch ritt sie ein Pferd, das ihrer Stellung angemessen gewesen wäre. Das Misstrauen der Soldaten war berechtigt.

Es war fast dunkel, als sie das Lager erreichten. Ana sah drei einfache Hütten mit Strohdächern und einen Wachturm, der nicht besetzt war. Eine Fahne mit dem roten Wappen Braekors klebte nass an einem Fahnenmast auf dem Dach des Turms. In einem offenen Verschlag standen drei Pferde.

»Kommandierst du diese Männer?«, fragte sie den Offizier.

Er nickte. »Sechs Mann, sieben Pferde. Wir warten noch auf Verstärkung wegen der …« Er zögerte. »Wegen der Sache in Somerstorm.«

»Ihr habt also davon gehört?« Ana richtete sich im Sattel auf. »Was genau wisst ihr?«

Der Offizier hob die Schultern. Schnee lag glatt wie ein Brett darauf. »Wir wissen, dass der Fürst tot ist, deiner und unserer. Viele andere Leute sind auch tot. Karral I ist der neue Fürst. Er zieht seine Streitkräfte an der Grenze zusammen.«

»Weißt du, wer in Somerstorm eingefallen ist?«, fragte Ana.

»Nein, das hat man mir nicht gesagt.« Misstrauisch sah er sie an. »Wenn du dabei warst, solltest du wissen, wer es war.«

Sie schwieg.

Der Offizier fluchte. »Wieso steht keiner auf dem Wachturm? Ist das nicht Hoffs Wache?«

»Keine Ahnung«, antwortete der Soldat, der hinter Ana ritt. »Ist aber auch verdammt kalt da oben.«

»Na und? Was meint ihr wohl, was passiert, wenn der Leutnant aus Bor mit seinen Leuten eintrifft und einen unbesetzten Wachturm sieht? Dann kriegen wir alle die Peitsche, nicht nur Hoff.« Der Offizier spuckte aus. »So eine Scheiße.«

»Reg dich nicht auf. Der Leutnant kommt nicht vor morgen.«

Die Soldaten hatten einen laxen Umgangston, den der Offizier nicht hätte tolerieren dürfen. Ana wusste aus der Festung genug über militärische Dinge, um das zu erkennen. Der Offizier war ein schwacher Mensch. Seine Untergebenen nutzten das aus.

Vor den Hütten stiegen sie ab. Einer der Soldaten führte die Pferde zum Stall, der Offizier und der zweite Soldat schlugen sich den Schnee aus der Kleidung und führten Ana zu der mittleren Hütte. Rauch stieg durch einen Abzug im Dach in den dunklen Himmel. Im Inneren lachte jemand rau und hustete.

Der Offizier stieß die Tür mit dem Fuß auf. Die beiden Männer, die an einem langen Holztisch gesessen hatten, sprangen erschrocken auf. Kerzen flackerten und warfen lange Schatten an die Wände.

»Wo ist Hoff?«, brüllte der Offizier.

»Auf seinem Posten.« Ein junger Soldat mit zusammengewachsenen Augenbrauen und fliehendem Kinn gab die Antwort. Sein Blick zuckte nervös zwischen dem Offizier und Ana hin und her. »Ich wollte ihn gleich ablösen, Lazzu.«

»Lös ihn jetzt ab. Der Turm ist unbesetzt. Wenn du ihn draußen siehst, schick ihn zu mir.«

»Kann ich wenigstens noch aufessen?« Der Soldat zeigte auf einen halbvollen Teller Eintopf. Der ältere, der gleichzeitig mit ihm aufgesprungen war, setzte sich bereits wieder. »In dem Sturm sieht man von da oben sowieso nichts. Reine Zeitverschwendung.«

Er sprach leise, aber laut genug, dass Lazzu ihn hören musste. Doch der Offizier schwieg.

»Nein«, sagte er. »Schwing deinen Arsch die Leiter rauf. Sofort.«

Der jüngere seufzte theatralisch, stand auf und nahm einen langen Fellmantel vom Haken. Betont langsam zog er ihn an, schlug die Kapuze hoch und nahm einen der Speere, die an der Wand lehnten. Schnee wurde ins Innere der Hütte geweht, als er nach draußen trat.

Der ältere Soldat zog den Teller seines Kameraden heran und begann zu essen. Aus den Augenwinkeln betrachtete er Ana.

»Wer ist das?«, fragte er kauend.

Lazzu zog seinen schweren Mantel aus. »Sie sagt, sie ist Ana von Somerstorm.«

»Tatsächlich?« Der ältere Mann legte den Löffel beiseite, nahm eine Kerze vom Tisch und stand auf. »Ich kenne die Somerstorms. Sie haben mal in meiner alten Garnison übernachtet.«

Er ging auf Ana zu und hielt die Kerze unter ihr Gesicht. Er kniff die Augen zusammen, so als könne er sie nicht richtig sehen, obwohl sie direkt vor ihm stand. Nach einem Moment nickte er.

»Ja, sie ist es.«

Er wandte sich ab und ging zurück zum Tisch. Lazzu spuckte auf den Boden. »Du bist fast blind, Rink. Du siehst noch nicht mal dein Pferd, wenn du draufsitzt. Erzähl hier keinen Scheiß.«

Der alte Mann hob die Schultern. »Wegen mir. Warten wir auf den Leutnant. Er kennt sie auch, aber wenn er sie mitnimmt, streicht er sich die Belohnung ein, und wir gehen leer aus.«

»Was für eine Belohnung?«, fragte Ana. Die Männer ignorierten sie.

Lazzu setzte sich auf einen der Holzstühle. Der zweite Soldat blieb neben Ana stehen. Sie bemerkte auf einmal, dass er zwischen ihr und der Tür stand.

»Was für eine Belohnung?«, wiederholte sie.

Niemand antwortete ihr.

»Da hast du Recht.« Lazzu kratzte sich mit nachdenklichem Blick. »Aber wenn wir sie nach Bor bringen und sich herausstellt, dass sie lügt ...«

»Ich lüge nicht.« Ana ging einen Schritt auf den alten Mann zu. »Wir haben nur einmal in einer Garnison übernachtet, vor drei Wintern in Uval, als der Pass zugeschneit war. Man sagte uns, der Winter sei so hart, dass Männer auf ihren Pferden sitzend zu Eis erstarrt wären.«

Rink nickte kauend. »Genau so war es. Ich habe es mit eigenen Augen gesehen.«

Er wandte sich an Lazzu. »Was sagst du jetzt?«

Ana sah den Offizier mit angehaltenem Atem an. Es war unmöglich, dass er ihr jetzt nicht glaubte.

»Halt sie fest«, sagte er.

Mit einem Satz war der Soldat bei ihr. Ana fuhr herum, wollte ihm ausweichen, aber er schlug ihr mit der flachen Hand ins Gesicht. Sie strauchelte. Der Schlag brannte auf ihrer Wange. Hände schlossen sich um ihre Arme und drückten sie nach hinten.

»Was soll das?«, schrie sie. »Glaubt ihr mir denn immer noch nicht?«

Lazzu stand auf. »Oh doch, wir glauben dir.«

Er ging auf sie zu. Entsetzt sah Ana, wie sich seine Hand auf den Knauf des Dolches legte, der in seinem Gürtel steckte. »Du bist Ana von Somerstorm, und wir werden bald genug Gold haben, um uns aus diesem Scheiß hier freizukaufen.«

»Was soll das heißen?« Ihre Stimme hatte jede Autorität verloren. Sie klang wie die eines kleinen Mädchens. Lazzu setzte zu einer Antwort an, aber Rink kam ihm zuvor.

»Sie versteht es nicht«, sagte der alte Mann. Er stocherte in dem Eintopf herum, ohne etwas davon zu essen. »Sie versteht nicht, wieso jemand, der ihrer Familie in den Arsch gekrochen ist, auf einmal eine Belohnung auf ihren Kopf aussetzt.«

Er schob den Teller mit angewidertem Blick beiseite und sah sie an. Sein Gesicht hatte einen seltsamen Ausdruck, wirkte traurig und schadenfroh zugleich.

»Keiner kann die Somerstorms leiden«, sagte er zu Ana. »Wenn sie nicht allesamt Heuchler wären, würden sie Feiertage ausrufen und Freudenfeste, wegen dieser Geschichte in Somerstorm. Scheiß drauf, dass ein bisschen altes Blut dabei verschüttet wurde, Hauptsache, das Fürstentum ist ohne Erben. Wenn ihr alle krepiert seid, muss sich keiner mehr an Blutschwüre und Allianzen halten. Sie werden wie Hyänen über euren Reichtum herfallen, sobald sie die Festung zurückerobert haben. Und dann werden sie sich selbst zerfleischen, das ganze noble Pack.«

Lazzu warf ihm einen nervösen Blick zu. »Pass auf, was du sagst. Du sprichst über unsere Herren.«

Rink winkte ab. »Herren, die zu fein sind, ihre eigene Drecksarbeit zu erledigen. Karral sollte ihr den Dolch an die Kehle halten, nicht du.«

»Er will, dass ihr mich umbringt?« Ana dachte an den jungen Prinzen, mit dem sie Hasen und Rehe gejagt hatte. »Das kann nicht sein. Ihr habt seine Befehle missverstanden. Karral und die Somerstorms sind Freunde.«

»Karral und euer Gold sind Freunde. Du stehst zwischen den beiden.« Rink strich sich mit der Hand über sein faltiges Gesicht.

»Mach ein Ende«, sagte er, »bevor ich noch länger darüber nachdenke und mir das Essen hochkommt.«

Das war der Moment, in dem Ana begriff, dass es um ihr Leben ging. Kein Betteln würde helfen, kein Befehl. Sie nahm alles mit erschreckender Klarheit wahr. Die beiden Männer vor ihr, der eine mit abgewandtem Gesicht, der andere mit verkniffenem Mund und harten Augen. Das Geräusch der Klinge, die er aus dem Gürtel zog, der Druck der Hände, die sie festhielten, das Flackern der Kerzen auf dem Tisch und die Brise, die kalt über ihre Haut strich – alles war klarer als irgendetwas zuvor in ihrem Leben.

Ana trat zu. Mit aller Kraft, die sie aufbringen konnte, rammte sie die Ferse ihres Stiefels in den Fuß des Mannes, der sie festhielt. Er schrie auf, eher überrascht als schmerzerfüllt. Der Druck auf ihren Armen ließ nach. Sie warf sich nach vorne, war plötzlich frei. Die Tür war nur wenige Schritte entfernt. Sie stieß den Soldaten zur Seite. Er griff nach ihrem Umhang.

»Halt sie fest!«, schrie Lazzu.

Ana spürte eine Hand auf ihrer Schulter und duckte sich unter ihr hinweg. Die Tür war jetzt weniger als eine Armlänge entfernt. Sie streckte die Hand aus. Ihre Finger berührten den hölzernen Griff und schlossen sich darum. In Panik schrie sie auf, als sie plötzlich an der Kapuze zurückgezogen wurde. Sie ließ nicht los, riss die Tür mit sich.

»Ich hab sie!« Der Soldat zog sie weiter zurück. Ana hielt sich an der Tür fest, kämpfte um jede Handbreit, die sie von der Dunkelheit entfernte.

»Lass sie nicht los.« Lazzu war direkt hinter ihr. Etwas blitzte auf. Jemand – der alte Mann? – stieß ein gurgelndes Geräusch aus. Ana hörte einen dumpfen Aufschlag.

»Scheiße!« Lazzus Stimme.

Ein Schatten löste sich aus der Dunkelheit und glitt an ihr vorbei. Sie taumelte, als sie plötzlich freikam und gegen die Tür prallte. Hinter ihr schrie jemand so schrill, dass sie die Hände auf die Ohren presste. Ein zweiter Schrei mischte sich in den ersten, brach unvermittelt ab. Jemand wimmerte, dann wurde es still.

Ana nahm die Hände nicht herunter. Sie kniff die Augen zusammen. Ein Teil von ihr wollte in das Vergessen zurückkehren, in das sie sich schon einmal geflüchtet hatte, ein anderer kämpfte dagegen an. Sie wusste nicht, wem sie den Sieg wünschen sollte.

»Seid Ihr verletzt?« Die Worte drangen dumpf zu ihr hindurch. Sie kannte die Stimme, die sie sagte.

»Seid Ihr verletzt?«, wiederholte Jonan. »Bin ich zu spät gekommen?«

Der Kampf in ihrem Inneren endete. Der Teil von ihr, der hatte fliehen wollen, verwehte, bis sie ihn nicht mehr spürte. Etwas, was es vorher nicht in ihr gegeben hatte, nahm seinen Platz ein.

Sie öffnete die Augen. »Nein«, antwortete sie ruhig, »du bist nicht zu spät gekommen. Mir geht es gut.«

Ihre Knie zitterten, trotzdem zwang sie sich dazu aufzustehen. Tief atmete sie die kalte Luft ein.

»Dreht Euch bitte nicht um«, sagte Jonan. »Ihr müsst nicht sehen, was hier geschehen ist.«

»Doch, das muss ich.«

Sie war froh, dass der Türrahmen ihr Halt gab. So langsam wie eine alte Frau, die Angst hat zu stürzen, drehte sie sich um und sah in die Hütte hinein. Im Licht der einen, noch brennenden Kerze wirkte die Hand, die vor ihr auf dem Boden lag, als sei sie aus Wachs. Ihr Besitzer saß an der Wand, seine verbliebene Hand um den Stumpf gepresst. Seine Augen waren weit aufgerissen, sein Mund verharrte in einem ewigen Schrei. Ana wusste nicht, wie er gestorben war.

Rink lag neben dem Tisch. Ein Messer steckte in seiner Kehle. Blut tropfte vom Griff des Messers träge auf den Boden.

Anas Blick glitt zu Lazzu. Seine Brust klaffte so weit auf, dass Ana das still darin liegende Herz sehen konnte. Sein Gesicht war so verkrampft, dass sie ihn beinahe nicht wiedererkannt hätte. Der Gestank nach Blut und Fäkalien mischte sich in den Kohlgeruch.

Ana wandte sich ab und trat aus der Hütte hinaus in die Nacht.

»Wir müssen vorsichtig sein«, sagte sie, als der Wind den Gestank vertrieben hatte. »Draußen sind noch drei weitere Soldaten. Vielleicht sind sie vor dem Kampf geflohen.«

»Ihr müsst Euch nicht um sie sorgen.« Jonan zog die Tür hinter sich zu.

»Hast du sie getötet?«

»Ja.« Er blieb neben ihr stehen. »Ich werde Pferde holen.«

»Wie hast du mich gefunden? Bist du mir gefolgt?«

Die Frage schien ihn zu überraschen. »Ich bin Euer Leibwächter. Ich werde Euch beschützen, bis Ihr mich von meiner Aufgabe entbindet.«

»Habe ich das nicht getan, als du eingeschlafen bist und ich allein davonritt?«

Jonan neigte den Kopf. »Als ich erwachte, wart Ihr fort. Ich wusste nicht, was geschehen war. Solltet Ihr wegen dieser Pflichtverletzung Euer Vertrauen in mich verloren haben, verstehe ich das. Gebt mich frei, und ich belästige Euch nicht weiter.«

Sie glaubte beinahe ein Lächeln in seiner Stimme zu hören.

»Nein«, sagte sie hastiger, als es ihr lieb war, »das wird nicht nötig sein.«

Er verbeugte sich. »Mefrouw.«

Ana sah ihm nach, als er zum Stall ging und kurze Zeit später mit ihrer grauen Stute und zwei weiteren Pferden zurückkehrte.

»Es gibt viele Vorräte hier«, sagte er auf ihren fragenden Blick. »Wir werden ein Packpferd brauchen.«

Ana blickte in den Sternenhimmel. Es hatte aufgehört zu schneien. »Und dann? Was machen wir dann?«

Er reichte ihr die Zügel der Stute. »Ihr kennt meine Meinung. Zurück über den Pass, zum Hafen und dann auf ein Schiff nach Süden.«

Keiner kann die Somerstorms leiden, hatte Rink gesagt. Seine Worte hallten in Anas Geist nach. Sie dachte an Fürst Otar, an die Beleidigungen, die er ausgestoßen hatte, und an die schadenfrohen Blicke von den anderen Tischen.

Keiner kann die Somerstorms leiden.

»Nein.« Ihr Blick kehrte von den Sternen zurück zu Jonan. »Ich werde nicht weggehen. Ich will ein Dorn im Fleisch von all denen sein, die uns belogen und hintergangen haben. Sie sollen mich nicht vergessen, sondern mich hassen, wie sie meinen Vater gehasst haben. Das ist mein Erbe. Ich werde es antreten.«

»Wie?«

Der Plan, über den sie seit Tagen vage nachgedacht hatte, nahm Klarheit an. »Wir werden heimlich nach Westfall reisen. Dort werde ich mein Überleben bekannt geben«, sagte sie. »Ich werde Rickard heiraten, eine Armee aufstellen und mit seiner Hilfe Somerstorm zurückerobern. Kein Fürst wird es wagen, sich Somerstorm anzueignen, wenn es noch eine rechtmäßige Erbin gibt, die mit Westfall verbunden ist.«

Jonan schwieg. Vielleicht dachte er an die mehr als ein Dutzend Fürstentümer, die sie durchqueren mussten, vielleicht an die Länge der Reise oder an die Belohnung, die er bekommen würde, wenn er Ana verriet.

Aber er stellte nur eine einzige Frage: »Könnt Ihr Rickard wirklich vertrauen?«

Sie zögerte nicht. »Ja. Kann ich dir vertrauen?«

»Ich habe geschworen, Euch zu beschützen.«

»Ein gebrochener Schwur lässt sich mit Gold leicht vergessen.«

Er drehte den Kopf zu der geschlossenen Tür der Hütte. »Die Männer, die hier gestorben sind, hatten Familien, die sie ernähren mussten, oder Wünsche, denen sie nachjagten. Sie brauchten das Gold. Ich habe nichts außer meinem Schwur, und ich will nichts außer Eurer Sicherheit. Gold hat keine Bedeutung.«

Ana hatte das vage Bedürfnis, sich bei ihm zu entschuldigen, doch das wäre unangemessen gewesen.

»Dann ist es gut«, sagte sie stattdessen. »Ich werde dir vertrauen.«

Er reagierte auf dieses Zugeständnis nur mit einem knappen Nicken und einem leisen »Mefrouw.«

Ana dachte an ein Sprichwort, das die Händler auf dem Großen Fluss benutzten. Die Länge einer Reise wird nicht nur in Tagen gemessen, sondern in Worten. Je mehr fließen, desto kürzer der Weg.

Unserer wird sehr lang werden, dachte sie.

Zweiter Teil

Kapitel 6

In Somerstorm wird jeder als Sklave geboren. Da der Fürstenfamilie laut uraltem königlichem Erlass nicht nur das Land gehört, auf dem der Roggen wächst und das Vieh steht, sondern auch alles, was dieses Land hervorbringt, erscheint es fast schon vernünftig, auch das Volk dazuzuzählen. Tatsächlich steht es den Fürsten Somerstorms zu, jeden zu versklaven, den sie auf ihrem Boden vorfinden. Vorsichtigen Reisenden mag dies als abschreckend erscheinen, doch in der langen Geschichte des Landes haben nur wenige Fürsten dieses Recht wörtlich ausgelegt.

Jonaddyn Flerr, Die Fürstentümer und Provinzen der vier Königreiche, Band 2

Langeweile und Angst waren Gerits größte Feinde.

Die Langeweile ließ ihn leichtsinnig werden, die Angst lähmte ihn, bis er es kaum noch wagte, den kleinen Unterstand auf dem Dach des Haupthauses zu verlassen. Manchmal folgten die Angriffe dieser Feinde so dicht aufeinander, dass er glaubte, den Verstand zu verlieren. Er widersetzte sich ihnen, so gut er konnte, schlich sich hinab in die Vorratslager, obwohl er am ganzen Körper zitterte, und blieb in seinem Unterstand sitzen, wenn die Langeweile in ihm von Kampf und Flucht flüsterte.

Zwölf Tage waren seit dem Fest vergangen. Er war in dieser ersten Nacht auf das Dach geklettert, hatte sich in Nischen und hinter Vorsprüngen versteckt, während unter ihm die Bewohner der Festung zusammengetrieben wurden. Der Wind hatte Schreie zu Gerit hinaufgetragen. Den ganzen Tag über hatte er darauf gewartet, dass man auch ihn entdecken würde, aber niemand kam auf das Dach.

Er war allein.

Gerit hielt die Hände über den Kohleofen. Holzscheite lagen daneben. Man hatte sie sauber aufgestapelt in dem kleinen Unterstand, der aus wenig mehr als einem Dach und einigen Balken bestand. Windschief lehnte er an der Wand des Nordturms, dem einzigen Teil der Festung, der höher als das Dach des Haupthauses war. Es gab keine Fenster auf dieser Seite des Turms. Selbst ein Wachposten auf der Turmspitze hätte Gerit nicht sehen können, das wusste er, weil er es selbst ausprobiert hatte. Der Unterstand war sein geheimes Versteck gewesen, der Ort, an den er kam, wenn niemand ihn finden sollte.

Er wusste, dass es sich bei seinem geheimen Versteck in Wirklichkeit um eine Wachstation handelte, die jeder Soldat kannte. Bei einem Überraschungsangriff sollte hier oben ein Signalfeuer entzündet werden, um Truppen aus den Kasernen rund um das Dorf zu alarmieren. Neben den Holzscheiten stand ein Fass mit Petroleum. Gerits Vater hatte darauf bestanden, dass der Kohleofen niemals ausgehen durfte. Mit den glühenden Kohlen sollte das petroleumgetränkte Holz entzündet werden.

Doch nichts von alldem war geschehen. Das Fass, das Holz und die Kohlen waren unberührt. Gerit zog die Decke enger um seine Schultern.

Es hieß immer, Vater sei ein Mann der klugen Pläne, dachte er, aber genutzt haben sie ihm nicht.

Er lehnte sich an die Mauer des Nordturms. Sein Zimmer lag auf der anderen Seite, keine zwanzig Schritte entfernt. Wenn er die Augen schloss, sah er es vor sich: das Bett mit den schweren Daunendecken, den Kamin, die geschnitzten, stramm stehenden Holzsoldaten auf dem Spielbrett, die einander in stummer Feindschaft anstarrten, die Schüssel mit Honiggebäck, die seine Diener jeden Morgen auffüllten. Sein Leben lag jenseits dieser Mauer.

»Ich bin ein Geist«, flüsterte er.

Der Gedanke hatte etwas Beruhigendes. Einen Geist konnte man nicht töten, ein Geist spürte keinen Hunger, keine Kälte, keine Angst. Ein Geist bewegte sich neben der Welt, unberührt von all dem, das sich in ihr abspielte.

Ein Geist war beneidenswert.

Laute Geräusche aus dem Hof ließen Gerit zusammenzucken. Er stand auf, duckte sich unter einem Balken hindurch und trat vorsichtig an den Rand des Daches. Halb versteckt hinter einer Zinne, die ebenso hoch wie er war, blieb er stehen. Von hier oben überblickte er fast den gesamten Innenhof. Haupt- und Nebentore hatte man geschlossen, sämtliche Wachtürme waren besetzt. Selbst wenn die Soldaten, auf die Gerit anfangs gehofft hatte, noch kamen, würden sie die Festung nicht mehr einnehmen. General Norhan, der Gerit in Militärgeschichte unterrichtet hatte, war fest davon überzeugt gewesen, dass keine Armee die Festung Somerstorms erobern konnte, solange die Tore geschlossen und die Türme besetzt waren.

»Nur ein Verräter könnte dafür sorgen, dass die Farben Somerstorms nicht mehr von den Türmen wehen«, hatte er damals gesagt. Gerit hatte nicht verstanden, weshalb sein Blick dabei so ernst gewesen war. Er sah empor zu den Fahnen Somerstorms, die im Wind flatterten. Norhan hatte sich geirrt. Es hatte keinen Verräter gegeben. Die Eroberer waren durch das offene Tor in die Festung gelangt, auf Einladung seines Vaters. Und auch die Farben Somerstorms wehten noch auf den Türmen, natürlich, denn die Eroberer hatten keine Farben.

Gerit sah wieder nach unten auf den Hof. Die Leichen, die seit dem Fest unbeachtet auf den Steinen gelegen hatten, waren zu einem Berg zusammengetragen worden. Zwischen ihnen lagen Essensreste und Trümmer. Die Eroberer räumten auf. Gerit fragte sich, weshalb.

Die Türen zum Haupteingang standen offen. In der Abenddämmerung warfen die Gestalten, die einige Leichen aus einem Karren die Treppenstufen heruntertrugen, lange, grotesk verformte Schatten. Gerit ging langsam in die Hocke, verschmolz mit der Zinne und der Dämmerung. Er wusste längst, wie die Eroberer aussahen, trotzdem ließ er keine Gelegenheit aus, sie zu beobachten – vor allem nach Sonnenuntergang, wenn sie sich veränderten, wenn sie ihre Menschlichkeit hinter sich ließen.

Vier von ihnen trugen Leichen zu dem Berg in der Mitte des Hofs. Sie waren ihm bereits so vertraut, dass er ihnen Namen gegeben hatte: Graumähne, Rosthaut, Glatze und Hinker. Glatze war der Älteste von ihnen, bei Tag ein kleiner alter Mann mit kahlem Kopf und krummem Rücken, bei Nacht eine hoch aufgerichtete Gestalt, die lautlos und leichtfüßig durch die Festung schlich. Sein Kopf erinnerte an den eines Wolfs, seine Arme waren länger als die eines Menschen und endeten in Klauen, die einem den Kopf abtrennen konnten. Das hatte Gerit selbst gesehen. Glatze hatte keine Haare und kein Fell, nur blasse, fleckige Haut, die hart wie Leder wirkte. Hinker hinkte nur bei Nacht. Ihr rechtes Knie knickte dann nach hinten weg, so als hätte es sich bei der Verwandlung gedreht. Gelbliche Fellflicken ragten wie verdorrtes Gras zwischen ihren Brüsten hervor. Rosthauts Wolfsschädel war nackt und rot wie rostendes Eisen, während Graumähnes dichtes Fell von seinem menschlich flachen Kopf über den Rücken bis zu den Oberschenkeln wuchs.

Gerit dachte an all die Eroberer, die er in der Festung beobachtet hatte. Manche wechselten ihr Gestalt kaum merklich, einige wirkten so fremd, dass er kaum hinsehen konnte. Es gab Eroberer, die bei Nacht nicht sprachen, nur heisere Laute krächzten, solche, die sich die Kleidung vom Körper rissen oder reglos in den Himmel blickten. Er hatte ihnen allen Namen gegeben, nannte sie Drahthaar, Spitzmaul, Muskelarm, Rotauge, Einohr und Kralle. Dabei brauchten sie doch nur einen Namen, den Namen, den sie immer schon getragen hatten.

Nachtschatten.

Unten begann Graumähne Petroleum aus einem Fass auf den Leichenberg zu gießen. Er warf das leere Fass hinterher, dann nickte er jemandem zu, den Gerit vom Dach aus nicht sehen konnte. Eine Fackel flog auf die Leichen. Flammen loderten empor, tauchten den Hof in ein weiches rotes Licht. Das Petroleum verpuffte, dann griff das Feuer auf Kleidung und Haare der Leichen über.

Gerit wich zurück, als warme Luft über sein Gesicht strich. Der Geruch nach verbranntem Fleisch ließ seinen Magen knurren. Die Nase konnte zwischen einem Spanferkel und einem Menschen nicht unterscheiden. Gerit schämte sich trotzdem für seinen Hunger.

Er ging zurück zu dem Unterstand und hockte sich neben den Kohleofen. Es war zu gefährlich, das Dach bei Nacht zu verlassen. Er musste bis zum Morgengrauen warten, wenn es still in der Festung wurde und die Nachtschatten ruhten. Sie schliefen weniger als Menschen, drei, vielleicht vier Stunden am Morgen. Nur die Wachen hielten diesen Rhythmus nicht ein. Die Türme waren stets besetzt, auf den Mauern patrouillierten Bogenschützen, an den Toren standen Lanzenträger. Ihre Blicke richteten sich nach draußen, in die karge Landschaft hinein. Das Innere der Festung beachteten sie nicht. Es gab ja auch keinen Grund dafür. Schließlich gab es hinter ihnen nur Wesen ihrer eigenen Art und die Leichen derer, die sie abgeschlachtet hatten.

Und einen Geist, dachte Gerit.

Er schloss die Augen. Wie jeden Abend stellte er sich vor, er läge in seinem Zimmer auf dem Bett, die Decke bis unter das Kinn gezogen. In seinen Gedanken war er jünger, sechs oder sieben Jahre alt. Seine Mutter saß neben dem Bett. Sie las ihm eine Geschichte über Seefahrer vor, die ihr Land auf der Suche nach Schätzen verließen und Abenteuer fanden. Er hörte ihre Stimme über das Prasseln des Feuers, in dem ihre Leiche verbrannte, hinweg. Er ließ sich von ihr in den Schlaf tragen, geborgen in der Gewissheit, dass die Seefahrer trotz aller Gefahren ihre Schätze finden und nach Hause zurückkehren würden. Alles würde gut ausgehen.

Was nicht stimmte. Nichts davon stimmte. Seine Mutter hatte ihm nie etwas vorgelesen. Als Sklavin hatte man ihr verboten, lesen und schreiben zu lernen, als Fürstin hatte sie es nicht nachgeholt. Und sie hatte nie an seinem Bett gesessen. Dafür hatte es Zofen gegeben. Und natürlich würde nichts gut ausgehen. Nichts ging jemals gut aus. Es ging einfach nur weiter.

Seine eigenen Gedanken wurden Gerit unangenehm. Er öffnete die Augen und bemerkte überrascht, dass die Sonne bereits aufging. Schneeflocken trieben in der kalten, klaren Luft. Die Zwillingsmonde hingen als blasse Sicheln über den Bergen.

Gerit streckte sich, streifte die Decke ab und stand auf. Er urinierte gegen die Mauer des Turms, dann ging er zu einer Regentonne, die am Rand des Daches stand, durchschlug die dünne Eisschicht mit dem Ellenbogen und wusch sich Gesicht und Hände. Das Wasser schmeckte trotz der Kälte brackig. Es hatte seit fast einer Woche nicht geregnet, und auch an diesem Morgen war der Himmel beinahe wolkenlos. Wenn das so weiterging, musste er Zugang zu frischem Wasser finden.

Er sah zum Hof hinunter. Rauch stieg immer noch von den verkohlten Leichen auf. Asche bedeckte die Steine wie grauer Schnee.

Gerit ging zurück zu seinem Unterstand. Er zog die Schublade unter dem Kohlesieb auf und begann sich systematisch mit kalter Asche einzureiben. Ein Offizier hatte ihm diesen Trick für die Jagd verraten. Die Asche überdeckte den Eigengeruch des Jägers. Gerit wusste nicht, ob das bei den Nachtschatten ebenfalls funktionieren würde, aber das Einreiben war zu einem Ritual geworden, ohne das er das Dach nicht mehr verließ.

Er nahm den Lederrucksack, den er aus der Küche gestohlen hatte, schnallte ihn auf seinen Rücken und zog vorsichtig eine Dachluke auf. Ausgetretene Holzstufen führten in einen Gang, der so schmal war, dass zwei ausgewachsene Männer nicht nebeneinander hätten gehen können. Es war dunkel. Die Fackelhalterungen an den Wänden waren leer.

Gerit tastete sich durch den Gang bis zu einer Holztür. Er kniete sich hin und presste seine Wange gegen die Steine, sah durch den Spalt zwischen Tür und Boden in das graue Licht, das ihm entgegenschimmerte. Es war niemand zu sehen. Das Treppenhaus, das vom Haupteingang zu den Gastquartieren, der Bibliothek und einem der Audienzzimmer führte, wirkte verlassen.

Die Tür ließ sich lautlos öffnen. Der Fürst hatte stets darauf geachtet, dass die Sklaven jedes Schloss und jeden Riegel regelmäßig ölten. Die Mine hatte auf die gewartet, die ihre Aufgaben nicht ernst genug nahmen. Gerit lenkte seine Gedanken weg von seinem Vater. Es gab Wichtigeres als die Erinnerung an einen toten Feigling.

Er folgte der Treppe nicht nach unten, sondern bog nach links ab in den Gang, in dem die Quartiere lagen, die man Besuchern mit niederem Rang zur Verfügung stellte. Fürstliche Offiziere, die ihre Herren begleiteten, waren dort meistens untergebracht worden. Die Nachtschatten hielten sich dort nie auf. Es gab prächtigere und größere Zimmer in den unteren Stockwerken.

Gerit öffnete die erste Tür. Der Raum dahinter war zweckmäßig eingerichtet. Ein Bett, breit genug für zwei, ein Waschtisch und ein großer Kleiderschrank. Auf diesen Schrank ging Gerit zu. Die meisten Geheimnisse der Festung hatte er von den Sklavenkindern erfahren, bevor ihm seine Mutter verbot, mit ihnen zu spielen. Sie hatten ihm die Kerkerräume mit längst verrosteten Ketten gezeigt – sein Vater ließ Verdächtige in den Kasernen der Stadt unterbringen, weit weg von seiner Familie – und den alten Tempel unter dem Stall, in dem ihre Vorfahren zu verbotenen Göttern gebetet hatten. Und schließlich erfuhr er durch sie von dem anderen Gangsystem, das wie ein dunkles Zerrbild neben jenem lag, das die Bewohner der Festung jeden Tag benutzten.

Es hatte ihn enttäuscht, dass die Erwachsenen davon wussten. General Norhan hatte ihm erklärt, dass es früher wahrscheinlich für Überfälle auf leichtsinnige Gäste und zur Spionage verwendet worden war. Früher, das war, als die Fürstenfamilie von Somerstorm noch über ihr Land regierte, bevor die letzte Fürstin ihren Kindern ins Grab gefolgt war und die anderen Familien das graue Land ihren grauen Bewohnern überlassen hatten. Bevor man es dem neuen Fürsten schenkte, bevor das Gold entdeckt wurde, bevor das Leben in einer Nacht voller Klauen und Zähne endete, bevor …

Gerit schüttelte sich, zwang seine Gedanken zur Ordnung. In den letzten Tagen fiel ihm immer häufiger auf, dass er sich in richtigen und manchmal falschen Erinnerungen verlor. Die Welt in seinem Kopf erschien ihm manchmal wirklicher als die vor seinen Augen.

Er betrat den Kleiderschrank, zog an einem winzigen Hebel in der Decke und schob die Rückwand zur Seite. Das Gangsystem, das dahinter begann, bestand aus Holzbalken, die man wie Minenschächte durch den Stein getrieben hatte. Lange Leitern verbanden die Stockwerke miteinander. Manche erstreckten sich über zwei, drei Stockwerke hinweg, andere endeten in schmalen Röhren, die zwischen den Etagen verliefen und durch die man sich nur kriechend bewegen konnte. Es gab keine Fackelhalterungen, nur in das Holz gebrannte Symbole, deren Sinn Gerit nicht verstand. Er nahm an, dass es sich um Richtungsweiser handelte, aber worauf sie hinwiesen, blieb ihm verborgen.

Gerit nahm die Öllampe, die er hinter dem Schrank abgestellt hatte, entzündete sie und stieg die Leitern hinab. Er hielt den Griff der Lampe mit den Zähnen fest. Das Holz der Leiter fühlte sich glatt an, so als wäre es von einer ewigen Prozession aus Handschuhen und Stiefeln poliert worden. Wie oft waren Soldaten diese Sprossen emporgestiegen, einen Dolch zwischen die Zähne geklemmt, so wie er die Lampe, eine brennende Kerze auf ihrem Helm. Er fühlte ihre Aufregung vor dem Kampf, schmeckte das Metall der Klinge auf seiner Zunge. Hatten sie immer gewusst, wen sie töten sollten oder warum?

Reiß dich zusammen. Gerit schlug seine Stirn gegen eine Sprosse. Der Schmerz nahm den Bildern ihre Kraft. Er kletterte die letzte Leiter hinunter, ging einige Schritte in den Gang hinein und löschte die Öllampe. Dann öffnete er eine kaum wahrnehmbare Tür in einer der Wände. Vorsichtig blickte er durch den schmalen Spalt in die Backstube.

Sie war leer, wie er gehofft hatte. Der Ofen war kalt, einige Holzwerkzeuge lagen daneben. Auf dem Tisch stand ein Bottich mit Teig, der von einer schwarzen Schimmelschicht bedeckt war. Blut und Mehl hatten sich auf dem Boden zu dunklen Klumpen vermischt. An der hinteren Wand lagen einige Brotlaibe auf Holzregalen. Jeder einzelne war in ein Tuch eingeschlagen, um ihn frisch zu halten. Gerit verzog das Gesicht. Die Nachtschatten hatten so viel Brot gegessen, dass kaum noch etwas für ihn übrig geblieben war. Vielleicht war er anfangs zu vorsichtig gewesen und hätte gleich ein ganzes Dutzend mitnehmen sollen. Doch das hatte er aus Angst vor Entdeckung nicht gewagt.

Er schnallte den Rucksack ab und steckte zwei Brote hinein. Eine Luke im Boden führte in einen der unterirdischen Vorratsräume, in dem Zwiebeln, Dörrobst und Pökelfleisch gelagert wurden. Gerit zog sie auf.

Und starrte in ein blasses Gesicht und weit aufgerissene blaue Augen.

»Lass mich leben«, flüsterte der Junge. Tränen liefen über seine Wangen. Er hockte auf dem Steinboden, die Arme um seine Knie geschlungen. »Bitte lass mich leben. Bitte.«

Gerit atmete tief durch. Die Hand, in der er den Rucksack hielt, zitterte so stark, dass er ihn abstellen musste.

»Ich gehöre nicht zu ihnen«, sagte er ebenso leise. »Du musst keine Angst haben.«

Seine eigenen Worte beruhigten ihn. »Wer bist du?«

Der Junge wischte sich mit dem Handrücken über die Augen. Er war einige Jahre jünger als Gerit.

»Ich heiße Vrenn«, sagte der Junge. »Ich soll Bäcker lernen.« Sein Blick glitt über Gerits ascheverschmiertes Gesicht. Dann fügte er ein fragendes »Minherr?« hinzu.

Minherr. Die Anrede, die Sklaven für ihre Herren verwendeten.

»Du weißt, wer ich bin?«, fragte Gerit.

»Glaub schon. Du bist der Sohn des Fürsten, Minherr.« Vrenn neigte den Kopf in einer angedeuteten Verbeugung.

Gerit nickte knapp. Vor dem Jungen fühlte er sich stark und erwachsen. »Komm da raus und bring Zwiebeln mit.«

»Ja, Minherr.« Vrenn griff nach einem Sack Zwiebeln, der fast genauso groß wie er war.

»Nicht den ganzen Sack, nur eine Handvoll. Sonst merkt noch jemand was.« Gerit reichte dem Jungen seinen Rucksack. »Hier.«

»Ja, Minherr.« Vrenn füllte den Rucksack mit Zwiebeln und legte, ohne zu fragen, noch ein Paket Schmalz darauf. Gerit wies ihn nicht zurecht. Er selbst hätte nicht daran gedacht, etwas davon mitzunehmen.

»Hast du dich die ganze Zeit hier versteckt?«, fragte er, als er den vollen Rucksack entgegennahm und ihn auf dem Rücken festschnürte.

Vrenn kletterte aus der Vorratskammer und schloss die Luke.

»Ich habe mich in den Wänden versteckt«, sagte er mit einem Blick auf die Tür, hinter der das Gangsystem begann. »Und du, Minherr?«

»Auf dem Dach.«

»So weit oben? Hast du keine Angst runterzufallen?«

»Ach Quatsch.« Gerit winkte ab. »Da oben ist es sicher, wenn man ein bisschen aufpasst. Und ich kann sie beobachten. Ich kann alles sehen, was sie unten machen, aber mich können sie nicht sehen.«

Wenn er so davon sprach, klang sein Leben wie ein Abenteuer, und er selbst erschien wie ein Held.

Vrenn zog die Nase hoch. »Ich glaube nicht, dass ich da raufmöchte.«

»Was?«

»Ich bin nicht gern so weit oben. Mir wird schlecht, wenn ich runtersehe.« Er zog wieder die Nase hoch, dann streckte er Gerit die Hand entgegen. »Viel Glück noch, Minherr.«

Gerit ergriff die ausgestreckte Hand nicht. Ich will kein Geist mehr sein, dachte er. Ich will ein Held sein.

Doch allein konnte er das nicht. Jemand musste da sein, der ihm die Kraft zum Heldentum gab. Jemand, der kleiner, schwächer und ängstlicher als er selbst war.

»Du wirst mit auf das Dach kommen«, sagte er. »Ich befehle es dir.«

Vrenn ließ seine Hand sinken. Seine Blicke glitten nervös von einer Seite zur anderen, als suche er nach einem Fluchtweg.

»Warum?«, fragte er nach einem Moment. »Warum lässt du mich nicht in Ruhe, Minherr?«

»Weil es meine Pflicht ist, die zu schützen, die mir anvertraut wurden«, sagte Gerit. Seine Lehrer hatten ihm erklärt, welche Pflichten und Privilegien ein Herrscher gegenüber seinen Dienern hatte. »Du bist mein Sklave. Also trage ich die Verantwortung für dich.«

»Aber es geht mir doch gut, ich …«

»Keine Diskussionen«, sagte Gerit scharf. »Du wirst tun, was ich sage.« Er hatte oft gehört, wie seine Mutter auf diese Weise mit Sklaven redete.

Vrenns Schultern sackten herab. Sein Blick richtete sich auf den Boden. Gerit fragte sich, wie die letzten zwölf Tage wohl für ihn gewesen waren. Vielleicht hatte ihm zum ersten Mal in seinem Leben niemand gesagt, was er durfte und nicht durfte. Vielleicht hatte ihm das gefallen.

»Ist das klar, Vrenn? Ja oder nein?«

»Ja.« Der Junge hielt nur mühsam seine Tränen zurück. »Ja, Minherr.«

»Gut.« Gerit atmete tief durch. Ich werde ein Held sein.

Es war Gerits erste warme Mahlzeit, seit er auf dem Dach lebte. Vrenn hatte einen Topf und ein paar Holzlöffel aus der Küche mitgenommen und auf dem Kohleofen eine Suppe aus Brot, Zwiebeln und Regenwasser gekocht. Sie schmeckte nach nichts, aber sie wärmte den Körper und vertrieb die Kälte der Nacht. Gerit aß, bis er nicht mehr konnte, dann schob er Vrenn den Topf zu. Es gehörte sich nicht, dass Herr und Sklave ihre Mahlzeiten gemeinsam einnahmen.

Gerit rülpste und blinzelte ins Sonnenlicht. Der Morgen war fast vorüber, bald würden die Nachtschatten aufwachen.

»Du hast dich die ganze Zeit in den Wänden versteckt?«, fragte er.

Vrenn schluckte hastig. »Ja, Minherr.«

»Was ist mit deinen Eltern?«

»Ich weiß nicht. Sie wurden vor langer Zeit in die Minen geschickt. Ich kann mich kaum an sie erinnern.« Er begann den Topf mit seinem Löffel auszukratzen.

»Dann haben sie wohl was Schlimmes getan«, sagte Gerit.

»Ja, Minherr. Das sagt der Bäcker auch. Er sagt, wenn ich Bäcker lerne, kann ich immer in der warmen Küche schlafen und habe auch immer was zu essen. Dann werde ich nichts Schlimmes tun.«. Er zog die Nase hoch. Seine Augen füllten sich mit Tränen. »Aber der Bäcker ist tot. Wo soll ich jetzt hin?«

Es dauerte einen Moment, bis Gerit erkannte, dass die Frage sich an ihn richtete. Nervös wischte er sich die Hände an der Hose ab.

»Nun«, sagte er dann, »erst mal bleiben wir hier. Wir werden warten, bis unsere Verbündeten eine Armee aufgestellt haben und die Festung zurückerobern. Wir werden zusehen, wie sie die Nachtschatten vom Nordturm hängen und verfaulen lassen, bis sie abfallen.«

Vrenn grinste. »Die Möwen werden ihre Augen fressen.«

Gerit nickte. »Bei lebendigem Leib.«

Er verdrängte Norhans Behauptungen über die Unangreifbarkeit der Festung. Der General hatte sich schon einmal geirrt, wieso also nicht ein zweites Mal.

»Und was ist mit mir?«, fragte Vrenn.

»Du …« Gerit hatte keine Ahnung, was mit einem Sklaven geschehen würde, wenn die Nachtschatten vertrieben worden waren. Wahrscheinlich würde sein Leben so weitergehen wie zuvor. Er spürte, dass Vrenn auf eine andere Antwort hoffte.

»Du …«, wiederholte er. Ihm kam eine Idee. »Du bist ab jetzt mein persönlicher Diener. Du wirst mir helfen, mich beraten, für mich kochen. Und wenn du deine Arbeit gut machst und ich zufrieden bin, schenke ich dir das Siegel, wenn hier alles vorbei ist.«

»Das Siegel?« Vrenns Augen wurden weit. Also das war es, worauf er hoffte. Das Siegel des Fürsten, das ihn jedem gegenüber als freien Mann auswies. Es war das größte Geschenk, das ein Herr einem Sklaven machen konnte.

»Wenn ich zufrieden mit dir bin.«

»Das wirst du, Minherr.« Vrenn ging auf die Knie und presste die Stirn gegen den Boden. »Ich verspreche es.«

Er wird alles tun, was ich will, dachte Gerit. Das war eine seltsame, fast schon unheimliche Erkenntnis. Du musst nicht vor mir knien, wollte er sagen, ich bin nicht mein Vater, aber er schwieg.

Vrenn hob den Kopf nach einer Weile. »Bist du noch hungrig? Ich kann mehr Suppe kochen.«

»Nein, ich hatte …«

Dumpfes Trommelschlagen unterbrach ihn. Gerit stand auf, lief geduckt zum Rand des Dachs und sah auf den Hof. Ein Nachtschatten, der auf dem südlichen Wachturm, direkt neben dem Haupttor, Wache hielt, schlug ohne jeden Rhythmus mit der flachen Hand auf eine Trommel. Eine zweite Wache begann ebenfalls zu trommeln, dann waren es drei, vier, bis jeder Nachtschatten, der auf den Türmen und Mauern stand, auf eine Trommel einschlug und das Geräusch von den Wänden widerhallte.

»Was ist das?« Vrenn war zurückgeblieben, hockte immer noch auf dem Boden. Er musste schreien, um sich verständlich zu machen.

»Ich weiß es nicht, eine Art Signal wahrscheinlich.« Gerits Blick glitt an den Wachen vorbei über das Tor hinweg bis zur Straße, die sich den Berg hinaufwand. Staub wallte in einiger Entfernung auf. Jemand kam.

Unten wurden Türen aufgerissen. Nachtschatten, manche halbnackt, andere bereits vollständig angezogen, strömten auf den Hof. Zwei liefen zum Tor und zogen die schweren Riegel, mit denen es gesichert wurde, zurück. Dann stemmten sie sich gegen das Drehkreuz der schweren Seilwinde. Ein dritter half ihnen. Stück für Stück wurde das Tor geöffnet.

»Kommen Soldaten, um uns zu retten?«, rief Vrenn.

In seiner Stimme klang die gleiche Hoffnung durch, die auch Gerit gehegt hatte, als er die Trommeln hörte. Doch für Soldaten hätten die Nachtschatten wohl kaum die Tore geöffnet.

»Nein«, rief er zurück. »Keine Soldaten.«

Immer weiter wurden die Trommeln geschlagen, fanden langsam ihren eigenen Rhythmus, der von niemandem vorgegeben wurde. Die Nachtschatten, die auf dem Hof standen, stampften mit nackten Füßen und schweren Stiefeln auf. Sie wirbelten Asche hoch in die Luft. Rauch aus glimmenden Leichenresten zog träge zum Tor hinaus.

Gerit kniff die Augen zusammen. Die Staubwolke kam stetig näher. Er erkannte Reiter darin. Es war eine kleine Gruppe, ungefähr ein Dutzend, schätzte er. Sie trugen weder Fahnen noch Standarten, hielten keine Formation ein. Die Staubschicht, die auf ihnen lag, verwandelte ihre Kleidung in graue Uniformen.

»Was ist los, Minherr?«

Gerit ignorierte Vrenns Frage. Die Reiter erreichten das Tor. Im Lärm der Trommeln bewegten sie sich lautlos, schienen beinahe über das Pflaster zu schweben. Gerit sah, dass sie weit fallende Umhänge und Kapuzen trugen. Waffen klirrten, als die Nachtschatten von ihren Pferden sprangen und die, die anscheinend auf sie gewartet hatten, begrüßten.

Die Trommelschläge wurden unregelmäßiger, weniger. Nachtschatten sahen sich um, als würden sie etwas vermissen, das sie erwartet hatten. Einer der Reiter deutete auf die Landschaft jenseits des Tors und breitete die Arme aus, als wolle er sagen: Was kann man tun?

Mit dem Blick folgte Gerit der Geste des Reiters. Eine Weile lang sah er nichts außer der langsam verwehenden Staubwolke.

»Was ist denn los?«, fragte Vrenn erneut. Er sprach leise, ängstlich. Die Trommelschläge waren fast verstummt.

»Jemand kommt«, sagte Gerit, den Blick starr auf die einzelne Gestalt gerichtet, die langsam die Straße heraufkam. Sie ging zu Fuß. Ein weißes Pferd folgte ihr mit herabhängenden Zügeln.

»Wer?«

Gerit schüttelte nur den Kopf. Die Gestalt näherte sich dem Tor. Es war ein Mann, ein Nachtschatten, das erkannte er an den geschmeidigen, fließenden Bewegungen, auch wenn der Mann ansonsten menschlich wirkte. Er hatte dichtes graues Haar und ein kantiges, schmales Gesicht. Seine Haut war braun gebrannt wie die eines Bauern, der sein Leben lang auf den Feldern verbracht hatte. Doch keinen Augenblick lang hätte Gerit geglaubt, einen Bauern vor sich zu haben. Sein Rücken war nicht gekrümmt, sein Blick nicht trüb, sein Gang war aufrecht und stolz wie der eines Fürsten. Es war beinahe vermessen, so zu gehen.

Unten begannen die Nachtschatten wieder zu trommeln. »Korvellan!«, rief einer der Wachen neben dem Tor. »Korvellan!«

Andere nahmen den Ruf auf. Er schwoll zu einem Chor an, der den Rhythmus der Trommeln aufnahm.

Korvellan, dachte Gerit. Etwa *der* Korvellan?

Der Mann blieb vor dem Tor stehen. Er hob den Kopf und ließ den Blick über die Festung gleiten. Eine ganze Weile blieb er so stehen, reglos, die Hände tief in die Taschen seiner Hose gesteckt. Er schien die Rufe nicht zu bemerken.

»Wer ist das?«, fragte Vrenn. Er hatte sich nun doch bis zum Rand des Dachs vorgewagt.

»Mortamer Korvellan«, antwortete Gerit, als wäre damit alles gesagt, aber der Junge runzelte nur die Stirn. In der Backstube lernte man wohl nicht viel über Militärgeschichte.

»Einer der größten Generäle des Kriegs«, fuhr Gerit ungeduldig fort. »Durch seine Siege konnte der Fürst von Westfall sein Territorium verdreifachen.«

»Westfall? Dann wird er uns retten?« Vrenns Augen leuchteten voller Hoffnung, aber Gerit schüttelte den Kopf. »Nein, er verschwand nach dem Krieg. Alle dachten, er wäre irgendwelchen Straßenräubern zum Opfer gefallen, aber das war wohl falsch.«

»Oh.« Vrenn verzog das Gesicht. »Und was macht er jetzt hier?«

Gerit betrachtete den Mann vor dem Tor. »Seinen Sieg feiern«, sagte er dann so leise, dass er nicht wusste, ob Vrenn ihn überhaupt verstand. Doch der Junge fragte nicht nach. Vielleicht hatte er ihn verstanden, vielleicht begriff er auch selbst, was da unten geschah.

Korvellan nahm die Hände aus den Taschen, ergriff die Zügel seines Pferdes und führte es durch das Tor. Dann hob er die Arme. Der Lärm verstummte.

»Ihr habt Ehre über euer Volk gebracht«, sagte er. Seine Stimme hallte von den Mauern und Dächern wider. »Dieser Sieg ist euer Sieg. Diese Festung ist eure Festung.« Er lächelte. »Dieses Land ist euer Land.«

Die Nachtschatten jubelten. »Korvellan! Korvellan!«, riefen sie. Einer von ihnen, Gerit nannte ihn Kralle, trat vor.

»Wo ist unser König?«, rief er über den Lärm hinweg. »Wann wird er eintreffen, damit wir ihm das Land zu Füßen legen können?«

Die Rufe verklangen. Jeder schien die Antwort auf diese Fragen hören zu wollen. Gerit beugte sich so weit vor, wie er es wagte, um kein Wort zu verpassen.

»Sei vorsichtig«, flüsterte Vrenn neben ihm. »Sie sehen dich noch.«

Korvellan steckte die Hände wieder in die Taschen. »Er ist kein König«, sagte er. »Beleidige ihn nicht mit den Titeln eines Menschen. Sein Blut ist älter als das von Königen, Fürsten und Generälen. Er …«

»… ist bereits hier.«

Gerit zuckte zusammen. Neben ihm begann Vrenn beim Klang der Stimme zu wimmern. Sie war tief und rau und wütend. Gerit hatte einst einen gefangenen Tiger auf einem Jahrmarkt in Braekor gesehen, der sich beim Anblick eines jeden Menschen gegen die Gitterstäbe geworfen hatte, als suche er Rache für sein Schicksal. Hätte die Bestie eine Stimme gehabt, sie hätte geklungen wie die des Reiters, der nun seine Kapuze abnahm.

Die Nachtschatten, die ahnungslos neben ihm gestanden hatten, wichen zurück, ebenso erschrocken wie Gerit.

»Ich bin kein König, ich bin Schwarzklaue«, sagte der Reiter und riss sich den Umhang vom Leib. Sein Körper war bedeckt mit schwarzem, beinahe bläulich schimmerndem Fell. Seine Hände waren groß wie die Pranken eines Bären, sein Kopf breit mit Eckzähnen, die fast bis zum Kinn ragten. Er war größer als die anderen Nachtschatten und trug weder Kleidung noch Waffen.

»Ich bin mehr als ein König.« Er ging auf Kralle zu. »Siehst du das denn nicht?«, fragte er.

Gerit sah es. Neben ihm wirkten die anderen wie schlechte Kopien eines perfekten Gemäldes. Er war, wie sie hätten sein sollen oder vielleicht einmal gewesen waren, damals, als Nachtschatten und Vergangene um die Herrschaft über die Welt gekämpft hatten.

Kralle sank auf die Knie. »Ich …«, begann er mit zitternder Stimme, aber ein Tritt ließ ihn verstummen.

»Steh auf. Wir knien vor niemandem.«

Hastig stand Kralle wieder auf. Er schien etwas sagen zu wollen, schwieg dann jedoch. Schwarzklaue wandte sich ohne ein weiteres Wort von ihm ab.

»Ich bin hierhergekommen in der Kleidung eines Menschen«, sagte er, »nicht aus Feigheit, sondern weil jemand, dem ich traue, es für weise hielt.«

Schwarzklaue sah Korvellan kurz an.

»Er hatte Recht. Ihre Armeen sind stark, und ich wäre vielleicht nicht lebend hier angekommen, hätte ich mich zu früh verraten. Aber bei den Vorfahren, wie gern hätte ich ihr Blut auf meiner Zunge geschmeckt, ihr Fleisch zwischen meinen Zähnen zerrissen.« Sein Blick kehrte zu Korvellan zurück. »Aber jemand glaubte, diese Freude sei weniger wert als mein Leben.«

Korvellan lachte. »Und war das so falsch, mein Freund?«

»Nein, aber eines Tages wird es falsch sein.« Schwarzklaue zog die Lefzen hoch. Gerit war sich nicht sicher, ob das als Lächeln oder Drohung gemeint war. Die anderen Nachtschatten lachten, verhalten und vorsichtig. Nur Korvellan schien keine Angst vor Schwarzklaue zu haben.

»Bis dahin werde ich darauf bestehen, dein Leben zu schützen«, sagte er.

»Und du wirst uns Siege bringen so wie diesen.« Schwarzklaue hob den Kopf und atmete tief durch. Seine Stimme wurde leiser. »Wir haben lange genug gewartet. Die Zeit ist reif. Alles verändert sich.«

Er legte Kralle die Hand auf die Schulter. »Spürst du, wie sich alles verändert?«

»Ja.« Es klang nicht wie eine Lüge. Auch die anderen Nachtschatten nickten.

Schwarzklaue drehte sich um. »Aber bevor wir an neue Siege denken, müssen wir den alten vollenden.« Ein Blick aus gelben Augen traf Gerit wie ein Blitz.

»Holt die Menschen vom Dach«, sagte Schwarzklaue.

Gerit blieb stehen. Er war beinahe erleichtert, dass es endlich vorbei war. Ich werde nicht weglaufen, dachte er. Sie werden ihre Krallen nicht in meinen Rücken schlagen.

Hinter ihm lief Vrenn schreiend auf die Dachluke zu.

Sie hatten sich noch nicht einmal die Mühe gemacht, ihn zu fesseln.

Gerit stand an der Wand des Audienzsaals, dort wo Hinker ihm befohlen hatte zu warten. Vrenn hockte neben ihm am Boden und weinte lautlos. Seine Flucht hatte kaum länger gedauert als Gerits Weg durch das Treppenhaus.

Die Nachtschatten hatten die Einrichtung aus dem Saal entfernt. Nur einige Tische standen noch an den Wänden, der Thron und die Stühle für die fürstlichen Schreiber und Berater waren verschwunden. An ihrer Stelle hatten die Nachtschatten Wandteppiche und Vorhänge von den Wänden gerissen und auf dem Boden ausgebreitet. Sie saßen darauf, bildeten einen Kreis um Schwarzklaue und Korvellan. Selbst sitzend ragte Schwarzklaue aus der Gruppe hervor. Gerit stand als Einziger. Niemand beachtete ihn. Er hielt den Kopf gesenkt und betrachtete die Stickereien des Wandteppichs, der vor ihm lag. Sie stellten eine Jagdszene dar. Reiter folgten zwei Löwen über die Savanne. Eines der Tiere blickte ihnen entgegen, die Krallen ausgefahren, das Maul geöffnet. Der andere Löwe lief einem dichten Wald aus Palmen entgegen. Gerit hatte als Kind oft vor dem Teppich gesessen und sich vorgestellt, einer der Reiter zu sein. Er fragte sich, weshalb er nie einer der Löwen hatte sein wollen.

Vielleicht, weil sie sterben werden, dachte er.

»Was ist mit den Soldaten?«, hörte er Korvellan fragen.

Kralle sprach für die Nachtschatten. »Die Offiziere haben fünf Goldstücke für jeden Mann bekommen, der die Waffen niederlegt und die Kaserne verlässt, so wie du es uns befohlen hattest. Wir mussten höchstens zwei Dutzend töten.« Er grinste. »Das hat die anderen überzeugt, unser Angebot anzunehmen.«

Schwarzklaue schnaubte. »Die Feiglinge haben den Tod mehr verdient als die, die sich uns entgegengestellt haben. Ihr hättet sie töten sollen.«

»Das ist die Haltung eines Kriegers, nicht eines Strategen«, sagte Korvellan. »Ein Krieger hätte versucht, sie alle zu töten, aber er hätte es nicht geschafft. Die Überlebenden wären nach Braekor geflohen und hätten von diesen Gräueln berichtet. Das nächste Mal, wenn wir auf sie getroffen wären, hätten sie uns mit dem Mut von Todgeweihten bekämpft, und viele wären unnütz gestorben. Aber wir haben sie leben lassen und ihnen genügend Gold gegeben, um eine Farm oder ein Fischerboot zu kaufen. Das wird sich herumsprechen. Wenn wir an einem Tag, der nicht mehr weit entfernt ist, den Soldaten Braekors oder Westfalls gegenüberstehen, werden sie wissen, dass sie eine Wahl haben: Ehre und Tod oder Gold und Leben. Das wird Zweifel unter ihnen säen, und zweifelnde Krieger sind schwache Krieger.«

Gerit konnte kaum glauben, was er da hörte. Die Soldaten Somerstorms hatten sich bestechen lassen, hatten ihre Heimat und ihre Fürsten für ein paar Goldstücke verraten? Wieso nur hatten sie das getan?

»Du bist ein kluger Mann, Mortamer«, sagte Schwarzklaue, »aber du denkst wie ein Mensch.«

»Einer muss es tun.« Es klang wie Ironie, aber Korvellan lächelte nicht. Er trank einen Schluck Obstbier aus einem Holzbecher, dann wandte er sich wieder an Kralle. »Was ist mit den Minen?«

»Ein paar Sklaven sind geflohen, zwei haben sich als Nachtschatten erwiesen und wurden befreit. Die meisten fördern weiterhin Gold und Eisen. Wir haben die Wächter behalten und ihnen gesagt, dass für jeden Sklaven, der flieht, einer von ihnen getötet wird. Seitdem gab es keine Flucht mehr.«

Korvellan neigte den Kopf. Einen Augenblick lang sah Gerit die Bestie in ihm, so wie in einem dieser Bilder, die sich veränderten, wenn man sie aus einem anderen Winkel betrachtete. Als Kind hatte ihm seine Zofe erzählt, manche Nachtschatten trügen ihr Fell innen. Gerit hatte nie daran geglaubt. Er hatte an vieles nicht geglaubt.

»Hängt die Wachen«, sagte Korvellan. »Holt die Sklaven aus den Minen, damit sie es sehen. Wenn sie es selbst tun wollen, lasst sie. Sagt ihnen, dass sie die Mine verlassen können, wenn sie wollen, aber dass sie von nun an für jedes Pfund Metall, das sie aus den Bergen reißen, zehn Silberstücke bekommen. Sagt ihnen, Schwarzklaue wird Wohlstand und Gerechtigkeit nach Somerstorm bringen. Ist dies in deinem Sinne, Schwarzklaue?«

Der Nachtschatten winkte ab. Er wirkte gelangweilt. »Meinetwegen. Du bezahlst schon unsere Feinde, warum also nicht unsere Sklaven? Lasst uns über etwas anderes als Gold reden.«

Gerit zuckte unter seinem plötzlichen Blick zusammen. Die gelben Augen schienen sein Innerstes zu erkennen. Vrenns Wimmern erstarb.

»Lasst uns über unsere Gefangenen reden. Willst du sie auch bezahlen, Mortamer?«

»Nein.«

Schwarzklaue stand auf und ging mit seinem geschmeidigen Raubtiergang auf Gerit zu. »Gerit Somerstorm«, sagte er. »Alle dachten, du wärst mit deiner Schwester geflohen, aber du warst hier, die ganze Zeit, hast sie beobachtet und abgewartet.«

Gerit wusste nicht, ob er etwas dazu sagen sollte, also schwieg er. Sein Mund war so trocken, dass er kaum schlucken konnte. Schwarzklaue konzentrierte sich nur auf ihn, Vrenn ignorierte er. »Du hast Mut gezeigt, aber dein Name verurteilt dich zum Tod.«

Gerit wich seinem Blick nicht aus. Seine Beine zitterten, sein Herz raste. Vrenn begann neben ihm leise zu weinen. Seine Schwäche gab ihm die Stärke, Schwarzklaue ins Gesicht zu blicken. Ich werde nicht als Feigling sterben.

»Sein Name ist unbedeutend«, sagte Korvellan. »Solange seine Schwester lebt, hat er keinen Erbanspruch. Wir …«

»Musst du allem widersprechen, was ich sage!« Schwarzklaues Stimme donnerte durch den Saal. »Er ist ein Somerstorm, der Sohn unseres toten Feindes. Wir werden ihn nicht leben lassen!«

»Ich glaube, das werden wir.« Korvellan war jetzt ebenfalls aufgestanden. Die Bestie in ihm lauerte hinter seinen Bewegungen. »Jeder Herrscher, der jemals eine Allianz mit Somerstorm hatte, jagt gerade nach seiner Schwester. Niemand weiß, dass er auch noch lebt. Lebendig könnte er uns einen Vorteil verschaffen. Lass uns abwarten, was da draußen geschieht, bevor wir handeln. Sein Tod hat keine Eile, und wie du selbst siehst, zeigt er Mut. Die Vorfahren schätzen Mut.«

Schwarzklaue fletschte die Zähne. »Aber sie hassen Feiglinge.«

Seine Pranke schlug so schnell zu, dass Gerit nicht einmal blinzeln konnte. Krallen schossen an seinem Gesicht vorbei. Er hörte ein Geräusch, als würde jemand Stoff zerreißen. Vrenns Kopf kippte nach hinten. Aus dem offenen Hals sprudelte hellrotes Blut. Der Junge griff mit den Händen in die Luft, suchte nach etwas oder jemandem zum Festhalten. Gerit stolperte zurück, entging den blutigen Händen. Gurgelnd fiel Vrenn zur Seite. Sein Blut floss über den Wandteppich, über die Reiter, die Löwen und die Savanne. Nichts blieb von ihnen übrig, nur eine rote Pfütze, die im Stoff versickerte wie in Sand.

Schwarzklaue wandte sich ab. »Schafft ihn mir aus den Augen. Er soll in der Küche arbeiten oder den Ställen, irgendwo, wo ich ihn nicht sehen muss. Behandelt ihn wie jeden anderen. Tut so, als wäre er einer von uns. Und – Korvellan …«

»Ja?«

»Verwechsle Klugheit nicht mit Unersetzlichkeit.« Schwarzklaue ließ ihn stehen und verließ mit langen, wütenden Schritten den Audienzsaal.

Gerit war bis an die Wand zurückgewichen. Der Anblick von Vrenns beinahe kopfloser Leiche und der schwere Eisengeruch des Bluts ließen ihn würgen. Hustend übergab er sich.

»Tut, was er sagt.« Korvellans Stimme drang kaum zu ihm durch. Hände ergriffen ihn an den Schultern. Zwei Nachtschatten führten ihn aus dem Audienzsaal hinaus. Durch eine Wand aus Tränen sah er Korvellan, der auf einem der Teppiche stand und sich mit der Hand über das Kinn strich. Seine andere Hand war zur Faust geballt. Sie hing an seiner Seite, unmittelbar über dem Knauf seines Schwertes.

Kapitel 7

Die Meister der westlichen Inseln, einer kleinen Inselgruppe vor der Küste Westfalls, gelten als exzentrisch, unnachgiebig und geheimnisvoll. Selbst die, die nach dem Studium auf den Inseln Großes vollbringen, können nur selten sagen, ob ihnen dies wegen oder trotz der Meister gelungen ist.

Jonaddyn Flerr, Die vier Königreiche
und ihre Provinzen, Band 1

Craymorus Ephardus war ein Krüppel. Er wusste, dass er ein Krüppel war, weil seine Beine von Metallschienen und Lederriemen zusammengehalten wurden und weil er ohne Krücken keinen Schritt weit gehen konnte. Doch an diesem Nachmittag, auf einer Holzbank vor der Hütte sitzend, die er sich mit Rickard Westfall teilte, fühlte er sich nicht wie ein Krüppel. Er fühlte sich wie ein Held.

»Rickard«, rief er. »Ich habe die dritte Zeile übersetzt.«

»Meinen Glückwunsch.« Rickard atmete schwer. Seit dem Mittagessen übte er Stöße mit einem gepolsterten Schwert und einem von einem Baum schwingenden Hafersack. Er war groß und muskulös, mit einem offenen Gesicht und dunkelblondem Haar, das ihm bis über die Augen fiel. »Wie lange hast du gebraucht?«

»Vier Tage, einen Tag weniger als für die zweite Zeile.«

»Deine Geduld ist bewundernswert.« Rickard sprach im Rhythmus seiner Bewegungen. Er tänzelte vor und zurück, tauchte unter dem Sack hindurch und schlug zu. »Ich könnte nie so lange auf ein Stück Papier starren. Wäre mir zu langweilig.«

»Nein, das ist überhaupt nicht langweilig. Ganz im Gegenteil.« Craymorus begann in seinen Notizen zu blättern. »Wer hat schon die Möglichkeit, einen Text der Vergangenen in ihren eigenen Worten zu lesen und diese unglaublich komplexe Sprache verstehen zu lernen? Wenn du dich nur ein wenig damit beschäftigen würdest, dann …«

Rickard unterbrach ihn lachend. »Cray, eins nach dem anderen. Ich bin schon froh, wenn ich unsere Sprache einigermaßen beherrschen lerne.«

Niemand außer Rickard nannte ihn Cray. Er hatte noch nie einen Spitznamen. Er dachte an die Kinder in den Gassen Slebins und an die Rufe, die ihn so oft bis nach Hause verfolgt hatten. Zumindest keinen, den ich mochte.

»Was lassen dich die Meister gerade lesen?«, fragte er.

Rickards Schwert schlug dumpf gegen den Hafersack. »Cero.«

»Ein Mann, der seinem Schatten folgt, wird die Sonne niemals sehen«, zitierte Craymorus. Cero war einer der bekanntesten Philosophen des Südens.

»Genau.« Rickard setzte sich ins Gras und begann die Polsterung seines Schwertes zu entfernen. »Haben die Meister dir mal erklärt, weshalb ich Philosophen studieren muss? Warum nicht Geschichte oder Bürokratie oder von mir aus Pferdezucht? Irgendwas Sinnvolles.«

»Die Meister erklären niemandem etwas, schon gar nicht einem anderen Schüler.«

»Ich dachte, das ist bei dir vielleicht anders. Du gehörst doch fast schon zu ihnen.«

Es stimmte, dass Craymorus länger auf den Inseln lebte als jeder andere Schüler, den er in dieser Zeit kennen gelernt hatte. Vor sieben Jahren hatte er das Schiff, das regelmäßig die Hauptinsel anfuhr, verlassen und es danach nie wieder betreten. Trotzdem fühlte er sich den Meistern nicht näher als am ersten Tag.

»Nein, sie haben mir nichts gesagt.«

»Verdammt.« Rickard ließ sich mit dem Rücken ins Gras fallen. Er war erst seit weniger als einem halben Jahr auf der Insel, aber Craymorus bezweifelte, dass er noch viel länger bleiben würde. Die Meister entschieden, was sie ihre Schüler lehrten. Rickard, der auf Schlachtfeldern und in Kasernen aufgewachsen war, hatte Lesen und Schreiben gelernt. Außerdem wurde er in Waffenkunst und Menschenkenntnis unterrichtet – und in Philosophie.

»Die Meister wissen, was sie tun.« Bei seiner Ankunft hatte Craymorus noch gehofft, man würde ihn in den Grundlagen der Magie ausbilden. Sein Vater war weit über die Grenzen des Landes bekannt, und Craymorus hatte sein Talent geerbt, auch wenn er es nie ausüben würde. Beinahe unbewusst berührte er bei dem Gedanken die Krücken, die an der Holzbank lehnten. Der dumpfe Schmerz in seinen Beinen begleitete ihn wie sein Herzschlag, allgegenwärtig und alles bestimmend.

Seine Finger glitten von den Krücken ab. »Wirklich, sie wissen, was sie tun. Sie lehren mich Geschichte, und mittlerweile habe ich erkannt, dass ich nie etwas anderes lernen wollte.«

Craymorus sah zum Eingang der Blockhütte. Rickard hatte sie kurz nach seiner Ankunft auf den Inseln gebaut. Jeder Schüler erhielt genügend Baumaterial, um eine eigene Behausung zu errichten, konnte aber auch in den Schlafsälen des Hauptgebäudes wohnen. Craymorus hatte dort vier Jahre lang gelebt, Rickard keine zwei Wochen. Wenn die Lehrer ihn nicht gebeten hätten, in Rickards Hütte zu ziehen, würde er jetzt noch dort leben. Das sagte wohl irgendetwas über seinen Charakter aus, aber er war sich nicht sicher, was.

»Bist du der Erste, der diese Schrift übersetzt?«, fragte Rickard, während er einen Speer zwischen die Äste zweier Bäume legte und sich daran hochzuziehen begann. Seit er im Armdrücken gegen Craymorus verloren hatte, versuchte er seine Arme zu stärken. er verlor nicht gern. Craymorus sagte nichts dazu, auch wenn er wusste, dass Rickard ihn niemals schlagen würde. Er hatte die Brust eines Ringers und die Arme eines Schmieds. Seine Hände waren breit und so voller Schwielen, dass er das Holz der Krücken kaum noch spürte. Es waren hässliche Hände, die kaum geeignet erschienen, die Schönheit zu entdecken, die sich im Inneren alter Schriften verbarg.

»Nein«, antwortete er auf Rickards Frage, »es gibt fast ein Dutzend Übersetzungen. Die Salzrollen, wie sie genannt werden« – er strich mit gefühllosen Fingern über die Abschrift –, »gelten wegen ihrer Vollständigkeit als eine der bedeutendsten Schriften der Vergangenen. Sie ...«

Rickard ließ ihn nicht ausreden. Schweiß glänzte auf seiner Stirn. »Wieso übersetzt du sie dann noch mal?«

Das war eine Frage, die Craymorus sich noch nie gestellt hatte. Er zögerte. »Um sie für mich zu entdecken«, sagte er dann. »Sonst kann ich sie nicht wirklich verstehen.«

Rickard schob sein Kinn über den Speerschaft. Die Muskeln in seinen Armen zitterten unter der Anstrengung. »Das ist doch Blödsinn. Das wäre ja so, als würdest du absichtlich ohne Karte losreiten, obwohl du weißt, dass es eine gibt. Du könntest dich verirren oder auf der Suche nach einem Pass in den Bergen erfrieren, nur weil du den Weg für dich selbst entdecken willst.«

Craymorus lächelte. »Die Gefahr, beim Übersetzen von Schriften zu erfrieren, ist eher gering.«

Rickard ließ den Speer los und begann seine Arme zu massieren. »Stimmt schon, aber Leute wie du verschwenden Monate, Jahre, vielleicht sogar ihr ganzes Leben damit, die Arbeit anderer zu kopieren, obwohl sie während dieser Zeit etwas Eigenes erschaffen könnten. Das ist einfach nicht« – er suchte einen Moment nach dem richtigen Wort – »effizient.«

Er denkt so anders als ich, dachte Craymorus. Sein Geist beschäftigt sich mit Truppenstärken und der nächsten Ernte. Jahrtausendealte Worte sind bedeutungslos für ihn.

»Nein, effizient ist es wohl nicht«, sagte Craymorus, »aber manche halten es für wichtig.«

»Manche.« Rickard setzte sich ins Gras und gähnte. »Ich geh bei Sonnenuntergang angeln. Kannst ja mitkommen, wenn ...«

Er unterbrach sich. Sein Blick zuckte zur Seite. Einen Herzschlag später hörte Craymorus das Krachen eines Astes.

»Wer ist da?«, rief Rickard in den Wald hinein. Geschmeidig kam er auf die Beine. Seine Hand tastete nach dem Speer, der zwischen den Ästen klemmte. Craymorus griff nach einer seiner Krücken. Seit einiger Zeit kursierten Gerüchte über Piraten, die Schüler aus ihren Hütten entführten und als Sklaven verkauften. Niemand wusste, ob das wirklich stimmte. Die Meister sagten nichts dazu, wenn man sie fragte.

»Kein Feind«, rief eine Mädchenstimme, die Craymorus sofort erkannte. Penya, die Tochter eines Krebsfischers, trat aus dem Wald und ging über die Lichtung auf die Hütte zu. Sie war klein, schmal und dunkel, so wie die meisten Varna, das Fischervolk, das die Inseln vor Westfall bewohnte. Ihr Gesicht war ebenmäßig und glatt, ihr schwarzes Haar fiel bis auf ihre Schultern. Sie trug ein langärmeliges, braunes Hemd, das bis zu den Knien reichte, und keine Schuhe. Es war die traditionelle Kleidung der Varna.

Rickard ließ die Hand sinken. Craymorus stand auf und schob die Krücken unter seine Schultern. Die Bewegung war ihm so vertraut, dass er sie kaum noch bemerkte.

»Wir heißen dich willkommen«, sagte er und neigte den Kopf zur förmlichen Begrüßung.

Rickard grinste. »Da bist du ja wieder.«

Craymorus wusste nicht, was er damit sagen wollte.

Penya erwiderte seine Begrüßung und sah zuerst Craymorus, dann kurz und beinahe verschämt Rickard an. »Die Meister wünschen euch zu sprechen«, sagte sie. »Ich werde euch zu ihnen bringen.«

Das Grinsen verschwand aus Rickards Gesicht. »Welcher Meister? Steht eine Prüfung an?«

»Ich glaube nicht. Der Rat will euch sprechen.«

»Dann muss es wichtig sein«, sagte Craymorus. In den Jahren seines Studiums war er nur einmal zum Rat gerufen worden. Damals hatte man ihm den Tod seiner Schwester mitgeteilt.

Rickard half Craymorus, die Sachen in die Hütte zu räumen. Das Wetter auf den Inseln änderte sich schnell.

»Mein Boot liegt in der Bucht. Der Weg ist länger, aber leichter«, sagte Penya.

»Danke.« Craymorus lächelte knapp. Seine Beine schleiften über den Boden, als er die Krücken vor sich setzte. Penya und Rickard ließen ihn vorgehen und die Geschwindigkeit bestimmen. Aus den Augenwinkeln bemerkte er, dass sie sogar ein wenig zurückfielen und sich flüsternd unterhielten. Er fragte sich, worüber.

Der Weg durch den Wald war breit, und die meisten Baumwurzeln und Kaninchenbauten waren Craymorus so vertraut, dass er sie mühelos überwand. Trotzdem war seine Stirn schweißnass, als sich die Bäume lichteten und er aus dem Wald heraus auf den Kieselstrand trat.

Die See lag glatt vor ihm. Zwischen den Inseln gab es fast keinen Seegang, selbst während der Winterstürme flossen die Wellen nur träge über die Strände. Die äußeren Inseln, die wie Festungen auf einem langgezogenen Riff saßen, zähmten die Wildheit des Ozeans. Die Varna nannten sie die Wächter. Auf den kargen, menschenleeren Felsen der Inseln beteten sie zu ihren Göttern.

Penyas Boot lag auf dem Kieselstrand. Es war beinahe so flach wie ein Floß. In seinem breiten Heck lagen Körbe für den Krebsfang. Es gab kein Segel, nur zwei lange Stangen, mit denen sich die Fischer vom Meeresboden abstießen. Zwischen den Inseln war das Wasser so flach, dass man im Sommer zu Fuß bis zu den Hütern gehen konnte.

Craymorus stieg in das Boot, setzte sich auf die einzige Holzbank und legte die Krücken neben sich. Rickard und Penya schoben das Boot ins Wasser, bis es ihnen bis zur Brust reichte, dann sprangen sie selbst hinein. Es schwankte bedenklich. Wasser schwappte über die niedrige Reling ins Innere. Penya stieg an Craymorus vorbei über die Holzbank und griff nach einer der Stangen. Das nasse Hemd klebte an ihrem Körper. Ihre Brüste zeichneten sich deutlich darunter ab und ihr kleiner, spitzer Bauch. Craymorus sah rasch zur Seite.

Rickard schüttelte Wasser aus seinen Haaren. »Brauchst du Hilfe?«, fragte er. Craymorus wollte verneinen, bemerkte jedoch rechtzeitig, dass sich die Frage nicht an ihn gerichtet hatte.

»Nein«, sagte Penya, während sie sich mit dem Oberkörper gegen die Stange stemmte. »Setz dich hin, bevor du noch das Boot umwirfst.«

»Natürlich.« Rickard warf Craymorus einen entschuldigenden Blick zu, dann setzte er sich neben ihn auf die Holzbank. »Tut mir leid.«

Craymorus nickte und schwieg. Er hatte längst erkannt, dass Menschen sich gut fühlten, wenn sie auf einen Krüppel Rücksicht nahmen.

Die Fahrt zur Hauptinsel dauerte keine halbe Stunde. Craymorus blinzelte in die Nachmittagssonne, als die hölzernen Gebäude der Schule vor ihm auftauchten. Die Schule lag auf den Hügeln oberhalb eines namenlosen Dorfes. Die Varna gaben ihren Städten keine Namen, nur ihren Häfen. Dieser Hafen hieß »Ruhestätte der Zweitausend«. Einer der Meister hatte Craymorus erzählt, der Name ginge auf eine Flotte zurück, die vor langer Zeit am Riff zerschellt war. Angeblich waren mehr als zweitausend tote Seeleute und Soldaten in dieser Bucht angetrieben worden. Die Fischer, die hier lebten, hatten die Leichen geplündert und den Hafen zu ihrem Gedenken errichtet.

Nur wenige Fischerboote lagen festgebunden an den Anlegestellen. Um diese Zeit waren die meisten draußen auf dem Wasser. Penya lenkte das Boot auf den Pier zu und bremste es mit der Stange ab. Leicht schlug es gegen das von Muscheln und Algen überzogene Holz. Rickard sprang auf den Pier und band das Boot mit einem Seil fest. Craymorus griff nach seinen Krücken. Er spürte, wie Penya ihn zu stützen versuchte, sagte aber nicht, wie unangenehm ihm das war.

»Keine Sorge, gleich bist du an Land«, sagte sie.

»Ich habe keine Sorge.«

Craymorus spürte Rickards Arme unter seinen Schultern, dann wurde er auch schon aus dem Boot gehoben. Er bemerkte einen jungen Fischer, der ungefragt herüberkam und Craymorus am Gürtel nach oben zog. Er stank nach Fisch und Algenschnaps.

»Danke«, sagte Craymorus, als er wieder auf seinen Krücken stand. Der Fischer streckte ihm die Hand in einer fordernden Geste entgegen. Craymorus ignorierte ihn. Neben ihm begann Penya den Mann im kaum verständlichen Dialekt ihres Volkes zu beschimpfen. Der Fischer spuckte aus und kehrte zu seinem Boot zurück.

»Ich warte hier auf euch«, sagte Penya. Craymorus nickte und wandte sich ab. Aus den Augenwinkeln bemerkte er, dass Rickard ihr etwas zuflüsterte und ihr dabei kurz über den Rücken strich. Dann schloss er zu Craymorus auf.

»Ich besorge uns einen Karren«, sagte er und lief auf den kleinen Platz am Anfang des Piers zu, wo von Menschen oder Ochsen gezogene Karren auf Kunden warteten. Er wirkte nervös. Craymorus ahnte, warum, und er fragte sich, warum es ihn so enttäuschte, dass Rickard und Penya miteinander schliefen.

Sie entschieden sich für einen Holzkarren, der von zwei älteren Männern in Zaumzeug gezogen wurde. Die beiden Männer sprachen nicht, und auch Rickard und Craymorus schwiegen, während der Karren sich an flachen Holzhäusern, Waldstücken und Feldern den Weg hinaufbewegte. Es war ein warmer Frühlingsnachmittag, der nach Salz und Fisch roch. Gelegentlich passierten sie Frauen, die mit gekrümmten Rücken auf den Feldern arbeiteten. Bei den Varna gingen die Männer fischen. Feldarbeit erledigten die Frauen.

Craymorus sah sich um, als sie die Hügelkuppe erreichten. Die einstöckigen Holzhäuser der Schule standen in einer Reihe nebeneinander wie Kasernen. Einige der Gebäude waren so alt, dass das Holz schwarz und hart wie Stein geworden war. Andere wurden gerade erst errichtet. Der Wald, der einst diesen Hügel bedeckt haben musste, war fast gänzlich verschwunden. An seine Stelle waren Häuser und ein großer gepflasterter Platz getreten. In der Mitte des Platzes, auf dem eine Armee hätte exerzieren können, stand eine Fahnenstange. Vor langer Zeit hatte hier die Fahne der vier Königreiche geweht, seit dem Krieg wurde sie nicht mehr benutzt. Die Meister der Schule hatten sich aus der Welt zurückgezogen.

Craymorus sah zu den Schülern, die neben dem Platz einen Kreis gebildet hatten. Sie tanzten. Ihre Beine folgten stummen Rhythmen. Staub wirbelte auf und legte sich wie eine graue Schicht auf ihre nackten Körper. Schweiß rann über ihre Gesichter. Einige zitterten. Ein Junge, der Kleinste und Dünnste aus der Gruppe, war bereits zusammengebrochen und lag am Boden. Er keuchte. Die anderen tanzten weiter, ohne ihn zu beachten. Es war schwer geworden, der Erde ihre Magie zu entreißen.

»Das wäre nichts für mich«, sagte Rickard. Sein Blick war auf den Jungen am Boden gerichtet.

»Es gibt leichtere Wege als den der Magie.« Craymorus dachte an die alten Legenden, in denen Magier mit einem einzigen Schritt ganze Kriegerhorden ins Meer zurückgetrieben hatten. Heute fiel es den meisten schwer, auch nur eine Kerze zu entzünden. Vielleicht war die Magie der Welt verbraucht, so wie das Wasser in einem zu alten Brunnen.

»Du solltest Magier werden, nicht wahr?«, fragte Rickard. Er nickte in Richtung von Craymorus' Krücken. »Bevor ...«

Er ließ den Satz unvollendet.

»Ja, bevor«, sagte Craymorus.

Der Karren rumpelte über den Platz an den Unterkünften vorbei. Hinter ihnen erhob sich das Haupthaus der Schule, ein dreistöckiges schwarzes Holzgebäude mit spitzem Dach, dessen Schatten über die anderen Häuser fiel. Tierschädel hingen über den Türen und den wenigen schmalen Fenstern. Ihre aufgerissenen Mäuler und leeren Augenhöhlen sollten schädliche Magie schlucken, bevor sie die Meister erreichte. Craymorus sah frische Schädel von Katzen und Hunden, von Walen und Adlern, aber auch solche, längst ausgebleichte, die von Tieren stammten, die er noch nie gesehen hatte. Einer hatte ein Maul lang wie ein Krokodil und spitz wie ein Schnabel, ein anderer schien weder Maul noch Augenhöhlen zu besitzen, nur einen Trichter, der in der Mitte des Schädels saß.

»Ich war noch nie da drin«, sagte Rickard. Er sprach leise, als habe er Angst, die Schädel könnten den Meistern im Inneren seine Worte verraten.

»Ich nur ein Mal.«

Die Meister lebten in diesem Haus. Kein Schüler durfte es ohne Einladung betreten.

Der Karren hielt auf einem kleinen Platz vor dem Haupteingang. Rickard sprang von der Ladefläche und bezahlte den Männern das Doppelte des vereinbarten Preises. Er bezahlte meistens mehr, als notwendig war. Craymorus wusste nicht, warum.

»Danke, Melordd Rickard«, sagte einer der Männer. Der andere verneigte sich tief. Die meisten im Dorf kannten den Namen des großzügigsten Schülers der Schule.

Die beiden Männer setzten sich in den Staub und entkorkten ihre Wasserschläuche. Wahrscheinlich hofften sie auf eine zweite Fuhre zurück ins Dorf.

Rickard blieb vor dem Haus stehen. Es gab mehrere Türen. Keine war beschriftet.

»Wo müssen wir hin?«, fragte er.

Craymorus klopfte mit einer Krücke gegen die breiteste der vier Türen. »Man wird es uns sagen.«

Ein kahlköpfiger Mann öffnete ihnen. Obwohl er kaum älter als zwanzig sein konnte, war sein Gesicht bereits rund wie ein Mond. Seine braune Dieneruniform spannte sich über einem gewaltigen Bauch. Auf seinen beiden Wangen war jeweils ein blauer Kreis eintätowiert.

»Der Meister erwartet euch bereits«, sagte er. Seine Stimme war so hell und klar, dass er die Worte zu singen schien.

Ein Eunuch, dachte Craymorus. Jemand musste ihn den Meistern geschenkt haben. Ein dankbarer Schüler vielleicht oder ein schlechter, der sich seinen Abschluss erkaufen wollte.

Sie traten ein. Der Eunuch schloss die Tür hinter ihnen und verschwand in einem langen Gang. Seine Schritte hallten von den Wänden wider.

»Das muss der Eunuch sein, den mein Vater den Meistern geschenkt hat«, sagte Rickard leise. »Ich wollte das nicht, aber er hat darauf bestanden.«

Craymorus nickte. Seine Blicke glitten über die geschwärzten Wände und die tiefe, ebenso dunkle Decke. Nur einige Fenster, die kaum mehr als Schlitze waren, erhellten den Gang. Es roch holzig und alt. Einige Schriften behaupteten, die Schule hätte bereits zur Zeit der Vergangenen existiert, aber Craymorus glaubte nicht daran. Nichts von Menschen Erbautes konnte so alt sein.

Die hallenden Schritte kehrten zurück. »Meister Horass wird euch jetzt empfangen«, sang die Stimme des Eunuchen. »Er erwartet euch im Lesezimmer.«

»Ich kenne den Weg«, sagte Craymorus. Er war ihn schon

einmal gegangen, damals, um zu hören, wie Meister Horass ihn über den Tod einer Schwester benachrichtigte, die er kaum gekannt hatte.

Horass studierte die Hinterlassenschaft der Vergangenen bereits sein ganzes Leben lang. Von ihm hatte Craymorus alles gelernt, was er wusste. Wenn er uns sprechen will, geht es vielleicht doch um mich und nicht um Rickard, dachte er.

Er zog seine Beine den Gang hinunter. Der Eunuch öffnete die Tür zum Wohntrakt und ließ sie allein.

»Es ist die dritte Tür auf der rechten Seite«, sagte Craymorus. Er sagte nicht mehr. Es gab keine Worte, mit denen er den Raum, der dahinter lag, beschreiben konnte. Rickard wischte sich die Hände an der Hose ab. Er schwitzte.

»Ich habe noch nie mit Meister Horass zu tun gehabt«, sagte er. »Was kann er schon über mich wissen?« Es waren die Worte eines Mannes, der sich selbst und keinen anderen von etwas zu überzeugen versucht.

Craymorus blieb vor der Tür stehen. »Kommt herein«, sagte eine alte heisere Stimme von der anderen Seite, bevor er klopfen konnte. Rickard wischte sich die Hände ein weiteres Mal ab, dann zog er die Tür auf.

Licht so hell wie ein Sommertag schlug ihnen entgegen. Rickard zuckte zusammen und schützte die Augen mit einer Hand. Craymorus schob sich an ihm vorbei und trat ein.

»Schließt die Tür hinter euch«, sagte Meister Horass irgendwo aus der gleißenden Helligkeit.

Craymorus blinzelte die Tränen aus seinen Augen und deutete eine Verbeugung an. Rickard verneigte sich so elegant, als stünde er vor einem Fürsten, nicht vor einem kleinen alten Mann mit verfilztem Bart und schmutziger schwarzer Robe. Sein Gesichtsausdruck war staunend, beinahe ungläubig. Einen solchen Raum hatte er wohl noch nie gesehen.

Die Wände, der Boden und die Decke bestanden aus poliertem

weißem Marmor. Winzige Spiegel, manche nicht größer als Glassplitter, waren in den Stein eingearbeitet. Tausendfach reflektierten sie das gleißende Licht des weißen Pulvers, das in einigen Nischen verbrannte. Es zischte und knisterte wie ein Feuer, aber es entstand kaum Rauch. Die Meister nannten es Sonnenpulver. Niemand außer ihnen wusste, wie man es herstellte. Viele hielten es für Magie, Craymorus glaubte an eine Hinterlassenschaft der Vergangenen. Außer einem Tisch und zwei Stühlen, die in der Mitte des Raums standen, gab es keine Möbel. Es war zu hell, um Schriften im Leseraum zu lagern, aber gerade hell genug, um Details in ihnen zu erkennen, die im Kerzenlicht vielleicht verborgen geblieben wären.

Horass ließ das Vergrößerungsglas sinken, das er stets an einer Kette um den Hals trug, und rollte die Schrift, die vor ihm lag, zusammen. Craymorus versuchte den Titel zu erkennen, aber er stand zu weit entfernt.

»Ich erwarte, dass Schüler sofort kommen, wenn ich sie rufe, nicht erst dann, wenn es ihnen beliebt«, sagte Horass. Sein Bart reichte ihm fast bis zu den Augen und wucherte so wild, dass man seinen Mund nicht sehen konnte. Die Essensreste, die darin hingen, verrieten jedoch, dass er einen besaß.

Rickard verschränkte die Arme vor der Brust. »Wir sind so schnell gekommen, wie wir konnten«, sagte er.

»Es war meine Schuld«, fügte Craymorus hinzu. Rickard sah ihn kurz an. Du musst dich nicht entschuldigen, schien sein Blick sagen zu wollen. Wir haben nichts falsch gemacht.

Meister Horass winkte ab. »Entschuldigungen und Erklärungen verschwenden nur meine Zeit. Ich habe euch aber nicht gerufen, damit ihr meine Zeit verschwendet.« Er griff in die Brusttasche seiner Robe und zog ein gefaltetes Blatt Papier hervor. »Ihr seid hier, weil diese Nachricht euch beide betrifft.«

Jemand ist gestorben, dachte Craymorus. Neben ihm trat Rickard unruhig von einem Fuß auf den anderen.

Horass faltete das Papier auseinander und griff nach seinem Vergrößerungsglas. Er war ein Gelehrter. Er würde es nicht seinem Gedächtnis überlassen, den Inhalt der Nachricht richtig wiederzugeben.

»Es gab einen Überfall«, sagte er dann. »Somerstorm ist gefallen.«

»Was?« In der Helligkeit wirkte Rickard blass. »Wer hat das getan?«

Horass ignorierte die Unterbrechung. »Es geschah während der Geburtstagsfeierlichkeiten für die Tochter des Fürsten. Einigen Soldaten gelang die Flucht, als die Eindringlinge zuschlugen. Von ihnen weiß man, dass der Fürst und seine Gemahlin ermordet wurden.« Er sah auf. »Die Soldaten wurden wegen dieser Feigheit natürlich dem Henker überstellt.«

Craymorus glaubte Ironie in seiner Stimme zu hören.

Rickard schluckte. Er schwitzte nicht mehr. »Und ihre Kinder?«, fragte er nach einem Moment.

»Der Sohn ist wahrscheinlich tot, die Tochter floh mit einem Leibwächter. Niemand weiß, wie weit sie gekommen sind.« Er setzte das Vergrößerungsglas nicht ab, als er Rickard ansah. Seine Augen wirkten riesenhaft und grotesk verzerrt. »Ich weiß, dass ihr verlobt seid.«

Somerstorm, dachte Craymorus. Das kleine, aber doch so wichtige Fürstentum lag auf der anderen Seite der vier Königreiche, weit jenseits des Großen Flusses. Er fragte sich, wie lange die Nachricht bis hierher gebraucht hatte.

»Wer hat das getan?«, fragte Rickard ein zweites Mal, jetzt lauter und fordernder. »Wer würde es wagen, sich gegen Somerstorm und Westfall zu stellen?«

Horass' Blick glitt zurück zu dem Papier in seiner Hand. »Deshalb habe ich euch beide heute holen lassen.«

Craymorus' Beine pochten. Er stützte sich stärker auf die Krücken, aber der Schmerz ließ nicht nach.

»Die Flüchtlinge«, antwortete Horass, »sagten, die fremden Eindringlinge hätten weder Uniformen noch Banner getragen. Und sie sagten, nicht alle wären …« Das Pochen in Craymorus' Beinen hallte in seinem Kopf wider und ließ seinen Blick flackern.

»… Menschen gewesen.«

Nachtschatten. Ihr Name loderte wie ein Feuer in seinem Geist empor. Er konnte nicht sprechen. Sein Atem ging keuchend. Essigsaurer Geruch brachte ihn zum Würgen. Durch das Pochen seiner Panik hörte er Horass' und Rickards Stimmen, ohne ihre Worte zu verstehen.

»Cray?« Rickard berührte ihn am Arm. »Cray?«

Craymorus konzentrierte sich mühsam auf ihn.

»Alles in Ordnung, Cray?«

Der essigsaure Geruch verwehte. »Ja, alles in Ordnung.«

»Hast du gehört, was der Meister gesagt hat?«

Craymorus schüttelte den Kopf. Rickard musterte ihn ebenso verwirrt wie ungeduldig.

»Mein Vater hat mich sofort nach Hause befohlen«, sagte Rickard. »Meister Horass hält es für das Beste, wenn du mich begleitest.«

»Nein.« Craymorus sah an Rickard vorbei seinen Meister an. Er hatte noch nie Nein zu ihm gesagt. »Ich kann das nicht. Ich werde Rickard von hier aus unterstützen. Es gibt Schriften hier und …«

Horass unterbrach ihn mit einer Handbewegung. »Du brauchst keine Schriften. Dein Wissen übertrifft doch beinahe das meine.« Er zögerte, bevor er weitersprach. »Wir hatten Pläne mit dir, wollten dich unterrichten, bis du eines Tages vielleicht uns unterrichten würdest. Aber die Welt hat sich durch diesen Überfall auf Somerstorm verändert, und du musst dich mit ihr verändern.«

Nein, dachte Craymorus, nicht verändern, sondern so bleiben wie seit jener Nacht im Wald. Die Nachtschatten hatten ihm nicht nur die Beine genommen, sondern sein Leben. Sie bestimmten seine Welt, seine Ansichten, seine Ängste, Träume, Hoffnungen und Ziele. Gefangen in Bewegungslosigkeit – nicht nur der des Körpers, sondern auch der des Geistes – hatte er sie studiert, hatte alles über sie gelernt, was jemals geschrieben wurde. Erst als er zu den Meistern kam, hatte er erkannt, dass die Welt nicht nur von der Grausamkeit der Nachtschatten, sondern auch von der Weisheit der Vergangenen geprägt worden war. Er hatte gespürt, wie die Nachtschatten ihre Macht über ihn verloren. Doch jetzt griffen sie erneut nach seinem Leben, und dieses Mal spürte er, dass sie es nie wieder loslassen würden. Er würde sich nie verändern, immer der Krüppel bleiben, zu dem sie ihn in jener Nacht gemacht hatten.

Die Erkenntnis schenkte ihm beinahe so etwas wie Frieden. Das Pochen ließ nach, die Angst verschwand. Craymorus wurde ruhig. Er sah zuerst Meister Horass an, dann Rickard.

»Ich werde dem Befehl gehorchen«, sagte er.

Auf dem Weg zurück redete Rickard ununterbrochen. Während die beiden schweigsamen Männer den Karren zum Dorf hinabsteuerten, sprach er von Allianzen, Truppenstärken und Angriffsplänen. Er sprach auch über die Fürstentochter, deren Name Ana war und die er retten oder rächen würde. Manchmal schien er zu glauben, dass sie noch lebte, dann wieder sah er sich über ihrer Leiche stehen.

»Ich habe den Fürsten immer wieder gebeten, sich nicht auf Leibwächter zu verlassen«, sagte er, während der Karren die ersten Häuser des Dorfes passierte. »Das sind Mörder und Diebe, keine Soldaten. Leibwächter haben keine Ehre. Sie …«

»Was weißt du über sie?«, unterbrach ihn Craymorus.

»Den Orden der Leibwächter?«

»Nein, die Nachtschatten.«

Rickard hob die Schultern. »Was man eben so weiß. Sie haben mal die Welt beherrscht, bevor sie von den Vergangenen besiegt wurden. Es sind Tiere, die aussehen können wie Menschen. Meine Sklavin hat mir als Kind immer erzählt, dass sie bis an die Spitze der Welt geflohen sind und dass es da so kalt ist, dass die Nachtschatten sich nie in Menschen verwandeln können, weil sie ohne Fell sofort erfrieren würden. Das ist die Strafe für ihre Taten, dass sie für immer Tiere bleiben müssen.«

»Deine Sklavin hat sich geirrt. Sie wollen Tiere bleiben.« Er setzte zu einer Erklärung an, schwieg jedoch, als er erkannte, dass Rickard zu sehr in seinen eigenen Gedanken versunken war. Er würde nichts von dem annehmen, was Craymorus ihm sagen wollte.

Die wöchentliche Fähre nach Westfall lag bereits vor der Bucht, als der Karren am Pier stoppte. Sie lag so tief im Wasser, dass sie nicht in den Hafen einlaufen konnte. Kleine Boote und Flöße, die mit Waren, Menschen und Tieren beladen waren, fuhren hin und her. Auf dem Pier stapelten sich Getreidesäcke. Craymorus hörte Metall klirren und bemerkte eine Gruppe von ungefähr zehn Jungen, die am Rand des Piers hockten. Sie waren an Händen und Füßen zusammengekettet und nackt. Ihre Gesichter waren braun gebrannt, ihre frisch rasierte Kopfhaut weiß. Notdürftig bedeckten sie ihre Nacktheit mit den Händen. Zwei mit Schwertern bewaffnete Männer in Lederrüstung standen neben ihnen und diskutierten mit einem Bootsbesitzer über den Transport zur Fähre. Immer wieder warfen sie einen Blick auf die Jungen.

»Sklaven für Westfall«, sagte Rickard. »Arme Schweine.«

Er sprang vom Karren und drückte den Fahrern einige Münzen in die Hand. Die Männer bedankten sich so überschwänglich wie zuvor.

»Wieso werden sie so behandelt?«, fragte Craymorus. Er war mit Sklaven aufgewachsen, hatte jedoch nie einen Sklavenmarkt besucht oder sich gefragt, woher die Sklaven kamen, die nicht bereits in der Obhut ihrer Herrschaft geboren wurden.

Rickard half ihm dabei, vom Karren zu steigen. »Der Fürst von Somerstorm – wusstest du, dass er Sklavenhändler war, bevor er Fürst wurde?« Craymorus schüttelte den Kopf.

»Der Fürst hat mir erklärt, dass ein frischer Sklave so gefährlich ist wie ein Raubtier. Er trägt noch nicht das Zeichen seines Hauses. Er glaubt, dass er noch fliehen kann. Wenn er erst mal tätowiert ist, kann er das vergessen.«

Sie bahnten sich einen Weg durch die Menge. Überall um sie herum wurde gehandelt. Gebrüllte Zahlen, Flüche und Gelächter schwirrten wild um Craymorus herum.

»Manche Händler tauchen die Köpfe ihrer Sklaven in Farbe, damit sie auffallen«, fuhr Rickard fort. »Der hier rasiert ihnen die Schädel und zieht sie aus, damit sie sich schämen. Solange sie damit beschäftigt sind, ihre Nacktheit zu bedecken, denken sie nicht an Flucht. Ist nicht nett, aber er wird wissen, warum er es tut.«

Rickard blieb stehen. »Da ist Penya.« Er sah Craymorus an und wischte sich die Hände an der Hose ab. »Ich muss kurz allein mit ihr reden.«

»Ich warte hier.« Craymorus setzte sich auf eine Kiste und legte die Krücken ab. Penya stand ein Dutzend Schritte von ihm entfernt. Sie winkte ihm lächelnd zu, doch das Lächeln verschwand von ihrem Gesicht, als Rickard näher kam. Er ergriff ihren Arm und zog sie zur Seite. Craymorus hörte nicht, was er zu ihr sagte, sah nur, wie Penya seine Hand abschüttelte.

Ein Mann trat in sein Gesichtsfeld und verdeckte die beiden. »Das ist meine Kiste, auf der du da sitzt«, sagte er. Sein Tonfall war barsch. Er war so groß, dass Craymorus den Kopf in den Nacken legen musste, um ihn anzusehen. Der Mann trug reich bestickte Kleidung und hatte seinen Bart rot gefärbt, zum Zeichen, dass er sich auf einer Pilgerfahrt zu den Tempeln des Großen Flusses befand.

»Es tut mir leid«, sagte Craymorus. »Ich wollte Euch nicht belästigen.«

Er griff nach seinen Krücken. Die Augen des Pilgers weiteten sich. Beschwichtigend hob er die Hände. »Nein, mir tut es leid. Ich dachte, Ihr wärt nur einer von diesen faulen Habenichtsen, die am Hafen herumlungern. Bitte bleibt sitzen.«

»Ich danke Euch für Eure Großmut.« Craymorus versuchte an ihm vorbei zu Penya und Rickard zu sehen, aber die Roben des Pilgers blähten sich im Wind und versperrten ihm die Sicht.

Der Mann räusperte sich. »Wenn es Euch belieben würde, mir Glück auf meiner Reise zu wünschen?« Er neigte den Kopf.

»Ich wünsche Euch Glück bei all Euren Unternehmungen«, sagte Craymorus. Viele Menschen glaubten, dass es Glück brachte, wenn ihnen ein Krüppel Gutes wünschte.

»Gibt es hier ein Problem?«

Craymorus drehte den Kopf. Er hatte nicht bemerkt, dass Rickard zurückgekehrt war.

Der Pilger schüttelte den Kopf. »Nein, alles ist, wie es sein sollte.« Er nickte Craymorus zu. »Ich danke Euch.« Dann ging er diskret einige Schritte zur Seite, ohne seine Kiste aus den Augen zu lassen. Hinter ihm eilten Händler und Sklaven über den Pier. Penya war nirgends zu sehen.

»Wird Penya uns zur Fähre bringen?«, fragte Craymorus.

Rickard setzte sich auf den Boden und fuhr sich mit der Hand über die Augen. Er wirkte müde. »Nein. Wir werden ein anderes Boot nehmen.«

Er fügte nichts weiter hinzu. Schweigend saßen sie nebeneinander auf dem Pier. Rickard hatte den Kopf zur Seite gedreht, sodass Craymorus sein Gesicht nicht sehen konnte. Nach einer Weile stand er auf. »Ich glaube, unser Boot ist bereit.« Seine Stimme klang heiser. Er räusperte sich und wischte sich mit dem Ärmel über die Augen. Feuchtigkeit hinterließ dunkle Spuren auf dem Stoff.

»Bald sind wir in Westfall«, sagte er. Craymorus war sich nicht sicher, ob er zu ihm oder zu sich selbst sprach. »Da werden andere Dinge wichtig sein.«

Über eine Rampe bestiegen sie das Boot, auf dem Rickard zwei Passagen gelöst hatte. Vor ihnen schob eine alte Frau einen Karren voller Trockenfisch, hinter ihnen klirrten die Ketten der Sklaven. Holzbänke säumten die Reling des Schiffs, andere Sitzgelegenheiten gab es nicht. Der Weg war kurz, der Transport der Waren wichtiger als die Bequemlichkeit. Eine junge Frau scheuchte ihre beiden Söhne von der Bank und bot ihren Platz Craymorus an. Er nickte und setzte sich.

»Ich wünsche Euch Glück bei all Euren Unternehmungen«, sagte er höflich. Die Frau lächelte.

Das Boot legte ab. Rickard blieb an der Reling stehen und sah zurück zum Hafen. »Ich kann es kaum erwarten, wieder zuhause zu sein«, sagte er. »Diese Insel war reine Zeitverschwendung.«

»Du hast Lesen und Schreiben gelernt. Das würde ich nicht als Zeitverschwendung bezeichnen.« Craymorus folgte mit seinem Blick den Sklaven, die am Mast angekettet worden waren.

»Das ist doch Lorky, der Sohn vom alten Biel«, sagte die Frau, die Craymorus eben noch angelächelt hatte, zu dem Mann, der mit ihr reiste. Sie zeigte auf einen der nackten Jungen. »Das ist er doch, oder?«

Ihr Begleiter hob die Schultern. Er war kräftig und trug sein langes schwarzes Haar in einem Zopf. »Kann schon sein.«

»Alle haben sich gefragt, wie er das neue Boot bezahlen konnte, weißt du noch?« Sie zog ihre Kinder zu sich heran, als habe sie Angst, man würde sie ihr wegnehmen. »Was ist das nur für ein Mensch, der sein eigenes Fleisch und Blut verkauft?«

»Neue Kinder kann er leicht machen, ein neues Boot nicht.« Der Mann grinste. Die Frau schüttelte den Kopf.

Das Boot erreichte die zweistöckige Fähre. Obwohl es fast windstill war, schwankte sie von einer Seite zur anderen. Sie lag so tief im Wasser, dass gelegentlich Wellen über die Reling schwappten.

»Hoffentlich hält sich das Wetter«, sagte Rickard. »Ich will nicht nach Westfall schwimmen.«

Auf der Fähre schwenkten Matrosen eine Rampe aus, die sie mit dem Boot vertäuten. Auf ihr Kommando begannen die Passagiere das Boot zu verlassen.

Craymorus ließ sich von Rickard auf die Fähre helfen. Das Unterdeck war in mehrere eingezäunte Bereiche unterteilt, in denen Kühe, Ziegen und Pferde standen. Stroh lag am Boden, Hirten und Händler, die ihre Waren abgestellt hatten, saßen in kleinen Gruppen zusammen. Es roch nach Kot und Tier. Überall standen Eimer, die mit Sand gefüllt waren. Ein Matrose ging zwischen den Passagieren auf und ab. »Kein Feuer!«, rief er immer wieder. »Niemand darf Feuer machen!«

Die Fähre war das größte Schiff, auf dem Craymorus je gewesen war. Er schätzte, dass es fast fünfzig Schritt lang war und zwanzig Schritt hoch. An Steuerbord und Backbord standen Reihen von Bänken, die mit Ruderern besetzt waren. Die meisten Männer hatten die Beine auf die Ruder gelegt und die Augen geschlossen. Sie alle trugen Sklavenmale, aber keine Ketten.

Mehrere Leitern und zwei Treppen führten auf das Oberdeck. Sie waren schmal und steil. »Wir können unten bleiben«, sagte Rickard.

»Nein, es geht schon.« Die Überfahrt würde die ganze Nacht dauern. Er wollte sie nicht in diesem Gestank verbringen. »Ich kann mich am Geländer festhalten.«

Rickard hörte ihm nicht zu, sondern drehte sich zu den Ruderern um. »Hey«, sprach er sie an. »Mein Freund hier braucht Hilfe. Ihr kriegt zwei Kupfer, wenn ihr ihn nach oben bringt.«

Die beiden Männer nahmen die Beine von den Rudern und standen auf. Einer von ihnen nahm Craymorus die Krücken aus der Hand, bevor er etwas dagegen sagen konnte, der zweite packte ihn an den Hüften und warf ihn sich wie einen Sack über die Schultern. Dann ging er zur Treppe. Hirten und Händler drehten sich um und starrten Craymorus an. Er schloss die Augen, um ihren Blicken nicht begegnen zu müssen.

Erst auf dem Oberdeck öffnete er sie wieder. Der Ruderer setzte ihn ab, der zweite reichte ihm seine Krücken. Rickard gab beiden eine Kupfermünze und bedankte sich.

»Siehst du?«, sagte er dann zu Craymorus. »Man muss sich nur zu helfen wissen.«

»Ich habe keine Hilfe gebraucht. Ich …« Wut und Scham verschlossen Craymorus' Kehle. Er ließ Rickard stehen und zog sich zu einer leeren Holzbank. Zitternd atmete er durch. Wind strich über sein Gesicht. Rechts von ihm ging die Sonne über der Insel der Meister unter. Links breitete sich das Meer in ihrem Licht rot und funkelnd aus.

Wird es immer so weitergehen?, fragte er sich. Ist das mein Leben?

Er streckte sich auf der Bank aus. Über ihm standen die ersten Sterne am Himmel. Das Oberdeck war weitgehend offen. Segel blähten sich leicht an zwei Masten. Am Heck waren weiße Stoffplanen zwischen mehrere Balken gespannt worden und versperrten den Blick auf den Bereich, der dahinter lag. Einige Soldaten standen vor dem Eingang Wache. Sie trugen grüne Wappenröcke. Craymorus wusste nicht, ob sie zu einem Haus gehörten, oder ob ein reicher Händler sie angeworben hatte.

Hinter ihnen ragte das Ruderhaus auf. Rauch drang aus einem Schornstein. Dort befand sich wohl auch eine Küche, denn Craymorus sah Menschen, die mit dampfenden Holznäpfen an einigen Tischen saßen.

Sein Blick glitt an ihnen vorbei – und an Rickard, der immer noch so dastand, wie er ihn zurückgelassen hatte. Am Bug befand sich ein Unterstand, in dem ein Matrose Decken, Näpfe und Becher ausgab. Ein zweiter schenkte Bier aus einem Fass aus. Auf einer Holzbank lagen Brote und Dörrfleischstreifen. Craymorus' Magen knurrte. Er hatte am Morgen etwas gegessen, seitdem nichts mehr. Geld hatte er auch keins dabei. Er war daran gewöhnt, dass Rickard alles bezahlte.

Geschieht mir recht, dachte er. Dann werde ich eben eine Nacht lang hungrig sein.

Er drehte den Kopf, als er Ketten klirren hörte. Die Sklaven stolperten die steile Treppe herauf, angeführt von einem der Männer in Lederrüstung. Er zog die Jungen auf die Reling zu und schlang die Kette um einen Eisenring. Dann sicherte er sie mit einem schweren Schloss. Die Sklaven hockten sich dicht nebeneinander wie Tiere bei einem Gewitter. Nur einer, der Junge, dessen Name Lorky lautete, blieb abseits von ihnen. Er hatte den Kopf in den Nacken gelegt und starrte in den Himmel, als hoffe er hineinzustürzen. Craymorus sah ihn an, bis ihm die Augen zufielen.

Als er erwachte, saß der Junge noch genauso da wie zuvor. Es war dunkel geworden. Menschen redeten miteinander, spielten Karten, tranken. Einige lagen auf dem Boden und schliefen. Die Monde schienen so hell, dass Craymorus ihre Gesichter erkennen konnte.

Craymorus drehte sich auf den Rücken. Sein rechter Arm, auf dem er wohl die ganze Zeit gelegen hatte, kribbelte. Er begann ihn zu massieren und fragte sich, wie viel Zeit wohl vergangen war.

»Es tut mir leid.«

Craymorus zuckte zusammen, als er die Stimme hörte. Er hob den Kopf und sah sich um. Rickard saß neben ihm an einen Balken gelehnt. Zwei Näpfe und zwei Becher standen neben ihm.

»Ich war ein Narr«, fuhr Rickard fort. Er schob Craymorus einen der Näpfe entgegen. »Ist noch warm. Keine Ahnung, was das für ein Zeug ist. Soll Ziegeneintopf sein, schmeckt aber nach Fisch. Du spülst es am besten mit dem Bier runter, das nach Ziege schmeckt.« Er schob auch den Becher von sich weg und nahm den zweiten in die Hand. Mit einem unsicheren Lächeln hielt er ihn Craymorus entgegen.

»Hoffnung«, sagte er. Es war der traditionelle Trinkspruch Westfalls.

Craymorus setzte sich auf. Der Schlaf hatte ihm die Wut genommen und nur eine dumpfe Verärgerung hinterlassen, nicht genug, um die Entschuldigung eines Freundes auszuschlagen. Er hob den Becher. »Hoffnung«, antwortete er.

Das Bier schmeckte rauchig und tatsächlich ein wenig nach Ziege. Craymorus trank einen Schluck, dann griff er mit der Hand in den Napf und begann zu essen, so wie es bei den Varna Sitte war, ohne Löffel, ohne Messer, nur mit der Hand. Der Eintopf war fest und fast geschmacklos. Craymorus spülte ihn mit mehr Bier hinunter.

»Weißt du, wem das Zelt gehört?«, fragte er kauend.

Rickard schüttelte den Kopf. »Ich habe die Soldaten gefragt, aber sie wollten mir nichts sagen.«

»Und die Wappenfarbe?«

»Kenne ich nicht.« Er hob die Schultern. »Mein Vater sagt immer, dass seit dem Krieg Scheiße auch mehr als eine Farbe hat. Früher wusste jeder, welche Farbe zu welchem Haus gehört, heute ist das anders. Jeder könnte in dem Zelt sein.«

Craymorus spuckte Knorpel aus. »Er wird sich uns zeigen müssen, spätestens …«

Kettenklirren und erschrockene Rufe unterbrachen ihn. Er drehte den Kopf. Neben ihm sprang Rickard auf. Seine Hand lag auf dem Dolch in seinem Gürtel.

Keiner der Sklaven hockte mehr am Boden. Sie waren bis an die Reling zurückgewichen und sahen sich hilflos um. Lorky stand vor ihnen. Er zitterte. Die Muskeln unter seiner Haut waren angespannt und zuckten.

»Helft ihm doch!«, schrie einer der Sklaven. »Etwas stimmt nicht mit ihm.«

Einer ihrer Wächter war mit dem Kopf auf dem Tisch eingeschlafen, zu betrunken, um etwas von dem Geschehen mitzubekommen. Der andere, der ihm gegenübersaß, stand schwankend auf. »Schnauze halten!«, lallte er. »Wenn er draufgeht, geht er halt drauf.«

»Der Junge ist krank. Wir müssen was tun«, sagte Rickard zögernd.

Craymorus sah Lorky an. Er stand einfach nur da, zitternd, den Blick in den Himmel gerichtet. Seine Hände waren zu Fäusten geballt.

»Er ist nicht krank.« Craymorus spürte eine seltsame Kälte in sich aufsteigen.

»Was?«

»Er ist nicht krank.«

Im gleichen Moment wandelte sich der Junge. Es ging so schnell, als habe ihn etwas umgestülpt wie einen Handschuh. Fell bedeckte seinen Körper. Sein Kopf war langgezogen wie der eines Wolfs, sein Kreuz breit, seine Hände Klauen. Er heulte auf. Die Sklaven schrien.

Nachtschatten. Craymorus ließ den Napf fallen. Der Eintopf spritzte über seine Kleidung. »Tötet ihn!«, brüllte er, doch niemand reagierte. Nur die Soldaten vor dem Zelt zogen ihre Schwerter. Unsicher blieben sie stehen, schienen nicht zu wissen, ob sie der Kreatur entgegenlaufen oder auf ihrem Posten bleiben sollten.

Der Nachtschatten riss die Sklaven an ihren Ketten zu sich. Heulend schlug er um sich. Seine Krallen zerfetzten ihre Körper, schlugen Wunden, so tief, dass Eingeweide hervorquollen und Gliedmaßen zu Boden fielen. Mit übermenschlicher Kraft zog er Sterbende, Verletzte und Tote hinter sich her. Schreie gellten über das Deck. Der Eisenring, der die Ketten hielt, wurde aus dem Holz gerissen.

Der betrunkene Wächter starb, ohne noch einmal zu erwachen. Der andere stolperte über die Holzbank, auf der er gesessen hatte, und fiel zu Boden. Er kreischte in Todesangst. Der Nachtschatten packte ihn. Stoff zerriss, dann Fleisch. Das Kreischen verstummte.

Rickard zog seinen Dolch. Craymorus hielt ihn fest, drückte ihn mit der Kraft seiner Arme gegen den Balken. »Nicht!«, schrie er. »Er wird dich töten!«

Er spürte, wie Rickard sich aus seinem Griff lösen wollte, aber er spürte auch, wie halbherzig der Versuch war. »Du kannst ihnen nicht helfen«, sagte er eindringlich. Sein Blick richtete sich auf die Sklaven, die immer noch an der Kette hingen. Sie schlitterten über den blutbespritzten Boden, wurden hinter dem Nachtschatten hergezerrt, dessen Klauen Bänke und Tische zur Seite fegte. Keiner von ihnen bewegte sich noch.

Die Stoffbahnen des Zeltes flatterten. Sechs Soldaten stürmten heraus. Mit gezogenen Schwertern und klirrender Rüstung liefen sie dem Nachtschatten entgegen. Die Wachen blieben an ihrem Posten stehen.

Der erste Schwertschlag glitt an der Schulter des Nachtschattens ab, eine zweite Schwertspitze bohrte sich in seinen Rücken. Fauchend fuhr er herum. Er schien angreifen zu wollen, stoppte dann jedoch und wich zurück. Die Soldaten bildeten einen Halbkreis um ihn.

»Bringt es schon um!«, schrie eine Frauenstimme.

Der Nachtschatten holte zu einem Tritt aus, der einem Soldaten den Bauch aufriss. Mit einer Klaue zog er an der Kette. Die Leichen rutschten über das Deck wie über Eis. Sie prallten gegen die Soldaten. Einer taumelte nach vorn, in die ausgestreckten Klauen des Nachtschattens hinein. Blut spritzte und lief in langen Bahnen über die Stoffbahnen des Zeltes.

Die anderen Soldaten sprangen über die Leichen hinweg und holten mit ihren Schwertern aus. Doch der Nachtschatten stand bereits auf der Reling. Er heulte ein letztes Mal auf, dann verschwand er in der Dunkelheit. Klirrend rutschten die Ketten über das Holz. Eine der Leichen wurde über die Reling gezogen, dann eine zweite.

»Haltet die Leichen fest!«, rief Craymorus.

Er ließ Rickard los, der sofort auf die Reling zurannte, aber es war bereits zu spät. Die letzte verstümmelte Leiche wurde von Bord gezogen. Ihr Arm prallte gegen die Reling und federte hoch, als würde sie winken. Dann verschwand sie. Craymorus hörte, wie sie ins Wasser schlug.

Er setzte sich auf und wischte sich mit zitternden Fingern den Schweiß von der Stirn. Rickard setzte sich schwer atmend neben ihn. Einen Moment lang lauschten sie den hysterischen Rufen der Passagiere und den beruhigenden der Soldaten.

Rickard sah Craymorus an. Er war blass. »Du musst mir alles sagen, was du über sie weißt.«

Kapitel 8

Die Kultur Somerstorms bleibt dem Außenstehenden weitgehend verschlossen. Kein großer Dichter wird dort gefeiert, kein Denker, kein Magier. Manche hat dies zu der Annahme verführt, es gäbe keine Kultur in Somerstorm. Tatsächlich sind Lesen und Schreiben in diesem Land weitgehend unbekannte Künste, und dem Reisenden, der sie beherrscht, wird mit Erstaunen und Misstrauen begegnet.

Jonaddyn Flerr, Die Fürstentümer und Provinzen der vier Königreiche, Band 2

Ein Tritt weckte Gerit. In einer Bewegung, die längst zum Instinkt geworden war, zog er die Decke von seinem Körper, kam auf die Knie und presste die Stirn gegen den Steinboden. »Wie kann ich von Nutzen sein?«, fragte er. Seine Stimme war heiser von zu wenig Schlaf und zu viel Rauch.

»Hol Holz.« Horons Schatten war eine dunkle Drohung. »Beeil dich.«

»Ja.« Gerit stand auf, ohne den anderen Jungen anzusehen. Horon war nur wenig älter als er, aber wesentlich kräftiger und größer. Er hatte helles verfilztes Haar, das in sein Gesicht hing. In seiner Nachtschattengestalt ging er auf allen vieren und selbst am Tag war sein Rücken gekrümmt. Seine Augen waren schmal, blau und kalt. An den Füßen trug er Gerits Lederstiefel.

Vorsichtig stieg Gerit über die anderen Diener hinweg. Mehr

als zwanzig schliefen auf dem Küchenboden. Ursprünglich hatte sich ihre Unterkunft im Verwaltungstrakt befunden, aber dort war längst kein Platz mehr. Jeden Tag trafen neue Nachtschatten ein. Die Festung war überfüllt. Waffenklirren und gebrüllte Befehle hielten Gerit fast jede Nacht wach.

Durch die Küchentür trat er auf den Hof und nahm einen Sack vom Haken. Es regnete. Seine nackten Füße versanken im Schlamm. Sie waren voller Blasen und Schrammen. Seit Horon ihm seine Stiefel abgenommen hatte, musste er barfuß gehen. Er glaubte nicht, dass er sich je daran gewöhnen würde.

Nach und nach hatten die anderen Diener ihm alles abgenommen. Seidenfell, ein Mädchen, das in der Bäckerei arbeitete und mit Horon schlief, trug seine Jacke, ein Junge namens Jry seine Hose und sein Hemd. Gerit hatte ein paar Lumpen gefunden, die er notdürftig mit Stricken zusammenhielt.

Er gähnte und stapfte durch den Schlamm auf den Unterstand zu, in dem das Holz für die Küche gelagert wurde. Eine der Wachen auf der Mauer drehte sich nach ihm um. Gerit blieb stehen und verneigte sich. Der Nachtschatten ignorierte ihn.

»Guten Morgen«, sagte eine hohe krächzende Stimme. »Komm aus dem Sauwetter raus.«

Gerit drehte sich zu der Gerberei um. Der Nachtschatten, der dort stand und ihn mit einer langen, knochigen Klaue zu sich winkte, hieß Moksh. Er war alt, so alt, dass er die meisten Ereignisse seines Lebens längst vergessen hatte. Die Kleidung flatterte um seinen mageren Körper. Einige dünne Bartsträhnen waren die einzigen Haare auf einem Kopf, der ansonsten nur von dunklen Altersflecken und Warzen bedeckt war. Sein Hals war lang und faltig wie der eines Truthahns. Er hatte kein Fell, weder bei Tag noch bei Nacht.

»Gleich!«, rief Gerit zurück. Er füllte den Sack mit Holzscheiten, schwang ihn sich auf den Rücken und schlitterte durch den Schlamm auf die Gerberei zu. Moksh stützte sich auf seinen

Stock und schüttelte den Kopf. Er schüttelte immer den Kopf, egal was er dachte oder sagte.

»Das wird schon«, sagte er. »Keine Sorge, das wird schon.«

Gerit wusste nicht, worauf er sich bezog. »Ich muss gleich wieder zurück«, sagte er, als er den Stall betrat. Das Stroh kitzelte an seinen Fußsohlen. »Horon wartet auf sein Holz.«

Moksh schüttelte den Kopf und griff nach einem Steinkrug. Tee dampfte darin. »Dieser Horon ist kein guter Junge. Lässt dich zu viel arbeiten und schlägt dich. Musst immer tun, was er sagt, dann hast du irgendwann deine Ruhe. So ging's mir auch.«

Gerit nahm den Steinkrug in beide Hände. »Du gehörst zu ihnen, ich nicht. Horon wird mich nie in Ruhe lassen.«

Er trank einen Schluck Tee. Er war heiß und süß. »Ich glaube, er würde mich umbringen, wenn Korvellan es nicht verboten hätte.«

»Wichtiger Mann, dieser General Korvellan.« Moksh hustete und wischte sich über den Mund. »Halte dich fern von wichtigen Männern. Sie bringen Ärger und Verderben.«

Er blinzelte. Seine knochige Hand zeigte vage ins Innere der Gerberei. »Du kommst später vorbei, dann mach ich dir was zu essen.«

»Das werde ich.« Der unerwartete Abschied störte Gerit nicht. Er war daran gewöhnt. Er schulterte den Sack voller Holz und trat wieder zurück in den Regen. Der alte Moksh hatte gute und schlechte Tage. Manchmal sprach er klar, manchmal war er so verwirrt, dass er nicht einmal mehr wusste, wo er war. Selbst an diesen Tagen verbrachte Gerit so viel Zeit mit ihm wie möglich. Es gab niemanden sonst, mit dem er hätte reden können. Die anderen Nachtschatten verachteten und verhöhnten ihn. Gerit war der einzige Mensch, der noch in der Festung lebte. Die Diener, Soldaten und Beamten, die er einst gekannt hatte, waren entweder tot oder verschwunden.

Er dachte an Vrenn, den er im Stich gelassen hatte. In den

ersten Tagen hatte er jede Nacht von ihm geträumt, doch mittlerweile konnte er sich noch nicht einmal an sein Gesicht erinnern, nur an all das Blut. Er fühlte sich schuldig deswegen, aber auch erleichtert.

Gerit wusch sich die Füße in einer Regentonne, bevor er die Küche betrat. Die meisten Diener lagen noch eingerollt in ihren Decken. Sie würden erst in einigen Stunden aufstehen, wenn die Sonne bereits hoch am Himmel stand. Nur in der Bäckerei wurde bereits gearbeitet. Der Geruch von frischem dunklem Brot hing in der Luft.

Horon saß auf einer Holzbank an der Wand und schälte Makas. Er hielt den Kopf gesenkt, als müsse er sich auf das Messer in seiner Hand konzentrieren, aber Gerit wusste, dass er in Wirklichkeit ihn beobachtete, lauernd, wartend, auf einen Fehler hoffend.

Gerit lehnte den Sack voller Holz an die gemauerte Feuerstelle. Sie war offen und so groß, dass man einen ganzen Ochsen über ihr rösten konnte. Der Rauch zog durch einen Kamin in der Decke ab, trotzdem lag eine dünne Rußschicht auf allem, was sich in der Küche befand, auf dem Boden, auf den Tischen und Bänken, auf Kleidung und Gesichtern. Gerit schmeckte Ruß auf der Zunge, wenn er morgens erwachte, und spürte Ruß unter seinen Lidern, wenn er nachts die Augen schloss. Jeden Morgen und jeden Abend säuberten die Diener die Küche, doch der Ruß kehrte stets zurück.

So leise wie möglich stapelte er die Holzscheite neben der Feuerstelle. Er spürte Horons Blicke in seinem Rücken. Einer der Scheite rutschte ihm aus der Hand, aber er fing ihn gerade noch rechtzeitig auf. Er atmete auf und legte den letzten Scheit auf den Stapel. Dann faltete er den Sack zusammen und stand auf. Die erste Herausforderung des Tages hatte er gemeistert.

Mit dem gefalteten Sack in der Hand ging Gerit auf die Tür zu. Er hatte Angst zu stolpern oder einen der schlafenden Nachtschatten zu treten, also achtete er sehr genau darauf, wo er hintrat. Jenseits der Küchentür und jenseits von Horons kaltem starren Blick lag ein winziges Stück Sicherheit. Mehr brauchte er nicht, nur diese kurze Zeit bei Tee und Haferschleim. Mokshs Gerberei war der einzige Ort, an dem er keine Angst hatte.

Als er das Geräusch hörte, war es bereits zu spät. Sein Fuß stieß gegen den Maka-Eimer, warf ihn mit lautem Scheppern um. Wasser ergoss sich über den Boden, geschälte Makas schlitterten über die Steine. Nachtschatten setzten sich nass und fluchend auf.

Gerit erstarrte. Hinter ihm seufzte Horon. »Du dummer kleiner Junge«, hörte Gerit ihn sagen. »Passt nie auf, wo du hintrittst.«

Die Nachtschatten standen auf. Sie waren zu zehnt. Acht von ihnen hatten sich bereits zurückverwandelt, die beiden anderen fletschten die Zähne und knurrten.

Gerit wich zurück. Das war ich nicht, wollte er ihnen entgegenschreien. Horon hat den Eimer vor meine Füße geschoben. Er wollte, dass ich darüber stolpere.

Aber er sagte nichts davon, wusste, dass Widerspruch die Strafe nur verschlimmern würde. »Es tut mir leid«, sagte er mit gesenktem Kopf. »Ich werde den Boden wischen und eure Sachen trocknen.«

Horon nickte. »Das wirst du.«

Er zuckte immer mit den Mundwinkeln, bevor er zuschlug, so auch dieses Mal. Gerit ließ sich fallen, zog die Knie an und bedeckte seinen Kopf mit den Armen. General Norhan hatte ihm einmal erklärt, dass man sich so am besten vor durchgehenden Pferden schützen konnte.

Horon trat ihn, die anderen bespuckten ihn und schlugen mit ihren nassen Decken auf seinen Rücken. Er wehrte sich nicht, weinte nicht, bettelte nicht. Er ließ es einfach nur über sich ergehen.

Als sie fertig waren, bluteten seine Ellenbogen und Schienbeine von den Tritten. Sein Rücken schmerzte. Horons Schatten fiel über ihn. »Mach dich an die Arbeit.«

»Ja.« Gerit nahm vorsichtig die Arme herunter. »Ich danke für die Belehrung.« Seidenfell war vor einiger Zeit auf die Idee gekommen, ihn das nach jeder Strafe sagen zu lassen. Seitdem hasste Gerit sie fast so sehr wie Horon.

Er richtete sich auf, zuckte jedoch zusammen, als Horon sich noch einmal zu ihm umdrehte.

»Noch was, Gerit«, sagte er. »General Korvellan kommt heute Abend mit einigen Gästen zu uns. Der General will vernünftige Tischsitten sehen. Du kennst dich doch mit so was aus, oder?«

»Das stimmt.« Sein Herz begann schneller zu klopfen. Korvellan war fast einen Monat lang nicht in der Festung gewesen. Er war sich sicher, dass der General es nicht gutheißen würde, wie Gerit hier behandelt wurde.

Horon nickte. »Gut, dann bring mir, Seidenfell und Flachnase das Wichtigste bei. Du wirst mit uns die Gäste bedienen. Es darf nichts schiefgehen.« Sein Blick richtete sich auf die Peitsche, die neben der Tür an einem Haken hing. »Verstanden?«

»Ja, verstanden.« Gerit schluckte. Als Kind hatte er einmal gesehen, wie ein Sklave mit dieser Peitsche bestraft worden war. Sie hatte den Mann bei lebendigem Leibe gehäutet. Gerit konnte sich nicht mehr daran erinnern, für welches Vergehen er bestraft worden war.

Vielleicht hat er gegen einen Eimer Makas getreten, dachte er.

Gegen Mittag begannen die Vorbereitungen für das Abendmahl. Zwei Schafe wurden geschlachtet, ein Nachtschatten-Fischer brachte ein Fass voll mit lebenden Felsspringerlachsen in die Festung, die Küchenhilfen saßen auf langen Holzbänken, schnitten Makas, Zwiebeln und Möhren. Eine ältere dürre Frau namens Brayinel überwachte die Arbeiten. Gerit hatte gehört, dass sie einst am Hof des Lachenden Königs gekocht hatte. Er hatte vor mehr als fünfzig Jahren regiert. Die Frau wirkte nicht alt genug, um für ihn gearbeitet zu haben, aber vielleicht alterten Nachtschatten anders als Menschen.

Gerit verteilte Teller, Besteck und Kelche auf dem Holztisch, den er und Horon in den Hof getragen hatten. Der Festsaal wurde noch gesäubert. Dort konnten sie nicht üben, auch wenn es Gerit lieber gewesen wäre.

Es hatte aufgehört zu regnen. Der Himmel war wolkenverhangen und grau. Gerit legte einen leeren Kelch auf die Seite und trat vom Tisch zurück.

»Was will dieser Gast von uns?«, fragte er. Flachnase kratzte sich mit einer Klaue am Kopf. Sie war jung und hatte einen breiten, flachen Wolfsschädel. Sie gehörte zu den Nachtschatten, die wie auch Horon und Seidenfell aus dem Norden gekommen waren, und verwandelte sich fast nie zurück. Menschen schienen ihr fremd zu sein.

»Mehr zu trinken?«, fragte sie.

Gerit schüttelte den Kopf. »Nein. Weiß es sonst jemand?«

Er wartete, aber Horon und Seidenfell hoben nur die Schultern. Gerit musste sich zusammenreißen, damit sie nicht bemerkten, wie viel Spaß ihm die Übungen bereiteten. Zum ersten Mal hatte er etwas gefunden, worin er den Nachtschatten überlegen war.

»Er will«, erklärte er nach einer Pause, »dass ihm jemand einen Eimer bringt, damit er reinpinkeln kann.«

»Sie pinkeln, wo sie essen?« Flachnase wirkte angewidert.

»Wenn sie dem Gastgeber nicht vertrauen. Auf dem Weg zur Latrine kann viel passieren.«

»Und was machen die Frauen?«, fragte Seidenfell. Sie war hübscher als Flachnase, aber auch gemeiner und berechnender.

»Wenig trinken.« Gerit dachte an eine Geschichte, die er einmal gelesen hatte. »Die Fürstin von Rabentron«, begann er, »war zum Beispiel bekannt für ihre Trinkfestigkeit. Sie …«

Horon unterbrach ihn. »Wir haben keine Zeit für so einen Mist. Mach weiter.« Er wirkte ungeduldig, beinahe ärgerlich. An diesem Tisch führte er nicht das Kommando, und das wusste er.

Gerit richtete den Kelch wieder auf. »Die Kelche der Gäste müssen stets gefüllt sein. Niemand soll seine Unterhaltung unterbrechen müssen, um nach Wein zu fragen. Wenn jemand nichts mehr trinken will, erkennt ihr das daran, dass sein Kelch auf dem Kopf steht. Sprecht mit niemandem, außer ihr werdet angesprochen. Alles, was ihr wissen müsst, könnt ihr an den Gegenständen auf dem Tisch ablesen.«

Er nahm das Messer weg, das er neben den Teller gelegt hatte. »Die Gäste bringen ihre eigenen Messer mit. Wenn sie es einstecken, könnt ihr abräumen, vorher nicht.«

Flachnase drehte den Kopf und hob die Nase in die Luft. »General Korvellan kommt«, sagte sie.

Horon sah zum Tor. »Er hat Menschen dabei, mindestens ein Dutzend.« Seine Nasenflügel zitterten. Gerit lauschte in den Wind hinein. Er glaubte Hufschlag zu hören, war sich aber nicht sicher.

Seidenfell lächelte. »Sie haben Angst.«

Mehrere Nachtschatten sprangen von der Mauer, auf der sie Wache gehalten hatten, und zogen das Tor auf.

Gerit keuchte erschrocken, als Horon ihm den Ellenbogen in die Seite stieß. »Los, weg mit dem Tisch.«

Rasch räumten sie die Sachen zusammen und trugen sie zu einem Seiteneingang des Hauptgebäudes. Als sie zurückkehrten, trabte Korvellans Pferd bereits in den Hof. Der General stieg ab. Er trug ein bodenlanges dunkles Ledercape, dessen Kapuze auf seinem Rücken lag. Hinter ihm trabten acht weitere Pferde und einige Esel durch das Tor. Somer saßen darauf. Ihre dicke Wollkleidung war bestickt, ihre Bärte zu dünnen Zöpfen geflochten. Jeder von ihnen trug einen Dolch an der Hüfte. Ihre Blicke zuckten über den Hof. Keiner von ihnen saß ab.

»Das ist ihre Festtagskleidung«, sagte Gerit. Er erkannte einen der zwölf Männer. Er hieß Odju und war der Älteste der Stadt Nrje.

»Ist denn niemand hier, der die Tiere unserer Gäste versorgen will?«, rief Korvellan so laut, als müsse er eine Armee auf einem Schlachtfeld befehligen.

Gerit trat sofort vor. »Vergebt Euren Dienern, Herr, es wird sofort geschehen«, sagte er mit einer Verbeugung. Er bemerkte, dass Korvellan ihn einen Moment musterte. Er sieht es, dachte er. Hoffnung ließ ihn lächeln. Jetzt weiß er, was sie mit mir machen.

Er ergriff die Zügel eines Pferdes. Der alte, dicke Mann im Sattel zögerte, dann saß er ab. Angespannt blieb er stehen, wie ein Mann, der weiß, dass das Eis, auf dem er steht, dünn und gefährlich ist.

»Steigt ab«, sagte er zu den anderen. Seine Stimme war heiser. Er leckte sich mit der Zunge über die Lippen. Die restlichen Somer befolgten den Befehl. Im Laufschritt brachte Gerit zwei Pferde und einen Esel zu den Stallungen, Horon und Seidenfell folgten ihm mit den restlichen Reittieren.

»Ich werde sie striegeln«, sagte Gerit, »dann können wir mit den Übungen weitermachen. Wir haben ja …«

Horons Hand grub sich in seine Haare und schleuderte ihn gegen die Wand. Gerit schrie auf. Der Aufprall raubte ihm den Atem. Horon trat ihm die Beine unter dem Körper weg, drückte sein Gesicht in das harte Stroh. Es stach wie Nadeln in seine Haut. Seidenfell lachte.

»Das machst du nie wieder, verstanden?«, sagte Horon. Seine Stimme zischte in Gerits Ohr. »Ich rede mit dem General, niemand sonst. Wenn du das noch mal machst, reiße ich dir die Zunge raus und geb sie dir zu essen.«

Er rieb Gerits Gesicht tiefer ins Stroh. »Hast du das verstanden?«

»Ja.« Gerits Mund war voller Stroh. »Ja«, wiederholte er undeutlich.

Horon ließ ihn los und trat ihm in den Rücken. Ein Pferd wieherte laut. »Umbringen sollte ich dich, du kleine Ratte.« Er stapfte durch das Stroh. »Umbringen.«

Seidenfell hielt ihn auf. »Muss er nicht noch was sagen?«

»Hätte ich beinahe vergessen.« Horon spuckte aus. »Los, Ratte, sag es!«

Gerit hob den Kopf nur so weit, dass er das Stroh ausspucken konnte. »Ich danke für die Belehrung.« Jedes Wort schmeckte bitter.

Er hörte, wie Seidenfell und Horon den Stall verließen, und setzte sich auf. Tränen liefen über seine Wangen. Er presste die Hände vor den Mund, hatte Angst, dass man sein Schluchzen draußen hören würde.

Ich muss mit Korvellan reden, dachte er. Ich halte das nicht mehr aus.

Mit dem Ärmel wischte er sich über die Augen. Tief atmete er durch. Dann stand er auf und begann die Pferde zu striegeln.

Das Abendmahl fand nicht im Festsaal statt, sondern im Audienzzimmer. Korvellan hatte den Dienern dies beinahe im letzten Moment mitgeteilt. Gerit hielt das für eine kluge Entscheidung. Die Gäste wussten wahrscheinlich von dem Massaker im Festsaal. Man musste sie nicht unnötig daran erinnern. Er war ebenfalls froh darüber. Seit dem Überfall hatte er den Saal nicht mehr betreten. Er wusste nicht, wie er darauf reagieren würde.

Die Diener hatten die Tische wieder in das Audienzzimmer getragen und die Teppiche an die Wände gehängt. Die Gäste saßen an einem langen Tisch. Vor ihnen standen Platten voller Lammfleisch. Lachse lagen auf ihren Tellern, aber niemand aß. Sie alle hielten den Kopf gesenkt, wagten es wohl nicht, Korvellan anzusehen, der in seiner Nachtschattengestalt am Kopfende saß. Sein Fell war grau und dicht, seine Augen braun wie Torf. Es war erst das zweite Mal, dass Gerit ihn in dieser Gestalt sah. Korvellan verwandelte sich fast nie, so als wolle er den Unterschied zwischen sich und Schwarzklaue betonen. Gerit und die anderen Diener standen hinter ihm. Man hatte ihnen die Haare mit Ziegenfett zurückgekämmt und ihnen die alten Dieneruniformen Somerstorms gegeben. Sie hielten Karaffen voller Wein in den Händen, den niemand trinken wollte.

Es war still.

Gerit fiel es schwer, die Augen offen zu halten. Die Weinkaraffe drückte seine Arme nach unten, die Wärme des Kamins lullte ihn ein. Er fragte sich, weshalb Schwarzklaue nicht neben Korvellan saß. Hatte Korvellan vielleicht Angst, dass er nicht das Fleisch auf den Platten, sondern das auf den Stühlen fressen würde? Gerit hätte bei dem Gedanken beinahe laut gelacht. Er presste die Lippen zusammen. Seidenfell warf ihm einen kurzen Blick zu.

»Warum«, sagte Korvellan so unerwartet, dass zwei seiner Gäste zusammenzuckten. Er trank einen Schluck Wein. Gerit wollte seinen Kelch nachfüllen, aber Horon kam ihm zuvor.

»Warum«, wiederholte Korvellan, »das fragt ihr euch doch. Warum sind die Nachtschatten nach Somerstorm gekommen? Wieso ausgerechnet zu euch?«

»Weil es hier Gold gibt«, sagte Odju, ohne den Kopf zu heben.

»Das ist wohl wahr. Einen ganzen Berg voll Gold.« Korvellan drehte den Kelch zwischen seinen Klauen. »Gold, das der Fürst von Somerstorm verprasst hat, während sein Volk Dreck frisst und auf Steinen schläft. Ist es das Gold, von dem Ihr sprecht, Odju?«

Der alte Mann sah zum ersten Mal auf, doch sein Blick richtete sich nicht auf den Nachtschatten am Kopfende des Tischs, sondern auf Gerit. »Es ist das Gold des Fürsten«, sagte er, »und er kann damit umgehen, wie es ihm beliebt.«

Gerit trat nervös von einem Fuß auf den anderen. Horon starrte ihn aus zusammengekniffenen Augen an.

Korvellan stellte den Kelch ab. »Der Fürst ist nicht hier, und er wird auch nicht zurückkehren.«

Er schob die Teller zur Seite und breitete eine Karte aus, die neben ihm auf dem Stuhl gelegen hatte. »Wir haben alle größeren Städte besetzt. Wir kontrollieren beide Häfen und die Grenzen nach Braekor. Nachtschatten, die sich unter euch verstecken mussten, strömen aus allen Provinzen zu uns. Bald schon werden wir eine Armee aufstellen, wie sie die Welt seit dem Ende der Vergangenen nicht mehr gesehen hat. Niemand wird uns Somerstorm wegnehmen, kein Fürst und kein König.«

Er rollte die Karte zusammen. »Und ihr könnt ein Teil von diesem Sieg sein.«

»Als was? Als Verpflegung für Eure Soldaten?«, fragte Odju. Schweiß stand auf seiner Stirn. Gerit bewunderte seinen Mut. Er sah, wie sich die Schultern des Generals anspannten.

»Nein«, sagte Korvellan. Seine Stimme klang enttäuscht. Gerit wünschte, er hätte sein Gesicht sehen können. »Natürlich nicht.« Er machte eine Pause, drehte den Weinkelch zwischen seinen langen Klauen. »Ihr werdet bald bemerken, dass hinter vielen Geschichten, die ihr über die Nachtschatten gehört habt, nicht mehr steht als die heiße Luft aus dem Mund des Erzählers. Die Wahrheit liegt in Taten, nicht in Worten.«

Er klatschte in die Hände. Die Türen zum Audienzsaal öffneten sich. Drei der Gäste sprangen erschrocken auf. »Bleibt ruhig«, sagte Odju, auch wenn er selbst nervös wirkte. »Es ist, wie es ist.«

Zwei Nachtschatten schoben einen Karren in den Saal. Ihre

Muskeln waren angespannt, ihre Gesichter gerötet. Kerzenlicht brach sich in Tausenden von Goldmünzen. Sie funkelten, als wären die Flammen ein Teil von ihnen.

Korvellan stand auf und stellte sich neben den Karren. »Dies sind alle Münzen, die wir in den letzten Wochen geprägt haben. Sie gehören euch. Ihr könnt damit machen, was ihr wollt. Gebt sie euren Stämmen oder euren Familien, betrinkt euch, kauft Viehherden, mir ist es egal. Ab jetzt werdet ihr zu jeder Wintersonnenwende einen Karren voller Gold erhalten zu eurer freien Verfügung. Nur zwei Dinge erwarte ich von euch. Erstens: Jedem, der fragt oder dem ihr etwas Gold gebt, werdet ihr sagen, dass General Korvellan es euch geschenkt hat. Zweitens: Ihr werdet mir, wenn ich euch darum bitte, vor aller Augen eure Loyalität schwören.« Gerit hörte das Lächeln in seiner Stimme. »Und euch auch daran halten.«

Die Männer starrten auf den Karren voller Gold. In ihren Augen brannte das gleiche Feuer, so als wäre es auf sie übergesprungen.

»Was ist, wenn wir uns weigern?«, fragte Odju.

»Warum solltet ihr das tun?« Korvellan trank seinen Weinkelch aus und stellte ihn auf den Kopf. »Ihr seid heute Nacht unsere Gäste. Die Diener werden euch jeden Wunsch erfüllen. Am Morgen erwarte ich eure Antwort. Gute Nacht.«

Ohne ein weiteres Wort wandte er sich ab und verließ das Zimmer. Gerit biss sich auf die Lippen. Er musste mit ihm reden, wollte nicht länger warten. Einen Moment zögerte er, dann ließ er die Karaffe fallen. Mit einem lauten Knall schlug sie auf dem Boden auf und zersprang. Rotwein spritzte über den Boden, Scherben flogen bis auf den Tisch. Die zwölf Männer starrten ihn erschrocken an.

Gerit verneigte sich. »Verzeihung.«

Horon holte mit der Faust aus, aber Seidenfell fing seinen Arm ab. »Sie wissen, wer er ist«, flüsterte sie. »Korvellan wird dir den Kopf abschlagen, wenn du vor ihren Augen einen Menschen schlägst.«

Gerit gab ihm nicht die Gelegenheit, darüber nachzudenken. Er verneigte sich erneut. »Ich hole einen Lappen und frischen Wein. Bitte verzeiht mir.«

Dann drehte er sich um und lief durch die Tür auf den Gang. Er sah nach links. Korvellan verschwand gerade hinter einer Biegung. Gerit lief ihm hinterher. Seine nackten Füße klatschten auf den Boden. Er erreichte die Biegung und wäre beinahe mit Korvellan zusammengeprallt. Im letzten Moment wich er aus und stützte sich an der Wand ab.

»Was willst du?«, fragte Korvellan. Er klang weder freundlich noch ablehnend.

Gerit ging auf die Knie. Er hatte sich die Worte schon vor Stunden zurechtgelegt. »Herr, Ihr habt mein Leben gerettet, aber ich fürchte, es wird nicht lange währen. Ich bin ein Sklave, man schlägt mich, man tritt mich, man verachtet mich.« Er zog die Ärmel seiner Uniform hoch und zeigte seine verkrusteten Ellenbogen. »Jeden Tag werde ich von Horon gepeinigt. Ich bitte Euch, schenkt …«

Er sah, dass Korvellan ausholte, konnte seiner Hand aber nicht mehr ausweichen. Sie traf seine Wange, riss seinen Kopf zur Seite. Krallen zogen blutige Striemen über seine Haut. Gerit prallte gegen die Wand des Gangs. Er presste eine Hand auf seine Wange.

»Ich schäme mich für dich.« Korvellans Stimme war voller Verachtung. »Ich habe dir das Leben geschenkt, aber du lebst nicht. Ich habe dir eine Zukunft gegeben, aber du wirfst sie weg. Die Wahl, die du getroffen hast, entsetzt mich.«

»Ich habe doch nicht gewählt …«

»Doch, das hast du!«, schrie Korvellan ihn an. »Und jetzt kriech davon wie der Wurm, der du bist. Los!«

Gerit kroch nicht. Er blieb stumm und mit gesenktem Kopf

auf dem Boden sitzen, während das Blut zwischen seinen Fingern hindurch den Arm hinunterlief. Nach einem Moment ging Korvellan weiter.

In dieser Nacht, als Gerit in eine Decke eingerollt in der Küche lag und seine Wange mit nassen Tüchern kühlte, beschloss er, Horon zu töten.

Kapitel 9

Die schneebedeckten Berge und tiefen grünen Täler Ashagars sind dem Reisenden, der von Norden kommt, ein willkommener Anblick. Kein Fürst herrscht hier mit drakonischer Macht, kein Krieg hat dieses Land je verwüstet. Der Philosoph Cero machte sich einst Gedanken über die Ursachen für diese erstaunliche Idylle und kam zu der Erkenntnis, dass, da beinahe jedes Dorf eine eigene Sprache besitzt, Streitigkeiten erschwert,wenn nicht sogar unmöglich werden. So sei gegenseitiges Unverständnis der Schlüssel zu einem friedlichen Zusammenleben. Natürlich hilft es auch, dass es in ganz Ashanar nichts gibt, was es im Entferntesten wert wäre, geplündert zu werden.

Jonaddyn Flerr, Die Fürstentümer und Provinzen der vier Königreiche, Band 2

Am elften Tag ließen sie Braekor hinter sich. Sie kamen langsam voran, viel langsamer, als Ana recht war. Aus Vorsicht mied Jonan die Hauptwege, machte sogar einen Bogen um die meisten Ortschaften. Gelegentlich, wenn sie ein Dorf fanden, das weit genug entfernt vom Rest der Welt zu liegen schien, gelang es Ana, sich durchzusetzen und auf einer Nacht im Gasthaus zu bestehen. Jonan widersprach zwar, ließ sich aber jedes Mal darauf ein.

Ana wusste, dass er sich Sorgen um ihre Sicherheit machte.

Patrouillen zogen auf der Suche nach ihr durch ganz Braekor. Ausrufer tauchten auf Marktplätzen auf und versprachen jedem eine Belohnung, der die »Verräter von Somerstorm« fasste, ob tot oder lebendig, schien keine Rolle zu spielen. Die Beschreibung, die sie verkündeten, passte leider viel zu gut.

Kurz vor der Grenze nach Ashanar waren sie auf einen Mann gestoßen, der sich die Belohnung verdienen wollte. Jonan hatte ihn neben einem Kirschbaum begraben.

In der darauf folgenden Nacht, der Blindennacht, in der keine Monde schienen, hatten sie die Grenze überquert. Ana hatte in der Dunkelheit immer wieder das Gesicht des Mannes gesehen, aber Jonan nichts davon gesagt. Sie sprachen ohnehin wenig. Meistens hing Ana ihren Gedanken nach. Sie dachte an Gerit und ihre Eltern, an Rickard und an Zrenje. Manchmal schluckte sie Tränen herunter.

Ana war erleichtert, als sie Braekor verließen. Sie war noch nie zuvor in Ashanar gewesen. Die Berge waren mächtiger als die, die sie aus Somerstorm kannte, aber auch weicher und weniger schroff. Täler wanden sich grün und fruchtbar zwischen ihnen hindurch. Die Hütten der Ashagari bestanden aus dem braunen Stein der Berge. Manche Dörfer sah man erst, wenn man bereits darin stand, so wie das, auf das sie gerade zuritten. Wenn Ana es nicht schon einmal gesehen hätte, wären ihr die niedrigen Hütten und die in den Stein geschlagenen Höhlen vielleicht sogar entgangen.

Sie zügelte ihr Pferd. »Wir waren schon einmal hier.«

Jonan sah nicht sie an, sondern die Karte, die er auf seinen Beinen ausgebreitet hatte. Sie hatten sie am Tag zuvor von zwei fahrenden Händlern gekauft, zusammen mit dem einfachen Wollkleid, das sie unter ihrem Umhang trug. »Sie ist so genau«, hatte der eine von ihnen gesagt, »dass sie selbst einem König genügen würde.«

Vielleicht einem König, den es nicht interessiert, ob er sein Ziel jemals erreicht, dachte Ana. Sie lenkte ihr Pferd neben

Jonan. Seine Finger glitten über einen Strich auf der Karte, der einen Weg hätte darstellen können, aber ebenso gut einen Fluss oder einen Knick im Pergament.

»Wir haben uns verirrt, oder?«, fragte Ana.

»Nein.« Jonan sah auf. Sein Blick glitt über die Berge, die rechts und links des Tals bis in die Wolken aufstiegen. Er drehte sich um zu dem Weg, den sie gekommen waren, dann sah er nach vorn und wieder zurück auf die Karte.

»Ja«, sagte er. »Wir haben uns verirrt.«

Ana setzte sich im Sattel auf. Es war Vormittag und im Dorf war niemand zu sehen. Trampelpfade führten vom Weg auf die umliegenden Weiden und Felder. Die Hecken, von denen sie eingerahmt wurden, waren so hoch, dass sie nur die Köpfe der Rinder sehen konnte, die dort grasten.

»Wir sollten jemanden fragen«, sagte sie.

Jonans Zeigefinger folgte immer noch den Linien auf der Karte. »Nein, wir dürfen nicht mehr Aufmerksamkeit als nötig auf uns lenken.«

»Glaubst du, dass eine einfache Frage nach dem Weg mehr Aufmerksamkeit auf sich ziehen wird, als wenn wir noch weitere fünfmal in dieses Dorf reiten?«

Er verzog das Gesicht. »Wahrscheinlich nicht.«

Ana nahm ihm die Entscheidung ab. Sie lenkte ihr Pferd auf den Trampelpfad zwischen den Feldern und ließ es antraben. Sie hörte, wie Jonan hinter ihr folgte. Der Pfad war so schmal, dass sie hintereinander reiten mussten. Rechts und links standen hohe grüne Hecken. Dahinter lagen kleine Roggenfelder und Weiden, auf denen Kühe mit schwarzem, zotteligem Fell standen. Ihre Hörner waren geschwungen und lang wie ein Männerarm.

Gegen Mittag sahen sie endlich Menschen. »Da«, sagte Ana und zeigte auf ein Gerüst, das zwischen Bäumen aufragte. Einige Männer saßen auf den Querbalken und arbeiteten. Der Wind trug ihre Stimmen und dumpfes Hämmern zu ihnen herüber.

Jonan richtete sich im Sattel auf und folgte ihrer Geste mit einem Blick. »Wir wissen nichts über diese Menschen«, sagte er dann. »Seid vorsichtig und überlasst die Fragen mir.«

»Das sind doch nur ein paar Bauern.«

»Dem durchstochenen Herzen ist es egal, ob die Mistgabel eines Bauern oder das Schwert eines Soldaten in ihm steckt.«

Einen Moment lang glaubte Ana, die Stimme ihres Vaters zu hören. Er hatte eine Sammlung von Sprichwörtern besessen, die mit jedem Jahr größer wurde. Der Körper neidet dem Kopf seine Nähe zum Himmel. Deshalb achte stets darauf, wohin dich deine Füße führen, wenn du zu den Monden blickst, war eines gewesen, das er immer wieder zitiert hatte. Ana war sich nicht sicher, ob er verstanden hatte, was es bedeutete.

Einer der Männer auf dem Gerüst stand auf und sah zu ihnen hinüber. Er winkte mit dem Hammer in seiner Hand. Ana drehte sich zu Jonan um. »Sagt dein Sprichwort auch etwas über Bauern mit Hämmern aus oder müssen es Mistgabeln sein?«

Er ging auf ihre Ironie nicht ein. »Eine Waffe ist eine Waffe.«

Der Pfad führte sie zu der Lichtung, auf der das Gerüst stand. Es war ein großes, zweistöckiges Holzhaus, eine Scheune vermutlich. Ein knappes Dutzend Männer schlugen Nägel in Balken, zersägten Stämme und passten Bretter an. Kinder spielten zwischen ihnen im Gras. Eine Gruppe Frauen saß auf einer Decke und schälte Gemüse. Sie warfen es in einen großen Kessel, der zwischen ihnen stand. Auf einem Karren lagen Fladenbrote und in feuchte Laken eingerollter Käse.

Die Menschen sahen von ihrer Arbeit auf, als Ana und Jonan auf die Lichtung ritten. Ihre Gespräche erstarben.

»Bleibt im Sattel«, sagte Jonan leise. Er sprang von seinem Pferd und hob die Hand. »Ich grüße euch.«

Niemand antwortete. Ein Junge, der ein wenig jünger als Gerit wirkte, kletterte über eine Leiter von dem Gerüst. Ein älterer

Mann – ein enger Verwandter, wie es schien – stellte sich neben ihn.

»Grüße«, sagte der Junge. Seine Aussprache war unbeholfen.

»Wir suchen den Weg.« Jonan faltete die Karte auseinander und zeigte auf den Großen Fluss. »Den Weg zum Fluss.«

Der Junge sagte etwas Unverständliches zu dem älteren Mann. Der nahm Jonan die Karte aus den Händen und betrachtete sie eingehend. Dann sagte er etwas.

»Ihr falsch«, übersetzte der Junge. »Straße hier.«

»Hier?« Jonan ließ sich die Karte zeigen. Der Mann nickte und erklärte etwas in seiner seltsamen Sprache.

Das kann dauern, dachte Ana. Ihr Blick fiel auf den Käse und das Brot. Am Vorabend hatten sie das Dörrfleisch aus den Vorräten der Soldaten gegessen. Sie hatte die Hälfte weggeworfen, als Jonan nicht hinsah. Etwas zu essen, das sie Toten gestohlen hatten, widerstrebte ihr.

Der Junge wandte sich wieder an Jonan. »Hier falsch, kein Weg. Zurück, dann Nor… nein, Westen. Straße Westen. Immer bleiben bis Pharkynd. Lange Zeit warten wegen …«

Er runzelte die Stirn. »Ghay logaj … ghay logaj …« Er hob die Schultern. »Weiß Wort nicht.«

Jonan bedankte sich und kehrte zu den Pferden zurück. »Wir können weiter.«

Er wollte aufsteigen, aber Ana hielt ihn zurück. »Ich würde gern etwas Brot und Käse kaufen«, sagte sie. »Die Bauern scheinen genug davon zu haben.«

»Nein.«

»Nein?«

Jonan drehte sich zu ihr um. »Wir haben nur noch wenig Geld. Vielleicht reicht es für die Passage über den Fluss, vielleicht nicht.«

Ana hatte sich keine Gedanken über Geld gemacht. Sie dachte

an die Nächte im Gasthaus, an das Fleisch, das sie gegessen, und den Wein, den sie getrunken hatte. Jonan hatte sich wohl nicht nur Sorgen um ihre Sicherheit gemacht.

»Wieso hast du mir nichts davon gesagt?«, fragte sie. »Es steht mir zu, solche Dinge zu wissen.«

Er drehte die Zügel seines Pferdes zwischen den Fingern. »Es ist meine Aufgabe, für Euch zu sorgen. Nicht nur für Eure Sicherheit, auch für Euer Wohlbefinden.«

»Und das ist dir so gut gelungen, dass wir noch nicht einmal Brot kaufen können?« Es war fast so, als habe er sie betrogen. »Was sollen wir jetzt machen? Sollen wir als Bettler in Westfall eintreffen?«

»Ich werde jagen und …« Er unterbrach sich. Sein Blick strich über das Gerüst. Dann sah er Ana an. »Was könnt Ihr?«

Sie wusste nicht, was er damit meinte.

»Könnt Ihr kochen?«, hakte er nach.

Ana hob die Schultern. »Ich habe es noch nicht versucht.«

»Natürlich.« Sie glaubte Sarkasmus in seiner Stimme zu hören. Das gefiel ihr nicht. »Könnt Ihr Bretter anpassen oder Holz hacken?«

Die Frage war so lächerlich, dass sie beinahe gelacht hätte. »Wieso sollte ich so etwas können?«, fragte sie.

Jonan antwortete nicht. Stattdessen ging er zurück zu dem Jungen, der ihre Unterhaltung beobachtet hatte. Er sprach mit ihm, dann mit seiner Hilfe mit einigen Männern. Dann winkte er Ana zu.

»Steigt bitte ab, Mefrouw«, rief er.

»Wieso?«, fragte Ana, folgte seiner Aufforderung aber.

»Weil wir uns unser Essen verdienen werden.« Jonan zog seine Jacke aus. Der Junge lief auf Ana zu. »Komm«, sagte er. »Ich zeige.«

Er will, dass ich arbeite, dachte sie. Die Vorstellung war ihr fremd. Ihre Lehrer hatten ihr Pflichterfüllung und Disziplin beigebracht, aber wie ein Sklave mit den Händen zu arbeiten, erschien ihr unangemessen und ein wenig peinlich.

Nur die Hand im Dreck findet Gold. Ein weiteres Sprichwort ihres Vaters, das er wahrscheinlich nicht verstanden hatte.

Sie hob den Kopf und ließ sich von dem Jungen zu den Frauen auf der Decke führen. Sie lächelten und machten ihr Platz. Jemand drückte Ana ein merkwürdig krummes Messer in die Hand und ein gurkenartiges Gemüse mit einer Schale, die hart wie Baumrinde war.

Das Messer fühlte sich seltsam an. Unsicher setzte sie es an der Spitze des Gemüses an. Die Frauen neben ihr kicherten. Die älteste von ihnen brachte sie mit einer Handbewegung zum Schweigen. Sie nahm Ana das Messer aus der Hand und zeigte ihr, wie man es ansetzen musste, damit die Schale aufbrach. Das Fleisch darunter war weiß und roch süßlich.

Die alte Frau wiederholte die Bewegungen, dann reichte sie das Messer mit einem Schwall unverständlicher Worte zurück. Ana lächelte überrascht, als es ihr auf Anhieb gelang, ein Stück Gemüse zu öffnen. Die Frau tätschelte ihren Arm. Ihre Hände waren so rau wie Zrenjes.

Die Frauen versuchten noch einige Male, eine Unterhaltung mit Ana anzufangen. Sie waren neugierig, wollten vermutlich wissen, woher sie kam und wo ihr Ziel lag. Ana gab sich keine Mühe, ihre Worte und Gesten zu verstehen. So musste sie nicht lügen. Nach einer Weile kehrten die Frauen zu ihrer eigenen Unterhaltung zurück. Ihre Worte klangen in Anas Ohren wie eine fremde Melodie, unverständlich und träge. Sie ließ sie an sich vorbeiziehen, während ihre Hände langsam den Rhythmus der Arbeit fanden.

Es war eine langweilige, aber auf seltsame Weise beruhigende Arbeit. Sonnenlicht wärmte ihr Gesicht, der Wind, der durch das Tal wehte, war mild. Ana spürte, wie eine Anspannung, die sie vorher nicht einmal bemerkt hatte, von der Brise davongetragen wurde. Sie fragte sich, wie es wohl war, in diesem Tal zu leben, wo die Zeit in Jahreszeiten gemessen wurde und jeder, der am Morgen erwachte, genau wusste, was der kommende Tag bringen würde und der Tag danach oder der Monat oder das Jahr. Nichts drang jemals in dieses Leben ein. Alles und jeder hatte seinen Platz.

Ana erschrak, als ihr auffiel, dass sie die Frauen beneidete.

Die alte Frau berührte ihren Arm und sagte etwas. Ana hob die Schultern. Eine andere Frau zeigte auf das Gerüst, auf dem Jonan mit nacktem Oberkörper arbeitete. Ana bemerkte dunkle Narben auf seinem Rücken. Sie sahen aus, als stammten sie von Klauen oder einer Peitsche.

»Was ist mit ihm?«, fragte sie.

Die junge Frau lächelte breit. »Lollu?«, fragte sie und zeigte wieder auf Jonan.

Die anderen Frauen lachten.

»Lollu?« Ana runzelte die Stirn. »Ich verstehe nicht.«

Die Frau unterstrich ihre Frage, indem sie ihren Zeigefinger in den Mund steckte. »Lollu?«

Ana spürte, wie ihre Wangen sich röteten. »Nein, kein lollu.« Sie schüttelte den Kopf. »Kein lollu.«

Die Frauen schienen ihr nicht zu glauben. Eine sagte etwas, die anderen lachten und nickten zustimmend. Ana tat so, als würde sie auch das nicht verstehen. Sie fühlte sich plötzlich unwohl in der Gruppe und war froh, als der Junge sie mit seinen Rufen ablenkte.

Er winkte Jonan zu. »Hey«, rief er. »Weiß Wort. Ghay logaj lange warten wegen ghay logaj.«

Jonan beugte sich über einen Gerüstbalken. »Und?«

Der Junge grinste. Er wirkte stolz. »Lange warten wegen Straßensperre. Ghay logaj – Straßensperre.«

Ana schnitt sich in den Daumen.

»Wir müssen zurück nach Braekor.«

»Nein, wir gehen nach Westfall. Ich will Braekor nie wieder sehen!« Ana saß auf der strohgefüllten Matratze. Sie hatte die Beine angezogen und die Arme um die Knie geschlungen.

Jonan saß auf dem Boden des kleinen Zimmers. Einer der Bauern hatte ihnen erlaubt, die Nacht dort zu verbringen. Das Grinsen, mit dem er auf die breite Matratze gezeigt hatte, war Jonan wohl entgangen, Ana aber nicht. Sie fragte sich, warum sie überhaupt interessierte, was die Bauern dachten.

»Ich gehe nicht nach Braekor«, wiederholte sie.

Schon während des Abends, als sie noch mit den Familien zusammensaßen und aßen, hatte sie versucht, Jonan auf die Straßensperre anzusprechen, aber er hatte abgewunken. »Später«, hatte er geflüstert, »wenn wir allein sind.«

Nun waren sie allein.

»Wir können nicht weiter, Mefrouw.« Jonan sprach langsam, als glaube er, Ana beherrsche seine Sprache ebenso wenig wie die Bauern. »Es ist die einzige Straße. Soldaten haben sie abgesperrt. Wir müssen zurück. Niemand wird uns in Braekor vermuten.«

»Das ist mir egal. Ich will weiter.« Ana strich sich die Haare aus dem Gesicht. »Was ist, wenn es doch noch eine andere Straße gibt? Diese Bauern wissen auch nicht alles.«

»Sie haben es mir auf der Karte gezeigt.«

»Du hast selbst gesagt, dass die Karte schlecht ist.« Sie wusste, dass sie jedes seiner Argumente im Ansatz ersticken musste, sonst würde er sie vielleicht noch überzeugen. Der Gedanke an die Straßensperre machte ihr mehr Angst, als sie zugab.

Jonan lehnte sich mit dem Rücken an die Wand. Er hatte seine Decke vor der Tür ausgebreitet, wie immer, wenn sie in geschlossenen Räumen übernachteten. »Wir müssen nicht in Braekor bleiben. Wir warten ab, bis die Suche abgebrochen wird, dann kehren wir hierher zurück.«

»Und woher willst du wissen, dass die Straße nach Braekor nicht auch gesperrt ist?« Ana sah, wie Jonans Augen zuckten. Daran hatte er wohl nicht gedacht. Sie trieb die Idee weiter. »Vielleicht haben sie uns in Ashanar eingekesselt und warten nur darauf, dass wir zurückkehren.«

»Es gibt mehr als eine Straße nach Braekor.« Er klang unsicher.

»Nicht auf der Karte. Oder traust du der Karte nur, wenn es in deine eigenen Pläne passt?« Ana streckte das Kinn vor. Schnell, dachte sie, bevor ihm etwas Neues einfällt. »Ich bin die Fürstin von Somerstorm«, sagte sie im Tonfall ihrer Mutter, »und ich befehle dir, dass wir der Straße nach Westen folgen. Wirst du dich diesem Befehl widersetzen?«

Lange Zeit sagte er nichts, saß nur da, den Rücken an die Wand gelehnt, den Blick auf das Fenster gerichtet. Dann nickte er.

»Mefrouw.« Er sah sie an. Die Enttäuschung in seinem Gesicht erschreckte sie.

Am nächsten Morgen brachen sie nach Westen auf.

Der Pfad, auf dem sie ritten, wurde zum Weg und dann zur Straße. Träge zog die Landschaft an Ana vorbei. Wiesen, Felder, ein gelegentlicher Altar am Wegesrand und die Berge, an deren Hängen Dörfer wie dunkle Kletten hingen.

Es war eine viel bereiste Straße. Bauern schoben Karren voller Getreidesäcke und Obstkisten vor sich her, Händler ritten auf mit Blumen geschmückten Pferden vor ihren Kamelkarawanen her. Söldner, die hochgestreckte Lanzen trugen, umgaben sie wie Palisaden. Sie zogen an überladenen Ochsenkarren vorbei. Radmacher, Jäger, Wahrsager und Schwertkämpfer ritten zwischen ihnen hindurch und priesen ihre Dienste an. Fast alle reisten gen Westen. Kaum jemand zog in die andere Richtung.

Ana sah sich um. »Fällt dir etwas auf?«, fragte sie. Seit dem

Morgen versuchte sie immer wieder, Jonan in eine Unterhaltung zu verstricken. Bisher war es ihr nicht gelungen.

Auch dieses Mal antwortete er nicht, aber sein Blick glitt über die anderen Reisenden.

»Keine Flüchtlinge«, sagte Ana. »Hier sind keine Somer. Wahrscheinlich hat man inzwischen die Grenzen abgeriegelt.«

»Oder es gibt keinen Grund zu fliehen.« Es war das Erste, was Jonan an diesem Tag sagte. Ana blinzelte in die untergehende Sonne.

»Keinen Grund zu fliehen?«, fragte sie. »Ihre Fürsten sind ermordet worden. Würde dir das keine Angst machen?«

»Vielleicht macht es in ihrem Leben keinen Unterschied, wer sie regiert.«

Es war eine unverschämte Antwort. Ana wollte ihn im ersten Moment zurechtweisen, schwieg dann jedoch. Sie dachte an das Mädchen, das jetzt ihr Kleid trug, und an den Mann, der mit ihr in dem Unterstand lebte. War es ihnen egal, welches Herrscherhaus die Festung bewohnte, welche Allianzen dort geschmiedet wurden, wer lebte und wer starb? Der Gedanke verstörte sie.

»Zieht Eure Kapuze über und senkt den Kopf«, sagte Jonan plötzlich. Sie gehorchte, ohne nachzudenken. Er ergriff die Zügel ihres Pferdes und ritt langsam weiter. Ana wagte es nicht aufzusehen. Ihr Blick konzentrierte sich auf die staubige Straße und die Flanken ihres Pferdes.

Schwere Rüstung klirrte neben ihr. Aus den Augenwinkeln sah sie Lederstiefel in Steigbügeln und blank polierte Beinplatten. In einer Metallhalterung steckte der hölzerne Schaft eines Speers.

Soldaten.

Die Patrouille zog langsam an ihr vorbei. Ana schloss die Augen, wartete auf einen Warnruf, der ihr unvermeidlich erschien. Man würde sie entdecken. Sie wusste, dass es so war.

Doch nichts geschah. Die Patrouille verschwand aus ihrem Blickwinkel. Nur wenige Herzschläge später stoppte Jonan die Pferde.

»Wir sind da«, sagte er. Seine Stimme klang dumpf unter ihrer Kapuze.

Ana hob den Kopf. Sie hatten eine Biegung hinter sich gelassen und standen in einem breiten Tal, dessen Seiten von Bergen eingeschlossen wurden. Die Straße führte mitten hindurch und mündete in einer Schlucht. Zumindest nahm Ana das an, denn der Eingang der Schlucht wurde von hölzernen Barrikaden versperrt. Die Fahnen Braekors wehten darauf. Sie zählte mehr als drei Dutzend Soldaten. Einige durchsuchten einen Ochsenkarren, andere saßen auf Pferden und beobachteten die Wartenden. Die Berge warfen schwarze Schatten über sie und raubten ihnen die Gesichter.

Die ehemals grünen Wiesen des Tals hatten sich in einen Morast verwandelt. Überall saßen und standen Menschen. Eine Ziegenherde fraß die letzten Büsche kahl, Kühe und Hunde wanderten zwischen Zelten umher. Einige Lagerfeuer brannten. An der Straße standen zwei Frauen und verkauften mit lauten Rufen Eichhörnchenfleisch und Bier.

»Das müssen Hunderte sein«, flüsterte Ana. »Das alles wegen mir?«

»Ja.« Jonan reichte ihr die Zügel ihres Pferdes. »Was habt Ihr denn gedacht?«

Eine weitere unverschämte Bemerkung, auf die sie keine Antwort wusste. Was sollen wir jetzt tun?, wollte sie fragen, doch laute Rufe hinter ihr unterbrachen sie.

»Es ist mir egal, was ihr hier macht! Meine Waren werden in Westfall erwartet. Ich habe keine Zeit für diesen Unsinn.«

Ana drehte sich im Sattel um. Ein Stück hinter ihr sprach ein Händler mit einer Gruppe von sechs Soldaten. Es war ein junger Mann, der einen langen Pelzmantel trug und einen Hut mit Pfauenfedern. Die Federn wippten auf und ab. Sein Pferd tänzelte nervös.

Einer der Soldaten antwortete. Ana verstand nicht, was er sagte. Der Händler schüttelte den Kopf. »Im Auftrag des Fürsten von Braekor?«, rief er und breitete die Arme aus, als wolle er die Menschen, die um ihn herumstanden, in seinen Streit einbeziehen. »Aber hier ist nicht Braekor. Hat euch das denn niemand gesagt? Ihr habt kein Recht, uns aufzuhalten. Wir haben alle wichtige Geschäfte.«

Einige Händler nickten, andere stimmten mit Rufen zu. Der Soldat, mit dem er gesprochen hatte, kratzte sich unter seinem Helm am Kopf.

»Wisst ihr was?«, sagte der Mann mit dem Pfauenhut, bevor der Soldat antworten konnte. »Wieso regeln wir das Ganze nicht wie vernünftige Leute? Wir wollen nicht hier sein, ihr wollt nicht hier sein, da sind wir uns doch einig.«

Die Soldaten sahen sich an. Sie schienen nicht zu wissen, was er damit sagen wollte.

»Tu es nicht«, flüsterte Jonan.

Der Mann griff in seine Satteltasche und zog einen schwer aussehenden Geldbeutel heraus. »Hier drin ist mehr, als eure ganze Truppe in einem Monat verdient. Es gehört euch, wenn ihr einfach bis morgen früh die Augen schließt. Wenn ihr sie wieder aufmacht, sind wir weg, und ihr habt ein Problem weniger. Was meint ihr?«

Er warf den Geldbeutel in die Luft, um ihn mit der rechten Hand wieder aufzufangen. Der Beutel fiel zu Boden, neben seine abgeschlagene Hand. Einen Moment lang starrte der Händler mit weit aufgerissenen Augen auf seinen Arm. Blut spritzte aus dem Stumpf über sein Gesicht. Er begann zu schreien. Der Soldat schlug ihm mit dem Schwertknauf gegen den Kopf. Die Klinge war voller Blut.

Die Schreie verstummten. Der Händler fiel lautlos vom Pferd

und blieb im Staub liegen. Sein Hut lag neben ihm. Die Pfauenfedern wippten auf und ab.

Die anderen Händler wichen zurück. Soldaten trieben sie mit ihren Pferden weiter ins Tal, riegelten die Straße hinter ihnen ab.

»Ihr seid hier und hier bleibt ihr, bis wir euch rauslassen!«, rief der Soldat mit der blutigen Klinge in die Menge. »Ist das klar?«

Niemand wagte es, ihn anzusehen.

»Was für ein Narr«, sagte Jonan. Er sah in die Berge hinauf und schüttelte den Kopf. »Wir sitzen fest.«

Ana zog die Kapuze tief in ihr Gesicht. Vor ihr wurden die Barrikaden geöffnet. Ein Ochsenkarren fuhr hindurch, dann schlossen sich die Schranken wieder.

Nur eine Frage der Zeit, dachte Ana.

Und dann sah sie ihn.

Er saß auf einer Holzbank und aß Suppe aus einem Napf. Die Tätowierungen in seinem Gesicht bewegten sich bei jedem Bissen. Seine zahnlosen Kiefer mahlten.

»Da.« Sie berührte Jonans Arm. »Der Gaukler.« Sie versuchte sich an seinen Namen zu erinnern. »Daneel. Er heißt Daneel.«

»Wo?« Jonan richtete sich in den Steigbügeln auf.

Daneel sah im gleichen Moment auf. Sein Blick traf Anas. Sie sah die Überraschung darin, die Verwirrung und dann die Entschlossenheit, als er den Napf zur Seite stellte und auf die Bank stieg.

»Ich habe etwas mitzuteilen!«, rief er. Seine hellen Augen richteten sich immer noch auf Ana. Sie sah nicht zur Seite. Neben ihr zog Jonan seine Schwerter.

Kapitel 10

Ein Hauch von Größe liegt über den Hügeln Westfalls. Wer über die alten Straßen reitet, kann sich dem Gedanken nicht verschließen, dass nur die Zeit ihn von all den Königen und Helden trennt, die einst die gleichen Wege nahmen.

Jonaddyn Flerr, Die Fürstentümer und Provinzen der vier Königreiche, Band 2

Rickard von Westfall war kein geduldiger Mann. Es behagte ihm nicht, in einer Kutsche zu sitzen und sich dem Ziel entgegentragen zu lassen. Er wollte handeln, irgendetwas tun, selbst wenn es nur darin bestanden hätte, einem Pferd die Sporen zu geben.

»Es macht mir wirklich nichts aus, allein zu reisen«, sagte Craymorus. Den gleichen Satz hatte er in den letzten zwei Tagen fast ein Dutzend Mal gesagt. »Du kannst ruhig vorausreiten.«

»Nicht nötig. Wir sind sowieso bald da.«

»Wirklich?«, fragte Craymorus. Er zog den Vorhang zur Seite und sah aus dem Fenster. Staub drang in die Kutsche ein, legte sich auf seine Hände und sein Gesicht.

Sie saßen einander gegenüber, Rickard mit dem Rücken zum Kutschbock, Craymorus in Fahrtrichtung. Es gab keine weiteren Fahrgäste. Die Soldaten hatten dem Kutscher befohlen, niemanden sonst mitzunehmen. Je weniger Reisende, desto schneller die Fahrt. Der Kutscher hatte gehorcht. Rickard würde dafür sorgen, dass er im Schloss entsprechend entlohnt wurde.

Niemand soll je bereuen, auf meiner Seite zu stehen, dachte er.

»Wo genau sind wir?«, fragte Craymorus. Der Staub auf seinem Gesicht ließ ihn noch blasser wirken als sonst.

Rickard zog eine Klappe hinter sich auf. Der Fahrtwind wehte ihm die Haare in die Stirn. »Wo sind wir?«, rief er dem Kutscher zu.

»Zwei Meilen hinter Bancoon«, rief der Mann zurück. Er hatte sich einen Schal um den Kopf gebunden, der nur die Augen frei ließ. Das Frühjahr war die trockenste Zeit im Westen Westfalls und die staubigste.

Rickard schloss die Klappe und strich sich die Haare aus dem Gesicht. »Das heißt, wir werden heute noch ankommen«, sagte er. Endlich, fügte er in Gedanken hinzu.

»Dann könnten wir vielleicht einen kurzen Umweg machen.« Craymorus ließ den Vorhang zufallen. »Wenn es nicht zu viel Mühe macht natürlich. Es würde höchstens ein oder zwei Stunden dauern.«

»Wo willst du denn hin?« Die Aussicht, noch zwei Stunden in der Kutsche zu verbringen, verlieh seiner Stimme eine ungewohnte Härte.

»Die Ruinen von Rascone«, sagte Craymorus. »Es ist ein Umweg, ich weiß, aber ich würde dir gerne etwas zeigen.«

»Ich kenne die Ruinen, Cray.« Zu jeder Sonnenwende und zu jedem Zwillingskuss, die Nächte, in denen die Monde so dicht zusammenstanden, dass sie eins zu werden schienen, brach Rickards Familie dorthin auf, um mit dem Volk zu feiern. Es waren langweilige, steife Feste mit endlosen Ritualen und Gesängen.

Craymorus räusperte sich. »Nein, ich glaube nicht, dass du sie kennst, und es würde mich sehr freuen, wenn ich sie dir zeigen dürfte.«

Er ist nur hier, weil der Meister ihn darum gebeten hat, dachte Rickard. Noch steht er nicht auf meiner Seite. Das darf ich nicht vergessen.

Er zog die Klappe zum Kutschbock auf. »Kutscher«, rief er. »Wir fahren zuerst nach Rascone.«

»Ja, Melordd.«

»Danke«, sagte Craymorus, als Rickard sich wieder umdrehte. »Ich weiß dein Vertrauen zu schätzen.«

»Meister Horass vetraut dir. Es wäre dumm von mir, einem Meister zu widersprechen.« Es war ein kluger Satz, ein Satz, den ein Herrscher sagen würde. Rickard bemerkte beinahe erstaunt, welche Wirkung er auf Craymorus hatte. Der Krüppel senkte den Kopf und wandte den Blick ab, aber gleichzeitig lächelte er.

»Ich hoffe, dass ich mich dieses Vertrauens würdig erweisen werde«, antwortete er dann leise.

Rickard nickte und schwieg. Er spürte, dass es falsch gewesen wäre, noch etwas hinzuzufügen. Loyalität ist wie ein Samenkorn, hatte sein Taktikmeister auf der Insel gesagt. Du kannst es pflanzen, doch nur der Boden, in dem es liegt, entscheidet darüber, ob es wachsen wird.

Seine Gedanken kehrten zu dem Zwischenfall auf der Fähre zurück. Immer wieder spielte er ihn durch, ließ sich selbst eingreifen, den Nachtschatten töten und die Sklaven retten. Er wusste, was er hätte tun sollen, und tröstete sich mit dem Gedanken, dass er es getan hätte, wenn die Situation ihn nicht überrascht hätte.

Er war so verdammt stark, dachte Rickard.

»Ich frage mich immer noch, wer in dem weißen Zelt war«, sagte er. Selbst als die Fähre anlegte, hatte er es nicht herausfinden können. Die weiße Sänfte, die von Soldaten aus dem Zelt getragen worden war, hatte nichts außer einem vagen Schemen im Inneren offenbart.

»Wohl jemand, der nicht gesehen werden wollte, aber nichts dagegen hatte, Aufmerksamkeit zu erregen.« Craymorus hob die Schultern. »Wer weiß.«

Das Thema schien ihn nicht zu interessieren.

Nach einer Weile hielt die Kutsche an. Rickard warf einen Blick durch den Spalt zwischen den Vorhängen und stand auf. »Wir sind da«, sagte er.

Die Kutsche wackelte, als der Fahrer vom Kutschbock sprang und die Tür öffnete. »Melordds.« Er verneigte sich. Jede Bewegung ließ Staub aus seiner Kleidung aufwallen. Hinter ihm erstreckten sich die grünen Hügel Westfalls bis zum Horizont. Rickard atmete die Luft ein. Sie schmeckte strohig und vertraut.

Er half Craymorus auszusteigen und ging um die Kutsche herum. Die Ruinen standen in einer kleinen Senke unterhalb eines Hügels. Von den weißen schlanken Säulen, die einst vermutlich ein Dach gestützt hatten, standen nur noch drei. Die restlichen lagen im Gras, umgestürzt und zerbrochen. Geschwungene Bogen, kaum breiter als ein Männerarm, erhoben sich zwischen ihnen. Sie waren so leicht, dass sie selbst bei Tauwetter nicht in den Morast einsanken. Einige Bogen waren ineinander verschlungen wie kämpfende Schlangen, aus anderen waren Stücke herausgebrochen und lagen jetzt am Boden zwischen den Säulen. Rickard erinnerte sich daran, dass er und sein Cousin Dravoly als Kinder versucht hatten, die Bogen umzuwerfen. Es war ihnen nicht gelungen.

Die Ruinen leuchteten weiß im Sonnenlicht. Mönche, die in Hütten zwischen den Hügeln lebten, hielten sie sauber. Zwei von ihnen knieten vor einem mit Blumen und Vogelfedern geschmückten Sockel. Zwei weitere standen auf Holzspeere gestützt neben den Säulen. Sie beobachteten die Kutsche aus zusammengekniffenen Augen. Die Mönche nannten sich »Die Wächter der Reinheit« und waren vor nicht einmal zehn Jahren in Westfall aufgetaucht. Rickards Vater tolerierte ihre Anwesenheit, auch wenn alteingesessene Mönchsorden immer wieder ihre Zerschlagung forderten.

Craymorus zog sich an Rickard vorbei auf die Ruinen zu. Die dunkle Hose, die er trug, flatterte um seine Beine. Rickard wusste, wie sie darunter aussahen: dürr und knorrig wie abgestorbene Äste.

Ich hätte meinen Vater angefleht, mich zu töten, wenn mir so etwas geschehen wäre, dachte er. Und er hätte es getan.

Craymorus blieb vor einer Säule stehen und ließ seine breite Hand darübergleiten. Einer der beiden Wächter sah ihn an, schwieg jedoch. Rickard nahm an, dass ihm die Anwesenheit des Fürstensohns nicht entgangen war.

»Was willst du mir jetzt zeigen, Cray?«, fragte Rickard.

Craymorus drehte sich um. Seine Augen waren weit geöffnet, so als wolle er jeden Lichtstrahl aus diesen Ruinen in sich aufnehmen.

»Weißt du, wer sie erbaut hat?«, fragte er.

»Die Vergangenen. Jeder weiß das.«

»Weißt du, wofür sie dienten?«

»Keine Ahnung.« Rickard gab seine Unwissenheit offen zu, was er bei den Meistern nie getan hätte. Menschen, die mehr wussten als er, schüchterten ihn ein. Er fühlte sich klein und unvollkommen neben ihnen. Nur bei Craymorus nicht. Wer hätte sich neben ihm schon unvollkommen fühlen können?

»Ich habe wirklich keine Ahnung, Cray«, sagte er. »Ich bin hier bestimmt schon fünfzig Mal gewesen, aber darüber hat niemand je gesprochen.«

»Weil es niemand weiß.« Craymorus' Finger zeichneten die Muster in den Säulen nach. »Weder von dieser Ruine noch von denen an anderen Orten. Manche haben ihr ganzes Leben mit der Suche nach einer Erklärung verbracht.«

Seine Berührungen waren beinahe Liebkosungen. »Man hat

Modelle von Rascone gebaut und versucht, die Gebäude wieder zusammenzusetzen, aber nichts hat gepasst. Die berühmtesten Baumeister der Welt haben sich daran versucht, alle sind gescheitert. Sie konnten sich noch nicht einmal darauf einigen, aus welchem Material die Ruinen bestehen.«

»Das ist doch Stein«, sagte Rickard.

»Aber welche Art Stein? Und wie wurde er bearbeitet? Unsere Werkzeuge hinterlassen keine Spuren auf ihm.«

Messer auch nicht, dachte Rickard. Mit dreizehn Jahren hatte er versucht, das Wappen seines Hauses in den Stein zu ritzen. Die Klinge war abgerutscht und hatte ihm beinahe die Kuppe seines Ringfingers abgetrennt. Die Narbe spürte er bis heute.

Craymorus drehte sich auf Krücken zu Rickard um. »Und jetzt erinnere dich an Folgendes: Der Krieg, den die Vergangenen gegen die Nachtschatten führten, dauerte Generationen. Städte gingen unter, die Welt brannte von ihrer Südspitze bis ins ewige Eis. Am Ende waren die Nachtschatten geschlagen, aber du weißt, welchen Preis die Vergangenen dafür zahlen mussten.«

Rickard nickte. Er war ungeduldig. »Ja, sie lagen im Sterben und erschufen uns mit ihren letzten Kräften, um ihr Erbe anzutreten. Cray, wenn das eine Geschichtsstunde werden soll, kannst du die auch in der Kutsche halten.«

»Warte.« Craymorus hob die Hand. »Hast du je die Kopien großer Kunstwerke gesehen, die auf Märkten verkauft werden?«

Rickard wollte antworten, kam aber nicht zu Wort.

»Ist dir aufgefallen, wie schwach die Farben sind, wie verschoben die Proportionen? Wir sind solche Kopien, Rickard. Wir sind dazu verdammt, nach einer Perfektion zu streben, die wir niemals erreichen werden. Die sterbenden Götter haben uns mit ihrem Atem Leben eingehaucht, damit wir ihren Kampf weiterführen.« Seine Hand strich über den fremden Stein. »Aber wie sollen wir das tun, wenn wir noch nicht einmal ein Muster in ihre Säulen ritzen können?«

Er machte eine Pause. »Das wird ein langer, harter Krieg«, sagte er. »Und ich bin mir nicht sicher, dass wir über die Fähigkeiten verfügen, ihn zu gewinnen.«

Craymorus setzte die Krücken vor sich und zog seine Beine der Kutsche entgegen. »Das wollte ich dir zeigen.«

Die Mönche an ihrem Altar begannen zu singen. Die Melodie war rau und schräg. Rickard betrachtete die Säulen und Bogen, die geschwungene filigrane Schönheit, über die der Blick glitt wie über Wasser.

Er trat einige kleine Steine gegen eine Säule. Sie prallten davon ab, ließen eine staubige Spur zurück.

»Dann sind wir eben nicht so klug und schön wie die Vergangenen«, rief Rickard Craymorus nach. Er suchte nach Worten, um seine Gedanken auszudrücken. »Kann sein, dass es in ihrer Natur lag, Dinge zu erschaffen. Ich weiß es nicht. Aber ich weiß, dass es in unserer Natur liegt, Dinge zu zerstören. Wir können das verdammt gut, Cray, vielleicht sogar besser als die Vergangenen und die Scheiß-Nachtschatten zusammen. Deshalb werden wir den Kampf gewinnen, nicht weil wir irgendwas in irgendwelche Säulen ritzen können.«

Craymorus antwortete nicht. Rickard ging zur Kutsche. Er drehte sich nicht mehr zu den Ruinen um, obwohl er sie in seinem Rücken spürte wie einen dumpfen Druck. Die Melodie der Mönche folgte ihm, bis sich die Kutschentür hinter ihm schloss.

Sie erreichten Westfall kurz nach Sonnenuntergang. Craymorus schob den Vorhang seines Fensters zurück und sah nach draußen. Es war eine reiche Stadt, davon zeugten die gepflasterten Wege, die doppelstöckigen Steinhäuser und die mit Wachs gefüllten Straßenlampen, die die Hauptstraße in regelmäßigen Abständen erhellten. Doch Westfall war auch eine Stadt, die sich auf einen Krieg vorbereitete. Soldaten zogen in Gruppen durch die Straßen, einige singend, andere grölend. Die Tavernen waren hell erleuchtet und voller Menschen in den schwarzblauen Uniformen Westfalls. In den Gassen warteten Prostituierte auf Freier und Priester auf Gläubige. »Lasst euch segnen für nur zwei Kupfer«, hörte Craymorus sie rufen. Es roch nach Urin und Erbrochenem.

Rickard lachte plötzlich. »Du solltest dein Gesicht sehen, Cray«, sagte er. »Man könnte glauben, jemand habe einen toten Fisch unter dein Hemd gesteckt. Hast du noch nie Soldaten feiern sehen?«

»Nein.« Die Kutsche fuhr einen Bogen um drei Soldaten, die sich gegenseitig stützten. Sie hielten große Krüge in den Händen. Einer legte den Kopf in den Nacken, um aus seinem Krug zu trinken, taumelte jedoch und fiel um. Er riss einen der beiden anderen mit sich. Der dritte blieb schwankend stehen. »Kommt schon!«, schrie er. »Steht auf! Die Nacht ist noch nicht vorbei.«

»Sie wirken so …« Craymorus zögerte. Er hatte primitiv sagen wollen, doch das war nicht das richtige Wort. »… verzweifelt«, sagte er schließlich.

Rickard winkte ab. »Sie wollen sich nur vergnügen, solange es noch geht. Auf dem Marsch nach Somerstorm werden sie dazu keine Gelegenheit haben.«

»Glaubst du, dass dein Vater sie dorthin schickt?«

»Natürlich. Somerstorm ist unser Verbündeter und Ana meine Verlobte. Wir müssen sie finden und den Fürsten rächen. Eine andere Möglichkeit gibt es nicht.« Rickard schüttelte den Kopf. »Es wäre ehrlos, anders zu handeln.«

Er wirkte wie jemand, der sich selbst von etwas überzeugen wollte.

Die Straße stieg langsam an. Die Häuser lagen hinter ihnen, wurden abgelöst von Wachtürmen und Schutzwällen. Craymorus drehte den Kopf und sah zu dem Hügel empor, auf dem Burg

Westfall lag. Fackeln brannten auf ihren Mauern und rissen ihren Umriss aus der Dunkelheit. Craymorus sah flache Dächer und breite steinerne Türme, die von Gerüsten umgeben waren. Eine Erinnerung stieg langsam in ihm auf: sein Vater, sichtlich erregt auf und ab gehend, seine Mutter mit einem Pergament in der Hand an dem Tisch sitzend, unter dem Craymorus spielte.

Er runzelte die Stirn. »Ist die Burg nicht abgebrannt?«

Rickard nickte. »Ja, vor fast zwanzig Jahren, kurz nach meiner Geburt. Ich kann mich natürlich nicht mehr daran erinnern, aber mein Vater erzählt, der Rauch habe einen Monat lang über der Stadt gelegen.«

»Und seitdem baut er sie wieder auf?«

»Genau so, wie sie vorher war.« Rickards Lächeln wirkte gequält. »Mein Vater ist ein sehr sturer Mann.«

Die Kutsche rollte über die heruntergelassene Zugbrücke in den Hof der Burg. Zwei Wachen salutierten mit gestreckten Lanzen. Der Hof wurde von Fackellicht hell erleuchtet. Sklaven knieten in einer langen Reihe am Boden und hielten die Köpfe gesenkt. Sie trugen schwarz-blaue Westen auf nackten Oberkörpern und tief geschnittene schwarze Hosen, die ihre Bäuche betonten. Fast alle waren fett. Es war nicht unüblich, den eigenen Reichtum auf diese Weise zur Schau zu stellen, aber Craymorus hatte es stets als geschmacklos empfunden. Hinter den Dienern standen höfische Beamte in langen, blau-schwarzen Roben, auf einem Podest zwischen ihnen saßen der Fürst und die Fürstin von Westfall.

»Wir wurden wohl angekündigt«, sagte Rickard.

Die Kutsche hielt an. Zwei Sklaven sprangen auf und öffneten die Kutschentüren auf beiden Seiten. Kühle Abendluft drang ins Innere. Rickard stand auf. »Bringen wir es hinter uns.«

Craymorus folgte ihm aus der Kutsche, blieb jedoch neben ihr stehen, während Rickard die Reihe der Sklaven abging, einige freundliche Worte mit ihnen wechselte und dann jeden Beamten mit Handschlag begrüßte. Seine Mutter, eine spröde wirkende schlanke Frau, umarmte er, vor seinem Vater verneigte er sich. Fürst Balderick von Westfall war ein breiter, kräftiger Mann mit einem Oberkörper wie ein Fass und dichtem grauen Haar. Neben ihm wirkte Fürstin Syrah kleiner und jünger, als sie eigentlich war. Sie trug ein hochgeschlossenes dunkles Kleid und einen ebenso dunklen Umhang, er trug die hohen Stiefel und eng sitzende Wildlederkleidung eines Mannes, der auf die Jagd reiten will. Craymorus schätzte, dass er gute zehn Jahre älter als seine Frau war.

»Cray.« Rickard winkte ihn heran. Er bemerkte, wie die Sklaven ihn neugierig ansahen. Die Beamten gaben sich desinteressiert, doch ihre Blicke folgten ihm, als er vor das Fürstenpaar trat.

»Das ist Craymorus Ephardus«, sagte Rickard, »ein Freund und Gelehrter. Die Meister haben ihn gebeten, uns in der Angelegenheit der Nachtschatten zu beraten.«

»Ich verstehe«, sagte der Fürst. »Willkommen in Westfall.«

Craymorus schüttelte seine Hand. »Danke, Herr.«

Das gefällt ihm nicht, dachte er.

»Ephardus.« Fürstin Syrah hatte eine hohe, klare Stimme. »Ist Milus Ephardus ein Verwandter von Euch?«

Craymorus verneigte sich vor ihr. »Er ist mein Vater, Herrin.«

»Dann ist es uns eine noch größere Freude, Euch willkommen zu heißen«, sagte sie. »Die Verdienste Eures Vaters sind uns wohl bekannt.«

Sie schien zu erwarten, dass Craymorus etwas darauf antwortete, aber er wusste nicht, was. Die Wahrheit: Ich habe seit fünf Jahren kein Wort mit ihm gesprochen, und ich glaube, er wünscht, ich sei tot, erschien ihm als unangemessen. Also nickte er nur.

»Die lange Reise muss Euch erschöpft haben«, fuhr die Fürstin fort. »Ein Diener wird Euch in Eure Räumlichkeiten begleiten. Wendet Euch an ihn, wenn Ihr etwas benötigt.«

»Ja, Herrin. Ich danke Euch für Eure Gastfreundschaft.«

»Und wenn Ihr Euch erfrischt habt«, sagte Fürst Balderick, »sucht mich im kleinen Audienzzimmer auf.« Sein Blick richtete sich auf seinen Sohn. »Ihr beide. Rickard kennt den Weg.«

»Ja, Vater.«

»Ja, Herr.«

Craymorus verneigte sich vor dem Fürstenpaar, dann folgte er seinem Diener, einem rund vierzehnjährigen Jungen mit Doppelkinn und dem Bauch eines trächtigen Schafs, ins Innere der Burg. Auch hier war alles erleuchtet. Die Teppiche, die an den Wänden hingen, zeigten Jagdmotive. An jeder Abzweigung stand ein dicker Diener. Craymorus sah keine einzige Frau.

»Gibt es hier keine Dienerinnen?«, fragte er.

»Doch, Herr«, antwortete der Junge, »aber sie leben im Trakt der weiblichen Herrschaft. Wenn Ihr eine Dienerin bevorzugen solltet, kann ich eine kommen lassen.«

»Nein, nicht nötig, es war nur eine Frage.« Craymorus fiel es schwer, mit dem Jungen Schritt zu halten. »Wie heißt du?«

»Oso, Herr.« Er blieb vor einer Tür stehen und öffnete sie. »Eure Räumlichkeiten, Herr.«

Craymorus zog sich an ihm vorbei ins Innere. Mehr als zwanzig Kerzen brannten in Halterungen an den Wänden. Ein großer Eichentisch stand unter einem Fenster, von dem aus man die Lichter der Stadt sehen konnte. Auf einem zweiten Tisch standen eine Weinkaraffe und ein Korb mit Brot, Käse und Äpfeln. Durch eine zweite offen stehende Tür sah Craymorus ein breites Bett, das auf einem Podest stand und von einem Mückennetz umgeben war. Der Boden bestand aus poliertem Holz, die schweren Teppiche an den Wänden zeugten von den Heldentaten des Hauses Westfall. Einige Sessel standen neben den Tischen. Die feinen Goldfaden-Stickereien reflektierten das Kerzenlicht. Zwei Kamine waren in die Wände eingelassen, in einem von ihnen brannte ein beinahe rauchloses Feuer. Es war eine Unterkunft, die einem Fürsten genügt hätte.

»Werden diese Gemächer ausreichend für Euch sein, Herr?«, fragte Oso.

Craymorus räusperte sich. »Ja, durchaus.« Er sah den Jungen an, wohl wissend, dass jedes seiner Worte zum Fürsten gelangen würde. »Es muss dich mit Stolz erfüllen, einem so großzügigen Herrn zu dienen. Er behandelt einen unwürdigen, unangekündigten Gast wie einen König, und offensichtlich beschenkt er seine Diener mit gleicher Großmut.«

Zu seiner Überraschung verstand Oso sofort, was er meinte, denn er schlug sich mit beiden Händen auf den weit über seine Hose quellenden Bauch. »Da habt Ihr Recht, Herr. Die Diener der anderen Häuser beneiden uns. Drei warme Mahlzeiten bekommen wir jeden Tag, manchmal sogar vier.«

Für einen Moment schwang Ekel in seiner Stimme mit, doch er fing sich sofort wieder. »Ich warte vor Eurer Tür, Herr«, sagte Oso und zog die Tür zu, bevor Craymorus antworten konnte.

Aufatmend ließ er sich in einen der Sessel sinken. Mit einer Krücke zog er einen zweiten Sessel heran und legte die Beine darauf. Die Metallschienen knirschten, als er sie streckte. Der Schmerz ließ nach. Nach der langen Reise war seine Kleidung staubig und sein Körper verschwitzt. Am nächsten Morgen würde er einen Schneider kommen lassen müssen, sofern die Zeit dafür noch reichte. Er nahm an, dass Rickard so schnell wie möglich Westfall verlassen wollte.

Aber was will sein Vater?, fragte sich Craymorus. Er schloss die Augen. Die Wärme des Kaminfeuers strich über sein Gesicht. Er war durstig, aber nicht durstig genug, um aufzustehen. Kurz dachte er daran, Oso zu rufen, verwarf die Idee aber wieder. Er war ein Gelehrter, der niemals genug Geld für Dienerschaft besitzen würde. Besser, er gewöhnte sich erst gar nicht daran.

Craymorus zuckte zusammen, als die Tür plötzlich geöffnet wurde. Sein Geist war vernebelt; er war wohl eingeschlafen.

Verspätet klopfte Rickard gegen den Türrahmen. Er hatte sich umgezogen und trug jetzt einfache Leinenkleidung und Lederstiefel. »Bist du fertig?«

»Nein.« Craymorus wischte sich mit der Hand über die Augen. »Ich muss mich noch waschen und meine Sachen säubern.«

»Blödsinn, komm mit. Mein Vater ist ein Soldat. Staub und Schweiß stören ihn nicht.« Rickard klatschte in die Hände. »Oso, steh hier nicht rum. Gib deinem Herrn Wein, damit er wieder wach wird.«

»Ja, Herr.« Der Junge befolgte den Befehl sofort. Craymorus stand auf seine Krücken gestützt auf und nahm den Kelch entgegen.

»Danke.« Der Wein war schwer, süß und unverdünnt. Er trank den Kelch aus und stellte ihn auf den Tisch. »Ich würde wirklich gern noch ...«

Rickard ließ ihn nicht ausreden. »Glaub mir, je länger wir meinen Vater warten lassen, desto ungehaltener wird er.«

»Wenn du meinst?« Wein lag wie ein Schleier über seinem Geist. Er folgte Rickard aus dem Zimmer und den Gang hinunter. Hinter ihm schloss Oso die Tür und setzte sich auf die Schwelle.

»Was will dein Vater mit uns besprechen?«, fragte Craymorus, als sie außer Hörweite waren.

Rickard hob die Schultern. »Truppenstärken, Marschrouten, solche Dinge. Von dir wird er was über die Nachtschatten hören wollen, nehme ich an.«

Sie gingen durch mehrere Gänge und bogen so oft ab, dass Craymorus die Orientierung verlor. Er spürte, wie der Wein ihn betäubte, und dachte daran, dass er seit dem Morgen nichts gegessen hatte.

Rickard klopfte gegen eine unscheinbare Holztür. »Vater?«

»Tritt ein«, sagte die Stimme auf der anderen Seite.

Craymorus folgte Rickard in einen Raum, der ein Spiegelbild seiner eigenen Unterkunft hätte sein können. Statt der Wandteppiche hingen jedoch Felle und ausgestopfte Tierschädel an der Wand. Ihre Blicke schienen Craymorus zu folgen.

»Setzt euch«, sagte Fürst Balderick. Er selbst saß in einem Sessel mit hoher Lehne und breiten Armstützen. Auf einem kleinen Tisch standen eine Karaffe mit Wein und drei volle Kelche. Er zeigte darauf. »Wein von der letzten Ernte. Probiert ihn.«

Craymorus setzte sich in einen Sessel. Beide Kamine brannten. Die Hitze im Raum war beinahe unerträglich. Er ließ sich von Rickard einen Kelch reichen, nippte jedoch nur daran. Es war der gleiche Wein, den er in seiner Unterkunft getrunken hatte.

Fürst Balderick sah ihn an. »Entschuldigt die Hitze«, sagte er. Es klang nicht wie eine Entschuldigung. »Sie tut meinem Rücken gut.«

Er trank einen Schluck Wein. »Euer Vater ist also Milus Ephardus.«

»Ja, Herr.«

»Ich habe noch nie den Nutzen von Magiern verstanden.«

»Vater«, begann Rickard, aber Fürst Balderick stoppte ihn mit einer Handbewegung.

»Weder den Nutzen von Magiern noch den von Gelehrten«, fuhr er fort. »Ich habe nie lesen und schreiben gelernt, mein Vater nicht, dessen Vater nicht und so weiter. Rickard ist der Erste, nicht weil ich es wollte, sondern weil seine Mutter ...« Er unterbrach sich und winkte ab. »Jetzt kann er's eben, was soll's. Aber dass er Euch hierhergebracht hat, zeigt, dass diese verdammten Meister in seinen Kopf eingedrungen sind. Sie haben ihm gesagt, er ist allein nichts wert, er braucht einen Berater, einen Gelehrten wie sie, der ihm die Welt erklärt, versteht Ihr?«

Craymorus hielt den Weinkelch mit beiden Händen fest. Die Hitze und der Wein ließen seine Gedanken kriechen. »Herr, ich bin hier, um mein Wissen über die Nachtschatten mit Euch zu teilen, nichts anderes«, sagte er. Sein Blick glitt zu Rickard, doch der sah ihn nicht an, starrte nur stumm auf seine Stiefelspitzen.

»Aber wir brauchen Euer Wissen nicht«, sagte Fürst Balderick. »Ich habe noch nie eine Schlacht verloren. Meine Soldaten wissen das. Was würden sie denken, wenn sie Euch auf einmal an meiner Seite sähen? Sie würden denken, ihr Feldherr hat so viel Angst vor dem Feind, dass er sogar auf den Rat eines Krüppels hört.«

Er schüttelte den Kopf. »All Euer Wissen kann das nicht wettmachen. Ihr seid willkommen hier, solange Ihr es wünscht, aber als der Freund meines Sohnes, nicht als sein Ratgeber. Und jetzt geht, ich habe einen Feldzug zu besprechen.«

Craymorus wusste, dass es keinen Einwand von Rickard geben würde. Er zog sich hoch und verließ den Raum. Schweiß und Scham brannten auf seinem Gesicht. Ihm war übel. Lautlos schloss er die Tür hinter sich. Er lehnte sich an den Rahmen, dankbar über das kühle Holz auf seiner Haut.

»Vater«, hörte er Rickard auf der anderen Seite der Tür sagen. »Er ist hier, um uns zu helfen. Wir brauchen ...«

»Ich habe meine Entscheidung getroffen«, sagte Balderick. »Wir werden nicht mehr darüber reden.«

Eine Pause. Craymorus blieb stehen, lauschte, obwohl er wusste, dass er hätte gehen sollen.

»Wir werden morgen nach Somerstorm aufbrechen«, fuhr Balderick fort. »Fünfhundert Mann, nur Reiter, kein Fußvolk.«

»Du willst schneller sein als die anderen.«

»Ich will die Zeit nutzen, die sie durch Diplomatie verschwenden. Wir werden einfach durch die sechs Provinzen zwischen hier und Somerstorm reiten. Niemand wird es wagen, sich uns entgegenzustellen.«

»Braekor vielleicht«, sagte Rickard. »Wir kennen den neuen Fürsten noch nicht.«

Fürst Balderick lachte. »Ich kenne Braekor gut genug, um zu wissen, dass sie fünfhunderttausend Reiter aufstellen können. Er wird uns durchlassen.«

»Und dann?«

»Dann locken wir Korvellan aus seiner Festung. Er wird sich uns stellen, wenn wir anfangen, die Dörfer niederzubrennen und die Vorräte für den Winter zu vernichten. Und während die feigen alten Fürsten sich in die Hose pinkeln, weil sie nicht wissen, was sie tun sollen, rückt unsere Hauptstreitmacht nach und nimmt die Festung ein. Wir werden Somerstorm und Westfall vereinigen, so wie es sein soll.«

Craymorus hörte, wie zwei Kelche aneinanderstießen.

»Ich brauche fünfzig von deinen fünfhundert Männern, um nach Ana zu suchen«, sagte Rickard nach einem Moment.

»Nein.«

»Was?«

»Du wirst nicht nach ihr suchen. Wenn sie noch lebt, wird sie hören, dass wir Somerstorm befreit haben, und zu uns kommen. Du wirst sie heiraten, und alle sind glücklich. Wenn sie nicht kommt, ist sie tot, und alle Verpflichtungen zwischen Westfall und Somerstorm sind nichtig. Wir gewinnen, egal, wie es ausgeht.«

Rickard klang wütend. »Jeder Fürst zwischen hier und Braekor will sie umbringen, Vater. Ich muss wenigstens versuchen, ihr zu helfen.«

»Das tust du, indem du Somerstorm in ihrem Namen einnimmst.«

Stille. Craymorus rückte vorsichtig seine Krücken zurecht.

»Du willst, dass ich Somerstorm stürme?«, fragte Rickard.

»Ja, du hast dir das verdient. Mein Rücken macht einen solchen Gewaltritt nicht mehr mit.«

»Und was wirst du tun?«

»Die Hauptstreitmacht anführen. Wir werden deinen Sieg sichern, aber siegen musst du allein.« Eine weitere Pause. »Wenn du es dir zutraust«, fügte Balderick dann hinzu.

Tu es nicht, dachte Craymorus. Du würdest gegen einen Feind reiten, den du nicht verstehst, für einen Mann, der dich führt wie eine Marionette.

»Ich traue es mir zu«, sagte Rickard jenseits der Tür. »Und ich danke dir. Ich werde dich nicht enttäuschen und Ana auch nicht.«

Craymorus schüttelte den Kopf. Vorsichtig wich er in den Gang zurück. Im Inneren sagte Fürst Balderick etwas, das er nicht verstand. Es spielte auch keine Rolle mehr. Er hatte genug gehört.

So rasch und leise wie möglich drehte er sich um – und erstarrte.

Ein Mädchen stand im Gang. Sie trug ein Tablett mit zwei schmutzigen Tellern und einem Topf. Das schwarz-blaue Kleid, das sie trug, reichte bis zu den Knien. Sie war barfuß. Ihr Gesicht war schmal und oval, ihre Augen schräg. Sie starrte Craymorus an.

Er öffnete den Mund, aber es gab nichts, was er hätte sagen können. Sie hatte gesehen, wie ein Fremder an der Tür ihres Herrn gelauscht hatte. Das konnte er nicht leugnen.

Der Moment zog sich zur Ewigkeit. Dumpfe Worte drangen aus dem Audienzzimmer nach draußen, dann Stühlerücken. Das Mädchen stellte das Tablett ab und winkte Craymorus mit einer Handbewegung zu sich. Er folgte ihr.

Sie öffnete eine Tür in der Wand, die ihm vorher nicht einmal aufgefallen war. Einige Regale voller Laken befanden sich dahinter. Sie stieß ihn hinein. Seine Krücken rutschten weg. Es gelang ihm gerade noch, sich an einem Regalboden abzustützen.

Dann schloss sie die Tür. Es wurde dunkel. Craymorus wagte kaum zu atmen. Er hörte, wie die Tür des Audienzzimmers geöffnet wurde, dann laute Schritte, die an ihm vorbei den Gang hinuntergingen.

Einen Moment später herrschte Stille.

Craymorus zog die Tür einen Spalt auf. Der Gang lag leer vor ihm. Es war niemand zu sehen. Das Mädchen war verschwunden.

Kapitel 11

Während seines großen Feldzugs nahm Geroy, der Unbedarfte, Somerstorm ohne einen einzigen Schwertstreich ein. Niemand stellte sich ihm entgegen. In einem Brief an seinen Sohn schrieb Geroy, tatsächlich hätte es die Somer verwirrt, dass er den ganzen weiten Weg auf sich genommen hatte, nur um sie zu unterjochen.

Jonaddyn Flerr, Die Fürstentümer und Provinzen der vier Königreiche, Band 2

Sie würden ihn zu Tode hetzen, den Nachtschatten, der die Weberin getötet hatte. Gerit hatte am Nachmittag davon erfahren, und jetzt, kurz nach Sonnenuntergang, stand er zwischen Menschen und Nachtschatten auf der Festungsmauer und erwartete die Vollstreckung des Urteils.

Der Gefangene stand vor den Mauern. Er war ungefesselt und nackt. Ein brauner Fellstreifen lief von seinem Kinn über das Gesicht, den Kopf und den Rücken hinab. Er war groß, kräftig und nervös. Gerit sah, wie er zitterte.

Fünf Nachtschatten standen hinter ihm, drei von ihnen auf allen vieren. Sie waren von niemandem erwählt worden, hatten sich scheinbar zufällig von den anderen getrennt und waren vor die Mauern getreten, als General Korvellan den Gefangenen nach draußen brachte. Horon war einer von ihnen. Zähnefletschend und grinsend stand er vor dem Tor. Sein Gesicht war fast menschlich, sein Körper gekrümmt und übersät mit hellen Fellbüscheln. Ab und zu sah er zu den Zuschauern auf der Mauer hinauf, genoss wohl ihre Aufmerksamkeit.

Gerit hatte in seinem Leben noch nie jemanden so sehr gehasst.

Heute werde ich dich töten oder sterben, dachte er.

»Du solltest dir das nicht ansehen«, sagte der alte Moksh. Er saß auf einem Fass und schüttelte den Kopf. »Du bist zu jung dafür.«

»Ich hab schon viele Hinrichtungen gesehen.« Die verkrusteten Wunden auf Gerits Wange zogen bei jedem Wort. Moksh hatte ihn gefragt, was geschehen war, aber er hatte es ihm nicht gesagt. Die Scham saß zu tief.

Er sah über die Mauer zu dem Gefangenen. »Worauf warten sie?«

»Ich weiß es nicht.« Das war die Antwort, die Gerit auf fast alle Fragen erhielt, die er über die Nachtschatten stellte. Es kam ihm so vor, als wisse Moksh weniger über seine eigene Art als er. Die anderen Nachtschatten, selbst die, die frisch in der Festung eintrafen und noch nie unter ihresgleichen gewesen waren, schienen hingegen augenblicklich zu verstehen, welches Verhalten von ihnen erwartet wurde. Niemand musste es ihnen erklären. Vielleicht war Moksh einfach zu alt dazu.

Gerit sah sich um. Er hatte sich angewöhnt, die Nachtschatten zu beobachten. Sein Leben hing davon ab, dass er sie verstand. Doch es fiel ihm schwer. Immer wieder schätzte er sie falsch ein. Auch die Hinrichtung lief nicht so ab, wie er es erwartet hatte. Bei menschlichen Hinrichtungen herrschte sogar in Somerstorm Festtagsstimmung. Menschen bespuckten die zum Tode Verurteilten, fliegende Händler verkauften Bier und Fischpudding, jeder abgeschlagene Kopf wurde gefeiert. Über der Festung der Nachtschatten lag jedoch Stille. Die wenigen Menschen, die Korvellans Einladung gefolgt waren, standen reglos und mit grauen Gesichtern auf den Mauern. Unter ihnen befand sich auch die

Familie der Weberin. Gerit erkannte sie an den Trauerbändern, mit denen sie ihre Hand- und Fußgelenke umwickelt hatten. Sie wirkten gefasst, nur das kleinste Kind, das von einer älteren Frau auf dem Arm getragen wurde, weinte.

Die Nachtschatten, die neben und zwischen den Menschen standen, waren unruhiger. Vielleicht waren nicht alle mit dem Todesurteil einverstanden.

»Warum tut Korvellan das?«, fragte Gerit. »Warum tötet er einen seiner Männer wegen einer Somer? Sie ist doch nicht die Erste, die umgebracht wurde.«

Moksh schüttelte den Kopf. »Er hat seine Gründe.«

Was bedeutete, dass er nicht wusste, weshalb Korvellan so handelte. Ein Nachtschattensoldat, der ein wenig entfernt an den Zinnen lehnte, drehte sich um. Er war kaum älter als Gerit.

»Mir reicht dein Gerede«, sagte er. Seine Stimme kippte mitten im Satz. Er war im Stimmbruch. »Du weißt nichts von Ehre und Entscheidungen, Mensch, also halt dein Maul.«

Gerit duckte sich unter seinen Worten. »Verzeihung, Herr.«

Der Junge beachtete ihn nicht weiter.

Ehre und Entscheidungen. Gerit verstand nicht, was damit gemeint war. Er sah Moksh an, aber der hielt nur einen knochigen Finger vor die Lippen und schüttelte den Kopf. Sein Blick war ängstlich. Gerit wusste, dass er befürchtete, seinen einzigen Freund eines Tages zu verlieren. Kein anderer Nachtschatten sprach je mit ihm. Gerit wusste nicht, warum.

Vielleicht ist heute dieser Tag, dachte er. In seinem Rücken spürte er den Griff des Küchenmessers, das in seinem Gürtel steckte. Horon hatte ihm befohlen, es wegzuwerfen, weil die Spitze abgebrochen und die Klinge rostig war. Gerit hatte es nicht getan. Er dachte an all die Geschichten, die er über die mächtigen Krieger der vier Königreiche gelesen hatte. Manche von ihnen hatten sich mit dem Schwert in der Hand gewaltigen Ungeheuern entgegengestellt, hatten Gefahren besiegt, die allen anderen unvorstellbar erschienen waren. Nun musste Gerit sein eigenes Ungeheuer besiegen, und das rostige Messer würde sein Schwert sein.

Sein Blick glitt über die Mauern. Alle hatten sich dort versammelt, von den Küchenhilfen bis zu Schwarzklaue und Korvellan. Er würde nie wieder eine solche Gelegenheit erhalten. Er durfte sie nicht ungenutzt verstreichen lassen.

Ehre und Entscheidungen. Vielleicht verstand er doch, was damit gemeint war.

Aus den Augenwinkeln bemerkte er, dass die Nachtschatten vor dem Tor sich bewegten. Er trat an die Zinnen.

»Sieh dir das nicht an«, sagte Moksh hinter ihm.

»Ich muss es sehen.« Gerit richtete seinen Blick auf Horon. Jede Bewegung beobachtete er, jedes Drehen seines Kopfes, jedes Scharren seiner Krallen im Lehm. »Ich muss es sehen«, flüsterte er.

Die Jagd begann ohne einen Befehl. Bei einem Lidschlag umkreisten sich die Gegner noch, beim nächsten lief der Gefangene bereits los. Er war schnell, schneller als Gerit je einen Menschen hatte laufen sehen. Seine nackten Fußsohlen schienen den Lehm kaum zu berühren. Seine Jäger blieben zurück. Horon setzte zur Verfolgung an, doch der Nachtschatten neben ihm zog ihn am Kragen zurück. Er sagte etwas zu Horon, das auf der Mauer nicht zu verstehen war.

Der Gefangene entfernte sich immer weiter von seinen Jägern. Einige Menschen wurden unruhig, schienen nicht zu wissen, ob sie einer Hinrichtung oder einer Flucht zusahen. Gerit bemerkte die gespannte Erwartung auf Horons Gesicht.

Er weiß etwas, dachte er. Trotzdem kann er sich kaum zügeln. Er ist undiszipliniert und dumm. Das darf ich nicht vergessen.

Der Gefangene gewann an Selbstsicherheit. Seine Schritte wurden länger, kontrollierter. Im Lauf drehte er sich zu seinen stillstehenden Verfolgern um, dann wandte er sich nach Westen.

»Sie lassen ihn gehen«, sagte Moksh. »Das ist gut. Es muss nicht noch mehr Blut fließen.«

Der Gefangene war nur noch ein Fleck am Horizont, kaum größer als eine Erbse. Er folgte der Straße, die zu den Minen führte, ein kluger Plan, denn in den zerklüfteten Bergen würden selbst die Nachtschatten rasch seine Spur verlieren.

Doch dann sah Gerit sie, sechs, sieben Gestalten, die sich aus den Felsen lösten. In breiter Linie liefen sie dem Punkt am Horizont entgegen, einige aufrecht, andere auf allen vieren.

Der Gefangene blieb stehen. Einen Moment schien er unschlüssig zu sein, dann wich er vor ihnen zurück. Er begann der Stadt entgegenzulaufen, aber jetzt schlossen sich auch die Nachtschatten vor der Festung der Jagd an. Lautlos liefen sie auf ihn zu, breit auseinandergefächert wie Treiber bei einer Jagd. Sie schnitten ihm den Weg zur Stadt ab, trieben ihn wieder auf die Festung zu.

Der Gefangene schlug einen Haken, versuchte in ihren Rücken zu kommen. Er war schnell, aber nicht so schnell wie die vierbeinigen Nachtschatten. Drei von ihnen schwenkten um, jagten ihn jetzt den Bergen entgegen. Sie hielten Abstand und wichen immer wieder aus, wenn er sich ihnen näherte. Im harten Licht der Zwillingsmonde waren ihre Gesichter weiß, ihr Fell schwarz.

Der Gefangene starb im Morgengrauen. Am Ende kroch er durch den Lehm, angetrieben von dem winzigen bisschen Hoffnung, das seine Verfolger ihm immer wieder gaben. Eine scheinbare Öffnung, eine vorgetäuschte Unaufmerksamkeit; das reichte aus, um ihn noch einmal auf die Beine zu bringen. Jeder Atemzug war ein Wimmern, jede Bewegung eine Qual, deren Ausmaß Gerit sich nicht vorstellen konnte. Moksh war längst hinter ihm eingeschlafen, die anderen Zuschauer standen auf der Mauer. Keiner hatte sich gesetzt, keiner war gegangen. Sie alle sahen zu, als der Gefangene schließlich liegen blieb. Sein Kopf sackte nach unten in eine Pfütze, die kaum tiefer als eine Handbreit sein konnte. Gerit sah, wie schlammiges Wasser über seine Wangen schwappte. Der Körper des Nachtschatten zuckte kurz wie in einem Krampf, dann lag er still.

Seine Verfolger bildeten einen Kreis um ihn. Eine Weile betrachteten sie die Leiche zu ihren Füßen – Gerit fragte sich, ob sie wohl beteten –, dann wandten sie sich ab und gingen der Festung entgegen. Keiner von ihnen hatte den Gefangenen während der Jagd auch nur ein einziges Mal berührt.

»Ist der Tod deiner Tochter damit gerächt?«, fragte Korvellan.

Der Mann, der neben ihm stand, nickte. »Das ist er«, sagte er.

Die Zuschauer begannen die Mauer zu verlassen. Die Nachtschatten schwiegen, nur die Menschen sprachen leise miteinander.

Gerit tastete nach dem Griff seines Messers. Sein Rücken war schweißnass. Er fror und schwitzte. Ihm war übel, obwohl er nichts gegessen hatte.

Ich muss es nicht tun, dachte er. Noch kann ich zurück.

Die Jäger gingen auf das Tor zu. Horons Gesicht glänzte. Er wirkte müde, aber nicht erschöpft. Die Nachtschatten hatten sich bei der Jagd abgewechselt, zwischendurch gegessen und getrunken. Die Nacht hatte kaum an ihren Kräften gezehrt.

Gerit umklammerte das Messer. Hinter ihm gingen Nachtschatten und Menschen die Treppe hinunter. Er nahm sie kaum wahr. Sein Blick war starr auf Horon gerichtet, sahen den kaum verborgenen Triumph in seinem Gesicht, seine kräftigen, steifen Schritte und die Arme, die an seinen Seiten schwangen und fast bis zum Boden reichten wie die eines Affen.

Nur noch wenige Schritte trennten Horon von dem Tor. Gerits Atem ging schneller.

»Wenn du kämpfst, wirst du sterben«, flüsterte eine Stimme neben ihm.

Er erstarrte, wagte es nicht, sich zu bewegen. Die Nachtschatten gingen weiter an ihm vorbei. Niemand war stehen geblieben. Er drehte leicht den Kopf, blickte auf breite Rücken und Hinterköpfe. Die meisten Nachtschatten, die in der Festung lebten, kannte er, aber keiner von ihnen hätte Grund gehabt, ihn zu warnen – höchstens Moksh, doch der lehnte immer noch schlafend an einer Zinne.

Wenn du kämpfst, wirst du sterben. Die Stimme war kaum mehr als ein Hauch gewesen, männlich wahrscheinlich, vielleicht aber auch weiblich. Jemand wusste, was er vorhatte, und versuchte ihn davon abzuhalten.

Unter ihm trat Horon durch das Tor.

»Wenn du kämpfst, wirst du sterben«, sagte Gerit leise und zog das Messer aus seinem Gürtel. »Und wenn schon.«

Er sprang.

Der Schlag schleuderte ihn durch die Küchentür. Holz splitterte, das Messer wurde ihm aus der Hand geprellt. Die Hitze der Kochstelle strich über seinen Rücken.

Horon stürmte ihm mit der Unaufhaltsamkeit eines Rammbocks entgegen. Blut tropfte von seinen Klauen, nicht sein eigenes, Gerits Blut. Er grinste. Ein Stück Kopfhaut hing über sein Ohr, dort, wo die abgebrochene Klinge von seinem Kopf abgeglitten war.

»Hast gedacht, du kriegst mich, Ratte?« Horon schlug mit seinen Klauen nach Gerit, doch der ließ sich fallen und griff nach dem Messer. Ein Stiefelabsatz hämmerte seine Hand gegen den Stein. Er schrie. Das Messer rutschte aus seinem Blickfeld. Seine Augen waren so stark geschwollen, dass er kaum noch etwas sehen konnte.

»Ratte!« Horon trat nach ihm. Gerit stieß sich ab und rammte ihm seinen Kopf zwischen die Beine. Horon keuchte. Er taumelte und prallte gegen einen Tisch, schob ihn bis zur Wand zurück. Der Schmerz auf seinem Gesicht gab Gerit Hoffnung.

Sie waren allein in der Küche. Einige Nachtschatten sahen durch die Fenster herein. Gerit hoffte, dass Korvellan unter ihnen war. Er griff nach einer Pfanne an der Wand. Sie war so schwer, dass er sie mit einer Hand kaum halten konnte. Mit aller Kraft holte er aus.

Sie traf Horon am Arm. Knochen knackten. Das Keuchen des Nachtschattens wurde zu einem Schrei aus Schmerz und Wut. Gerit wurde von seinem eigenen Schwung weitergetragen und riss einen Stuhl mit sich. Er sah Horons Ellenbogen auf sich zuschießen.

Der Schlag betäubte sein Gesicht. Gerit würgte und spuckte Blut. Er schlug um sich, warf Eimer voller Gemüse und Sud um. Das kalte Wasser brachte Klarheit zurück in seine Gedanken. Ich sterbe, dachte er. Heute. Jetzt.

Horon richtete sich vor ihm auf. Tränen liefen aus seinen Augen. Sein linker Arm hing herab. Das Blut, das von seiner Klaue tropfte, stammte nicht von Gerit. Seine Ledersohlen schlitterten über die nassen Steine.

Gerit wich zurück. Er kam auf die Knie. Die Küche begann sich vor seinen Augen zu drehen. Er hielt sich an einem Stuhl fest. Die Hitze in seinem Rücken wurde stärker.

Horon zuckte. Gerit rollte sich zur Seite. Der Tritt, der auf sein Gesicht gerichtet war, ging ins Leere. Horon fluchte, als er das Gleichgewicht verlor. Er stolperte über Gerit hinweg, konnte sich mit seinem gebrochenen Arm nicht abstützen.

Gerit kam hoch und stieß ihn nach vorn.

Es war kein heftiger Stoß, gerade stark genug, um Horon einen weiteren Schritt nach vorne zu bringen. Er rutschte aus, schlug mit der Hüfte gegen die Kochstelle. Funken stoben hoch. Er versuchte sich mit einer Hand abzustützen und schrie, als seine Hand über glühend heiße Steine rutschte. Sein Oberkörper schwang in unendlicher Langsamkeit über das Feuer. Flammen leckten über sein Gesicht. Es begann zu stinken.

Gerit stützte sich auf einen Stuhl. Horons Schreie bohrten sich in seinen Kopf wie Klingen. Verschwommen sah er, wie der Nachtschatten sich aufrichtete. Seine Haare brannten.

Gerit schlug mit dem Stuhl zu, trieb ihn zurück ins Feuer. Einmal, zweimal, bis die Lehne sich rot färbte und Horon aufhörte zu schreien. Erst dann ließ er den Stuhl fallen.

Er stand da und starrte auf die Feuerstelle. Horons Oberkörper lag im Feuer, seine Beine hingen über die Kochstelle hinaus. Gerit machte einen schlurfenden Schritt auf ihn zu. Dreimal musste er nach dem Stiefel greifen, bis seine Hände ihn endlich fanden. Mühsam zog er Horon die Stiefel aus.

Dann drehte er sich um. Die Küchenhilfen und Köche standen in der Tür. Gerit hob die Stiefel hoch. »Die gehören mir.«

Er war sich nicht sicher, ob er laut gesprochen hatte, konnte seine eigene Stimme nicht hören. »Mir«, wiederholte er.

Die Welt wogte auf und ab wie ein Ozean. Er blieb stehen, hilflos in seiner Benommenheit. Niemand sagte etwas. Blut lief aus seiner Nase an seinem Kinn herunter und tropfte auf den Boden.

Er wusste nicht, wie viel Zeit vergangen war, als Jry vortrat. Er hatte Gerits Hemd ausgezogen und reichte es ihm. »Das gehört auch dir«, sagte er.

»Ja.« Gerit stützte sich an der Wand ab. Die Wogen der Welt glätteten sich ein wenig. »Macht hier sauber.«

Die Nachtschatten nickten und begannen mit der Arbeit.

Kapitel 12

Ashanar ist ein Land der einfachen Freuden. Eine gute Mahlzeit und reines, klares Wasser darf der Reisende hier erwarten, in den Städten gelegentlich einmal einen Landsänger oder einen Gaukler. Wem der Sinn nach mehr steht, sollte auf der Hauptstraße bleiben, denn sie wird ihn schnell aus Ashanar herausbringen.

Jonaddyn Flerr, Die Fürstentümer und Provinzen der vier Königreiche, Band 1

Ich habe etwas mitzuteilen!«

Soldaten, Händler und Bauern drehten sich zu Daneel um. Der Gaukler stand auf einer Holzbank und hatte die Arme erhoben.

»Es wird eine Vorstellung geben!«, rief er. »Dichter, Artisten und Spielleute werden um Eure Gunst buhlen. Macht euch bereit, denn sobald die Sonne vollends gesunken ist, werdet ihr Dinge erblicken, die ihr nie für möglich gehalten hättet.«

Jonan ließ seine Schwerter los. Ana bemerkte es aus den Augenwinkeln. Ihre Anspannung löste sich langsam. Daneel wandte sich von ihr ab, drehte sich, während er fortfuhr: »Und das Beste, meine Freunde: Ihr könnt selbst wählen, was ihr zu zahlen bereit seid, ob ein Kupfer« – er zeigte auf eine Bäuerin, die auf einem Karren saß und Garn auf einer Handspindel sponn – »oder ein paar Äpfel« – er nickte einem kleinen Jungen zu – »oder einen Kuss.« Tief verneigte er sich vor einer Frau mittleren Alters, die errötete und das Gesicht abwandte. Ana sah, dass sie lächelte.

»Es liegt an euch!«, rief Daneel. »Nur den Soldaten werden wir diese Entscheidung nicht überlassen. Wir verbieten ihnen« – er machte eine Pause und salutierte übertrieben –, »überhaupt etwas zu bezahlen. Es ist uns eine Freude, euch einzuladen.«

Der Kommandant schlug mit der flachen Klinge seines Schwertes gegen seinen Schild. »Und uns«, rief er laut, »wird es eine Freude sein anzunehmen.«

Seine Männer hoben ihre Lanzen oder schlugen ebenfalls gegen ihre Schilde. Die Menschen, die sie eben noch bedroht hatten, begannen zu applaudieren. Ana war überrascht, wie schnell die Stimmung umschlug. An den Toten im Staub schien niemand mehr zu denken.

Jonan brachte sein Pferd näher an ihres heran. Seine Blicke folgten Daneel. »Was wisst Ihr über ihn?«

Ana hob die Schultern. »Nichts. Du warst ja zugegen, als er mir vorgestellt wurde. Mein Vater hat ihn vorher nicht erwähnt.«

Daneel ging rasch durch die Menge. Er blieb nicht stehen, als er Ana erreichte, und sah sie auch nicht an. »Zählt bis hundert und folgt mir zu den Gauklerkarren hinter Euch.«

Sie verbat sich jede Reaktion. Lautlos begann sie zu zählen. Neben ihr stieg Jonan ab und reichte ihr die Zügel seines Pferdes.

»Was machst du?«, fragte sie leise.

»Nachsehen, wohin er geht.«

»Er will, dass wir warten.«

»Ihr wisst nichts über ihn. Warum vertraut Ihr ihm?«

Weil er uns nicht verraten hat, wollte Ana sagen, aber Jonan verschwand bereits zwischen Karren und Menschen. Sie wickelte sich die Zügel um die Hand. Wie konnte er sie einfach so zurücklassen? Was, wenn die Soldaten sie entdeckten oder jemand sie erkannte? Sie zog die Kapuze tiefer ins Gesicht und lauschte auf die Geräusche in ihrer Nähe. Sie hörte Ochsen schnaufen, Hunde bellen und Menschen reden. Sie redeten über ihre Waren, über das Wetter, aber vor allem über die Gaukler. Niemand sprach über das, was vor so kurzer Zeit vorgefallen war. Und wenn sie es doch taten, dann so leise, dass Ana nichts davon bemerkte.

»Kommt.« Sie zuckte zusammen, doch dann erkannte sie Jonans Stimme. Sie gab ihm die Zügel zurück.

»Entferne dich nicht noch einmal ohne Erlaubnis von mir«, sagte sie. »Wie willst du mich beschützen, wenn du nicht bei mir bist?«

Er antwortete nicht darauf, aber sie sah, wie sich seine Schultern anspannten. Der Vorwurf ärgerte ihn.

Gut, dachte Ana.

Jonan führte sie an den Karren vorbei weiter von der Straße weg. Menschen hockten in Zelten oder in winzigen, aus Ästen und Fellen gefertigten Unterständen. Kühe suchten zwischen Dreck und Kot nach Gras. Ana deckte Nase und Mund mit dem Saum ihres Umhangs ab und atmete durch den Stoff.

Die Gaukler hatten ihre Karren in einem großen Kreis am Rande des Tals aufgestellt. Im Inneren des Kreises standen Zelte. Wäsche hing an Seilen, die man zwischen ihnen gespannt hatte. Ein Lagerfeuer brannte, aber niemand wärmte sich dort. Stattdessen luden die Gaukler Karren ab und beugten sich über die Kisten. Sie bereiteten sich auf die Vorstellung vor.

»Steigt bitte ab, Mefrouw.«

Ana wusste mittlerweile, dass Jonan sie nur so nannte, wenn er ungehalten war. Sie lächelte unter dem Stoff ihres Umhangs.

Sie banden die Pferde an der Deichsel eines Karrens fest und betraten den Kreis. Ana fühlte sich beobachtet, so als würde sie aus den Schatten heraus angestarrt, aber jedes Mal, wenn sie den Kopf ein wenig hob, sah sie nur Gaukler, die ihrer Arbeit nachgingen.

Daneel stand neben einem mannshohen Zelt. Er nickte Ana kurz zu, dann zog er die Stoffbahn, die den Eingang verdeckte, auf.

»Ich gehe vor, Mefrouw«, sagte Jonan. An Daneel vorbei duckte er sich durch den Eingang, dann drehte er sich um.

»Ihr könnt eintreten.«

Ana folgte ihm. Hinter ihr schloss Daneel den Eingang. Kerzenlicht erhellte einen Raum, der größer war, als Ana vermutet hatte. Felle bedeckten den Boden. Eine große Kiste diente als Tisch, mehrere kleinere als Stühle. In einer Schale lag ein Stück Ziegenkäse und ein Laib Brot. Daneben stand ein Krug mit Apfelwein. Ein Vorhang trennte den hinteren Teil des Zeltes vom vorderen. Er stand offen, und Ana konnte das Schlaflager sehen, das dort ausgebreitet worden war. Es war groß genug für zwei.

»Euer Leibwächter ist ein misstrauischer Mann«, sagte Daneel.

Ana schlug die Kapuze ihres Umhangs zurück. »Es gibt gute Gründe für Misstrauen. Oder hast du etwa nicht mich und meine Familie verraten?« Die Schärfe ihres Tonfalls überraschte nicht nur sie selbst, sondern auch Jonan, das bemerkte sie aus den Augenwinkeln.

»Diese Schuld habe ich tatsächlich auf mich genommen.« Daneel verneigte sich tief. Die schwarzen Tätowierungen auf seinem Kopf glänzten im Kerzenlicht. Ihre Linien flossen ineinander, machten es unmöglich, einzelne Motive zu erkennen. Eine merkwürdige Faszination ging von ihnen aus, etwas, das Ana lockte, immer weiter darauf zu blicken, zu versuchen, die Bilder hinter den Linien zu ergründen. Sie schüttelte den Kopf und sah weg.

Daneel erhob sich. »Es gibt keine Entschuldigung für das, was ich getan habe«, fuhr er fort, »aber es gibt eine Erklärung, die ich Euch voller Scham mitteilen würde, wenn es Euch beliebt, sie zu hören.«

»Es beliebt mir nicht, aber ich werde sie trotzdem hören.« Ana setzte sich auf eine Kiste und griff nach dem Krug mit Apfelwein. Jonans Schatten fiel lang und schwarz über sie.

»Lasst ihn zuerst trinken, Mefrouw.«

Sie hatte keinen Gedanken daran verschwendet, dass der Wein vergiftet sein könnte. Erschrocken ließ sie den Krug los.

»Selbstverständlich.« Daneel nahm ihn auf und trank einen großen Schluck daraus. »Der Wein ist zu sauer und nur wenig gereift. Trotzdem würde ich ihn nicht als giftig bezeichnen, höchstens als unangemessen für eine Person Eures hohen Standes.«

Ana hätte beinahe gelächelt, fing sich jedoch. »Deine Erklärung«, sagte sie.

Daneel stellte den Krug ab. Er setzte sich nicht, sondern blieb vor dem Tisch stehen, die Hände hinter dem Rücken verschränkt wie ein Angeklagter.

»Grom, der Zwerg, den Ihr in Somerstorm an meiner Seite saht, sprach mich in einer Taverne an, als wir auf dem Weg zu Eurem Fest waren. Er kannte unser Ziel. Ich weiß nicht, woher.« Daneel sah Ana an. »Er bot mir Gold, sehr viel Gold dafür, eine Gruppe von Männern in Eure Festung zu schmuggeln. Er sagte, er wolle den Fürsten bestehlen und die Beute mit uns teilen.«

»Also kamst du in unsere Festung, um zu stehlen?«

»Das ist die Schande, die ich bis an das Ende meines Lebens tragen muss. Aber ich bitte Euch, mir zu glauben, dass ich nicht wusste, was geschehen würde, als sich die Türen Eures Festsaals schlossen. Und es war mir auch nicht bekannt, welcher Art die Männer angehörten, die sich uns anschlossen.« Er senkte den Kopf. »Sie haben alle getötet. Ich bin als Einziger entkommen. Die letzten Wochen habe ich damit verbracht, eine neue Truppe zusammenzustellen. Wir sind leider noch nicht sehr gut.«

Sein Lächeln wirkte gequält. Er griff nach dem Krug, trank

und drehte ihn zwischen den Händen. »Es tut mir leid. Ich hätte nie gedacht, einmal die Ursache von so viel Leid zu sein.«

Ana hasste ihn nicht. Sie wollte es, aber sie konnte es nicht. Dabei wäre es so einfach gewesen, ihm die Schuld am Schicksal ihrer Familie zu geben, ihn zu hassen und sich irgendwann vielleicht sogar an ihm zu rächen.

»Lass uns bitte einen Moment allein«, sagte sie.

Daneel wirkte überrascht, nickte dann aber und verließ das Zelt. Ana drehte den Kopf. Jonan stand hinter ihr, die Hände auf seine Schwerter gelegt.

»Was denkst du?«

»Seine Geschichte ist eine Lüge«, sagte er, »aber ich glaube nicht, dass Ihr ihn fürchten müsst. Er hätte uns töten oder ausliefern können, wenn er es gewollt hätte.«

Das war die gleiche Schlussfolgerung, zu der sie auch gekommen war. »Hol ihn bitte herein.«

Jonan schob den Zelteingang zurück und winkte Daneel zu sich. »Ich habe beschlossen, dir zu glauben«, sagte Ana, als er vor sie trat. »Und ich habe beschlossen, dir Gelegenheit zu geben, deine Schande von dir zu nehmen.«

»Wie das?« Misstrauen leuchtete kurz und hell wie Funkenflug in seinen Augen.

Sie ignorierte die Frage. »Du wirst uns erlauben, mit deiner Truppe zu reisen. Du wirst dafür sorgen, dass wir die Straßensperre unbehelligt passieren können, und uns sicher bis Westfall geleiten. Siehst du dich dazu in der Lage, diese Dinge zu tun?«

Er lächelte und verneigte sich. »Betrachtet sie als bereits geschehen. Es wird mir eine Ehre sein, Euch in dieser schwierigen Lage mit meinen bescheidenen Mitteln weiterzuhelfen. Sobald die Vorstellung vorüber ist, wird meine Truppe ihre neuen Mitreisenden kennen lernen. Ihr müsst Euch nicht darum sorgen, erkannt zu werden. Ich glaube nicht, dass einer von ihnen je in Somerstorm war.«

Es klang fast so, als habe er ihren Vorschlag erwartet. Ana stand auf. »Dann ist es gut.« Sie ließ beide Männer stehen, zog die Kapuze über den Kopf und verließ das Zelt.

Draußen schloss Jonan zu ihr auf. »Es wäre gut, wenn Ihr solche Entscheidungen mit mir besprechen würdet, Mefrouw«, sagte er.

»Wieso? Hältst du meinen Vorschlag für falsch?«

Sein Zögern verriet ihr die Antwort bereits, bevor er sie gab. »Nein.«

»Dann gibt es doch nichts zu besprechen.« Sie blieb stehen, als sie die Menschen bemerkte, die zu einem eingezäunten Platz strömten. Einige Stühle waren dort aufgestellt worden. Soldaten saßen darauf. Sie hielten Bierkrüge in der Hand und unterhielten sich. Hinter ihnen begann die Menge einen Halbkreis zu bilden. Niemand wagte es, sich vor sie zu stellen.

»Komm, wir sehen uns die Vorstellung an«, sagte Ana.

Jonan blieb stehen. »Das ist gefährlich.«

»Nein, ist es nicht. Sie werden sich die Gaukler ansehen, nicht das Publikum.« Sie drehte sich zu ihm um. »Ein wenig Freude wird uns beiden guttun.«

»Wenn Ihr meint?«

Sie fanden einen Platz hinter der letzten Stuhlreihe. Händler, die sich Bierfässer auf den Rücken geschnallt und Krüge in ihre Gürtel gehakt hatten, drängten sich an ihnen vorbei. Um sie herum wurde gegessen, getrunken und geredet.

Auf dem abgezäunten Platz bereiteten sich die Gaukler auf ihren Auftritt vor. Sie hatten Fackeln in den Boden gerammt und Kisten aufgestellt. Zwei von ihnen spannten ein Seil zwischen zwei Bäume. Ana versuchte ihre Gesichter zu erkennen. Als Kind hatte sie oft davon geträumt, mit Gauklern über das Land zu ziehen und die Geheimnisse ihrer Künste zu erlernen. Sie hatte sich all die exotischen Orte vorgestellt, die sie besuchen würde, Namen, die sie nur von Karten kannte: Ashanar, Dul'Medin, Katrar, Boshalam. In ihren Träumen war sie in die Gemeinschaft der Gaukler aufgenommen worden, hatte ihre Familie verlassen, um mit ihnen zu ziehen. Sie hatten gewusst, wer sie war, aber es niemandem verraten. Und natürlich hatte es einen Helden unter ihnen gegeben, der sie aus allen Gefahren gerettet und mit dem sie alle Abenteuer überstanden hatte.

Sie dachte an Rickard, wollte dem Helden aus ihren Träumen sein Gesicht geben, doch sie konnte sich kaum noch daran erinnern, wie er aussah.

Auf dem Platz beendeten die Gaukler ihre Vorbereitungen. Ana sah, wie Daneel mit jedem einzelnen von ihnen sprach und sich dann auf den einzigen leeren Stuhl zwischen den Soldaten setzte. Der Kommandant klopfte ihm auf die Schulter und sagte etwas. Daneel antwortete, und der Kommandant lachte so laut, dass die anderen Soldaten sich gezwungen fühlten mitzulachen.

Dann begann die Vorstellung. Zuerst trat ein Zauberer auf, der Dinge mit unbeholfenen Bewegungen verschwinden ließ und behauptete, ein Magier zu sein. Niemand glaubte ihm. Die Musikanten, die nach ihm spielten, beherrschten ihre Instrumente, doch ihre Stimmen waren schwach. Trotzdem sangen die Zuschauer bei fast allen Liedern mit. Es gab keine wilden Tiere, nur einige Gänse, die wie Soldaten marschierten und mit ihren Flügeln salutierten, zumindest bis ein Hund aus dem Publikum auf den Platz stürmte und sie auseinandertrieb.

Nach den Gänsen trat ein Dichter auf, der ein langes, leicht anzügliches Gedicht vortrug, das kaum jemand verstand. Ana seufzte, als er sich endlich verbeugte, und stützte die Arme auf die Stuhllehne. Sie begann zu bedauern, dass sie Jonan zu der Vorstellung überredet hatte. Aber sie sagte nichts.

Nachdem der Seiltänzer zweimal vom Seil gefallen war, traten die Narren auf. Sie zeigten die gleichen alten Kunststücke, die Ana schon seit ihrer Kindheit kannte. Den Mann in der Röhre, den einarmigen Flötenspieler, die blinde Hure und den einfältigen Bauern. Die Zuschauer beschwerten sich nicht, die Soldaten lachten sogar, auch wenn Ana den Eindruck hatte, dass das am Bier und an Daneels Unterhaltung lag. Er stand im Mittelpunkt, redete, gestikulierte, scherzte.

Die Narren beendeten ihren Auftritt mit einem Witz, den Ana schon ihrem Bruder erzählt hatte. Sie drehte sich zu Jonan um.

»Ich glaube nicht, dass es noch bes…« Sie unterbrach sich. Jonan stand neben ihr, die Arme vor der Brust gekreuzt, den Kopf in den Nacken gelegt, den Mund geöffnet.

Er lachte.

Kapitel 13

Überall in Westfall stößt man auf Relikte und Ruinen der Vergangenen. Es ist daher kein Wunder, dass der Glaube an die, die uns ihren Platz in der Welt vermachten, hier besonders stark verbreitet ist. Ebenso wenig sollte es den Reisenden überraschen, dass man vielerorts auf ihn herabsehen wird, sonnt sich doch selbst der ärmste Tagelöhner in uraltem Ruhm.

Jonaddyn Flerr, Die Fürstentümer und Provinzen der vier Königreiche, Band 1

Bei Sonnenaufgang standen die Soldaten zum Abmarsch bereit. Die Offiziere saßen auf schwarz-blau bemalten Pferden, die schwarz-blaue Decken trugen. Ihre Mähnen und der Schweif waren zu Zöpfen geflochten, ihre Hufe glänzten. Die Köpfe der Generäle waren mit der gleichen schwarz-blauen Farbe bemalt, die rechte Seite blau, die linke schwarz. Sie alle hatten sich die Köpfe geschoren, ebenso wie die anderen Offiziere, die Sklaven und die Soldaten, die noch in ihren Kasernen warteten. Oso hatte erklärt, dies sei Brauch in Westfall.

Craymorus rückte seine Krücken zurecht. Er stand zwischen Beamten und ihren Dienern. Die Beamten hockten auf Teppichen, die Sklaven knieten auf den Steinen. Mit der Stirn berührten sie den Boden, die Arme waren ausgestreckt. Ihre Bäuche flossen wie Wachs über ihre Beine. Sie beteten. Craymorus stand als Einziger. Er hatte den Eindruck, dass ihn alle beobachteten.

Priester gingen durch die Reihen der Offiziere. Sie vertraten alle Religionen, die in Westfall ansässig waren. Fürst Balderick hatte ihnen befohlen, ihre Riten gleichzeitig durchzuführen, um Zeit zu sparen. Das Resultat war ein Gewirr von Gesängen und Segnungen. Mit Dreck beschmierte Priester, die in Felle gehüllt waren, strichen mit Tierknochen über die Gesichter der Soldaten, während Mönche der Vergangenen ihnen Flaa-Wurzeln in die Münder steckten und Seherinnen ihre Hände in Blut tauchten. Pferde tänzelten nervös. Ein kleines Mädchen in den grünen Roben einer Fruchtbarkeitsgöttin küsste ihre Nüstern.

»Ich muss mit dir reden«, sagte eine Stimme plötzlich.

Craymorus drehte den Kopf. Im Lärm der Gebete hatte er nicht bemerkt, dass jemand neben ihn getreten war. Es war Rickard. Seine Gesichtszüge waren unter der blau-schwarzen Farbe kaum zu erkennen. Er trug eine Rüstung aus schwarzem Leder und Stiefel, deren Sporen klirrten.

»Worum geht es?«, fragte Craymorus.

»Komm mit.« Rickard führte ihn an den Soldaten vorbei neben die Stallungen. Craymorus spürte die Blicke der Beamten in seinem Rücken.

»Es tut mir leid, dass mein Vater so reagiert hat«, fuhr Rickard fort. »Ich wollte gestern noch mit dir darüber reden, aber ich hatte zu viel zu tun.«

Er strich sich mit der Hand über den kahl geschorenen Kopf und stutzte kurz, als sei ihm das Gefühl noch nicht vertraut.

»Ich verstehe«, sagte Craymorus. Er war sich sicher, dass Rickard früher zu ihm gekommen wäre, wenn er es tatsächlich gewollt hätte. »Ich werde die Gastfreundschaft deines Hauses nur so lange beanspruchen, bis ich auf die Inseln zurückkehren kann.«

Rickard schüttelte den Kopf. »Nein, tu das nicht. Dieser Krieg braucht deine Unterstützung, auch wenn mein Vater das nicht erkennt.« Er zog eine Pergamentrolle aus der Innentasche seiner Rüstung. »Und ich brauche dich für etwas anderes.«

Craymorus nahm das Pergament und rollte es auseinander. Es war eine Vollmacht über Rickards Vermögen. Das fürstliche Siegel und die kindliche Unterschrift daneben waren frisch.

»Cray, ich möchte, dass du Ana für mich findest. Ich habe mit einer der Seherinnen gesprochen, und sie ist sich sicher, dass Ana noch lebt.« Er strich sich wieder über den Kopf. Schwarze und blaue Farbe vermischte sich, wurde zu dunklen Flecken. »Ich will nicht, dass sie da draußen stirbt. Wirst du mir helfen?«

Craymorus rollte das Pergament auseinander. Seine Gedanken sprangen vorwärts wie ungezügelte Pferde, nahmen die Aufgabe voller Freude an, noch bevor er eine Antwort formuliert hatte.

»Ich bin froh«, sagte er nach einem Moment, »dass du mir diese Aufgabe anvertraust. Ich werde alles in meiner Kraft Stehende geben, um dich und deine Braut zusammenzuführen.«

Er streckte seine Hand aus. Rickard schlug ein und grinste. Seine Zähne leuchteten weiß in seinem dunklen Gesicht. »Ich danke dir, Cray. Wenn du Neuigkeiten hast, schick einen Boten nach Braekor. Wir werden so schnell vorstoßen, dass uns vorher keine Nachrichten erreichen können.«

»Das werde ich tun.« Craymorus steckte die Rolle in die Tasche. »Wirst du mit deinem Vater gemeinsam kämpfen?« Er kannte die Antwort längst, konnte das aber nicht preisgeben.

»Nein. Wir brechen gemeinsam auf für den Fall, dass Spione in der Stadt sind. Sie werden ihren Herren melden, dass eine große Armee mit Belagerungsgeräten, Infanterie und schweren Geschützen auf dem Vormarsch ist. Aber wir werden uns trennen, die Reiter werden unter meinem Kommando bis Somerstorm reiten, die Nachtschatten überraschen und sie aus der Festung locken. Hoffentlich.« Sein Lächeln wirkte nervös. »Mein Vater wird mit der Hauptstreitmacht nachziehen. Wenn ich versagen sollte, wird er gegen einen geschwächten Gegner antreten; sollte ich gewinnen, wird diese Armee unseren Anspruch auf das Land festigen. Es ist ein kluger Plan.«

Er sah zum Haupteingang der Burg und nickte jemandem zu. »Ich muss gehen. Danke, Cray.«

»Leb wohl, Rickard.«

Craymorus drehte sich um. Fürst Balderick war mit seiner Frau auf der Treppe erschienen. Er trug schwere Rüstung und einen Helm auf seinem schwarz-blauen Kopf, sie war schlicht gekleidet. Sie küssten sich zum Abschied, während Sklaven Tabletts voller Krüge aus der Tür trugen und unter den Anwesenden verteilten. Baldericks Schlachtross wurde vor die Generäle geführt. Es war so groß, dass die anderen Pferde neben ihm wie Ponys wirkten. In seiner gepanzerten Brust spiegelten sich die Tore zur Stadt. Ein Sklave hockte sich neben dem Pferd auf den Boden und lehnte eine Leiter an seine Flanke. Mit vorgestrecktem Kinn schritt Balderick an seinen Offizieren vorbei und stieg mit der Hilfe eines weiteren Sklaven auf das Schlachtross. Neben ihm schwang sich Rickard mit einer fließend geschmeidigen Bewegung auf einen Rappen.

Die Priester verneigten sich vor dem Fürsten und traten zurück. Auf der Brüstung zog ein Sklave eine rote Fahne hoch, das Zeichen zum Ausrücken.

Balderick hob den Krug in seiner Hand. »Hoffnung!«, rief er über den Hof.

»Hoffnung!«, antworteten die Offiziere, die Beamten, die Sklaven und Syrah.

»Hoffnung«, sagte Craymorus leise, obwohl ihm niemand einen Krug gegeben hatte. Er sah auf, als er dumpfes Hämmern hörte. Es drang von der Stadt den Hügel hinauf, laut und wild und fremd. Er brauchte eine Weile, bis er erkannte, dass es die Bewohner der Stadt waren, die es verursachten. Sie vertrieben Dämonen, indem sie auf Kochtöpfe, Bretter, Trommeln oder Steine schlugen. Soldaten antworteten mit Schlägen auf ihre Schilde. Das Geräusch erfüllte die Luft, bis es klang wie das Donnern eines Sturms, wie eine unaufhaltsame

Naturgewalt, die jedes Hindernis auf ihrem Weg niederreißen würde.

In diesem Lärm setzte sich die Streitmacht in Bewegung. Craymorus sah ihnen nach, bis der letzte Wimpel und die letzte Fahne hinter den Hügeln verschwunden waren. Die Sklaven und Beamten richteten sich auf. Craymorus winkte Oso zu sich heran. Schwerfällig kam ihm der Sklave entgegen.

»Ich benötige Kartenmaterial von allen Provinzen zwischen Somerstorm und Westfall, südlich von Myrolk und nördlich von Q'qerx«, sagte Craymorus. »Kannst du mir das besorgen?«

»Ja, Herr.« Der Junge verneigte sich und lief auf den Eingang zu.

»Bring es in meine Unterkunft!«, rief Craymorus ihm nach.

Fürstin Syrah drehte sich auf der Treppe nach ihm um. Sie sah ihn nachdenklich an, so als wisse sie nicht genau, was sie mit ihm anfangen solle. Ein Beamter mit langem grauem Bart flüsterte ihr etwas ins Ohr. Ihr Blick ruhte noch einen Moment auf Craymorus, dann wandte sie sich ab.

»Breite sie hier auf dem Tisch aus.« Craymorus schob Brot und Käse mit einer Hand zur Seite. »Und rück die Truhe heran.«

»Ja, Herr.« Oso zog die Lederriemen von den Karten ab und begann sie auf dem Tisch auszurollen. Er musste sie auf beiden Seiten mit Gewichten beschweren.

»Dreh sie um«, sagte Craymorus. »Die Sonne muss immer am oberen Rand sein, die Monde unten.«

»Ja, Herr.«

Während Oso die Karten in die richtige Richtung drehte und eine Truhe heranschob, um weitere darauf auszubreiten, beugte sich Craymorus über eine der Rollen. Es waren minderwertige Abschriften mit zittrigen Linien und halbherzig ausgebesserten Fehlern, angefertigt von jemandem, dem entweder das Talent oder die Muße zu guter Arbeit gefehlt hatte. Doch selbst seine

Mittelmäßigkeit konnte nicht darüber hinwegtäuschen, dass die ursprüngliche Karte das Werk eines Künstlers war.

»Sieh dir das an«, sagte Craymorus leise zu sich selbst. Oso legte eine Pergamentrolle ab und trat neben ihn.

»Herr?«

Craymorus hatte ihn nicht angesprochen, aber es war ihm unangenehm, ihn fortzuschicken. »Weißt du, was das für Zeichnungen sind?«, fragte er stattdessen.

»Nein, Herr.«

»Sie sind ein Abbild unserer Welt. Man hat sie erstellt, damit Menschen, die von einem Ort zum anderen reisen möchten, sich nicht verlaufen.«

Oso kratzte sich am Hintern. »Ich verstehe, Herr«, sagte er, obwohl es offensichtlich war, dass er nichts verstand.

Craymorus zog eine andere Karte heran. »Hier.« Er zeigte mit dem Finger auf eine Reihe von Symbolen. »Dieses Symbol steht für eine Stadt. Rate einmal, für welche.«

Oso zögerte. Es schien ihm Sorgen zu bereiten, dass man ihm eine Frage gestellt hatte, die er nicht mit einem einfachen »Ja, Herr« beantworten konnte.

»Ich werde dich nicht bestrafen, wenn du es nicht errätst, aber wenn du die richtige Antwort gibst, kannst du« – sein Blick glitt durch den Raum – »den Käse haben, wenn du …«

»Westfall.«

Craymorus blinzelte überrascht.

»Kann ich jetzt den Käse haben, Herr?«, fragte Oso. Gier stand in seinem Gesicht.

»Ja, natürlich, aber erklär mir zuerst, woher du das wusstest.«

»Das war leicht«, sagte Oso. »Neben dem Punkt sind die Farben Westfalls, und da ist ein Bild von der Burg mit einer Krone wie die von Fürst Balderick.«

»Richtig. Nimm den Käse.«

»Danke, Herr.« Oso griff mit beiden Händen nach dem Käsestück und biss hinein. »Das ist sehr großzügig von Euch, Herr«, sagte er kauend. »Wir kriegen selten Käse, meistens nur Schweinebauch und Bohnen.« Er schluckte, als ihm plötzlich etwas klar zu werden schien. »Wofür wir unserem Herrn natürlich sehr dankbar sind. Vielen Dienern geht es schlechter als uns. Er ist der gütigste Herr, den man sich wünschen kann, mögen die Vergangenen ihn beschützen.«

Craymorus hörte ihm kaum zu. Mit jedem Blick auf die Karte bemerkte er neue Details. Dem ursprünglichen Künstler war es gelungen, eine Karte zu erschaffen, die keine Sprache außer ihrer eigenen benötigte. Es gab Symbole für steile Straßen und Pässe, die im Winter unpassierbar waren. Schiffe wurden vor stürmischen Regionen gewarnt und vor Ungeheuern, die sie auf den Grund der See ziehen würden. Craymorus entdeckte Hinweise auf Fischschwärme, auf Orte, an denen Fremde willkommen geheißen wurden, und auf solche, von denen man sich besser fernhielt. Er lachte, als er ein Symbol entdeckte, das wohl auf eine stürmische Schiffspassage mit möglicher Seekrankheit hinwies.

Selbst ein Sklave wie Oso, der Westfall noch nie verlassen hat, kann diese Karten lesen, dachte Craymorus. Die Leistung beeindruckte ihn. Sogar das Jahr ihrer Anfertigung verrieten ihm die Symbole: das achtzehnte Jahr während der Regentschaft des Lachenden Königs, also noch vor dem Krieg. Die Königreiche waren seitdem verschwunden, und die Provinzen hatten ihre Grenzen neu gezogen, doch das Land war geblieben. Die Karten würden ausreichen.

Craymorus sah auf. Sein Sklave stand am Fenster, einen letzten Käserest in der Hand. Er sah nach draußen und kaute.

»Du kannst gehen«, sagte Craymorus. »Ich brauche dich bis Sonnenuntergang nicht.«

Osos Blick war weiter in den Burghof gerichtet. »Jemand kommt, Herr«, sagte er.

Im gleichen Moment wurde ein Horn geblasen. Sein tiefer

Ton hallte in den Räumen wider. Er kündigte die Ankunft eines Freundes oder Verbündeten an und befahl allen Wachen, ihre Waffen zu senken.

Craymorus stemmte sich hoch. »Wer ist es?«

»Ich weiß es nicht, Herr.« Oso trat zur Seite, um den Blick auf den Hof freizugeben. Es war Mittag. Die Tore der Burg standen offen, Diener gingen ein und aus. Einige blieben stehen, um die weiß verhangene Sänfte zu betrachten, die von vier Sklaven an ihnen vorbeigetragen wurde. Zwei Soldaten marschierten im Gleichschritt vor ihr, zwei weitere hinter ihr.

Die Sänfte vom Schiff, dachte Craymorus. Es war eine so ungewöhnliche Art zu reisen, dass es wohl kaum eine zweite im Fürstentum gab. Er drehte sich um und ging zur Tür. Oso lief vor, zog die Tür vor ihm auf und schloss sie hinter ihm wieder. Nur wenige Sklaven waren in den Gängen zu sehen. Der Besuch, ob erwartet oder nicht, schien keine Aufregung auszulösen.

Craymorus verließ die Burg durch den Haupteingang und zog sich die Stufen der Treppe hinunter. Die Träger setzten die Sänfte ein Stück entfernt von ihm ab. Eine Silhouette war hinter dem weißen Stoff zu sehen. Zwei der vier Soldaten blieben neben ihr stehen, die Hände auf ihre Schwerter gelegt. Die beiden anderen traten Craymorus entgegen, als wollten sie ihm deutlich machen, dass er nicht näher kommen sollte.

»Mein Herr wünscht Fürstgemahlin Syrah zu sprechen«, sagte der ältere der beiden. Er sprach undeutlich, wie ein Mann ohne Zähne.

Craymorus sah zuerst ihn an, dann den jüngeren Soldaten neben ihm. Beide hatten eingefallene Wangen und faltige Lippen.

Ewige Garde, dachte Craymorus. Er nickte Oso zu. »Schnell«, sagte er leise. »Hol die Fürstin.«

»Was soll ich ihr denn sagen, Herr?«, flüsterte Oso. Er klang ängstlich.

Craymorus betrachtete den Schatten hinter den Stoffen. Er glaubte zu sehen, wie er den Kopf drehte, und verneigte sich, so tief es seine Krücken zuließen.

»Sag ihr«, antwortete er dann laut, sodass man es im ganzen Hof hören konnte, »dass der König nach Westfall gekommen ist.«

Kapitel 14

Wein ist das Gold von Pujambur. Kriege wurden wegen ihm geführt und durch ihn beendet. Das Leben eines jeden Pujambi wird vom Wein regiert, ob er ihn nun anbaut oder trinkt. Jedes Gespräch dreht sich darum, jede Ehe wird wegen ihm geschlossen, jedes Verbrechen wegen ihm begangen. Fragte man einen Pujambi, was er eher aufgeben würde, den Wein oder das Leben, so fiele ihm die Antwort wohl schwer.

Jonaddyn Flerr, Die Fürstentümer und Provinzen der vier Königreiche, Band 1

Im Morgengrauen ließen sie die Straßensperre hinter sich. Daneel scherzte mit dem Kommandanten, während die Gaukler mit ihren Karren langsam an ihm vorbeizogen. Ana und Jonan saßen zwischen zwei Jongleuren auf dem Kutschbock eines vierspännigen Ochsenkarren, die Gesichter abgewandt, die Köpfe gesenkt. Sie hatten ihre Pferde für zu wenig Geld an eine Stoffhändlerin verkauft. Zwischen den Ochsen der Gaukler wären sie nur aufgefallen.

Außer ihnen ließen die Soldaten noch einige Händler durch, dann schlossen sie die Barrikaden wieder. Das Murren und die Flüche der Zurückgebliebenen folgten ihnen bis zum nächsten Dorf.

Die Händler hatten sich den Gauklern angeschlossen, bildeten gemeinsam mit ihnen eine Karawane, die über die breiter werdenden Straßen zog. »Wir leben in unsicheren Zeiten«, hatte einer von ihnen gesagt, »da hält man besser zusammen.«

Die Berge wurden zu Hügeln, die Weiden und Felder zu Weinbergen. Bauern mit Gesichtern dunkel und hart wie Leder saßen am Straßenrand und verkauften Wein aus Fässern. Quälend langsam zogen die Karren an ihnen vorbei. Hin und wieder sprangen Gaukler von den Karren, um ihr Geschäft hinter einem Busch zu verrichten. Sie mussten sich nicht einmal beeilen, um die Karawane wieder zu erreichen. Ana begann zu bereuen, dass sie die Pferde verkauft hatten.

»Ich werde eine alte Frau sein, wenn wir Westfall erreichen«, sagte sie. Einer der Jongleure sah sie kurz an, widmete sich dann aber wieder der Straße. Die beiden Männer sprachen die Hochsprache der Königreiche nur bruchstückhaft.

Jonan öffnete die Augen. Er war wohl eingeschlafen. »Es ist sicherer so«, sagte er.

»Während wir hier sitzen, könnte Somerstorm bereits zurückerobert worden sein, hast du daran schon mal gedacht?«

Er hob die Schultern. »Es spielt keine Rolle, wer in Somerstorm regiert. Solange man mit Straßensperren nach Euch sucht, seid Ihr in Gefahr.«

Ana wusste, dass er Recht hatte. Die Streitkräfte Westfalls konnten noch nicht bis Somerstorm vorgedrungen sein, alle näher liegenden Fürstentümer waren ihr wahrscheinlich nicht freundlich gesinnt. Sie stützte ihr Kinn auf die Fäuste und starrte auf die Rücken der Ochsen. Die Welt, in der sie sich einst bewegt hatte, war ein kleiner Ort gewesen, verbunden durch das Netzwerk der Spione, das ihr Vater unterhielt. Beinahe täglich waren Männer oder Frauen in der Festung erschienen und hatten von den neuesten Ereignissen berichtet: wer geboren worden war, wer gestorben war, wer im Sterben lag und wer wen beerben würde. Sie hatte geglaubt, sich in der Welt auszukennen, doch nun, auf dem Kutschbock eines Ochsenkarrens, jenseits des Hofklatsches und der Intrigen erschien ihr das Land auf einmal gewaltig und fremd.

Ich weiß nichts, dachte Ana. Sie wäre beinahe zusammengezuckt, als der Jongleur neben ihr seine Hand auf ihre Schulter legte. »Warum Gesicht traurig?«, fragte er mit einem Akzent, der so weich war, dass die Worte ineinanderzufließen schienen. »Tag schön. Warm. Bauch voll. Gut. Ja?«

Er lächelte. Er hatte ein rundes Gesicht und freundliche Augen. Seine dünnen blonden Haare rahmten eine Halbglatze ein.

»Ich bin nicht traurig«, sagte Ana, »nur nachdenklich.« Sie sah ihm an, dass er sie nicht verstand. »Nicht traurig«, wiederholte sie langsam. »Denke an viel.«

Er nickte, dann zeigte er auf Jonan und Ana. »Daneel auch hier. Warum?«

Jonan winkelte die Arme an. »Arbeit«, sagte er.

»Ah.« Der Jongleur nickte erneut. Er sah Ana an. »Und du? Arbeit?«

»Ja.« Sie nickte. Der zweite Jongleur, dessen rundes Gesicht von einem Bart bedeckt wurde, sagte etwas und grinste.

Ana schüttelte hastig den Kopf. »Nein, nicht die Arbeit. Andere Arbeit.« Beide Männer sahen sie erwartungsvoll an. Sie wusste nicht, was sie sagen sollte. Sie hatte drei Sprachen gelernt, beherrschte Lesen und Schreiben, konnte reiten und mit Falken jagen, aber nichts davon hatte an diesem Ort eine Bedeutung.

»Kochen«, sagte Jonan plötzlich.

Ana nickte und lächelte. »Schälen.«

»Ah. Gut.« Die Antwort schien beide zufrieden zu stellen. Sie wandten sich wieder den Ochsen zu. Jonan schloss die Augen und lehnte sich zurück gegen die Kisten, die sich auf dem Karren stapelten. Man hatte sie mit Seilen festgezurrt, aber sie knarrten und rutschten bei jedem Schlagloch. Ana fragte sich, ob es auf dem Karren wirklich so viel sicherer war als auf einem Pferd.

Sie stand auf und kletterte an dem Jongleur vorbei. Hinter ihr setzte sich Jonan auf.

»Schlaf ruhig weiter«, sagte sie. »Ich vertrete mir ein wenig die Beine.«

»Wie Ihr wünscht.« Er nannte sie nicht mehr Mefrouw, seit sie sich den Gauklern angeschlossen hatten, wahrscheinlich aus Vorsicht. Vielleicht hat er sich aber auch mit mir abgefunden, dachte Ana. Sie lächelte unwillkürlich bei dem Gedanken.

Sie stützte sich an der Seitenlehne des Kutschbocks ab und sprang auf die Straße. Der Wind trocknete ihren verschwitzten Rücken. Es war warm, aber sie wagte es nicht, ihren Umhang auszuziehen und ihr Gesicht der Karawane zu enthüllen. Wer konnte schon sagen, woher die Händler stammten, die mit ihnen reisten.

Ana sah an der langen Reihe der Karren entlang. Es waren über zwanzig, die hintereinander herfuhren. Die meisten gehörten den Gauklern, nur eine Handvoll wurden von Händlern gelenkt. Der Karren, auf dem sie und Jonan fuhren, befand sich in der Mitte der Karawane. Die Fahrer wechselten sich ab, sodass jeder einmal den Staub des anderen schlucken musste.

Die meisten Gaukler gingen ebenso wie Ana neben den Karren her. Einige ritten auf Eseln, einer sogar auf einer Kuh. Es war der Dichter, der am Vorabend sein Gedicht vorgetragen hatte. Er las in einigen Schriften, schien sich nicht darum zu kümmern, wohin die Kuh ihn trug. Seine langen weißen Haare trug er in einem Dutzend Zöpfen geflochten, sein Bart war rot gefärbt.

Ana schloss zu ihm auf. »Darf ich fragen, was du liest?«

Er sah zu ihr herab. Er wirkte nicht so alt, wie sie gedacht hatte. Seine Haut zeigte nur wenige Falten, seine grauen Augen waren klar und wach.

»Bist du in der Kunst des Verstehens geübt?«, fragte er. Seine Stimme war dunkel. Er betonte jedes Wort, als säße er auf einer Bühne, nicht auf einer Kuh.

»Ich habe lesen und schreiben gelernt«, sagte Ana.

»Dann ist es gut.« Der Dichter reichte ihr das Pergament. Es war voller Linien und Haken. Kleine Bilder umgaben sie wie ein Rahmen. Ana erkannte Häuser, Schiffe, kindlich gezeichnete Gesichter und Bäume. Sie runzelte die Stirn. »Es tut mir leid, das kann ich nicht lesen. Welche Sprache ist das?«

Der Dichter zog ihr das Pergament aus der Hand. »Meine eigene«, sagte er. Stolz hob er den Kopf. »Ich habe sie erfunden, damit nicht vergessen wird, was kein anderer niederschreibt. Ich könnte sie dich lehren, wenn es dir beliebt.«

»Das würde mir belieben, sollte sich die Gelegenheit ergeben.« Es war die unverbindlichste Floskel, die Ana einfiel, aber der Dichter lächelte breit, so als habe sie voller Enthusiasmus zugestimmt.

»Mein Name ist Qaru«, sagte er. »Wie darf ich dich nennen?«

Ana öffnete den Mund, zögerte dann jedoch. Sie hatte nicht darüber nachgedacht, welchen Namen sie annehmen sollte.

»Peera«, sagte sie, bevor Qaru auf ihr Zögern aufmerksam werden konnte. Es war der erste Name, der ihr einfiel, der Name ihrer Schwester, die nur wenige Stunden gelebt hatte.

»Peera.« Der Dichter nickte. »Es wird mir eine Ehre sein, dich zu lehren.«

Sein Blick kehrte zurück zu der Schrift in seinen Händen. Ana ließ ihn in Ruhe. Sie hatte seit langer Zeit nicht mehr an ihre Schwester gedacht. Sie fragte sich, weshalb sie Peera jetzt auf einmal vermisste.

Vor ihr geriet die Karawane ins Stocken. Nach und nach blieben die Ochsenkarren stehen. Menschen standen von den Kutschböcken auf und versuchten zu erkennen, weshalb sie aufgehalten wurden.

Ana sah Daneel. Er ritt ihr von der Spitze der Karawane auf einem Esel entgegen. An jedem Karren hielt er an und sprach kurz mit den Fahrern.

»Was ist los?«, fragte Ana, als er an ihr vorbeireiten wollte. Daneel zügelte den Esel. Auf seinem Gesicht lag ein merkwürdiger Ausdruck.

»Nichts«, sagte er. »Wir ändern nur unseren Reiseplan ein wenig. An der Kreuzung nehmen wir die linke Abzweigung nach Vujana.«

Qaru sah von seinem Pergament auf. »Vujana? Was gibt es dort für uns?«

Daneel zögerte, dann hob er die Schultern. »Ich weiß es nicht. Es ist nur ein Name auf einem Schild.«

Er klang angespannt.

»Warum gehen wir denn dorthin?«, fragte Ana. Sie suchte in Daneels Blick nach einer Erklärung, nach einer Botschaft vielleicht, die an sie gerichtet war, sie vor einer drohenden Gefahr warnen sollte.

»Die Straße ist vom Regen unterspült«, sagte er. »Die Karren würden stecken bleiben. Es ist besser, wenn wir nach Vujana gehen.«

Ana warf einen Blick auf die staubige Straße und das gelbe, halb verdorrte Gras auf den Wiesen. »Es hat hier doch seit Wochen nicht geregnet. Wie kann da die Straße …«

Qaru unterbrach sie. »Ich bin sicher, die Götter haben uns diesen Umweg aus gutem Grund geschickt. Einfachen Menschen, wie wir es sind, steht es nicht zu, sich ihnen zu widersetzen.«

Daneel neigte den Kopf. »So sehe ich es auch.«

Ana sah zu dem Karren hinüber, auf dem Jonan saß. Er schlief. Einen Moment lang fragte sie sich, ob sie ihn wecken sollte, doch dann entschied sie, ihn schlafen zu lassen. Was sollten sie auch tun? Sie hatten ihre Pferde verkauft, und zu Fuß würden sie stärker auffallen als zwischen den Gauklern.

»Ich schließe mich deiner Entscheidung an«, sagte sie. Daneel nickte, als habe er nichts anderes erwartet. Er wandte sich ab und lenkte seinen Esel dem nächsten Karren entgegen.

»Es wird zum Besten sein, Peera.« Qaru lächelte. »Die Entscheidungen, die Daneel fällt, waren seit der glücklichen Fügung, die meinen Weg mit dem seinen kreuzte, stets richtig. Er wird auch dieses Mal wissen, was zu tun ist.«

Er beugte sich zu ihr herab. »Einige von uns«, sagte er leise, »glauben, dass er in der Ewigen Garde war.«

»Wirklich?« Ana bemühte sich, überrascht zu klingen.

Qaru sah sie ein wenig enttäuscht an. »Du musst mir natürlich nicht glauben, aber diejenigen von uns, die schon länger mit ihm reisen, sind überzeugt davon, nicht nur wegen seines Mundes.« Er richtete sich wieder auf. »Wir werden noch einmal davon sprechen, wenn du uns länger begleitet hast.«

Ana antwortete nicht. Gerit hatte ihr viel über die Ewige Garde erzählt. Manches davon waren Gerüchte, die er von Soldaten aufgeschnappt hatte, anderes stammte aus Schriften oder General Norhans Erzählungen. Sie bezweifelte, dass Daneel ihr einmal angehört hatte. Er passte nicht zu dem Bild, das sie sich davon gemacht hatte.

Vor ihr bogen die ersten Karren nach links ab. Der Weg war schmaler, gerade breit genug für einen Karren. Jemand hatte zwei zugespitzte Bretter an einen Baum genagelt. Auf dem linken stand Vujana, auf dem rechten befand sich nur ein Symbol, das aus drei Wellen bestand. Überall in den Königreichen benutzte man dieses Symbol, um einen Weg zu kennzeichnen, der zum Großen Fluss führte.

Ana sah zwischen den Karren hindurch zu dem Weg, den sie nicht nehmen würden. Er führte über einen Hügel und verschwand dahinter. Sie sah keinen Schlamm, keine Spur von Regen.

Sie bemerkte Bewegungen jenseits des Hügels. Eine Wolke aus großen schwarzen Vögeln hing über etwas, das sie nicht erkennen konnte. Die Vögel flatterten hoch und stießen nieder, immer und immer wieder, wie Motten, die in dunkler Nacht eine Kerze umschwärmten.

Als sie Vujana erreichten, war es bereits dunkel. Ana hatte befürchtet, dass der Weg dort enden würde, aber im Licht der Zwillingsmonde sah sie, dass er hinter dem Dorf weiterging. Einen Hinweis, wohin er führte, fand sie jedoch nicht.

Die Karawane lagerte auf einer Wiese am Dorfrand. Von dort aus war Vujana nicht mehr als eine Ansammlung schwarzer Umrisse in der Nacht. Ana zählte zwölf Häuser. Nur ein einziges war erleuchtet, wahrscheinlich die Taverne. Sie sah Silhouetten hinter den Fenstern.

Ana legte Feuerholz auf einen Stapel neben dem Lagerfeuer. Ein großer Kessel hing darüber. Einige Gaukler schnitten Gemüse, einer zerteilte zwei Hasen, die er am Nachmittag erlegt hatte. Jonan und ein anderer Mann rammten Fackeln nahe des Weges in den Boden.

Sie sah auf, als Daneel neben sie trat. Er hatte seine Reisekleidung abgelegt und trug ein weißes Hemd und einen braunen Umhang. »Ich möchte Euch für Euer Vertrauen danken«, sagte er.

»Es gab keine große Wahl in dieser Angelegenheit«, antwortete Ana. Sie sah sich um. Niemand stand in ihrer Nähe.

»Wieso haben wir die Straße wirklich verlassen?«, fragte sie leise.

»Wie ich schon sagte: Der Regen hatte sie unpassierbar gemacht.« Feuerschein flackerte in seinen Augen. Er strich sich über den Kopf. »Ich sollte den guten Dorfbewohnern wohl mitteilen, dass wir hier sind, bevor sie uns entdecken. In diesen kleinen Orten begegnet man Fremden nicht immer mit Gastfreundschaft. Ein paar Scherze zur rechten Zeit können da Wunder wirken.«

Er drehte sich zu den Gauklern um. »Ich bin bald zurück«, rief er.

»Bring Wein mit!«, rief eine rundliche Frau neben dem Feuer zurück. »Und Brot. Und wenn du einen netten jungen Witwer mit eigenem Weinberg findest, kannst du den auch mitbringen.«

Die anderen lachten. Daneel winkte ab. »Ich werde sehen, was sich machen lässt.«

Er verschwand aus dem Feuerschein. Ana zog einen brennenden Ast aus dem Feuer und ging zu Jonan. Er hatte den ganzen Nachmittag geschlafen.

»Hat Daneel dir gesagt, weshalb wir diesen Umweg nehmen?«, fragte Ana, während sie eine der Fackeln anzündete. Hinter ihr unterhielten sich Gaukler und Händler. Sie hörte unterschiedliche Sprachen, verstand jedoch nur eine. Jemand hatte ein Fass Bier gestiftet. Krüge und Lederbecher kreisten. Es schien niemanden zu stören, dass sie den Weg zum Großen Fluss verlassen hatten.

»Nein, er hat nichts gesagt.« Jonan nahm ihr den Ast aus der Hand und ging zur nächsten Fackel, »aber ich habe ihn auch nicht gefragt. Er ist ein Mann, dem das Lügen so leicht wie das Atmen fällt.«

»Aber sie alle vertrauen ihm.«

»Das heißt nicht, dass wir es sollten. Wenn es Euch beliebt, bleiben wir nur so lange in der Karawane, bis wir eine bessere Möglichkeit gefunden haben.«

Ana nickte. »Es beliebt mir.« Sie sah zu der Gruppe am Feuer. »Ich habe dem Dichter gesagt, mein Name sei Peera. So solltest du mich anreden, als Peera, nicht als deine Herrin.«

»Peera.« Jonan wiederholte den Namen. »Das werde ich.«

Er zündete die letzte Fackel an und trat zurück. Der Weg wurde von ihnen erhellt. Niemand konnte sich ihnen nähern, ohne entdeckt zu werden.

»Da ist noch etwas«, sagte er dann. »Ich wurde gefragt, in welchem Verhältnis wir zueinander stehen. Ich wollte Euch – dir nicht mit einer Antwort zuvorkommen.«

»Oh.« Ana wusste nicht, was sie sagen sollte. Sie versuchte, in seinem Gesicht zu lesen, aber es war vom Feuerschein abgewandt und lag in den Schatten. Seine Haut war zu dunkel, als dass sie Geschwister hätten sein können. Es kam für sie nicht in Frage, als seine Sklavin zu reisen, und etwas in ihr sträubte sich, ihn als ihren Diener auszugeben.

»Vielleicht …«, begann sie, unterbrach sich dann aber, als sie Daneel zwischen den Fackeln auftauchen sah. »Daneel ist zurück«, sagte sie stattdessen. Sie fragte sich, warum ihr die Antwort auf diese Frage so schwerfiel.

»Ich werde dir meine Entscheidung am Morgen mitteilen«, fügte sie hinzu.

Jonan neigte den Kopf. Ana glaubte sein unausgesprochenes Mefrouw zu hören.

Daneel ging wortlos an ihr vorbei und trat ans Lagerfeuer. »Wir sind hier nicht willkommen«, rief er. »Wir müssen gehen.«

»Was?«

»Wieso?«

»Können wir nicht wenigstens bis morgen bleiben?«

Daneel wehrte die Fragen mit erhobenen Händen ab. »Es ist die Entscheidung des Dorfes. Wir müssen sie respektieren. Packt eure Sachen.«

Die meisten widersprachen nicht. Nur zwei Händler begannen auf Daneel einzureden. Er sprach eine Weile mit ihnen, dann klopfte er ihnen auf die Schultern. Die Männer begannen die Ochsen einzuspannen.

»Noch ein seltsames Ereignis«, sagte Ana. »Sollte das Dorf nicht froh über die Abwechslung sein?«

Jonan löschte eine Fackel. »Wir kennen diese Leute nicht. Wer weiß schon, wie sie ihr Leben führen.«

Es dauerte nicht lange, bis das Lager abgebaut war und die Karren von der Wiese auf den Weg fuhren. Daneel ritt auf seinem Esel voran, die anderen folgten. Niemand sagte etwas. Ana setzte sich neben Jonan und die Jongleure auf den Kutschbock.

Langsam rollten die Karren in das dunkle Dorf. Holzhäuser lagen auf beiden Seiten. Ein gemauerter Brunnen stand mitten auf dem Weg. Die Karren umfuhren ihn. Ihre Räder knirschten, zermahlten Staub und kleine Steine.

Die Tür eines Hauses stand offen, gab den Blick auf Schwärze frei. Die Karren rollten an der Taverne vorbei. Die Tür war geschlossen. Es war still. Licht drang durch zwei Fenster nach draußen, fiel in Rechtecken auf den Weg. Ana sah die Silhouetten dahinter, reglose dunkle Schemen, die sie durch blinde Scheiben anstarrten.

Ana zog ihren Umhang enger zusammen. Ihr war kalt.

Die Karren ließen das Dorf hinter sich.

Kapitel 15

Zwei Dinge wird der Reisende in Westfall im Überfluss vorfinden: Weizen und Uniformen. In Friedenszeiten sieht man Soldaten neben Bauern auf den Feldern arbeiten, in Kriegszeiten schafft die größte Armee der vier Königreiche Gefangene heran, die diese Aufgabe für sie übernehmen und dafür Sorge tragen, dass die Kornkammern der Provinz stets gefüllt sind. So wie Holz das Feuer eines Schmiedes füttert, so füttert der Weizen die Armee. Es ist daher nicht verwunderlich, dass Weizen im Volksmund als »Schwertkorn« bezeichnet wird.

Jonaddyn Flerr, Die Fürstentümer und Provinzen der vier Königreiche, Band 1

Hast du nach dem Schneider geschickt?«, fragte Craymorus. Er stand mit nacktem Oberkörper vor der Waschschüssel und rieb sich mit einem Handtuch ab.

»Er ist unterwegs, Herr.« Oso stand neben der Tür. Er wirkte verunsichert. Auf den Armen trug er einige Kleidungsstücke. »Fürstin Syrah hat mir diese Sachen für Euch mitgegeben, damit Ihr bereit seid, wenn der König Euch zu sprechen wünscht.«

»Leg sie auf den Stuhl.« Craymorus wischte sich das Gesicht ab. Der König wollte sich nach der Reise ausruhen, bevor er zum Gespräch bat, aber allein der Umstand, dass er außer der Fürstin auch Craymorus hinzugebeten hatte, verriet bereits, worum es sich drehen würde. Sein Mund wurde trocken, wenn er daran dachte, dass ein König sich für etwas interessierte, was er wusste.

Er lehnte die Krücken an den Tisch und zog sich das frische Hemd über. Es roch nach Rosen und Minze.

Oso nahm die Schüssel, trug sie zum Fenster und schüttete das Wasser aus. Dann füllte er sie mit frischem Wasser aus einer Karaffe auf. »Möchtet Ihr jetzt etwas zu Euch nehmen, Herr?«, fragte er mit einem Blick auf das Tablett, das er hereingetragen hatte. Dunkles Brot, Datteln, Schinken und Schweineschmalz lagen darauf. Craymorus schüttelte den Kopf. »Nein, aber nimm dir ruhig, so viel du möchtest.«

»Danke, Herr.«

Craymorus war zu nervös, um etwas zu essen. Er zog sich zu den Kartentischen zurück und begann die Routen zu betrachten, die für die Flucht der Fürstentochter in Frage kamen. Er hatte bereits einige strategisch interessante Orte ausgemacht, zu denen er Suchtrupps schicken wollte. Wenn sie tatsächlich nach Westfall unterwegs war, wie Rickard zu glauben schien, würde er sie finden.

»Herr?«, fragte Oso und schluckte ein Stück Brot herunter. »Darf ich Euch eine Frage stellen?«

»Natürlich.« Craymorus war froh über die Unterbrechung.

»Diese Soldaten …«

»Die Ewige Garde?«

»Ja, Herr.« Oso griff nach einer Handvoll Datteln. »Wieso haben die keine Zähne?«

»Niemand weiß es.« Craymorus dachte an all die Gerüchte, die er darüber gehört hatte. »Manche sagen, sie lassen sie sich ziehen, um die Hingabe an ihren Herrn zu beweisen, andere glauben, dass ihnen nie Zähne gewachsen sind und dass sie auf diese Weise einander erkennen und neue Rekruten finden. Und dann gibt es die, die glauben, dass es wegen der Dämonen ist.«

»Dämonen?«, fragte Oso. Er spuckte Dattelkerne in seine Hand und warf sie aus dem Fenster.

»Es gibt Dämonen«, sagte Craymorus, »die in der Luft leben. Sie sind sehr selten. Wenn ein Magier sie einatmet, krallen sie sich an den Zähnen fest und warten, bis er Worte der Macht spricht. Sie ergreifen sie, bevor sie seine Lippen verlassen können, zerreißen und drehen sie, bis sich ihre Bedeutung umdreht oder sich ihre Macht gegen den Zaubernden richtet. Ohne Zähne können sie sich nicht festhalten, und sie werden einfach heruntergeschluckt, um nie wieder aufzutauchen.«

Oso kicherte. »Aber sie tauchen doch irgendwann wieder auf, wenn sie hinten …« Er unterbrach sich. Seine Ohren wurden rot. »Verzeiht, Herr.«

Craymorus ging nicht darauf ein. »Wenn das wirklich der Grund sein sollte, würde das bedeuten, dass sie nicht nur Soldaten, sondern auch Magier sind, Magier mit solch mächtigen Zaubern, dass sie ihr Leben lieber auf diese Weise verbringen, als das Risiko eines Dämons einzugehen. Oder vielleicht waren sie einmal mächtig wie alle anderen auch und befolgen das Ritual immer noch, obwohl es sinnlos geworden ist.« Er machte eine Pause. Oso wirkte gelangweilt. »Nun, das sind die Geschichten, die man sich über die Ewige Garde erzählt.«

»Danke, Herr. Ich glaube nicht, dass ich gern bei der Ewigen Garde wäre.«

»Das ist kein Leben, das du dir erwählst. Dieses Leben erwählt dich.« Es war ein Zitat, an dessen Verfasser sich Craymorus nicht mehr erinnern konnte. Sein Blick kehrte zurück zu den Karten auf dem Tisch. »Ich werde ungefähr zwanzig Reiter benötigen, Jäger, Kundschafter, keine regulären Soldaten«, sagte er. »An wen sollte ich mich am besten wenden?«

Oso dachte einen Moment nach. »An den Jagdmarschall, Herr. Ich werde ihn zu Euch schicken, wenn es …«

Er brach ab, als die Tür plötzlich aufgezogen wurde. Zwei

Soldaten der Ewigen Garde traten ein und blieben an der Wand stehen. Zwei weitere durchquerten den Raum und positionierten sich hinter Craymorus und Oso. Fürstin Syrah folgte ihnen und trat in einer Zurschaustellung von Bescheidenheit mit gesenktem Kopf zur Seite, gab den Weg für den König frei, der in seinen bodenlangen weißen Roben in den Raum zu schweben schien. Er war ein weich wirkender Mann mit rundem, blassem Gesicht und kleinen Augen. Seine Haare waren lang, dunkel und von weiß gefärbten Strähnen durchzogen. Er stammte aus Busharan, wo die Farbe Weiß Göttern und Königen vorbehalten war. Sein Name lautete Cascyr, aber jeder nannte ihn König ohne Land.

»Majestät.« Craymorus senkte den Kopf. Er war sich seines Aussehens unangenehm bewusst. Seine Haare waren nass, das Hemd hing über seine speckige Hose. Hinter ihm fiel Oso auf die Knie und presste die Stirn gegen den Boden.

Cascyr winkte ab. Er strahlte etwas Lässiges, fast schon Dekadentes aus. »Setzt Euch, Gelehrter«, sagte er. »Es liegt nicht in Unserer Absicht, Euch unnötigen Schmerz zuzufügen.« Er sprach den Hohen Dialekt Westfalls. Craymorus fragte sich, ob er ihn nur benutzte, weil er ihm erlaubte, von sich selbst im Plural zu sprechen.

»Danke, Majestät«, sagte er und setzte sich auf den Sessel neben dem Kartentisch. Cascyr bedeutete Syrah mit einer Geste, sich ebenfalls zu setzen, aber sie schüttelte den Kopf.

Sie mag ihn nicht, dachte Craymorus, und noch weniger mag sie es, hier zu sein. Er räusperte sich. »Mein Diener wird Euch sofort Erfrischungen bringen, Majestät, Fürstin Syrah.«

Oso stand auf. »Ja, Herr«, sagte er, aber Cascyr hob die Hand. »Das wird nicht nötig sein. Verlass das Zimmer und komm nicht wieder.«

»Ja, Herr.«

Cascyr wartete, bis Oso die Tür hinter sich geschlossen hatte, dann sagte er: »Die Fürstgemahlin und ich hatten bereits eine längere Unterredung über die Zukunft der Provinzen, und wir haben den Punkt erreicht, wo es sinnvoll ist, Euch in diese Planungen mit einzubeziehen.«

»Ich verstehe, Majestät«, sagte Craymorus, obwohl er nichts verstand.

»Ihr wisst, wie man mich nennt, oder? König ohne Land.« Cascyr nahm eine Dattel aus der Schüssel und begann sie zwischen den Fingern zu drehen. »Aber das wird sich ändern. Eine Welle der Erkenntnis rollt über die Provinzen, Gelehrter. Der Überfall auf Somerstorm hat all den Möchtegernherrschern und Provinztyrannen mit Fürstentitel ...«

Craymorus bemerkte, wie Syrah blinzelte.

»... gezeigt, dass sie allein angreifbar sind. Wenn es das reiche Somerstorm treffen kann, dann kann es jeden treffen.« Er machte eine Pause. Seine Worte klangen auswendig gelernt. »Sie müssen sich zusammenschließen, das wissen sie alle. Aber mit wem und unter wessen Herrschaft? Die Hälfte von ihnen war auf dem Fest in Somerstorm. Ihre Nachfolge ist zumeist noch ungeklärt. Es gibt Putschversuche, Intrigen, niemand traut mehr dem anderen. Das ist Euch doch auch klar.«

Craymorus öffnete den Mund, wollte erklären, dass er sich nie mit fürstlichen Angelegenheiten befasst hatte, aber Cascyr wischte seinen unausgesprochenen Einwand mit einer Geste weg. »Natürlich ist es das. Jeder, der nicht absichtlich die Augen vor der Wahrheit verschließt, wird erkennen, dass nur ein wahrer Herrscher die Provinzen einen und die Bedrohung der Nachtschatten abwehren kann.« Er sah Syrah an. »Und dieser wahre Herrscher ist leider nicht Euer Gatte, Fürstgemahlin. Selbst wenn er Somerstorm einnimmt, werden sich die anderen Provinzen ihm nicht anschließen.«

Das Lächeln der Fürstin wirkte gequält. »Verzeiht mir, Majestät, aber diese Dinge betreffen unseren gelehrten Gast nicht.

Ich befürchte, der Schlaf wird ihn übermannen, so wie manche von ihren Träumen übermannt werden und die Wirklichkeit vergessen.«

Craymorus schwieg und richtete den Blick auf seine Karten. Er spürte die Spannung zwischen Cascyr und Syrah, wusste, dass er nicht mehr als ein Zuschauer bei einem Spiel war, dessen Regeln er nicht kannte.

Der König legte die Dattel zurück und wischte sich die Finger an seiner Robe ab. »Träume und Wirklichkeit neigen dazu, einander zu ergänzen.« Er wollte fortfahren, unterbrach sich jedoch, als die Tür geöffnet wurde und ein zahnloser Soldat eintrat. Der Mann nickte und verließ den Raum.

»Mortamer Korvellan«, sagte Cascyr. Craymorus sah, wie Syrah zusammenzuckte. Einen Moment lang ballten sich ihre Hände zu Fäusten, dann hatte sie sich wieder in der Gewalt.

»Mortamer Korvellan.« Cascyr lächelte. Ihm war die Reaktion wohl nicht entgangen. »Er ist der Grund, weshalb Eure Hilfe benötigt wird, Gelehrter.«

Craymorus hob die Schultern. Er hatte den Namen noch nie gehört. »Ich entschuldige mich für meine Unwissenheit, aber ...«

Syrah ließ ihn nicht ausreden. »Er war ein General und enger Vertrauter von Fürst Balderick. Er verschwand nach dem Krieg und galt als tot, doch die Berichte, die wir aus Somerstorm erhalten haben, deuten darauf hin, dass er die Nachtschatten anführt.«

»Eine recht peinliche Enthüllung, die nicht für Fürst Balderick spricht.« Schadenfreude klang in Cascyrs Stimme mit. »Ihr versteht also, Gelehrter, dass Wir eine ähnliche Blamage vermeiden möchten. Niemand soll Uns nachsagen können, dass Wir uns mit Personen umgeben, die das Vertrauen, das Wir in sie setzen, nicht auch verdienen.« Er zeigte auf Craymorus' Krücken. »Eure persönliche Historie ist Uns bekannt. Die Meister empfahlen Uns

Euch wegen dieses Umstandes und Eures, wenn man ihnen glauben darf, einzigartigen Wissensschatzes auf diesem Gebiet.«

Craymorus dachte an das Zelt auf dem Schiff. Deshalb war er also auf der Insel gewesen. Er räusperte sich. »Verstehe ich Euch richtig, Majestät, dass ich einen Weg finden soll, um einen Nachtschatten von einem Menschen zu unterscheiden?«

»Das ist Unser Anliegen an Euch.« Cascyr trat ans Fenster. »Und Wir glauben, dass Wir etwas für Euch haben, das die Erfüllung dieser wichtigen Aufgabe erleichtern könnte.«

Er winkte Craymorus zu sich. Syrah folgte ihm, wusste wohl ebenso wenig, worauf der König ohne Land anspielte. Cascyr trat zur Seite, überließ Craymorus seinen Platz. »Seht Euch an, was meine Garde Euch mitgebracht hat, Gelehrter.«

Craymorus stützte sich auf dem Sims ab und sah nach unten. Zwei Gardisten saßen auf Pferden im Hof. Ihre Kleidung war staubig. Die Beine der Pferde zitterten. Zwischen ihnen hing eine Gestalt in schweren, mehrfach gewickelten Ketten. Es war ein Junge mit kahl geschorenem Kopf. Er schien kaum bei Bewusstsein zu sein.

Craymorus kniff die Augen zusammen. Er schluckte. »Das ist der Nachtschatten vom Schiff. Eure Soldaten haben ihn gefasst?«

»Natürlich. Sie erfüllen alle Aufgaben, die ihr König ihnen stellt.« Cascyr klopfte ihm auf die Schulter. »Die Kerkermeister werden ihn vorbereiten, dann gehört er Euch.«

Vorbereiten. Craymorus wusste, was damit gemeint war. Sie würden ihn foltern. Der Gedanke machte ihm Angst. Er hatte noch nie einen Menschen unter der Folter gesehen, nur Geschichten darüber gehört, schreckliche Geschichten.

Aber er ist kein Mensch, dachte er. Ich darf ihn nicht als Menschen betrachten.

Auf dem Hof hob der Junge den Kopf, sah hinauf zum Fenster, als spüre er, was dort besprochen wurde. Craymorus wich zurück, bevor sich ihre Blicke treffen konnten.

»Ich danke Euch für Eure Mühe, Majestät«, sagte er. »Mit ganzer Kraft werde ich mich der Erfüllung meiner Aufgabe widmen.«

»Wir erwarten Eure Berichte.« Cascyr wandte sich ab. Zwei Soldaten verließen vor ihm den Raum, zwei nach ihm. Sie schlossen die Tür hinter sich.

Syrah blieb neben dem Kartentisch stehen. Sie lächelte. »Es freut mich, dass Eurem Wissen doch noch der Respekt zugestanden wird, den es verdient. Ich werde einen Diener anweisen, all diese Karten zurück ins Archiv zu bringen, damit nichts Euren Geist von dieser großen Aufgabe abhält. Man sollte stets nur ein Ziel verfolgen, stimmt Ihr mir da nicht zu?«

Nein, Herrin, wollte Craymorus sagen. Ich habe Eurem Sohn ein Versprechen gegeben, das ich einzuhalten gedenke. Aber stattdessen nickte er. »Ja, Herrin.«

»Ich bin erfreut über Eure Zustimmung. Wenn Ihr mich entschuldigen würdet.«

Craymorus blieb allein in seinem Zimmer zurück. Er hatte sich kaum in seinen Sessel gesetzt, als zwei Diener bereits unter Verbeugungen eintraten und die Karten zusammenrollten. Schweigend sah er ihnen zu, bis nichts mehr auf dem Tisch stand als eine Karaffe und eine halbleere Schüssel mit Datteln.

Ich bin ein Feigling, dachte er.

Kapitel 16

Maka ist eine Pflanze, auf die der Reisende nur in Somerstorm stoßen wird. Man findet sie überall, in halbgefrorenen Marschen, auf nacktem Fels und in dunklen Grotten. Die Somer essen die Wurzeln – üblicherweise zu einem bemerkenswert geschmacklosen Brei zerkocht – und stellen Mehl aus den weizenartigen Schoten her. Mit den Halmen decken sie Dächer oder verweben sie zu Matratzen, Vorhängen, sogar Kleidung. Maka trägt im Wesentlichen dazu bei, dass in Somerstorm alles von Menschen Gemachte die gleiche schmutzig braune Farbe trägt.

Jonaddyn Flerr, Die Fürstentümer und Provinzen der vier Königreiche, Band 1

Die Nachtschatten wurden stärker. Das bemerkte Gerit mit jedem Tag, der verging. Anfangs hatten die meisten sich mit der aufgehenden Sonne in Menschen verwandelt, jetzt wechselten viele ihre Gestalt gar nicht mehr. Die grotesken Gestalten, die ungeschickten, halb menschlichen, halb tierischen Bewegungen waren verschwunden. Es erschien ihm, als fänden die Nachtschatten langsam zu sich selbst.

Er dachte an die Soldaten, die vielleicht bereits zur Rückeroberung Somerstorms aufgebrochen waren. Wenn sie sich auf die Erzählungen der Flüchtlinge verließen, würden sie keinen so starken Gegner erwarten. Doch warnen konnte er sie nicht. Die

Tore der Festung waren eine Grenze, die er nicht überschreiten durfte. Er hatte sein Wort gegeben, sich damit die Bewegungsfreiheit innerhalb der Mauern erkauft. Trotzdem sammelte er Informationen, notierte sie heimlich auf Pergamentresten, die eigentlich zum Feuermachen gedacht waren und die er stets am Körper trug. Er hoffte, dass er eines Tages einen Weg finden würde, sie aus der Festung zu schmuggeln.

Mit einem Eimer in der Hand ging Gerit über den Hof und blieb vor einer der Regentonnen stehen. Sie waren alle bis zum Rand gefüllt. In den letzten Wochen hatte es fast ununterbrochen geregnet. Er hob den Eimer, verharrte jedoch, als er sein Spiegelbild auf der glatten Wasseroberfläche bemerkte. Es war verzerrt. Kleine Fliegen schwammen darin. Sein Hals wirkte zu lang, seine Stirn zu hoch. Aber er bemerkte auch andere Dinge, die Narben auf seiner Wange von Korvellans Krallen, die flache, gebrochene Nase, die Zahnlücke und die vernarbten Augenbrauen. Er fragte sich, ob seine Schwester ihn überhaupt wiedererkennen würde, sollten sie sich noch einmal begegnen. Oder vielleicht würde sie sein Äußeres erkennen, aber nicht mehr ihn selbst.

Ich habe mich verändert, dachte er. Ich habe mich verändert, und ich habe überlebt. Der Gedanke machte ihn stolz.

»Gerit, kommst du rein? Ich hab Tee gekocht.« Es war Mokshs zitternde Stimme, die ihn den Blick von seinem Spiegelbild heben ließ. Ohne sich umzudrehen, tauchte er den Eimer ein, füllte ihn mit Wasser und den verzerrten, auseinandergerissenen Resten seines Abbilds.

»Gerit? Du kannst auch Makabrei haben. Der ist ganz frisch.«

Es war zu einem Ritual geworden. Moksh rief ihn jeden Morgen zu sich in die Gerberei, Gerit ließ ihn jeden Morgen stehen. Er hatte gelernt, durch den alten Nachtschatten hindurchzusehen, so als wäre er nicht mehr als eine Krähe im Dachgebälk.

Den Starken zog es zu den Starken, nicht zu den Schwachen.

Aus den Augenwinkeln sah Gerit, wie Moksh im Eingang der Gerberei stand, einen dampfenden Topf in der Hand. Er zitterte so stark, dass der Tee darin überschwappte.

Er wird sich verbrühen, wenn er nicht aufpasst, dachte Gerit, drängte den Gedanken jedoch rasch wieder zurück. Mokshs Leben ging nur ihn selbst etwas an.

Die Tür zur Küche stand offen. Gerit trat ein. Sofort stand Erick von seinem Platz am Ende des Tisches auf und nahm ihm den Eimer ab.

Gerit nickte ihm zu. »Danke.«

Er setzte sich an das Kopfende, wie es ihm als Herrn der Küche gebührte. Makabrei, Tee und Ziegenmilch standen auf dem Tisch. Die Nachtschatten, die sich zum letzten Mahl vor dem Tagschlaf versammelt hatten, saßen stumm auf den beiden Holzbänken rechts und links des Tisches. Achtzehn Untergebene hatte Gerit, zehn davon arbeiteten in der Küche, die anderen in der Backstube. Zu Horons Zeiten waren die beiden Bereiche getrennt geführt worden, aber Gerit war auf die Idee gekommen, sie zusammenzulegen. Niemand hatte ihm widersprochen. Sogar Erick, der die Backstube bis dahin geführt hatte, war einverstanden gewesen.

Gerit zählte seine Untergebenen durch. Nur zwei von ihnen fehlten, arbeiteten wohl noch irgendwo in der Festung.

»Kruy«, sagte er. Der angesprochene Nachtschatten stand von seinem Platz auf. »Ja, Gerit?«

»Du hast zu wenig Feuerholz geschlagen. Das musst du nachholen.«

»Sofort.« Kruy stieg über die Bank, nahm einen Sack vom Haken und verließ die Küche. Gerit sah die anderen an. »Ihr habt gute Arbeit geleistet. Esst.«

Die Köche, Küchenhilfen und Bäcker warteten, bis er seinen

Becher und seinen Teller gefüllt hatte, dann begannen auch sie nacheinander, ganz wie es ihrer Hierarchie entsprach, zu essen. Gerit lauschte ihren Unterhaltungen. Sie redeten über Belanglosigkeiten, über das schlechte Wetter, über ihre Arbeit und über das Essen. Sie scherzten und lästerten, so wie es Diener überall taten. Gerit war zufrieden. Solange sie in seiner Gegenwart redeten und lachten, fühlte er sich sicher.

Sein ganzes Leben hatte man ihn darauf vorbereitet, eines Tages die Festung zu übernehmen. Ana hätte nach Westfall gehen sollen, um an Rickards Seite über beide Fürstentümer zu herrschen, Gerit hätte die Festung führen sollen und die Minen. Nun führte er die Küche, aber er hatte bemerkt, dass vieles, was Norhan und die anderen Lehrer ihm beigebracht hatten, auch dort zählte.

Woher weiß ich, ob ich meinen Dienern trauen kann oder ob sie mir den Tod wünschen?, hatte Gerit den alten General einmal gefragt, nachdem Boten seinem Vater mitgeteilt hatten, Fürstin Hu von den Sterneninseln sei im Schlaf erstochen worden. Wenn du von der obersten Turmspitze deiner Festung bis zum tiefsten Keller gehst, hatte Norhan geantwortet, und du auch nicht ein einziges Lachen hörst, solltest du mit dem Rücken zur Wand schlafen.

Gerit hörte viel Gelächter in der Küche, mehr als während Horons Herrschaft. Er war stolz darauf.

Er sah auf, als die beiden fehlenden Diener eintraten. Jry trug ein Tablett mit leeren Tellern, Mamee hielt zwei leere Krüge in der Hand.

»Sie reden immer noch«, sagte Jry.

Gerit wischte sich den Mund mit der Hand ab. »General Korvellan und Schwarzklaue?«

»Ja.« Mamee gähnte und füllte frisches Bier aus einem Fass in die Krüge. »Wir sind schon die ganze Nacht da oben.«

»Worüber reden sie?«, fragte Gerit. Er versuchte beiläufig zu klingen.

Jry hob die Schultern. »Keine Ahnung, wir warten vor der Tür. Da können wir wenigstens abwechselnd ein bisschen schlafen.«

Mamee wischte die gefüllten Krüge mit einem Handtuch ab. »Solange sie nur Bier wollen, kann ich auch allein oben bleiben, Jry. Du musst nicht mitkommen.« Sie warf Gerit einen kurzen Blick zu. »Wenn es dir recht ist.«

»Ihr habt genug getan.« Gerit schob seinen Teller beiseite und stand auf. »Ich kümmere mich um die beiden. Esst etwas und legt euch hin.« Er wandte sich an eine der Köchinnen. »Setz einen Topf mit Suppe auf, falls sie doch noch hungrig werden. Etwas Herzhaftes mit viel Fleisch.«

»Ja, Gerit.«

Er nahm Mamee die Krüge aus der Hand. Sie zog die Lefzen lächelnd hoch. »Danke.«

Gerit nickte. Sie glaubte, dass er ihr einen Gefallen tat, auch wenn das Gegenteil wahr war. Es kam ihm vor, als würde er sie hintergehen.

Er ging über den Hof. Moksh hockte auf einem Schemel im Eingang der Gerberei. Die Tür stand offen, sodass er den ganzen Hof überblicken konnte. Eine Topf mit Tee und zwei Becher standen neben ihm auf dem Boden. Er winkte. Gerit ging wortlos an ihm vorbei.

Er nahm die Haupttreppe, die den Dienern früher verboten gewesen war. Die Nachtschatten kümmerten sich nicht um solche Dinge. Sie nahmen die Treppe, die am schnellsten zum Ziel führte.

Gerit ging an einigen Wachen vorbei, die auf dem Weg zu ihren Unterkünften waren. Er grüßte sie, sie grüßten zurück. Alles hatte sich geändert, seit er Horon besiegt hatte.

Schwarzklaue hatte das Fürstenschlafzimmer zu seiner Unterkunft gemacht. Seit der Eroberung der Festung hatte Gerit es nicht betreten. Auch vorher war er nie weiter als bis zur Türschwelle gekommen. Es ziemte sich nicht für ein Kind, den Ort zu sehen, an dem seine Eltern miteinander schliefen. Diesen Glauben hatte der Fürst vom Großen Fluss mit nach Somerstorm gebracht.

Gerit stellte die Krüge vor der Tür ab und klopfte an. Das war eine Geste, die er seinen Untergebenen beigebracht hatte. Diejenigen, die nicht aus dem Norden nach Somerstorm gekommen waren, stammten von Bauernhöfen oder aus kleinen Fischerdörfern. Sie hatten nie gelernt anzuklopfen.

»Ja!« Schwarzklaues Stimme war so dunkel, dass Gerit sie in seinem Magen spürte. Er nahm die Krüge vom Boden auf und öffnete die Tür mit dem Ellenbogen.

Das Fürstenschlafzimmer war ein großer, rechteckiger Raum mit zwei Kaminen und winzigen Fenstern, die sich auf die Berge richteten. Schwarzklaue hatte fast alle Möbel entfernt, nur das Bett und einen Tisch hatte er übrig gelassen. Gerit fragte sich, ob er das Bett überhaupt hätte entfernen können, denn es nahm die gesamte rechte Wand ein.

Schwarzklaue und Korvellan saßen auf Teppichen, die von den Wänden gerissen worden waren. Gerits Blick fiel auf nackte Mädchen, die auf Pferden saßen, auf Soldaten in schwerer Rüstung, die keine Hosen trugen und vor den Mädchen stolzierten. Andere Teppiche zeigten Liebesspiele zwischen Männern und Frauen, mal allein, mal zu mehreren. Gerit wurde warm. Er wandte den Blick ab.

»Stell die Krüge auf den Tisch«, sagte Korvellan. Eine Karte lag auf seinen Beinen, eine mit Kreide beschriebene Schiefertafel neben ihm. Er hatte Zahlen darauf geschrieben, wahrscheinlich Truppenstärken.

»Ja.« Es fiel Gerit immer noch schwer, keine Titel anzuhängen, wenn er mit Korvellan sprach. Ein Herr oder Minherr erschien ihm angemessen, aber die Nachtschatten benutzten keine Titel. Alle sprachen sich als Ebenbürtige an, obwohl sie in einer strikten Hierarchie zu leben schienen. Gerit verstand nicht genau, warum das so war.

Er stellte die Krüge ab. Schwarzklaue starrte ihn an.

»Wo sind die anderen beiden?«, fragte der Nachtschatten.

»In der Küche. Ich habe ihnen befohlen, etwas zu essen und sich auszuruhen.« Gerit ließ es wie eine Bestrafung klingen.

Schwarzklaue schüttelte den Kopf. »Ein Mensch befiehlt einem Nachtschatten. Gefällt dir das etwa, Mortamer?«

»Mir gefällt es«, sagte Korvellan mit einem Lächeln, das der Frage ihre Spitze nahm, »dass die Diener jetzt anklopfen, bevor sie meine Unterkunft betreten. Wieso sollte es mich stören, dass sie das von einem Menschen gelernt haben?« Er ließ Schwarzklaue nicht zu Wort kommen. »Wir können noch viel mehr von diesem Menschen hier lernen.«

Er drehte die Karte herum, sodass Gerit sie lesen konnte. Somerstorm war darauf eingezeichnet und ein Teil von Braekor. Eine zweite Karte lag halb verdeckt darunter. Sie stellte die südöstliche Seite des Großen Flusses dar. Korvellan schob die Karten zusammen, bis nur noch die obere zu sehen war.

»Sag mir, Gerit«, fuhr er dann fort, »hast du Somerstorm durchquert? Bist du zur Jagd geritten und zum Jahrmarkt nach Braekor?«

»Ja, beides.«

Schwarzklaue spannte sich sichtlich an. Er wirkte wie ein Raubtier kurz vor dem Sprung. »Was tust du da? Hast du den Verstand verloren?«

Korvellan sah ihn kurz an. »Ich nutze all das Wissen, das uns zur Verfügung steht.« Er wandte sich wieder Gerit zu. Mit einer Klaue zeigte er auf den Pass zwischen Somerstorm und Braekor. »Wie lange braucht ein Reiter vom Pass bis zur Festung?«

»Ungefähr zwei Tage, wenn das Wetter hält.« Gerit wagte es nicht, Schwarzklaue anzusehen. Er roch dessen Wut wie eine essigsaure Wolke.

»Und ein Ochsenkarren?«, fragte Korvellan.

»Sechs Tage, vielleicht sieben, wenn die Wege verschlammt sind.«

»Und es gibt nur diesen einen Pass?«

»Nein.« Gerit hockte sich auf den Teppich und zog die Karte heran. Aus den Augenwinkeln bemerkte er, wie Korvellan und Schwarzklaue sich einen schnellen Blick zuwarfen.

Gerits Finger fand einen Spalt zwischen zwei Bergen. Er befand sich südlich des großen Passes.

»Hier«, sagte er. »Auf der Karte sieht es so aus, als würde der Weg auf unserer Seite der Berge enden, aber er geht bis nach Braekor. Ochsenkarren können ihn nicht benutzen, er ist zu steil und zu schwierig, aber zu Fuß kann man ihn im Sommer nehmen.«

»Und zu Pferde?«, fragte Korvellan.

»Wenn der Reiter geschickt ist.«

»Wissen viele von diesem Pass?«

Gerit schüttelte den Kopf. »Ich glaube nicht. General Norhan wollte nicht, dass er auf Karten verzeichnet wird.«

»Norhan war ein weiser Mann.« Korvellan lachte leise. »Ein letzter Ausweg, sollte einmal alles verloren sein.«

»Und trotzdem ist er tot«, sagte Schwarzklaue. »So weise war er wohl doch nicht.«

»Das ist wahr.« Korvellan sah Gerit an. Er lachte nicht mehr, wirkte plötzlich ernst, fast schon feindselig.

Was ist denn jetzt los?, fragte sich Gerit. Er hielt dem Blick stand, starrte zurück in die braunen Augen des Nachtschattens. Seine Handflächen begannen zu schwitzen. Sein Mund war trocken. Er spürte den Drang, sich zu räuspern, wagte es aber nicht.

»Norhan war dein Lehrer«, sagte Korvellan unvermittelt. Gerit blinzelte. »Er war ein Mann, der Respekt forderte, und ich bin sicher, dass du ihn respektiert hast. Und doch verrätst du eines seiner Geheimnisse an die Feinde, die ihn umgebracht haben.

Warum? Glaubst du, dein Verrat wird dich beliebter machen? Willst du dich einschmeicheln?«

»Nein.« Gerits Gedanken überschlugen sich. »Nein«, wiederholte er. Worte formten sich in seinem Geist, flossen über seine Lippen. »Ich will, dass du und Schwarzklaue ehrenhaft geschlagen werdet«, sagte er. Seine Stimme war rau. »Wenn eure Köpfe auf den Lanzen Westfalls stecken, soll keiner sagen können, wir hätten euch nur wegen eines dummen Passes besiegt. Ein ehrlicher Kampf. Gleiche Bedingungen. Dann werden alle wissen, dass die Menschen besser als die Nachtschatten sind.«

Korvellans Gesicht war regungslos. Schwarzklaue knurrte. Es dauerte einen Moment, bis Gerit begriff, dass er lachte.

»Was für eine Antwort! Ein Schwächling würde dir die Zunge dafür herausreißen, aber ich möchte mit dir anstoßen. Nimm Mortamers Krug.«

Gerit ergriff den Krug mit beiden Händen, um sein Zittern zu verbergen.

»Hoffnung«, sagte Schwarzklaue laut. »So stößt man doch in Westfall an, nicht wahr?«

»Ja.« Korvellan wirkte nachdenklich.

Er glaubt mir nicht, dachte Gerit. Er hatte nicht gewusst, was er sagen würde, bis seine Lippen die Worte formten. Seine Antwort hatte ihn selbst überrascht.

Er stieß mit Schwarzklaue an, trank den ganzen Krug aus. Bier lief an seinem Hals herunter über seine Brust.

»Verlass bitte jetzt das Zimmer«, sagte Korvellan.

Gerit befolgte den Befehl. Er schloss die Tür hinter sich und ging ein Stück in den Gang hinein. In einer Nische blieb er stehen. Er zog Pergamentreste und ein winziges Stück Kohle aus seiner Hosentasche. Sorgfältig schrieb er die Zahlen von Korvellans Schiefertafel auf, die er sich gemerkt hatte, während der General den Pass auf der Karte betrachtete. Gerit hoffte, dass sie wichtiger waren als das Geheimnis, das er preisgegeben hatte.

Ich werde herausfinden, was sie bedeuten, dachte er, und wenn ich alles über die Pläne der Nachtschatten erfahren habe, werde ich fliehen.

Er setzte sich auf die Steine und schloss die Augen. In Gedanken sah er sich in Westfall eintreffen an der Spitze einer Armee, Schwarzklaues abgeschlagenen Kopf vor sich hertragend. Die Straßen waren mit Federn und Blütenblättern bedeckt. Menschen jubelten ihm zu. Alle wussten, was sie ihm zu verdanken hatten. Ana war dort und Norhan. Sie winkten und lachten. Seine Mutter stand hinter einem Vorhang, er wusste nicht, weshalb. Sein Vater war nirgends zu sehen. Er drehte sich um. Korvellan saß neben ihm auf einem Pferd. »Du bist ein Held«, sagte er.

»Gerit!«

Gerit zuckte zusammen und öffnete die Augen, wusste einen Moment lang nicht, wo er war. Dann hörte er Schwarzklaues Stimme.

»Gerit, mehr Bier! Und bring was Warmes zu essen mit.«

»Sofort.« Er kam auf die Füße und lief den Gang hinunter, der Küche entgegen. Das Pergament in der Hosentasche drückte gegen seine Hüfte.

Kapitel 17

Langsamkeit ist ein Geschenk, das nur der weise Reisende zu würdigen weiß.

Jonaddyn Flerr, Die Fürstentümer und Provinzen der vier Königreiche, Band 1

Wieso ist deine Laune so schlecht?«, fragte Fyramei. Sie hockte neben Ana unter den ausladenden Ästen eines Fächerbaums und schnitt Schimmelflecke aus einem Brotlaib. In der Abendsonne wirkte ihr Gesicht golden. »Wir haben zu essen, zu trinken und einen Platz zum Schlafen. Du solltest glücklich sein.«

Fyramei war Tänzerin. Sie war hübsch, obwohl schon erste graue Strähnen ihr Haar durchzogen und die Haut um ihre Augen faltig geworden war. In den Dörfern johlten die Männer, wenn sie auftrat. Ana hatte gehört, wie einer der Jongleure zu Daneel sagte, Fyramei verdiene mehr nach ihrem Auftritt als währenddessen. Erst einige Stunden später hatte sie begriffen, was damit gemeint war.

»Ich weiß nicht«, sagte Ana. Sie nahm eine Wurzel und begann sie zu schälen. »Es ist so, als würden wir stillstehen, obwohl wir gehen. Wir kommen nirgends an, ziehen immer nur weiter.«

»So ist nun mal unser Leben.« Fyramei lächelte. »Wir haben kein Ziel.« Sie wickelte das gesäuberte Brot in ein Tuch. »Aber du hast ein Ziel, nicht wahr?«

»Nein.« Ana antwortete schnell. »Wir wollen weg von zuhause, das ist alles.«

Das war die Geschichte, die Ana sich ausgedacht hatte. Sie und Jonan hatten in die Sklaverei verkauft werden sollen und waren davor geflohen. Nur aus Notwendigkeit waren sie gemeinsam unterwegs, und nur aus Notwendigkeit teilten sie sich ein Zelt.

»Dann solltest du Daneel bitten, dich auftreten zu lassen. Du bist ein hübsches Mädchen. Ich könnte dir zeigen, wie man tanzt.«

Ana schüttelte den Kopf. »Ich kann nicht tanzen«, sagte sie. »Ich kann überhaupt nichts, nur Wurzeln schälen und Maka flechten.«

»Du kannst sprechen.«

Ana lachte. »Das stimmt. Und ich kann atmen und mit den Augen blinzeln.« Sie hob die Schultern. »So wie jeder andere hier auch.«

»Ich bin sicher, dass du etwas kannst, was sie nicht können. Oder etwas weißt.«

Ana bemerkte den seltsamen Unterton in ihrer Stimme und den Blick, der sie mit unerwarteter Schärfe musterte. Sie will mich ausfragen, dachte sie.

»Das glaube ich nicht.« Sie stand rasch auf. »Ich gehe noch etwas Wasser für den Sud holen.«

Fyramei nickte.

Ana nahm zwei Holzeimer, einen für den Sud, einen für Spülwasser, und ging an der Scheune vorbei, die ihnen ein Bauer für die Nacht überlassen hatte. Es war die erste richtige Unterkunft, seit man sie aus dem Dorf vertrieben hatte. Nach Sonnenuntergang wollte Daneel mit einigen anderen Gauklern die Taverne besuchen, um sich für die Gastfreundschaft mit Kunststücken und Geschichten zu bedanken. Ana hatte sich vorgenommen, dabei zu sein, ob Daneel und Jonan das gefiel oder nicht. Vielleicht hatte man in dem Dorf Neuigkeiten aus Somerstorm oder Westfall gehört.

Sie tauchte den ersten Eimer in einen Bach, der die Lichtung in zwei Hälften teilte. Kühe grasten auf der anderen Seite. Ein Stück entfernt hockte Roff, einer der beiden Jongleure, und wusch Kleidung auf einem Stein. Sein Bruder Rotolf übte mit drei Bällen. Er wurde langsam besser.

Die Karren standen in einer langen Reihe neben der Scheune. Ochsen standen neben ihnen und kauten auf frischem Gras. Soram, der Zauberer, hatte seine Gänse aus ihren Käfigen befreit und fütterte sie aus einem Getreidesack. Jede Gans hatte einen eigenen Namen. Er sprach mit ihnen, als wären es Kinder.

Ana stellte den Eimer ab und tauchte den zweiten in den Bach. Das Wasser war klar und kühl.

»Lass mich das machen.«

Sie sah auf, als sie Jonans Stimme hörte. Er war neben ihr aufgetaucht, lautlos wie immer. Sie hatte sich so sehr daran gewöhnt, dass es sie kaum noch überraschte.

»Schon gut«, sagte sie. »Die Eimer sind nicht schwer.«

»Wie du wünschst.« Er blieb neben ihr stehen, sah zu, wie sie die vollen Eimer hochhob. Sie waren schwer. Die Stricke, an denen Ana sie trug, schnitten in ihre Finger, aber sie sagte nichts. Die meisten Männer, die sie kannte, hätten ihre Aufforderung wiederholt, aber Jonan ging nur stumm neben ihr her.

»Fyramei hat versucht, mich auszufragen«, sagte sie nach einem Moment.

Er nickte. »Sie ist so neugierig wie alle anderen auch. Wir passen nicht hierher.«

Ana dachte an das, was Fyramei zu ihr gesagt hatte. »Vielleicht«, begann sie, »sollten wir uns ihnen anpassen.«

»Wie meinst du das?«

Sie schreckte davor zurück, ihre Gedanken auszusprechen,

kam sich auf einmal dumm vor. »Nichts«, sagte sie. »Das war eine alberne Idee.«

Sie spürte seinen Blick und wandte den Kopf ab. Aus den Augenwinkeln bemerkte sie, wie Daneel aus der Scheune trat. Er hatte seine Stiefel geputzt und den Staub aus seiner Kleidung geklopft.

Sie stellte die Eimer ab. »Daneel?«, rief sie ihm zu. »Machst du dich auf den Weg zur Taverne?«

»Ja.«

»Dann warte. Ich komme mit dir.«

Er hob die Augenbrauen. Ana bemerkte, wie er an ihr vorbei Jonan ansah.

»Ich halte das für eine schlechte Idee«, sagte ihr Leibwächter.

»Dann kannst du mich ja begleiten.« Sie ging zu der Kochstelle und stellte die Eimer ab. »Brauchst du meine Hilfe noch?«

Fyramei schüttelte lächelnd den Kopf. »Nein, geh nur.«

Ana drehte sich um. Sie wusste, dass Jonan etwas sagen wollte, gab ihm aber keine Gelegenheit dazu. »Ich muss wissen, was in der Welt geschieht.«

Fyramei blickte starr auf die Krummfinger in ihrer Hand, aber Ana spürte, dass sie jedem Wort lauschte. Sie atmete tief durch. »Ich bin nicht daran gewöhnt, von zuhause weg zu sein«, sagte sie ruhiger, »und ich möchte wissen, ob es von dort Neuigkeiten gibt, verstehst du?«

»Ich verstehe.« Jonan nickte Daneel zu. »Wir kommen mit dir.«

Daneel hob die Schultern, als wäre es ihm egal. »Dann sollten wir aufbrechen. Qaru und Ezza, ihr kommt auch mit.«

Der Dichter rollte seine Pergamente zusammen. Ezza, eine junge Frau, die kaum älter als Ana sein konnte, steckte eine Holzflöte in ihren Gürtel und stand auf. Sie spielte vier Instrumente, keines davon gut, aber das war auch nicht nötig, denn das winzige Auge, das aus ihrem Kinn wuchs, und die ebenso winzige Hand, die an ihrem Hals hing, lenkten die Zuschauer von allen anderen Darbietungen ab. Es sah aus, als wäre etwas in ihr gefangen.

Das Dorf lag nicht weit entfernt. Ana folgte Daneel den Pfad entlang an einem kleinen Waldstück vorbei. Jemand hatte eine Schneise hineingeschlagen. Brennholz lag gestapelt zwischen einigen Pflöcken. Es roch nach frisch gefälltem Holz.

Unmittelbar hinter dem Waldstück lag das Dorf. Es war größer als das, aus dem sie vertrieben worden waren. Die Holzhütten standen weit auseinander. Gemüsegärten und Hühnerställe lagen zwischen ihnen. Nichts wirkte alt oder verfallen, nur der hölzerne Brunnen am Rand des Dorfes schien älter als einige Jahre zu sein.

»Da hinten ist die Taverne«, sagte Ezza. Sie trug einen Umhang mit hohem Kragen, der die untere Hälfte ihres Gesichts verbarg.

Die Taverne war nur ein wenig größer als die anderen Hütten und lag in der Mitte des Dorfes. Die Tür zum Schankraum stand offen, aber die Gäste saßen draußen an langen, neu aussehenden Holztischen. Ein Hirsch hing an einem Spieß über der gemauerten Feuerstelle. Neben ihm stand ein älterer Mann, der eine Lederschürze trug und den Spieß langsam drehte. Hinter ihm sah Ana einen großen Bottich. Ab und zu stand einer der Gäste auf und füllte seinen Krug.

Daneel lächelte. »Frisch gebrautes Bier. Wir scheinen Glück zu haben.«

»Ich werde dir erst zustimmen, wenn sie uns etwas angeboten haben«, sagte Qaru. Sein Blick glitt über die Gäste. »Männer und Frauen sitzen zusammen, das ist gut. Dann werden sie lustige wie traurige Geschichten hören wollen.«

»Erzähl nur nicht wieder die mit den kranken Huren.« Ezza nickte zwei alten Frauen zu, die vor einer Hütte saßen. Die beiden Frauen lächelten und nickten zurück.

Auf den Bänken vor der Taverne drehten die Gäste sich nach und nach um. Ihre Gespräche verstummten. Ana bemerkte, dass Daneels Schritte länger und sein Lächeln breiter wurde. Sein Rücken war gerade, sein Kinn vorgestreckt. Vor den Gästen blieb er stehen und verneigte sich.

»Weit sind wir gereist«, rief er. »Viel haben wir gesehen.« Seine Stimme trug über den Dorfplatz hinweg. »Die schneebedeckten Berge des Nordens, von denen ein Wind weht so eisig, dass ein Mensch bei einem Schritt noch lebendig, beim nächsten schon erfroren ist. Die flirrende Hitze des Südens, in der die Vögel, die so töricht sind, am Mittag den Schatten zu verlassen, gebraten vom Himmel fallen. Über das Meer sind wir vor Ungeheuern geflohen, in tiefen Tälern suchten wir Schutz vor feurigem Regen.«

Er ging an den Holzbänken entlang, während er redete. Die Köpfe der Gäste drehten sich in seine Richtung, so als hielte er sie an unsichtbaren Schnüren.

»Ich könnte Geschichten erzählen, die eure Haare vor Entsetzen weiß färben würden«, fuhr Daneel fort, »doch nichts, gar nichts hat mich je so verzweifeln lassen wie der Anblick, dem ihr mich hier aussetzt.«

Einige Gäste runzelten die Stirn, andere begannen untereinander zu tuscheln. Ein Mann schüttelte sichtlich verärgert den Kopf.

»Was tut er da?«, fragte Jonan leise.

Daneel breitete die Arme aus. »Diesen Festschmaus zu sehen, der euch erwartet, diesen wunderbaren Duft zu riechen und doch zu wissen, dass ich nicht daran teilhaben kann« – er zog die Lippen zurück und zeigte seinen zahnlosen Mund –, »das ist zu viel für einen einfachen Gaukler wie mich.«

In gespielter Verzweiflung setzte er sich an einen leeren Tisch und stützte den Kopf in die Hände. Die Gäste begannen zu lachen, zuerst leise, dann immer lauter. Ein rotgesichtiger Mann, dem selbst nur ein einzelner brauner Zahn geblieben war, schlug Daneel auf die Schulter. »Wir teilen das gleiche Leid, mein Freund. Wenigstens das Saufen kann uns keiner nehmen.«

Er winkte dem Wirt zu. »Bring Bier für unsere Gäste. Niemand soll heute Abend verzweifelt sein.«

Männer und Frauen rückten zusammen, machten Platz für Ana und die anderen. Sie setzte sich mit dem Rücken zur Wand, so wie Jonan es ihr stets empfahl. Er setzte sich neben sie.

Eine junge Frau, die einen Säugling in den Armen hielt, beugte sich zu ihnen herüber. »Werdet ihr etwas vorführen?«, fragte sie. Ihr Atem roch nach Bier.

»Nein, nichts«, sagte Ana, bevor sie erkannte, dass die Frau nicht nur sie gemeint hatte. Es irritierte sie immer noch, von einfachen Bauern geduzt zu werden. »Die anderen vielleicht, wir nicht«, fügte sie hinzu.

Der Blick der Frau glitt von ihr zu Jonan, dann drehte sie sich wieder zu Daneel um. Die meisten Dorfbewohner hatten sich in seine Nähe gesetzt. Unter einem der Tische, die eben noch voll besetzt gewesen waren, lag ein alter Hund mit grauer Schnauze und geschlossenen Augen.

Nur der Hund widersetzt sich Daneels Können, dachte sie.

»Warum misstrauen sie uns nicht?«, fragte Jonan im gleichen Moment. »Wissen sie nicht, was geschehen ist?«

Ana hoffte, dass er Unrecht hatte. Sie war hierhergekommen, um Neuigkeiten zu erfahren, nicht, um sie zu verbreiten.

»Vor den Nachtschatten haben wir keine Angst«, hörte sie den einzahnigen Mann wenig später zu Daneel sagen. »Es waren ein paar Männer hier, die haben uns erklärt, wie man sie erkennen kann. Reisen durchs ganze Land, haben sie gesagt, damit alle Bescheid wissen. Verdammt anständig, wenn du mich fragst, Freund.«

Daneel setzte zu einer Antwort an, aber Ana kam ihm zuvor. »Haben sie sonst noch was gesagt? Hatten sie Neuigkeiten?«

Der Mann drehte sich zu ihr um. »Was man so Neuigkeiten nennt, Mädchen. Ein paar Tagesreisen nördlich sollen die Nachtschatten ein ganzes Dorf ausgerottet haben. In einer Taverne haben sie die Leute zusammengetrieben und abgeschlachtet, haben die Männer gesagt.«

Ana dachte an die Silhouetten hinter den Fenstern der Taverne, an denen sie vor nicht ganz vier Tagen vorbeigezogen war. Hastig trank sie einen Schluck Bier.

»Es gibt viele Dörfer nördlich von hier«, sagte Jonan leise.

»Ich weiß.«

»Und trotzdem habt ihr keine Angst?«, fragte Daneel am Nebentisch.

»Nein, wir haben zu viel erlebt, um Angst zu haben.« Der Mann schüttelte den Kopf und starrte in seinen Bierkrug. Es wurde still.

Ana legte der jungen Frau, die neben ihr saß, die Hand auf den Arm. »Was meint er damit?«

»Unser Dorf ist im Winter vor vier Jahren niedergebrannt.« Die Frau spielte mit den Händen des Säuglings, sah Ana nicht an. »Die Hütten waren aneinandergebaut worden, um Holz zu sparen. Alles brannte nieder, nichts blieb zurück. Der Schnee lag so hoch, dass wir das Tal nicht verlassen konnten. Uns war so kalt. Niemandem sollte je so kalt sein.«

Sie atmete tief durch. Ihre Mundwinkel zitterten, als sie lächelte. »Aber die meisten haben überlebt, und im Frühjahr bauten wir das Dorf wieder auf. Es ist viel schöner als früher.«

Am Nebentisch klatschte Daneel in die Hände. »Die Vergangenheit soll uns diesen Tag nicht verderben«, sagte er. »Wir sind hier, wir leben, wir haben zu trinken und zu essen.« Er grinste sein Gegenüber an. »Nur du und ich nicht, mein Freund, also sollten wir umso mehr dem Bier zusprechen und Geschichten aus der Fremde lauschen.«

Er nickte Qaru und Ezza zu. Der Dichter warf einen Blick auf seine Pergamente und stand auf. Ezza kletterte neben ihm auf die Holzbank und legte den Umhang ab. Die Monde erhellten ihr Gesicht und ihren Hals. Eine Frau, die am gleichen Tisch saß, stieß einen kurzen, spitzen Schrei aus. Um Ana herum zuckten Menschen erschrocken zusammen.

Ezza tat so, als würde sie nichts davon bemerken. Sie setzte die Flöte an die Lippen und begann zu spielen. Es war eine fröhliche, einfache Melodie, die Ana bekannt vorkam. Qaru wartete, bis sich alle Gäste in seine Richtung gedreht hatten, dann begann er seine Geschichte. Er hatte eine raue, beinahe heisere Stimme. Halb singend, halb sprechend erzählte er von einem dummen Bauern und seiner klugen Frau, von einem verliebten Holzfäller und den Wirrungen, die er durchmachen muss, bevor er die Tochter des Stoffhändlers für sich gewinnt.

Die Dörfler lauschten, lachten, applaudierten und buhten, wann immer es die Geschichte verlangte, und nach einer Weile beachtete niemand mehr die Flötenspielerin, ihr blinzelndes drittes Auge und die Finger der winzigen Hand, zwischen denen sich ihre Haarsträhnen verfingen.

Qaru erzählte seine Geschichten, bis die Monde hoch über der Taverne standen. Sein Gesicht war vom Alkohol gerötet, als er schließlich zum Ende kam, sich setzte und seine Pergamente zusammenrollte. Die Gäste der Taverne forderten mehr, aber er schüttelte nur den Kopf.

Ezza stieg von der Bank und zog ihren Umhang über. »Ihr habt genug gehört für eine Nacht«, sagte sie. Das Auge an ihrem Kinn war geschlossen.

»Aber wenn ihr möchtet, werden wir morgen wiederkommen.« Daneel stand auf. Er hatte so viel getrunken, dass man ihn kaum verstehen konnte. Einige Dorfbewohner lachten.

»Verträgst wohl nichts, was?«, rief ein junger Mann und hob seinen Bierkrug.

Daneel schien antworten zu wollen, winkte dann aber nur ab. »Morgen, mein Freund, morgen.«

Er verneigte sich und ging unsicher an den Holzbänken vorbei. Jonan ergriff seinen Ellenbogen. »Ich werde dir helfen«, sagte er.

»Das brauchst du nicht«, antwortete Daneel, aber Ana sah, dass er sich auf Jonan stützte. Sie nickte den Dorfbewohnern zu. »Danke für eure Gastfreundschaft. Wir haben eure Gesellschaft sehr genossen.«

Ihr Blick fiel auf den alten Hund, der immer noch unter einem der Tische lag. Er hatte sich den ganzen Abend nicht bewegt.

»Gebt ihr morgen eine Vorstellung?«, fragte die junge Frau mit dem Säugling.

Ana nickte. »Wir haben euch noch viel zu zeigen.«

»Auch Kunststücke?«

»Ja, viele Kunststücke.«

Die Frau lächelte. »Das ist schön.«

Jonan und Qaru stützten Daneel auf beiden Seiten. Er lallte, fiel fast über seine eigenen Füße und stimmte immer wieder ein Lied an, das Ana nicht kannte. Das Gelächter der Dorfbewohner folgte ihnen über den Platz an den einzeln stehenden Häusern vorbei bis zum Waldrand.

Zwischen den Bäumen blieb Daneel stehen.

»Musst du kotzen?«, fragte Ezza.

»Nein.« Er schüttelte den Kopf und richtete sich auf. Jonan und Qaru traten überrascht zur Seite. Daneel wirkte so nüchtern, als habe er keinen einzigen Krug Bier angerührt. Er grinste. »Menschen fühlen sich anderen gern überlegen, vor allem, wenn sie in nichts überlegen sind. Sie werden noch lange über den Fremden reden, den sie unter den Tisch getrunken haben.«

»Du bist ein weiser Mann«, sagte Qaru.

Ana dachte an die vielen Krüge, die er hochgehoben und geleert hatte. »Wieso bist du nicht betrunken?«, fragte sie. »Ich habe dich doch trinken sehen.«

»Wenn du meinst.« Er zeigte auf die Waldschneise, in der jemand Brennholz gestapelt hatte. »Wir nehmen so viel davon mit, wie wir tragen können. Ein bisschen Holz wird niemand vermissen.«

»Du willst von Menschen stehlen, die uns willkommen geheißen haben?«, fragte Jonan.

»Warum nicht?« Daneel hatte bereits begonnen, Holzscheite zu sammeln. Jetzt sah er auf. »Dann muss keiner von uns nach Brennholz suchen. Wir wollen doch so schnell wie möglich den Großen Fluss erreichen, nicht wahr?«

Jonan hielt seinen Blick einen Moment lang. Ana wartete darauf, dass er widersprach, aber er schwieg. Daneel wandte sich ab. Er wirkte zufrieden.

Wie macht er das?, dachte sie. Wie bringt er uns dazu, bei etwas zuzustimmen, das wir eigentlich gar nicht wollen?

Daneel hob den Kopf. »Willst du uns nicht helfen, Ana?«

»Natürlich«, sagte sie, auch wenn sie sich fragte, ob sie das wirklich wollte.

Neben ihr begann auch Ezza Holz zu sammeln. Nur Qaru blieb stehen, die Pergamente unter einen Arm geklemmt, den Kopf schräg gelegt.

»Was ist das für ein Geräusch?«, fragte er.

Ana lauschte in das Halbdunkel hinein. Die Zwillingsmonde warfen gekreuzte Schatten, verliehen den Bäumen das Aussehen von gewaltigen schwarzen Spinnen. Etwas summte und murmelte im Rauschen des Windes.

»Hören wir die Gespräche aus der Taverne?«, fragte Ezza.

»Nein.« Jonans Hände lagen auf den Griffen seiner Schwerter. »Das sind keine Gespräche. Das ist ein Gebet.«

Jetzt, wo er es ausgesprochen hatte, hörte Ana ebenfalls den gleich bleibenden, monotonen Rhythmus der Worte.

»Vielleicht beten die Menschen hier gemeinsam, bevor sie schlafen gehen«, sagte sie. Niemand ging darauf ein.

»Es kommt näher«, sagte Qaru.

Daneel raffte den Umhang mit Brennholz zusammen und warf ihn sich über die Schulter. »Zurück zum Lager. Sofort.«

Ana ließ das Holz, das sie gesammelt hatte, fallen. Äste knackten vor ihr im Wald, Laub raschelte. Auf dem Weg tauchten Menschen auf. Sie zählte sechs, acht, dann zehn Männer. Sie erkannte den Wirt wieder, den Mann mit dem einen Zahn, einen Bauern, der sie den ganzen Abend angestarrt hatte, und die jungen Männer vom Nebentisch. Speere und Mistgabeln ragten zwischen ihnen auf. Die Klinge eines Messers blitzte im Mondlicht.

Jonan stellte sich vor Ana und nahm ihr die Sicht auf die Gruppe. »Leg dich auf den Boden, wenn ich es sage.«

»Wir dachten, es würde euch nicht stören, wenn wir ein wenig Holz aufsammeln«, sagte Daneel. Der prall gefüllte Umhang rutschte von seiner Schulter. »Ich entschuldige mich für diesen Irrtum. Wir werden ...«

Der Wirt unterbrach ihn. Seine Stimme zitterte vor Wut. »Der Hund ist tot.«

»Was?«, fragte Ezza. Das Auge an ihrem Kinn blinzelte.

»Der Hund ist tot«, sagte der Wirt. »Man hat uns vor so was gewarnt.«

»Wer hat euch gewarnt?« Daneel ging ihm einen Schritt entgegen. Der Wirt senkte seinen Speer, bis die Spitze auf Daneels Brust zeigte. »Die Männer«, sagte er. »Die Männer, die durch das Land reiten und anständige Leute vor so was wie euch warnen. Auf tote Hunde sollen wir achten, wenn Fremde in der Nähe sind, haben sie gesagt. Hunde können riechen, wenn einer kein Mensch ist, also bringen sie sie um.«

Daneel lachte plötzlich. »Ihr denkt, wir seien Nachtschatten, weil ihr einen toten Hund gefunden habt?«

»Der Hund war uralt«, sagte Ana. Sie sah an Jonans Schulter vorbei. Die Männer aus dem Dorf blockierten den Weg.

Der Wirt schüttelte den Kopf. »Es ging ihm gut, bevor ihr kamt, und jetzt ist er tot.«

»Und wieso bist du nicht mehr betrunken?« Der Mann mit dem einen Zahn drängte sich an dem Wirt vorbei. Mit der Mistgabel zeigte er auf Daneel. »Eben konntest du nicht mehr gerade stehen, oder war das nur gespielt? Wolltet ihr, dass wir uns alle besaufen, damit ihr uns im Schlaf umbringen könnt?«

»Wir wollen niemanden umbringen, meine Freunde.« Daneel breitete die Arme aus, als stünde er auf einer Bühne. »Und wenn ihr genau darüber nachdenkt, werdet ihr merken, dass ihr auch niemanden umbringen wollt. Das ...«

Ana sah nicht, wer den Stein warf, der Daneel am Kopf traf. Sie sah nur, wie er zusammenbrach, die Hände vor das Gesicht gepresst. Er stöhnte.

»Runter«, sagte Jonan ruhig. Ana ließ sich auf Hände und Knie fallen, versuchte im Schatten der Bäume zu bleiben, weg von dem weißen, alles enthüllenden Mondlicht. Die Feuchtigkeit des Laubs drang durch ihre Kleidung.

»Wir haben unsere Brüder und Schwestern gegessen in diesem harten Winter«, hörte sie den Mann mit dem einen Zahn sagen. »Was machen da schon ein paar Fremde. Wir werden sehen, ob es stimmt, dass ihr euer Fell innen tragt.«

Ezza schrie. Dreck und Laub spritzten Ana ins Gesicht, als Jonan sich vom Boden abstieß. Sie hob den Kopf, sah, wie er die Mistgabel des einzahnigen Mannes mit einem Schlag seines Schwertes zur Seite wischte, bevor sie Daneel treffen konnte. Seine zweite Klinge bohrte sich in den Oberschenkel des Wirts. Der Mann brach schreiend zusammen. Blut spritzte im Rhythmus seines Herzschlags aus der Wunde, als Jonan sein Schwert herauszog.

»Er ist schon tot«, sagte Qaru. Ana zuckte zusammen. Sie

hatte nicht bemerkt, dass er sich neben sie gehockt hatte. Mit beiden Händen presste er die Pergamente an seine Brust. Ezza stand ein Stück entfernt von ihnen zwischen den Bäumen und schrie den Männern Beleidigungen entgegen. Niemand beachtete sie. Die Dörfler konzentrierten sich auf Jonan, ganz so, wie er wohl gehofft hatte.

Sie beobachtete ihn, die Geschmeidigkeit seiner Bewegungen, die Eleganz, mit der er den unbeholfenen, langsamen Angriffen auswich. Es war, als gäbe es zwei Welten vor Ana in der Waldschneise, eine, in der die Luft schwer war und die Füße sich nur mühsam vom Boden lösten, und eine, in der ein Mensch leicht und schnell wie ein Falke war.

»Er muss sein ganzes Leben lang nichts anderes getan haben«, sagte Qaru über die Schreie des Wirts hinweg. »Er tut mir leid.«

Ana verstand nicht, was er damit meinte. Vor ihr ging ein zweiter Mann zu Boden. Es war der Bauer, der sie angestarrt hatte. Er schrie nicht, kroch nur mit verzerrtem Gesicht auf den Weg zu. Sein Hemd klebte nass und dunkel an seinem Rücken.

Er will Hilfe holen, dachte sie. Ihre Hand tastete nach einem der Holzscheite, die ihr heruntergefallen waren. Wie viele Menschen mochte es wohl in diesem Dorf geben, wie viele Frauen, die auf die Rückkehr ihrer Männer warteten, wie viele Männer, die zu feige oder zu klug gewesen waren, um mitzugehen?

Ana sah sich um. Jonan bemerkte nicht, was hinter ihm geschah. Daneel lag benommen am Boden, Ezza saß neben ihm und wischte mit dem Saum ihres Umhangs Blut aus seinem Gesicht. Sie hatte aufgehört zu schreien.

»Was tust du da?«, fragte Qaru, als Ana aufstand. Sie schüttelte den Kopf.

Geduckt lief sie am Waldrand entlang auf den Weg zu. Der Bauer hatte ihn fast erreicht. Mit den Händen zog er sich vorwärts. Er hatte den Kopf in den Nacken gelegt und den Mund weit aufgerissen. Blut lief über sein Kinn. Er keuchte.

Ana löste sich aus den Schatten und blieb neben ihm stehen. Er bemerkte sie nicht. Sie hob den Holzscheit über ihren Kopf. Er war so lang wie ihr Arm und schwer.

Ich muss nur zuschlagen, dachte sie. So als würde man eine Maus mit einem Stiefel erschlagen.

Aber sein Kopf sah nicht aus wie eine Maus. Das Haar darauf war dunkel und dünn. Es hing in seinen Nacken und in sein Gesicht. Sie sah den Schweiß auf seiner Stirn, hörte seinen gurgelnden, keuchenden Atem. Er entfernte sich von ihr. Sie benötigte nur einen Schritt, um ihn einzuholen.

Sie setzte zum Schlag an, stoppte, setzte ein zweites Mal an.

»Pass auf!«, schrie Qaru.

Ana fuhr herum. Ein bärtiges Gesicht, ein Messer, plötzlich wild umherflatternde Pergamente, die den Stoß des Mannes ins Leere gehen ließen. Er grunzte und schlug wütend nach den Seiten. Sie holte aus. Mit beiden Händen schwang sie den Holzscheit. Der Schlag, der seinen Kopf traf, war so heftig, dass ihr das Holz aus den Fingern geprellt wurde. Etwas krachte, so wie Eis auf einer Pfütze, in die man hineintrat. Der bärtige Mann brach zusammen, fiel auf vollgekritzelte Seiten und blutiges Laub.

Ana hob den Holzscheit auf und sah sich nach dem Bauern um. Ihre Hände zitterten, und sie begann zu würgen, als sie die klebrigen blonden Haare zwischen den Holzsplittern sah, aber sie wusste, dass sie genügend Kraft hatte, um ein weiteres Mal zuzuschlagen. Doch das war nicht nötig. Der Bauer kroch nicht mehr. Sein Kopf war nach unten gesackt, seine Augen starrten ins Nichts. Er war tot.

Sie ließ den Scheit fallen. Sieben Männer lagen in der Waldschneise am Boden. Vier rührten sich nicht mehr, drei hatten sich zusammengekrümmt und wimmerten leise. Die restlichen drei mussten geflohen sein.

Jonan nickte Ana zu, als er ihren Blick bemerkte. Sein Gesicht war schweißbedeckt, aber er schien unverletzt zu sein.

»Wir müssen weg von hier«, sagte er. Hinter ihm kam Daneel von Ezza gestützt auf die Beine. Seine Stirn war blutig.

»Einen Moment noch.«

Ana sah zur Seite. Qaru hockte am Boden und zog seine Pergamente unter der Leiche hervor.

»Danke«, sagte Ana und bückte sich nach einigen Seiten. »Du hast mein Leben gerettet.«

Er hob die Schultern. »Wer kann so etwas schon mit Sicherheit sagen.«

Vorsichtig legte er die Seiten aufeinander. Ana reichte ihm die restlichen. »Ich glaube, das sind alle«, sagte sie. Ihr Blick fiel auf die merkwürdige, enge Schrift und die Zeichnungen, die jede Lücke im Text ausnutzten. Sie stutzte.

Qaru wollte ihr die Seiten aus der Hand nehmen, aber sie hielt sie fest. »Das ist nichts Besonderes«, sagte er. Es klang wie eine Entschuldigung. »Nur ein paar Ereignisse, die ich beobachtete, während wir an der Straßenblockade warteten.«

»An der Straßenblockade in Ashanar?«, wiederholte Ana.

»Ja, als ihr zu uns kamt.«

Anas Blick hing an einem Gesicht in der rechten oberen Ecke der Seite. Es war ein faltiges, verwachsenes Gesicht mit dem Mund eines Affen und Augen, die Ana nie vergessen würde. Es war das Gesicht des Zwerges, der den Tod nach Somerstorm gebracht hatte.

Kapitel 18

Es mag den Reisenden erstaunen, dass Westfall trotz seines Wohlstands und des Erbes der Vergangenen kaum einen großen Denker hervorgebracht hat. Tatsächlich wird ein eigenständiger Geist weder erwartet noch geschätzt. Die Gedanken Westfalls ruhen, fest vertrauend auf die Gewissheit, dass nichts, was sich in ihnen regt, neben den Errungenschaften der Vergangenen bestehen könnte. Der Fürst und Philosoph Hallar II schrieb dazu: »Ich habe die Zukunft Westfalls gesucht und die Vergangenheit Westfalls gefunden.«

Jonaddyn Flerr, Die Fürstentümer und Provinzen der vier Königreiche, Band 1

Oso zählte jede Stufe auf dem Weg in den Kerker. Er wirkte ängstlich. Craymorus fragte sich, was wohl mit ihm geschehen würde, wenn sich sein Herr auf der Kerkertreppe das Genick brach. Er wusste, dass Oso die Verantwortung für ihn trug, hatte es aber trotzdem abgelehnt, getragen zu werden. Die Steinstufen waren breit genug für seine Krücken.

»Achtzehn«, sagte Oso, als sie das Ende der Treppe erreichten. Craymorus wischte sich den Schweiß von der Stirn. Seine Arme schmerzten.

»Hier entlang, Herr.« Oso führte ihn durch einige von Fackeln erhellte Gänge. Die Luft roch feucht, aber nicht modrig.

Irgendwo musste es Lüftungsschächte geben, durch die Frischluft in die unterirdischen Räume strömte.

Der letzte Gang endete in einem schweren Eisengitter und einer mehrfach verriegelten Holztür. Zwei Wachen lehnten an der Wand und unterhielten sich. Sie richteten sich auf und salutierten mit ihren Schwertern.

»Herr«, sagte der Ältere von beiden, während der Jüngere das Gitter aufschloss und die Riegel zurückschob, »Kerkermeister Nokt erwartet Euch bereits.«

Stimmengewirr und laute Geräusche drangen in den Gang hinein. Craymorus war noch nie zuvor in einem Kerker gewesen. Die Ungewissheit dessen, was ihn hinter der Tür erwartete, machte ihn nervös. Er schmeckte den Käse auf der Zunge, den er gegessen hatte, als Oso in seine Unterkunft getreten und »Der Kerkermeister ist jetzt bereit für Euch, Herr« gesagt hatte, und hoffte, dass ihm nicht übel wurde.

Der Wachposten zog die Tür auf. Ein schmaler Gang, gerade breit genug für einen Menschen, lag dahinter. Sollten die Gefangenen sich erheben, erkannte Craymorus, würden sie nicht weiter kommen als bis in diesen Gang. Die Wachen konnten sie nacheinander umbringen, ohne selbst in Gefahr zu geraten.

Er drehte sich zu Oso um. »Du wartest hier auf mich.«

»Ja, Herr.« Craymorus war sich nicht sicher, ob er Enttäuschung oder Erleichterung in Otos Stimme hörte.

Er zog sich durch den Gang auf die nächste Lichtquelle zu. Die Stimmen wurden lauter. Irgendwo wurde auf Metall geschlagen wie in einer Schmiede. Die Luft wurde wärmer, trockener.

Der Gang bog nach links ab. Craymorus blieb stehen, als er sah, worin er endete. Es war eine Höhle, so groß, dass sie fast die gesamte Festung unterkellern musste. Der vordere Bereich, an dessen Eingang Craymorus stand, war gemauert worden, der hintere bestand aus einer Felswand, in deren Nischen Fackeln hingen. Rund ein Dutzend Feuer brannten in der Höhle. Um sie herum hatten Menschen einfache Unterstände errichtet, die aus ein paar Stangen und einigen Lumpen bestanden. An einer Wand entdeckte Craymorus eine Reihe von Hütten. Man hatte sie entlang eines Bachs gebaut, der dort aus dem Fels trat und in der Mitte der Höhle zwischen den Unterständen im Boden verschwand.

Craymorus sah einen Mann an einem Amboss arbeiten, eine Frau mit blutbeflecktem Kittel, die ein Huhn rupfte, einen Schneider, der unter einer Fackel sitzend arbeitete, und einige Kinder, die auf den Steinen spielten. Männer und Frauen standen in kleinen Gruppen zusammen oder saßen an den Feuern. Die meisten trugen Lumpen, manche nicht mehr als einen Lendenschurz. Alle waren blass.

»Verzeiht bitte, Herr, ich habe Euch nicht kommen sehen.«

Craymorus sah zur Seite. Ein bärtiger Mann mit langen, strähnigen Haaren und weißer Haut lief ihm entgegen. Er wirkte jung, nicht viel älter als Craymorus.

»Mein Name ist Forderak, ich bin der Kerkermeister, Herr«, sagte der Mann mit einer tiefen Verbeugung. Er war untätowiert und schlank. In den Archiven der Festung hatte Craymorus gelesen, dass der Titel des Kerkermeisters vom Vater auf den Sohn vererbt wurde. Wie bei einem Fürsten, dachte er.

»Ich werde Euch sofort zu dem Gefangenen bringen, Herr. Er ...«

Craymorus ließ ihn nicht ausreden. »Nenn ihn nicht so. Er ist ein Nachtschatten, kein Mensch. Einen Bären in einer Falle würdest du doch nicht als Gefangenen bezeichnen, oder?«

Forderak runzelte die Stirn, dann schüttelte er den Kopf. »Nein, Herr.«

»Sag deinen Männern, sie sollen es genauso halten.« Craymorus sah sich in der Höhle um, konnte aber zwischen den Menschen keine Bewaffneten finden. »Du hast doch Männer hier unten, oder?«

Forderak lachte. »Natürlich, Herr. Nicht hier im Dorf, da brauchen wir sie nicht, nur hinten, dort, wo auch wir hinmüssen. Bitte folgt mir.«

Er verbeugte sich und zeigte auf einen Weg, der an den Unterständen vorbeiführte. An seinem Ende befand sich eine weitere, vergitterte Tür. Die vier Wachen, die dort standen, trugen schwere Rüstung, Speere und Schwerter.

Die Menschen in der Höhle, die Forderak als das Dorf bezeichnet hatte, neigten die Köpfe, als er an ihnen vorbeiging. Einige sahen Craymorus neugierig an, die meisten ignorierten ihn jedoch.

»Sind das alles Gefangene?«, fragte er.

»Steuersäumige, Herr«, sagte Forderak. »Sie bleiben hier unten, bis sie jemand auslöst oder sie genug verdient haben, um ihre Strafe zu bezahlen. Seht Ihr die Hütten dort? Da leben die Wachen. Mein Haus ist das ganz hinten an der Wand. Mein Urgroßvater ließ es bauen.« Stolz schwang in seiner Stimme mit. »Ich bin der fünfte Kerkermeister aus unserer Familie, und mein Sohn wird der sechste sein.«

Craymorus fand keine Antwort darauf. »Deine Familie zeigt große Loyalität«, sagte er schließlich. Forderak hob die Schultern. Er schien nicht zu wissen, was das Wort bedeutete.

Unaufhaltsam näherten sie sich der Tür. Forderak nickte den Wachen zu, die gemeinsam die Riegel aus ihren Halterungen hoben. Einer der Männer öffnete ein Vorhängeschloss mit einem Schlüssel, der an einer Kette von seinem Handgelenk hing.

»Der Schlüssel kann nicht gestohlen werden«, sagte Forderak, »nur abgeschlagen.«

Er lachte. Craymorus wusste nicht, worüber.

»Herr.« Die beiden Wachen verneigten sich. Einer reichte ihm ein Tuch. »Bindet es vor Mund und Nase.«

Craymorus tat, was er sagte. Das Tuch war feucht und roch

nach Herzrosen. Forderak zog eine Fackel aus einer Nische in der Felswand. »Der Gef… – der Nachtschatten ist im Verhörkeller hinter den Zellen. Folgt mir und kümmert Euch nicht um das, was Ihr seht oder hört.«

Craymorus wollte fragen, was er damit meinte, aber im gleichen Moment öffneten die Wachen die Tür. Der Gestank, der ihm entgegenschlug, war so durchdringend, dass Craymorus glaubte, ihn sehen zu können.

»Kommt«, sagte Forderak. Craymorus folgte ihm in die Dunkelheit. Seine Augen brannten, ließen das Fackellicht verschwimmen. Der Gestank fraß sich durch das Tuch, durchdrang seine Kleidung und legte sich auf seine Haut. Der Schein der Fackeln enthüllte rostige Gitterstäbe auf der rechten Seite. Weiße Flecken tauchten dazwischen auf und zuckten im Fackellicht zurück wie Schaben, die vor der Helligkeit ins Dunkel fliehen. Craymorus hörte Ketten rasseln.

»Habt kein Mitleid, Herr«, sagte Forderak zwischen kurzen Atemzügen. »Jeder, der hier sitzt, hat Furchtbares getan.«

Craymorus antwortete nicht. Er hatte die Lippen fest zusammengepresst und hielt die Luft an.

Forderak schloss eine Tür am Ende des Zellentrakts auf. Ein schmaler Gang folgte, dann eine zweite Tür. Craymorus spürte kühle, frische Luft. Er blieb stehen und zog das Tuch von seinem Gesicht.

»Man sollte sie töten«, sagte er. »Das wäre besser.«

Forderak drehte sich nicht zu ihm um. »Sie sind unberührbar.«

Craymorus wusste, was das bedeutete. Dämonen hatten ihre Seelen befallen und sie gezwungen, Abscheulichkeiten zu begehen. Wer sie berührte, riskierte, dass der Dämon auf ihn übersprang wie ein Feuer von Hütte zu Hütte. In Craymorus' Heimat hatte man die Unberührbaren in die Sümpfe gejagt, in Westfall sperrte man sie ins Dunkel und wartete auf ihren Tod. Craymorus hätte sich keinen angemessereren Ort für das Verlies eines Nachtschattens vorstellen können.

Forderak steckte die Fackel in eine Halterung und öffnete die Tür. Der Raum dahinter lag im Halbdunkel. Es war heiß. An einer Wand stand eine Kohlenpfanne, Ascheflocken bedeckten den Boden. Metallzangen und andere Werkzeuge, deren Zweck Craymorus unbekannt war, hingen in einer langen Reihe an der hinteren Wand. Darunter standen vier Wachen. Sie waren bewaffnet und nahmen Haltung an, als sie Craymorus sahen. Ketten hingen an Eisenstangen und Holzrollen von der Decke. In einer Ecke stand ein Sessel, daneben ein kleiner Tisch mit einer Weinkaraffe und einem Tablett mit Brot, Schmalz und Datteln. Es sah aus, als erwarteten Gaukler die Ankunft des Fürsten für einen Privatauftritt.

»Für Euch, Herr«, sagte Forderak.

»Danke.« Craymorus blieb stehen. Sein Blick richtete sich auf den Nachtschatten, der in der Mitte des Raums auf dem Boden saß. Lange Ketten lagen am Boden, führten zu seinen Handgelenken und Fußknöcheln. Ein Eisenring lag um seinen Hals. Der Nachtschatten hatte menschliche Form angenommen, sah wieder aus wie der Junge auf dem Schiff, der hilflos einem Leben in Sklaverei entgegengesehen hatte, nicht wie das Ungeheuer, das im Mondlicht unter Unschuldigen gewütet hatte. Kurz sah er aus geschwollenen Augen auf, dann richtete er seinen Blick wieder auf den Boden. Craymorus hatte nicht den Eindruck, dass der Nachtschatten ihn wiedererkannte.

»Hat er sich verwandelt?«, fragte er.

Der Mann, der den Kopf schüttelte, lehnte an der Wand und trank Bier aus einem Holzbecher. Er trug eine bodenlange Lederschürze und sah aus wie Forderaks Zwillingsbruder.

»Mein Bruder Veth hier«, sagte Forderak, »wird Euch helfen. Er ist stumm. Nichts von dem, was Ihr erfahrt, wird nach draußen dringen. Das schwöre ich bei der Ehre meiner Familie.« Er nickte den Wachen zu. »Wir werden draußen auf Euch warten.«

Die Tür schloss sich hinter ihm und den Soldaten. Es wurde still. Die Ketten des Nachtschattens klirrten leise. Craymorus rückte seine Krücken zurecht. Veth und der Nachtschatten musterten ihn mit dem gleichen abschätzenden Blick, fast so wie Meister einen Prüfling, von dem sie wussten, dass er sie enttäuschen würde.

»Ich kenne mich in solchen Dingen nicht aus«, sagte Craymorus. »Wie man so etwas anfängt. Aber ich habe einige Fragen, die beantwortet werden müssten.«

Er zog ein Stück Pergament aus der Tasche und faltete es auseinander. »Ich habe sie mir aufgeschrieben. Zuerst …«

Er unterbrach sich. »Wie ist dein Name?«, fragte er dann.

Der Nachtschatten antwortete nicht.

»Bitte sag mir deinen Namen.« Craymorus wusste, dass ihn jemand auf dem Schiff beim Namen genannt hatte, aber er konnte sich nicht mehr daran erinnern.

Der Nachtschatten wandte den Kopf ab und schwieg. Veth stellte den Holzbecher zur Seite und trat vor. Craymorus sah die stumme Frage in seinen Augen.

»Das ist doch nicht so schwierig zu beantworten«, sagte er. »Bitte.«

Er wartete, aber es kam keine Antwort. »Ich denke …« Craymorus zögerte. Veths Blick war zugleich Anklage und Aufforderung.

Craymorus hielt seinen Blick einen Moment lang, dann drehte er sich weg. »Schlag ihn.«

Es klang, als würde Wasser auf eine Mauer prallen. Dem Nachtschatten wurde der Kopf in den Nacken gerissen. Blut lief aus seiner Nase.

Das war ich, dachte Craymorus. Ich habe ihm die Nase gebrochen.

Er spürte seinen Herzschlag in der Kehle. Ihm war nicht mehr übel. Etwas regte sich in ihm, etwas, das er noch nie gefühlt hatte. Wie ein Geschmack, süß und bitter zugleich, lag es auf seiner Zunge. Es schmeckte nach Blut, nach Macht, nach Größe. Es schmeckte nach mehr.

»Schlag ihn«, flüsterte Craymorus.

Der zweite Schlag warf den Nachtschatten auf den Rücken. Er stöhnte, kam einen Moment lang nicht wieder hoch.

»Schlag ihn.«

Veth tat, was er sagte. Sein Gesicht war leer, die Augen kalt. Er war nicht mehr als Knochen und Muskeln, der Körper für Craymorus' Geist. Und der Körper stellte nicht in Frage, was der Geist befahl.

Die Schläge folgten aufeinander wie das Schwingen eines Uhrwerks. Veth wartete nicht mehr auf ein Kommando. Er hatte verstanden, was von ihm erwartet wurde. Craymorus beobachtete ihn, seinen Arm, der auf und nieder schwang, seine Hände, die in Lederhandschuhen steckten. Es war fast so, als würde er sich selbst in einem Traum zusehen.

Nach einer Weile ließ Veth den Arm sinken. Der Nachtschatten lag am Boden. Er rührte sich nicht. In der Stille hörte Craymorus seinen eigenen schweren Atem. Es lag keine Süße mehr auf seiner Zunge, nur noch ein scharfer, bitterer Geschmack, so als habe er etwas Verdorbenes heruntergeschluckt.

Sein Blick glitt über den Nachtschatten und dessen blutiges Gesicht. Er war bewusstlos, vielleicht sogar tot. Craymorus wagte es nicht zu fragen. Er hatte Angst, was herauskommen würde, wenn er den Mund öffnete, ob er nicht noch einmal »Schlag ihn« sagen würde – aus den Augenwinkeln sah er die Werkzeuge an den Wänden – oder etwas Schlimmeres.

Veth stand über dem Nachtschatten. Der Schatten einer Eisenstange teilte sein Gesicht in zwei Hälften. Die Hitze des Raums drückte auf Craymorus' Brust, raubte ihm den Atem.

Ich muss hier raus, dachte er und drehte sich dabei so ungeschickt um, dass er über seine Krücken stolperte. Er stützte sich an der Wand ab und spürte eine klebrige Schicht aus Ruß und Fett unter seinen Fingern.

Raus. Er riss die Tür auf. Die Wachen, die davor gewartet hatten, nahmen Haltung an.

»Ist Euer Verhör schon beendet, Herr?«, fragte Forderak.

Craymorus ignorierte ihn. Er zog sich an den Männern vorbei durch den Gang. Forderak drängte sich vor, legte sein Tuch an und öffnete die Tür. »Keine Sorge, Herr, nicht jeder verträgt es, die Folter zu sehen.«

Ich vertrage es, dachte Craymorus. Ich vertrage es nur zu gut. Tief atmete er den Gestank des Zellentrakts ein. Zwei Schritte brauchte er, bis er sich übergab.

Forderak klopfte ihm auf den Rücken. »Gleich ist alles raus. Dann geht es Euch besser, Herr.«

Aber Craymorus wusste, dass das nicht stimmte. Das Verdorbene in ihm saß zu tief, um jemals herauszukommen. Wie ein Samenkorn am ersten warmen Sommertag war es in der Hitze der Folterkammer aufgeplatzt. Etwas würde daraus wachsen und ihn verzehren. Nur was?, fragte er sich. Was wird es sein?

Oso folgte ihm durch das Dorf unterhalb der Festung und die Treppe hinauf. Craymorus hörte seine besorgten Fragen, ging jedoch nicht darauf ein, sondern schlug die Tür hinter sich zu, als er sein Quartier erreichte. Zwei Karaffen standen auf dem Tisch, eine mit Wasser, eine mit Wein. Er trank den Wein unverdünnt in langen tiefen Schlucken. Mit einer Krücke fegte er das Tablett mit Brot und Fleisch herunter. Er wollte nicht essen, nur trinken, bis seine Gedanken zum Stillstand kamen und er sich selbst verlor.

»Mehr Wein!«, rief er durch die geschlossene Tür.

Er setzte die Karaffe wieder an, und als Oso die nächste brachte, setzte er auch diese an.

Irgendwann wurde es dunkel. Craymorus öffnete die Augen. Er lag auf dem Bett, ausgestreckt und halb ausgezogen. In einer Hand hielt er eine leere Weinkaraffe. Seine Augen waren verquollen, seine Wangen feucht, aber er konnte sich nicht daran erinnern, geweint zu haben.

»Er ist nicht tot«, sagte eine Stimme.

Craymorus drehte den Kopf. Der Raum drehte sich mit ihm. »Was?«

»Er ist nicht tot«, sagte die Stimme. Sie klang hell, weiblich und kam aus den Schatten am Fenster.

»Und selbst wenn er tot wäre«, fuhr sie fort, »wieso sollte dich das stören nach all dem, was man dir angetan hat.«

Ein Umriss schälte sich aus der Dunkelheit. Mondlicht fiel auf ein junges Gesicht mit dunklen, schräg stehenden Augen.

»Ich kenne dich«, sagte Craymorus. Seine Zunge kämpfte gegen jedes Wort. »Du hast mir geholfen.«

Er wollte noch mehr sagen, wollte sich dafür bedanken, dass sie ihn in einem Wäscheschrank versteckt hatte, als Rickard und der Fürst ihn zu entdecken drohten, aber seine Kraft reichte nicht aus.

Er schloss die Augen. »Morgen reden«, sagte er. Es raschelte, dann spürte er ein Gewicht neben sich auf dem Bett. Eine Hand strich über sein Gesicht, kühlte es wie eine Brise.

»Ich helfe dir immer noch«, sagte die Dienerin. Ihre Hand glitt an seinem Hals nach unten und begann die Knöpfe seines Hemds zu öffnen.

»Seid Ihr bereits wach, Herr?«

Craymorus zuckte zusammen und öffnete die Augen. Sonnenlicht erhellte den Raum. Irgendwo klapperte Geschirr. Es roch nach frisch gebackenem Brot und Honig. Craymorus spürte, wie leer sein Magen war. Er hatte Hunger.

Nach all dem Wein sollte es mir schlechter gehen, dachte er.

»Euer Frühstück steht bereit, wenn Ihr zu speisen wünscht.« Eine schmale Hand lehnte seine Krücken an den Nachtschrank neben dem Bett. Er sah auf und blickte in das Gesicht der Dienerin. Ihr Name stieg aus seinen Gedanken auf wie aus einem Traum. Mellie.

»Du bist hier«, sagte er. Es klang dumm.

Sie lächelte. »Ihr habt mich darum gebeten, Herr. Ich fühle mich sehr geehrt.«

Craymorus konnte sich nicht daran erinnern. Er setzte sich auf, bemerkte, dass er nackt war, und zog die Bettdecke hoch. »Schick Oso zu mir. Ich brauche frisches Wasser und die Kleidung, die der Schneider bringen wollte.«

»Ihr müsst Oso nicht bemühen. Als Eure Dienerin bin ich für Euer Wohl verantwortlich. Ich verspreche Euch, es wird mein größtes Glück sein, Euch zu dienen.«

»Warte.« Craymorus fuhr sich mit der Hand durch das Gesicht. In seiner Erinnerung streichelten Mellies Hände seinen Körper. »Ich weiß nicht, was ich gestern Nacht gesagt habe, aber du kannst nicht meine Dienerin sein.« Aus den Augenwinkeln sah er frisches Wasser in seiner Waschschüssel und säuberlich ausgebreitete frische Kleidung auf einem Stuhl. Seine Stiefel standen geputzt darunter.

»Das ist Otos Platz, Mellie. Ich will nicht, dass er glaubt, ich sei unzufrieden mit ihm.«

»Aber Ihr seid doch unzufrieden mit ihm.« Sie lächelte immer noch. »Oso ist nur ein dummer Sklave, aber ich bin eine Zofe. Ich wurde von Familien ausgebildet, die dem Fürsten seit dem Bau der ersten Festung dienen. Ich weiß, was sich hinter den Türen abspielt, die ihm und Euch verschlossen bleiben.«

Sie hockte sich vor ihn. »Ich weiß«, sagte sie leise, »dass die Fürstin nicht will, dass Ihr nach Ana von Somerstorm sucht. Würdet Ihr nicht gern wissen, warum das so ist und was Ihr dagegen unternehmen könnt?«

Das Lächeln war aus ihrem Gesicht verschwunden. An seine Stelle war etwas Brennendes getreten, ein Leuchten in den Augen und tiefe Linien um die Mundwinkel.

Er zögerte, dachte an Oso und an das Versprechen, das er Rickard gegeben hatte. Dann nickte er.

»Ich würde das sehr gern wissen.«

Kapitel 19

Die Somer behandeln ihre Toten beinahe noch absonderlicher als die Lebenden. Da der Boden fast ganzjährig gefroren ist, werden sie nicht begraben; da man den Himmel und die Götter fürchtet, werden sie auch nicht aufgebahrt, wie es bei den Zekrymern der Eiswüsten üblich ist. Stattdessen legt man sie mit dem Gesicht nach unten und mit Steinen beschwert in Höhlen oder Talsenken, damit die Seele in die Erde zurückkehren kann, so wie ein Stein durch Wasser sinkt, bis er den Grund erreicht. Der Reisende, der einen solchen Toten findet, sei davor gewarnt, ihn aus Neugier oder ehrlicher Besorgnis umzudrehen, würde er ihn doch damit zu einem Dasein als Geist verdammen, stets unter den Lebenden weilend, doch unsichtbar für deren Blicke und stumm für deren Ohren.

Jonaddyn Flerr, Die Fürstentümer und Provinzen der vier Königreiche, Band 2

Am frühen Morgen, als alle noch schliefen, hockte Gerit in den Geheimgängen hinter den Wänden und sortierte die Listen, die er angefertigt hatte. Um sich herum hatte er Pergamentfetzen ausgebreitet. Zahlen standen darauf, kurze Sätze und Notizen, an deren Sinn er sich kaum noch erinnern konnte. Im Licht einer einzelnen Kerze versuchte er sie zu entziffern.

Er hatte viel über die Nachtschatten herausgefunden, auch

wenn nur wenig von Bedeutung zu sein schien. Er wusste, dass sie keine kleinen Räume mochten und keine Möbel, dass sie, unmittelbar bevor sie sich verwandelten, nach Essig rochen und noch einige Stunden danach. Sie schienen zu glauben, dass ihre zunehmende Stärke mit der Luft zusammenhing, denn gelegentlich sprach einer von einem Knistern wie vor einem Gewitter. Doch all das würde einem Feldherrn im Kampf gegen die Nachtschatten nicht helfen, so viel war Gerit klar.

Er hielt einige kleine Zettel ins Kerzenlicht. Die Zahlen, die er von Korvellan abgeschrieben hatte, standen darauf. Er hatte sie so oft betrachtet, dass er sie längst auswendig konnte. Zu klein für Truppenstärken, hatte er entschieden, aber zu groß für Kartenkoordinaten. Sie ergaben keinen Sinn, egal wie lange er daraufstarrte.

Es klopfte an der Tür, die den Geheimgang von der Backstube trennte.

»Gerit?«, hörte er Mamee fragen.

»Ich komme.« Hastig legte er die Pergamentfetzen in einen Hohlraum in der Wand und schob einen Stein davor. Die Nachtschatten wussten, dass er sich in die Gänge zurückzog, wenn er allein sein wollte. Sie respektierten das.

Er zog die Tür auf und zwängte sich hindurch. »Hat Korvellan nach mir gerufen?«

Mamee nickte. Sie gehörte zu den Nachtschatten, die sich nicht mehr in einen Menschen zurückverwandelten. Dichtes, beinahe weißes Fell bedeckte ihren Körper. Ihre Schnauze war langgezogen, die Augen braun. Doch ebenso wie die meisten anderen Nachtschatten wirkte sie nicht wie ein Tier. Sie waren etwas Eigenes, etwas Fremdes.

Gerit hatte längst vergessen, wie Mamee einmal ausgesehen hatte. Er zog ein Tablett aus dem Regal und gähnte.

»Korvellan verlangt zu viel von dir«, sagte Mamee. »Er behandelt dich wie einen Diener.«

Das soll er ja auch, dachte Gerit, während er Bier über dem Feuer erhitzte und frisches Obst hineinschnitt. »Ich weiß nun mal am besten, was er will.«

Er hatte hart dafür gearbeitet. Wann immer er konnte, hatte er vor Korvellans oder Schwarzklaues Quartieren den Ruf »Mehr Wein« oder »Bringt Fleisch« abgewartet, nur um dann loszulaufen und den Wunsch zu erfüllen. Mittlerweile verlangte Korvellan nur noch nach ihm, wenn er etwas wollte, und selbst Schwarzklaue rief gelegentlich seinen Namen, ganz so, wie Gerit es gehofft hatte.

Er schüttete das heiße Bier in einen Krug und nahm das Tablett. Mamee folgte ihm durch die Küche, wo die anderen Nachtschatten noch tief schliefen. »Dein Frühstück wird fertig sein, wenn du zurückkommst.«

»Danke.« Ihre Aufmerksamkeit verwirrte Gerit. In der letzten Zeit fragte sie ihn häufig, ob sie etwas für ihn tun könne, oder bot an, mit ihm zu essen oder ihn bei seinen Besorgungen zu begleiten. Er wusste nicht, wieso sie das tat.

Gerit stieß die Tür mit dem Fuß auf und ging über den Hof zum Haupteingang. Frühnebel hing über der Festung. Auf den Zinnen saßen einige Möwen, den Kopf unter ihren Flügeln verborgen. Die Tür zur Gerberei stand offen, aber Moksh war nicht zu sehen. Gerit atmete auf. Je seltener er den alten Mann sah, desto besser.

Er ging durch den Haupteingang, die Treppe hinauf und die Gänge entlang. Vor Korvellans Tür blieb er stehen. Einen Moment lauschte er, dann trat er ohne anzuklopfen ein, ganz so, wie es die Nachtschatten auch untereinander taten, wenn einer den anderen gerufen hatte.

»Dein Frühstück«, sagte er.

»Stell das Tablett auf den Tisch und gib mir das Bier.« Korvellan saß auf einem Sessel am Fensterspalt. Er hatte die Beine ausgestreckt und übereinandergeschlagen. Die Fersen seiner Stiefel lagen auf dem Sims. Gerit bemerkte den Staub auf dem dunklen Leder und hoffte, dass er daran denken würde, sie später zu putzen.

Er reichte Korvellan den Krug und sah zu, wie der Nachtschatten daraus trank. Ich könnte dich vergiften, wenn ich wollte, dachte er.

»Ich war zu lange Soldat, um den Morgen zu verschlafen«, sagte Korvellan. »Weißt du, was der Morgen für einen Soldaten bedeutet?«

»Nein.«

»Hoffnung.« Im ersten Moment glaubte Gerit, Korvellan wolle mit ihm anstoßen, erst dann erkannte er, dass er seine eigene Frage beantwortete.

»Hoffnung darauf, den Abend zu erleben, und Hoffnung darauf, dass die Pläne, die man in der Nacht geschmiedet hat, besser sind als die der anderen Seite.« Korvellan hob den Kopf. »Ich glaube, du denkst am Morgen das Gleiche wie ein Soldat.«

Gerits Herz schlug schneller. Er hatte geahnt, dass der General eines Tages sein Geheimnis entdecken würde. Die Ausreden und Erklärungen, die er sich für diesen Fall zurechtgelegt hatte, waren wie weggewischt. Nichts fiel ihm mehr ein.

»Du denkst, dass es zwei Seiten in dieser Festung gibt, dass du auf der einen und wir auf der anderen stehen.« Korvellan legte die Pergamente, die er in der Hand gehalten hatte, auf einen Tisch. Gerit zwang sich, nicht hinzusehen.

»Du denkst, dass wir dich nicht respektieren und nur auf einen Grund warten, dich zu töten. Deshalb arbeitest du so hart, nicht wahr? Du willst dich unentbehrlich machen, damit es für uns unbequemer wäre, dich zu töten, als dich am Leben zu lassen.« Er lächelte. »Das denkt zumindest Mamee.«

»Mamee?« Gerit wusste nicht, wovon Korvellan sprach. Was hatte sie damit zu tun?

»Sie war letzte Nacht bei mir, um sich für dich einzusetzen. Sie mag dich.«

Er weiß nichts, gar nichts. Die Erleichterung war wie ein Rausch. Sie musste sich wohl auch auf Gerits Gesicht abgezeichnet haben, denn Korvellans Lächeln wurde breiter. »Und wie es scheint, magst du sie auch ein wenig.«

Gerit bemühte sich, dem Gespräch zu folgen. »Sie macht ihre Arbeit gut.«

»Ich verstehe.« Der General reichte ihm den halbvollen Bierkrug. Seine Klauen kratzten über das Metall. »Setz dich und trink einen Schluck.«

Es gab keinen zweiten Sessel, also setzte sich Gerit auf einen Wandteppich. Fischer waren darauf abgebildet, die unter einem hellgrauen Himmel auf ausgehöhlten Baumstämmen standen und Netze auswarfen. Fische sprangen ihnen entgegen. Im Hintergrund sah man die Segel eines großen Schiffs. Gerit bemerkte, dass er inmitten des aufgewühlten Meers saß.

Korvellan räusperte sich. »Mamee ist mit Schwarzklaue aus dem Norden hierhergekommen«, sagte er. »Sie hat nie viel mit Menschen zu tun gehabt, aber ich habe ihr versichert, dass ihr genauso ausseht wie wir. Verstehst du?«

»Nein.« Gerit setzte den Krug an. Das Bier prickelte auf seiner Zunge.

»Warst du je mit einem Mädchen zusammen?«

Gerit verschluckte sich fast. Er setzte den Krug ab. Warmes Bier schwappte über seine Finger und tropfte ins Meer. Das Gespräch ergab auf einmal Sinn, viel zu viel Sinn. Gerit spürte, wie sich seine Wangen röteten und ihm warm wurde.

»Ich …« Gerit stockte. Er wusste nicht, was er sagen sollte.

Korvellan nickte. »Über so etwas sollte ein Junge mit seinem Vater sprechen, aber wir beide wissen, dass das nicht möglich ist. Ich möchte nur, dass du weißt, dass niemand daran Anstoß nehmen wird, wenn du und Mamee …« Er machte eine vage Handbewegung. »Und wenn du Fragen hast, dann …«

Der tiefe Laut zweier Hörner unterbrach ihn. Korvellan nahm

die Füße vom Sims und stand auf. Er schien beinahe so erleichtert zu sein wie Gerit.

»Jemand kommt«, sagte er. Sein Blick richtete sich durch den Fensterspalt auf den Hof und das Haupttor. Gerit stand ebenfalls auf. Überrascht bemerkte er, dass er sich nicht mehr auf die Zehenspitzen stellen musste, um aus dem Spalt zu sehen. Er musste gewachsen sein.

Außer den Wachen war niemand im Hof zu sehen. Zwei der vier Männer standen auf der Mauer, die anderen beiden neben dem geöffneten Tor. Ein Pferd trabte an ihnen vorbei. Schaum fiel in Flocken aus seinem Maul, die Läufe zitterten. Seine Augen waren weit aufgerissen, als wäre es auf der Flucht vor einem Raubtier. Im ersten Moment dachte Gerit, das Pferd sei allein in den Hof getrabt, doch dann drehte es sich, und er sah die Kreatur, die flach wie eine Eidechse auf seinem ungesattelten Rücken hockte. Sie war klein, nicht länger als der Pferderücken, und verwachsen. Die Schultern waren verwachsen, der Rücken bucklig, die Behaarung borstig und dünn. Weiße Haut schimmerte hindurch. Die Kreatur hatte seine Krallen in die Flanken des Pferdes geschlagen. Dunkle Blutspuren durchzogen das Fell. Mit den Zähnen zog sie an den Zügeln, bis das Pferd zum Stehen kam. Dann hob sie den Kopf.

Gerit zuckte zusammen, als er die wässrig blauen Augen sah. Er erkannte den Zwerg sofort wieder, auch wenn er ihn nur ein einziges Mal in seiner menschlichen Gestalt gesehen hatte.

»Grom«, sagte Korvellan neben ihm. Sein Tonfall war merkwürdig. Gerit war sich nicht sicher, ob er Abscheu oder Ärger darin hörte.

Der General drehte sich um und verließ ohne ein weiteres Wort den Raum. Seine Schritte hallten durch die Gänge, wurden leiser und verstummten. Gerits Blick fiel auf die Pergamentseiten, die er zurückgelassen hatte, sah die vertrauten Zahlen aus seinen Notizen durchgestrichen und durch andere, niedrigere, ersetzt. Er zögerte. Da war ein seltsam flaues Gefühl in seinem Magen, so als wäre er dabei, etwas Unrechtes zu tun.

Die Nachtschatten haben meine Eltern ermordet, dachte er, verärgert über seine Weichheit. Es ist ehrenhaft, ihre Mörder zu hintergehen. Vorsichtig schob er die Seiten auseinander und entdeckte eine Skizze. Sie zeigte den Pass nach Braekor und den kleineren Weg, den Gerit verraten hatte. Daneben waren einige Worte gekritzelt worden. Holz, las er, Speere, Kleidung, Felle. Arbeiter!

Er warf einen Blick aus dem Fenster. Der Sims war so breit, dass man ihn von unten nicht sehen konnte. Grom war bereits vom Pferd gesprungen und ging Korvellan entgegen, der gerade in den Hof trat.

Gerit wandte sich wieder den Pergamenten zu, prägte sich die neuen Zahlen ein. Sie waren wesentlich kleiner als die alten. Er las die Worte neben den Skizzen ein drittes, dann ein viertes Mal, aber sie ergaben keinen Sinn. Vielleicht hatte Korvellan sie nur zufällig neben die Skizze gekritzelt, als ihm ein Gedanke kam.

Durch den Spalt in den Mauern sah er, wie der General und der Zwerg miteinander sprachen. Grom redete, Korvellan hörte zu, sagte nur gelegentlich selbst etwas. Gerit betrachtete die letzte Seite. Sie lag unter den anderen und schien aus einer Art Tabelle zu bestehen. Er las Worte wie Reiterei, Fußvolk, Lanzenträger und sah die Zahlen, die Korvellan dahintergeschrieben hatte.

Das kann nicht sein, dachte Gerit. Er zog die Seite aus dem Stapel heraus und hielt sie in den schmalen Lichtstreifen, der durch das Fenster drang. Die Zahlen blieben gleich.

»Für dich wird es keine Gnade geben, Mortamer Korvellan«, flüsterte Gerit, »keine Gnade für euch alle.«

Er sah aus dem Fenster. Korvellan und Grom waren nicht mehr zu sehen. Eine der Wachen führte das Pferd zu den Stallungen. Sein Hufschlag mischte sich in das Klatschen von Ledersohlen auf Stein und Stimmen, die durch die geöffnete Tür ins Zimmer drangen.

Sie sind auf dem Weg hierher, dachte Gerit. Er ließ die Seite auf den Stapel fallen, erinnerte sich dann, dass er sie von unten herausgezogen hatte, und hob den Stapel hoch. Die Stimmen kamen näher. Er war so nervös, dass der Stapel ihm beinahe aus den Händen gerutscht wäre. Rasch legte er die Seite darunter und schob ihn zusammen.

Korvellan durfte ihn nicht allein in seinen Quartieren finden, das wusste Gerit. Es war das einzige Verbot, das der General jemals ausgesprochen hatte.

Er lief zur Tür, sah durch den Spalt zwischen Holz und Stein und zuckte zurück. Korvellan und Grom gingen bereits durch den Gang. Er konnte das Zimmer nicht mehr ungesehen verlassen. Sein Puls hämmerte in seinen Schläfen, sein Blick glitt über die karge Einrichtung, über die Felle, die Korvellan anstelle eines Bettes als Schlafstelle dienten, über einen Sessel, einen niedrigen Tisch, die Teppiche am Boden und blieb an dem einzigen Schrank im Zimmer hängen.

Mit zwei Schritten hatte Gerit ihn erreicht. Er zog an dem hölzernen Griff, aber die Türen ließen sich nicht öffnen. Sie waren vernagelt worden. Natürlich, dachte er, einer der Geheimgänge endete direkt hinter dem Schrank. Korvellan musste ihn entdeckt haben.

»… dass mir das nicht gefällt«, hörte er den General sagen. Er hatte die Tür fast erreicht.

Gerit biss sich auf die Lippen. Seine Gedanken formulierten und verwarfen Ausreden, Entschuldigungen und Erklärungen. Nichts, was ihm einfiel, erschien ihm überzeugend.

Ein Windhauch streifte sein Gesicht. Er sah zum Fenster, durch den Spalt hindurch in den grauen Himmel, der über der Festung hing. Ohne nachzudenken, sprang Gerit auf den Sessel und von da aus auf den Sims. Der Spalt war schmal. Die Steine pressten seinen Körper zusammen. Ihre Kanten kratzten über Brust und Rücken. Seine Finger ertasteten einen Vorsprung an der Außenwand, sein rechter Fuß fand einen zweiten. Gerit atmete aus, schob sich mit zusammengebissenen Zähnen weiter durch den Spalt. Seine Ohren schmerzten, als würden sie abgerissen.

Korvellans Stimme war verstummt. Gerit stellte sich vor, wie er und der Zwerg im Raum standen, den Blick in stummer Verwunderung auf den Menschen gerichtet, der im Fenster hing. Der Drang zu lachen kroch aus seiner Brust in seine Kehle. Er biss sich auf die Zunge, und der Drang verging.

»Du weißt, wo sie angreifen werden. Das ist gut.« Die Stimme des Zwerges war über dem Rauschen seiner Ohren kaum zu hören. Anscheinend hatten sie ihn doch noch nicht entdeckt.

Ein letzter Ruck, dann hatte er den Spalt überwunden. Gerit drehte sich zur Seite, die Arme ausgestreckt, die Finger und Zehen in die Vorsprünge gekrallt. Er wagte es nicht, nach unten zu blicken oder den Kopf zu drehen. Seine Ohren brannten. Der Wind kühlte den Schweiß auf seinem Gesicht. Es hatte angefangen zu regnen, ein sprühender, unangenehmer Regen, der in den Augen stach.

Ich werde einfach hier stehen bleiben und warten, dachte Gerit. Wenn sie gegangen sind, klettere ich wieder hinein.

Er hörte Schritte im Zimmer, dann Korvellans Stimme. »Aber ich weiß auch, wie nah sie bereits sind. Balderick muss im Alter weise geworden sein. Als ich ihn kannte, hätte er nie einem anderen den ersten Angriff überlassen.«

»Rickard ist jung, Mortamer. Du wirst ihn überlisten.«

Rickard. Der Name vertrieb Schmerzen und Angst. Er kommt, dachte Gerit. Er kommt mich retten.

Korvellan lachte. »Mit einer Armee aus Holz und Fell? Das müssen wir wohl, denn einen Kampf würden wir nicht für uns entscheiden können.«

»Sieht es so schlecht aus?«, fragte der Zwerg. Seine Stimme kratzte wie Kreide über Schiefer.

»Das weißt du besser als ich. Unser Volk hat den Ruf vernommen, nur folgen kann es ihm nicht. Die Straßen sind voller Soldaten, Schiffe dürfen nicht auslaufen, überall wird gefoltert und gemordet. Ich kann verstehen, dass selbst Tapfere den Weg nach Somerstorm meiden.«

Gerit hörte das Rascheln von Pergament, dann sagte Grom: »Schwarzklaue zählt auf dich. Du musst ihm den Sieg bringen.«

»Nicht ich werde darüber entscheiden, sondern das Wetter Somerstorms und die Klugheit Rickards. Wenn sein Geist und der Pass, der vor ihm liegt, in gleicher Weise vernebelt sind, wird der Tag vielleicht unser sein.«

»Das sollte er besser. Ich würde nicht gern in anderer Funktion zurückkehren.« Der Zwerg lachte, Gerit wusste nicht, warum.

Einen Moment herrschte Schweigen im Zimmer, dann sagte Korvellan: «Du hast deine Aufgaben, ich die meinen.« Gerit kannte seine Stimme so gut, dass er den Ärger hörte, den der General zu verbergen versuchte. »Du wirst zu Ende führen, was hier begonnen wurde. Nimm dir die Männer, die du brauchst.« Er machte eine Pause. »Aber zuerst werden wir essen, so wie es sich gehört. Gerit?«

Gerit biss sich auf die Lippe. Korvellan wusste, dass er nicht weit weg sein konnte. Er hatte sich angewöhnt, stets in der Nähe des Generals zu sein, wenn der Gäste empfing – ein weiterer Schritt auf dem Weg zur Unentbehrlichkeit. Wenn er nicht kam, würde Korvellan nach dem Grund fragen.

»Gerit!«

Er sah an der Mauer entlang zum nächsten Spalt. Auf ebenem Boden hätte Gerit ihn mit wenigen Schritten erreicht, doch hier oben erschien ihm die Entfernung beinahe unüberbrückbar. Er wagte es nicht, die Zehen vom Vorsprung zu lösen, zog sie stattdessen über Vogelkot und Dreck. Steine rissen seine Haut auf. Er dachte an die Lederstiefel, die er einem Toten von den Füßen gezogen hatte und die seitdem unbenutzt in der Küche standen. Er hatte einer Schwäche nachgegeben und zahlte nun den Preis dafür.

Fußbreit um Fußbreit näherte er sich dem Fenster.

»Will Schwarzklaue den Jungen immer noch umbringen?«, hörte er Grom im Zimmer fragen.

»Nein, er überlässt mir die Entscheidung.«

Gerit atmete auf, als seine Finger die Steinkante des nächsten Spalts ertasteten. Er schob den Fuß hinein. Ein Rabe, der im Spalt gesessen haben musste, flatterte auf und flog davon. Sein Krähen übertönte Korvellans nächste Worte.

»... sicherer hier als an jedem anderen Ort, vor allem, sobald du deine Aufgabe erfüllt hast.«

Die Stimmen verstummten, als Gerit sich durch den Spalt in sein altes Studierzimmer zwängte. Ein Schreibtisch stand vor dem Fenster, Pergamentrollen lagen in den Regalen. Der Stuhl, auf dem er gesessen und die Hochsprache Westfalls gelernt hatte, war verschwunden. Die Tür zum Gang stand offen.

»Gerit!«, rief Korvellan aus dem Nebenzimmer. Er klang ungeduldig.

Gerit sprang auf den Boden. Seine Gedanken drehten sich im Kreis. Er dachte an Rickard und die Armee aus Puppen, mit der Korvellan die Invasion Somerstorms aufhalten wollte, und er dachte an ...

»Was machst du da?«

Er zuckte zusammen. Mamee stand im Türrahmen und sah ihn an. Hatte sie gesehen, dass er durch das Fenster gekommen war?

»Ich bin eingeschlafen«, sagte er.

Sie schien etwas antworten zu wollen, aber Gerit drängte sich an ihr vorbei. »Ich muss zu Korvellan.«

»Nein, du musst ihm endlich klarmachen, dass er nicht immer dich rufen soll. Wir alle können ihm seinen Wein bringen, nicht nur du.«

Gerit drehte sich auf dem Gang um. »Ich weiß, ich werde mit ihm reden.« Er zwang sich zu einem Lächeln. »Danke.«

Dann stand er auch schon in der Tür. Korvellan lehnte an der Wand, Grom saß auf dem einzigen Sessel. Beide sahen auf, als er eintrat.

»Da bist du ja endlich«, sagte der General. Er runzelte die Stirn. »Wieso bist du so dreckig?«

Gerit sah an sich herunter. Seine Hände, seine Füße und seine Kleidung waren schwarz verschmiert. »Ich …«, begann er, aber seine Gedanken wollten nicht weiter.

»Ich hatte ihn gebeten, einen Kamin zu säubern«, sagte Mamee hinter ihm. »Deshalb hat er dich nicht gehört.«

»Gut.« Korvellan nickte. »Dann wasch dich, Gerit, und ruh dich aus. Mamee kann uns etwas zu essen bringen.«

Gerit sah Mamee aus den Augenwinkeln an und fragte sich, weshalb sie für ihn gelogen hatte. »Das werde ich tun«, sagte er.

Grom rutschte aus dem Sessel. Sein faltiges Kindergesicht lächelte. »Und träume davon, wie es wohl wäre, zu herrschen und nicht zu dienen.«

»Geht jetzt beide.« Korvellan verzog das Gesicht. Er schien nicht glücklich über die Äußerung des Zwerges zu sein.

Gerit neigte den Kopf und schloss die Tür hinter sich.

»Also, was hast du wirklich gemacht?«, fragte Mamee, als sie weit genug weg waren.

»Wieso hast du gelogen?«, fragte er zurück. Seine Füße hinterließen dunkle Flecken auf den Steinen der Treppe.

»Du zuerst.« Sie lächelte. Es war ihm noch nie aufgefallen, dass sie für einen Nachtschatten hübsch war.

Er hob die Schultern. »Ich hab einen Kamin sauber gemacht und bin dabei eingeschlafen.«

»Dann habe ich ja nicht gelogen«, antwortete sie und ließ ihn stehen.

Gerit grinste einen Moment lang, bis ihm einfiel, dass sie, Korvellan, Moksh und alle anderen in der Festung bald nicht mehr leben würden. Rickard war mit einer ganzen Armee unterwegs, um Somerstorm zu erobern, und er, Gerit, würde dafür sorgen, dass es ihm auch gelang.

Kapitel 20

Wasser beherrscht das Sumpfland des Südens, so wie Sand die Wüste. Es umgibt den Reisenden zu jeder Zeit, ob es nun als Regen seine Kleidung durchnässt, als Rost seine Klingen zerfrisst oder als Nebel seinen Blick trübt. Nur eine Straße führt im Kreis durch diese Provinz. Sie beginnt und endet dort, wo alles im Sumpfland seinen Anfang und sein Ende nimmt: in der schwimmenden Stadt von Tu-Rhe.

Jonaddyn Flerr, Die Fürstentümer und Provinzen der vier Königreiche, Band 1

Jede Nacht sprachen sie über ihre Flucht. Während der Regen durch das Zeltdach tropfte und Jonan die Klingen seiner Schwerter putzte, suchten sie nach einem Ausweg. Sie wussten, dass Daneel sie belogen hatte, dass der Zwerg in Braekor noch bei den Gauklern gewesen war, ihnen vielleicht sogar noch länger gefolgt war. Wenn Ana daran dachte, glaubte sie seine Blicke aus kalten, trüben Augen zu spüren.

»Wir müssen hier weg«, sagte sie dann jedes Mal, »noch in dieser Nacht.«

Doch sie gingen nie weg.

Einmal kamen sie bis zum Rand des Lagers, das die Gaukler auf einem Hügel über den Sümpfen aufgeschlagen hatten, bevor Daneel sie bemerkte und sie bat zurückzukehren. Er befahl nie, er drohte nie, er bat. Manchmal machte er sogar einen Scherz, über den Ana und Jonan lachten. Dann fragte sie sich, weshalb sie das Lager hatte verlassen wollen. Daneel war nett zu ihr, und ein weit gereister Mann wie er wusste sicher besser, was gut für sie war, als Jonan. Ihm konnte sie vertrauen.

Sie waren nicht die Einzigen, die zu fliehen versuchten. Eines Morgens trat Ana aus ihrem Zelt und sah Qaru, den Dichter, neben einem Ochsenkarren stehen. Er trug einen Rucksack auf dem Rücken und seine in Leder eingeschlagenen Pergamente unter dem Arm. Sein Gesicht war von Mücken so zerstochen worden, dass man ihn zwei Tage lang wie einen Blinden führen musste. Er wusste nicht mehr, weshalb er seine Sachen gepackt und das Zelt verlassen hatte. »Den Gedanken daran habe ich wohl verlegt«, sagte er.

Es war ein merkwürdiger Satz, doch für Ana fasste er zusammen, was sie fühlte.

Im Kreis zogen sie durch das Sumpfland, blieben immer auf der einzigen Straße, die sie an kleinen, auf Stelzen gebauten Dörfern und endlosem grünen Dickicht vorbeiführte. Alles war grün, die Blätter der Bäume, der moosbedeckte Boden, das Wasser mit all seinen Pflanzen, der Schimmel, der sich durch die Vorräte fraß, die Menschen in ihrer Kleidung aus Blättern und Pflanzenstängeln. Selbst der Nebel, der über den Sümpfen lag und die Kehle zum Husten reizte, schimmerte grünlich.

Die letzten drei Tage hatten die Gaukler auf einem Hügel zwischen den Sümpfen gelagert, Ana wusste nicht, warum. Aber an diesem Morgen, als sie ihr Gesicht mit einem Öl aus Katzenblüten und Schilfdorn einrieb, um sich vor den Mücken zu schützen, hörte sie Daneel sagen: »Packt eure Sachen zusammen. Wir brechen auf, sobald alle fertig sind.«

»Wo gehen wir hin?«, fragte Fyramei, die Tänzerin. Neben ihrem Zelt lagen getrocknete Fische auf Schilfblättern. Jede Nacht sah Ana grünblättrige Männer durch den Eingang kriechen.

Daneel grinste. »Wir gehen uns ein Wunder ansehen.« Er drehte sich im Kreis, sodass alle ihn hören konnten. »Zan Phirku, der Herrscher des Sumpflandes, hat uns in seine unvergleichliche Stadt eingeladen. Wir werden vor ihm in seinem Palast auftreten.«

Die Gaukler klatschten in die Hände, ein paar von ihnen jubelten. Keiner schien sich zu fragen, wann und wie diese Einladung ausgesprochen worden war. Ana hatte keinen Boten gesehen, und Daneel hatte das Lager kaum verlassen. Trotzdem bezweifelte sie nicht, dass sie vor dem Herrscher auftreten würden. Daneel würde dafür sorgen.

»Was ist los?«, fragte Jonan. Er hatte das Zelt verlassen und streckte sich. Ana hatte ihn schon mehrmals gebeten, nachts zu schlafen, wenn auch sie schlief, aber er lehnte das immer wieder ab. Er legte sich erst hin, wenn sie erwacht war, und bat sie stets, in Rufweite zu bleiben, damit sie ihn wecken konnte, sollte es nötig sein. Sie vermutete, dass es ihm in Wirklichkeit unangenehm war, da sie in dem kleinen Zelt nebeneinander hätten liegen müssen.

»Daneel bringt uns nach Tu-Rhe, damit wir vor Zan Phirku ...« Ana unterbrach sich. Die Erinnerung an einen alten, weißhaarigen Mann in einer Robe aus getrockneten Blüten und Krokodilshaut stand plötzlich in ihrem Geist. »Ich kenne ihn.«

»Was?« Jonan sprach leise. Seine Blicke suchten Daneel.

»Er hat Somerstorm vor ein paar Jahren besucht, ich weiß nicht, aus welchem Anlass. Aber ich kann mich daran erinnern, weil er so seltsam war. Niemand außer den Priestern, die ihn begleiteten, durfte mit ihm sprechen.«

»Glaubst du, er würde dich erkennen?«

Ana neigte den Kopf. »Vielleicht.«

»Und würde er uns helfen?«

In einem anderen Leben, einem, das einen Sommer zurücklag, hätte sie über die Frage gelacht. Natürlich, hätte sie geantwortet.

Wer würde nicht alles tun für die Gelegenheit, der Tochter des Fürsten von Somerstorm helfen zu dürfen?

Doch diese Gewissheit war längst vergangen. An ihre Stelle waren Unsicherheit und Zweifel getreten.

»Vielleicht«, sagte sie.

Jonans Blick verriet, wie unzufrieden er mit dieser Antwort war, aber sie hatte keine andere. Er drehte sich um und begann das Zelt abzubauen.

Gegen Mittag brachen sie schließlich auf. Daneel ritt auf seinem Esel vor den Gauklern in ihren Karren her. Ana und Jonan gingen hinter ihnen. Ab und zu drehte sich Daneel um und sah sie an, ohne je etwas zu sagen.

Ana wartete, bis seine Aufmerksamkeit nachließ, dann sagte sie leise: »Ich sollte Zan Phirku eine Notiz schreiben und meine Situation erklären.«

»Kann er lesen?«, fragte Jonan.

Ana runzelte die Stirn. Darüber hatte sie nicht nachgedacht. Sie war in der Überzeugung aufgewachsen, dass jeder, der kein Sklave und kein Bauer war, lesen und schreiben lernte. Ihr fiel ein, wie entsetzt sie gewesen war, als sie Rickard bei ihrer einen kurzen Begegnung gebeten hatte, ein Gedicht vorzutragen, und er gestand, nur Zahlen zu beherrschen, keine Buchstaben. Und er würde einmal über Westfall herrschen, ein Fürstentum, das vielleicht sogar den neuen König stellen würde. Zumindest hatte ihr Vater darauf gehofft.

»Einer seiner Priester kann bestimmt lesen«, sagte Ana.

»Wer weiß, ob sie ihm die Wahrheit vorlesen würden oder eine Lüge.« Jonan schüttelte den Kopf. Sein Haar war so lang geworden, das es ihm fast bis in die Augen hing. »Wir werden entscheiden, was zu tun ist, wenn wir dort sind.«

Es klang mehr, als wolle er entscheiden, was sie tun würden. Ana antwortete nicht.

Schweigend gingen sie den Weg entlang. Grünes Dickicht

schloss ihn von beiden Seiten ein. Baumkronen hingen über dem Weg und verdunkelten die Sonne, ließen nur graues Dämmerlicht nach unten dringen. Wassertropfen fielen aus den Blättern. Anas Kleidung war feucht, ihre Haare nass wie nach einem Bad. Feuchtigkeit stieg dampfend von Ochsen und Menschen auf. Hin und wieder schrie ein Vogel, sonst hörte man nur das Tropfen des Wassers und das hohe Summen der Mücken.

Ana betrachtete Daneels Rücken durch die Strähnen ihrer Haare. Sein Hemd klebte auf seiner Haut, seine Beine hingen kaum mehr als eine Handbreit über dem Boden.

»Was ist er?«, fragte sie leise. »Ist er ein Magier oder ein Dämon? Ist er vielleicht besessen?«

»Ich weiß es nicht.«

»Ich habe gesehen, was Magier tun, wie sie tanzen und der Erde ihre Magie abringen.« Ana dachte an die junge Frau, die bei einem Festbankett in Somerstorm einmal ein totes Schaf hatte schweben lassen. Fast zwei Stunden hatte sie getanzt. Als es ihr schließlich gelang und das Schaf in Höhe eines Stuhls schwebte, waren die meisten Gäste bereits zu betrunken, um ihren Erfolg überhaupt zu bemerken.

»Daneel redet nur«, fuhr sie fort. »Er kann kein Magier sein. Also muss er ein Dämon sein oder besessen. Aber können Dämonen so lange von einem Menschen Besitz ergreifen oder ihre wahre Gestalt verleugnen?«

»Ich weiß es nicht.« Jonans Antwort wirkte desinteressiert. Er schien ihr kaum zuzuhören.

Ana sah ihn an. »Möchtest du nicht wissen, was er ist?«

»Nur wenn es mir dabei hilft, ihm zu entkommen oder ihn zu töten. Der Rest ist unerheblich.« Er sprach mit solcher Kälte und Gleichgültigkeit, dass Ana an Qarus Worte denken musste: Er hat sein ganzes Leben nichts anderes getan. Er tut mir leid. Sie glaubte plötzlich zu verstehen, was er damit gemeint hatte.

»Bringt man euch im Orden bei, so zu denken? Nur das zu beachten, was euch zum Ziel führt?«

Jonan wischte seine Klingen mit einem Tuch ab. Es waren die einzigen Metallgegenstände, die keine Roststelle zeigten. »So überlebt man«, sagte er.

»Aber auch nicht mehr.«

Sie spürte seinen Blick, erwiderte ihn jedoch nicht. Vor ihr bogen die Karren um eine Kurve, dann sah auch sie die schwimmende Stadt im See.

Tu-Rhe war Chaos, eine verwirrende, turmhohe Masse aus Brettern und Seilen. Große und kleine Plattformen, die man zusammengebunden oder mit Pflöcken im Untergrund verankert hatte, bildeten das Fundament für eine unüberschaubare Anzahl von Hütten, die wiederum mit Hängebrücken, Leitern und Stegen verbunden waren. Sie nahmen fast den gesamten See ein, waren sogar in die Bäume hineingebaut worden, die ihn umgaben. Es gab Hütten, die über die Dächer anderer hinaushingen oder sich an sie anlehnten. Wasserstraßen führten an ihnen vorbei. Darauf fuhren mehrstöckige Flöße, die mit langen Auslegern stabil gehalten wurden. Wie riesige dunkle Spinnen krochen sie über das Wasser. Alles war offen, Ana sah kaum Wände, nur schilfgedeckte Dächer, Mückenschwärme und Menschen.

Eine einzelne Plattform lag abseits von den anderen. Hier stiegen Rauchfahnen auf und vermischten sich mit dem Nebel, der über dem See hing. Menschen hockten auf der Plattform und kochten. Es gab einige Garküchen, die meisten Feuerstellen schienen jedoch von Familien genutzt zu werden. Nackte Kinder liefen mit Töpfen und in Blätter eingeschlagenen heißen Steinen über die Stege. Die Plattformen schwankten, die Konstruktionen darauf schwenkten miteinander und gegeneinander, knirschten in einer Melodie, deren Rhythmus das Wasser vorgab.

Vor Ana begann Qaru, der Dichter, Symbole auf ein Pergament zu malen. »Tausend Geschichten«, hörte sie ihn sagen. »Tausend Geschichten.«

Daneel hielt seinen Esel an und drehte sich zu den Gauklern um. » Zan Phirku erlaubt kein Feuer in seiner Stadt, nur draußen auf einer einzigen Plattform«, rief er. Seinem zahnlosen Mund fiel es hörbar schwer, den Namen des Fürsten auszusprechen. »Euer Geschäft verrichtet ihr in Eimern, die ihr nachts nach draußen stellt und die von den Bauern morgens abgeholt werden. Niemand scheißt in den See, verstanden? Gegen diese Verbote zu verstoßen, wird mit dem Tod bestraft. Man hat mir gesagt, es seien die einzigen Gesetze in Tu-Rhe. Also sollte es nicht allzu schwierig sein, sich daran zu halten. Sogar für dich, Koto.«

Alle lachten, auch der schielende, leicht schwachsinnige Koto, der zu den Narren gehörte. Ana lachte mit, obwohl der Witz nicht komisch war und sie das wusste.

Vor ihr setzte sich der Zug der Gaukler wieder in Bewegung. Mehrere Wachen begrüßten Daneel, als sie sich einem der Stege näherten, die nach Tu-Rhe führten. Sie trugen Lendenschurze aus Schilf und waren barfuß. Ihre Körper glänzten ölig und rochen nach Fisch. Speere hingen in Schlaufen auf ihrem Rücken. Ana sah keine einzige Klinge.

Sie hörte die Wachen lachen und sah, wie einer Daneel auf die Schulter klopfte. Gemeinsam gingen sie den Gauklern entgegen.

»Karren hier. Zu schwer«, sagte der Wächter. Er sprach die Gemeinsprache nur gebrochen, trotzdem schien Daneels Magie – wenn es denn Magie war – auch bei ihm zu wirken. »Passen auf«, fügte er hinzu und berührte den Speer auf seinem Rücken.

»Nehmt, was ihr tragen könnt«, erklärte Daneel. »Der Rest muss hierbleiben. Niemand wird euch bestehlen.«

Zwei Rucksäcke, das war alles, was Ana und Jonan besaßen. Den einen, in dem sich nur ihr Zelt befand, ließen sie zurück. Der andere enthielt Decken und ein wenig Kleidung, die Ana auf der Reise aufgelesen hatte. Jonan kümmerte sich nicht um so etwas, also hatte sie auch eine Hose und ein Hemd für ihn besorgt.

Ana bemerkte erst, wie stark die Plattformen schwankten, als sie auf den Steg trat und strauchelte. Jonan stützte sie mit einer Hand ab. Die Wachen lachten. Einer sagte etwas in seiner eigenen Sprache. Sie klang, als würde man mit Lehm gurgeln.

»Hier entlang«, sagte Daneel. Er zeigte auf ein Wirrwarr aus Gassen, Planken, Stegen und Hängebrücken. Es führte tiefer in die Stadt hinein, vorbei an Fischverkäufern, Webern, Korbmachern und Obsthändlern. Hunde, Hühner und Ratten liefen zwischen Anas Füßen hindurch. Andere Tiere schien es in der Stadt nicht zu geben. Im ganzen Sumpfland hatte sie weder Kühe noch Schafe gesehen.

Überall, wo die Gaukler vorbeigingen, unterbrachen die Menschen ihre Arbeit und beobachteten sie. Die meisten lachten oder winkten, nur manche schüttelten den Kopf, als wüssten sie nicht, was diese Fremden in ihrer Stadt verloren hatten. Ana fiel auf, wie klein und dünn die Menschen waren. Die meisten reichten ihr gerade bis zum Kinn. Zwischen ihnen kam sie sich vor wie eine unbeholfene Riesin.

»Zwergenwitze sollten wir wohl besser auslassen«, hörte sie Borrum, den Narren, hinter sich sagen. Sein Bruder lachte.

Neben ihr sah sich Jonan mit sichtlicher Neugier um. »Ich sehe kein Metall, noch nicht einmal einen Nagel, nur Dinge aus Holz und Ton.«

Ana nickte. »Mein Vater sagte, es gäbe keine besseren Holzschnitzer als die aus dem Sumpfland. Ich glaube, dabei ging es auch bei Zan Phirkus Besuch.« Sie erinnerte sich nur vage an die Unterhaltungen während des Banketts, vermutete aber, dass ihr Vater Holzschnitzer aus dem Sumpfland hatte kaufen wollen. Er hatte Schönheit stets mit Gold aufgewogen, sogar als er ihre Mutter heiratete.

Die Wachen führten sie zu einer Plattform, die nur aus einem einzigen mehrstöckigen Gebäude zu bestehen schien. Es nahm die gesamte Plattform ein. Vorhänge hingen feucht und dunkel zwischen den Balken, schützten das Innere vor Blicken von anderen Plattformen. Das Gebäude war hoch. Ana sah an ihm empor und schätzte, dass es höher als die Festung Somerstorms sein musste. Die wenigen festen Wände, die sie entdeckte, waren voller Schnitzereien. Sie stellten Fische dar und Seeungeheuer, Kämpfer, die ihre Speere einer Sonne mit gütigem lächelnden Gesicht entgegenstreckten, und Frauen, die Kinder an ihren Brüsten stillten.

Eine der Wachen öffnete eine kleine Tür und zeigte ins Innere. »Palast«, sagte der Mann.

Sie gingen durch einen hölzernen, dunklen Tunnel. Es roch nach Harz und Regen. Als sie wieder heraustraten, blieb Ana wie alle anderen überrascht stehen und hob den Kopf. Warmer Nieselregen berührte ihr Gesicht. Sie standen unter freiem Himmel in einem großen, holzgetäfelten Innenraum. Balkone, über die man Baldachine gespannt hatte, hingen wie Wespennester von den Wänden. Es waren Dutzende, vielleicht sogar mehr als einhundert. In einigen saßen Menschen, die anderen waren leer. Ana nahm an, dass sich Räume hinter den Balkonen befanden, denn es gab vom Innenraum aus keine Möglichkeit, nach oben zu gelangen.

»Wenn das eine Falle wäre, gäbe es kein Entkommen«, sagte Jonan. Sein Blick war auf die Balkone gerichtet, sein Körper wirkte angespannt, so als rechne er jeden Moment damit, sich einem Pfeilhagel in den Weg werfen zu müssen.

Und das würde er auch tun, dachte Ana, selbst wenn es mir nur einen Atemzug mehr Leben erkaufte.

»Wieso sollten sie uns umbringen wollen?«, sagte sie. »Sie haben die Vorstellung doch noch gar nicht gesehen.«

Jonan lachte nicht, aber sie glaubte zu sehen, dass seine Mundwinkel zuckten. Ihr fehlten Daneels Fähigkeiten, ihn zum Lachen zu bringen.

Ihr Blick kehrte zurück zu den Balkonen. An den Seitenwänden erschien ihre Anordnung willkürlich, aber an der Wand, die dem Eingang gegenüber stand, bildeten sie ein spitzes Dreieck. Hier waren fast alle Balkone mit Männern besetzt, deren Körper rot bemalt waren. Nur der oberste Balkon war leer.

»Das sind die Priester, durch die Zan Phirku spricht«, sagte Ana. Sie erinnerte sich daran, dass Gerit aus lauter Angst vor ihnen bis in sein Zimmer geflohen war. Er war damals erst sechs oder sieben Jahre alt gewesen. Sie bereute, dass sie ihn so lange wegen seiner Angst aufgezogen hatte.

»Der oberste Balkon wird wohl dem Fürsten gehören.« Jonan schüttelte den Kopf und sprach leise weiter. »Das ist zu hoch. Er kann dich nicht erkennen.«

Er hatte Recht. »Dann werden wir eben mit einem seiner Priester sprechen«, flüsterte Ana. Um sie herum begannen die Gaukler ihre Ausrüstung auszupacken. »Wir brauchen seine Hilfe.«

»Wessen Hilfe braucht ihr?« Daneel hatte halb verborgen hinter einer Tuchrolle gestanden und drehte sich jetzt zu Ana um. Seine Stimme war freundlich und besorgt. Ana wusste, dass sie ihm alles erzählen konnte, was sie bedrückte.

»Zan Phirkus ...«, begann sie, aber lautes Türenschlagen unterbrach sie. Daneel fuhr herum, Jonan griff nach seinen Klingen. Die Wachen, die sie in den Innenhof gebracht hatten, waren verschwunden, die Tür geschlossen. Die Balkone waren leer, nur die Priester waren geblieben. Sie erhoben sich von ihren Plätzen.

»Ich bin das Wasser und der Fisch«, sagten die oberen beiden gleichzeitig.

»Ich bin die Sonne und der Nebel«, fuhren die beiden unter ihnen fort.

»Ich bin der Baum und der Boden.«

»Ich bin das Blut und das Fleisch.«

»Ich bin die Frucht und der Samen.«

Die Reihe war unten angekommen.

»Ich bin der Geist und die Tat«, sagten die obersten.

Schweigen setzte nach ihren Worten ein. Die Gaukler rückten enger zusammen. Jonan stellte sich vor Ana. »Tu genau, was ich sage«, flüsterte er, während Daneel an ihm vorbei nach vorne ging und die Arme ausbreitete.

»Eure Gastfreundschaft ist im…«

Die Priester ließen ihn nicht ausreden. Wieder sprachen sie gleichzeitig. »Ich bin das Leben und der Tod.«

»Das geht nicht gut aus.« Borrum leckte sich über die Lippen. Seine Stimme zitterte, in seinen Augen standen Tränen. »Die wollen uns umbringen, die wollen …«

Ein Pfeil durchbohrte seinen Hals. Borrum sackte zusammen, blieb zuckend auf dem Holzboden liegen. Jonan presste seine Hand auf Anas Mund, aber sie drehte den Kopf zur Seite. Sie würde nicht schreien. Sie hatte schon andere sterben sehen.

Qaru berührte Fyramei am Arm und zeigte auf die Seitenwände. Zwischen den Holztafeln ragten Pfeile hervor, dahinter saßen Bogenschützen.

»Eure Worte werden meine Luft nicht vergiften, eure Lügen und eure Verbrechen meinen Geist nicht durchsetzen. Schweigt und geht fort von hier.«

Die Tür, durch die sie eingetreten waren, öffnete sich wieder. Wachen, die hölzerne Schilde und Speere vor sich hertrugen, begannen die Gaukler zusammenzutreiben. Ein paar versuchten ihre Sachen aufzusammeln, aber die Soldaten schlugen mit den Schilden nach ihnen und drängten sie der Tür entgegen.

Niemand sagte etwas. Die Priester drehten sich auf ihren Balkonen um und verschwanden. Fyramei führte den schwachsinnigen Koto an einer Hand. Die andere hatte sie auf seinen Mund gelegt. Er weinte lautlos.

Daneel führte die Gaukler auf dem Weg nach draußen an. Ana versuchte in Jonans Nähe zu bleiben, aber die Wachen drängten sie auseinander. Er stemmte sich gegen sie, aber ein Schildhieb ließ ihn taumeln. Dann verschwand er zwischen ihnen.

Jetzt schoben die Wachen auch Ana auf den Tunnel zu. Sie drehte sich um und bemerkte, dass kein anderer Gaukler sich mehr im Innenhof befand. Sie war die Letzte. Ein Stoß trieb sie in den Tunnel. Hinter ihr wurde die Tür zugeschlagen. Das wenige Licht, das durch die Ritzen drang, bildete ein Gitter auf dem Tunnelboden.

Sie wollte zu den anderen aufschließen, aber Hände ergriffen plötzlich ihre Arme. Sie sah rot gefärbte Gesichter und unterdrückte einen Schrei. Stimmen begannen zu flüstern. »Ich weiß, wer du bist. Ich habe dich gesehen, als du meine Stadt betratst, und ich werde dir das Gleiche sagen, das ich deinem Vater sagte. Ihr seid der Rauch und die Flammen, die Klinge und der Rost, der Sturm und die Verwüstung. Nichts Gutes wird jemals von euch kommen, nichts Gutes wird euch und denen, die euch umgeben, widerfahren. Du hast versucht, meine Stadt zu vergiften, indem du diesen Kea'Hazzar hierherbrachtest. Du bist wahrhaft die Brut deines Vaters.«

Sie spürte den Atem der Priester auf ihrem Gesicht. Nein, wollte sie sagen, Daneel hat mich hierhergebracht, nicht ich ihn, aber sie wagte nicht zu sprechen.

»Der Tod wird dich finden, aber nicht in meinem Land. Dein Blut soll den Boden nicht besudeln, dein Atem die Luft nicht beschmutzen. Andere sollen diese Sünden auf sich nehmen.«

Die Hände ließen sie los. »Geh«, sagten die Stimmen. »Ich habe gesagt, was zu sagen war.«

Sie taumelte vor. Die Wachen ließen sie durch. Erst als Ana in den Nieselregen stolperte und Jonan sie stützen musste, bemerkte sie, dass sie am ganzen Körper zitterte. Sie sah die Erleichterung in seinem Blick, als sie sich aufrichtete.

»Keine Angst«, flüsterte Jonan, als die Wachen einen Moment lang abgelenkt wirkten. Sie schüttelte den Kopf. Sie war nicht ängstlich, sie war wütend, wütend auf Daneel, wütend auf ihren Vater, auf die Nachtschatten, auf Somerstorm, auf sich selbst.

Ich hätte etwas tun müssen, dachte sie, ohne genau zu wissen, weshalb. Der Gedanke ließ sie nicht mehr los. Er folgte ihr durch die Stadt bis an die Anlegestelle der großen Flöße. Als die Wachen sie und die anderen an Bord stießen, hörte sie einen von ihnen zum Bootsmann sagen: »Hal-Turun.«

Sie wusste, was damit gemeint war. Es war eines der vielen Wörter, mit dem das beschrieben wurde, was keinen Namen brauchte.

Der Große Fluss.

Kapitel 21

Verschlossene Augen und ein verschlossenes Herz. Der Reisende, der beides besitzt, wird sein Glück in Westfall finden.

Jonaddyn Flerr, Die Fürstentümer und Provinzen der vier Königreiche, Band 1

Die Sänfte trug Craymorus in die Stadt hinein. Mellie ging neben ihm her, eine Ehrengarde in den Farben Westfalls trieb die Menschen auf den Straßen mit Stöcken auseinander. Ihr brutales Auftreten war Craymorus unangenehm, aber Mellie hatte ihm versichert, dass sie so vorgehen mussten, um sich Respekt zu verschaffen.

»Das ist ein Armenviertel, Herr«, hatte sie gesagt. »Der Abschaum, der hier lebt, versteht nichts anderes.«

Er zog den Vorhang, der die Sänfte umgab, beiseite und sah hinaus. Die Gassen in diesem Teil der Stadt waren schmal, die Hütten mehrstöckig und ineinander verkeilt, so als müssten sie sich gegenseitig Halt geben. Kinder in braunen Lumpen spielten in den Eingängen, Wäscheleinen hingen zwischen den Fenstern der oberen Stockwerke. Der Gestank einer Gerberei überdeckte alle anderen Gerüche des täglichen Lebens. Überall standen Menschen herum. Die meisten waren alt, behindert oder betrunken. Einige sahen der Sänfte mit verschlossenen Gesichtern nach, andere wirkten neugierig.

Mellie zog den Vorhang auf der anderen Seite auf. »Herr, es

tut mir leid, aber die Gasse, in die wir müssen, ist für die Sänfte zu schmal.«

Craymorus griff nach seinen Krücken. »Ist es weit?«

»Nein, Herr, nur ein paar Schritte.«

Sie half ihm aus der Sänfte. Vier Soldaten der Ehrengarde blieben daneben stehen, wahrscheinlich um zu verhindern, dass sie gestohlen wurde. Die anderen vier folgten Craymorus in die Gasse. Die Hütten standen hier so dicht, dass sie in einer Reihe hintereinandergehen mussten. Es gab keine Fenster, nur einige schief sitzende Türen in Bretterverschlägen.

»Diese Frau, zu der wir gehen«, sagte Craymorus, »wer ist sie?«

Mellie drehte den Kopf zu ihm. »Meine Tante. Sie kannte jemanden, die viele Jahre lang Fürstin Syrahs Zofe war. Sie hat viele Geschichten zu erzählen.« Mellie zeigte auf ein dunkles Loch hinter einem Vorhang aus Lumpen. »Hier ist es.«

Sie schob den Vorhang zur Seite. Craymorus tastete sich mit seinen Krücken vor. Der Boden bestand aus festgetretenem Lehm, auf dem jemand Stroh ausgebreitet hatte. Es raschelte bei jedem Schritt.

Die Ehrengarde wollte ihm folgen, aber er hielt sie mit einem Kopfschütteln zurück. »Wartet draußen.«

»Ja, Herr«, sagte der Kommandant.

Mellie folgte Craymorus in die Hütte. Der Vorhang fiel hinter ihr zu und tauchte das Innere in Dunkelheit. Licht fiel durch Risse in den Brettern auf den Boden, zeichnete ein Muster aus dünnen weißen Strichen.

»Tante Eani?«, fragte Mellie.

Ein Schatten bewegte sich. »Mellie, den Göttern sei Dank. Ich dachte schon, es wären Diebe.«

Craymorus fragte sich, was ein Dieb wohl in diesem Verschlag stehlen sollte. Seine Augen gewöhnten sich an die Dunkelheit. Der Raum, in dem er stand, war klein. Es gab einen Tisch, auf dem ein Holznapf stand, und einen Hocker davor. An der hinteren Wand lagen ein paar Decken auf dem Stroh. Eine alte, in Lumpen gehüllte Frau saß darauf. Sie hatte die Arme ausgestreckt und ließ sich von Mellie aufhelfen. Craymorus vermutete, dass sie blind war.

»Ich habe einen Gast mitgebracht, Tante Eani. Sein Name ist Craymorus Ephardus, er ist ein Gast des Fürsten.«

»Herr.« Die alte Zofe versuchte sich zu verbeugen und wäre umgefallen, wenn Mellie sie nicht gehalten hätte.

»Ich danke dir für deine Gastfreundschaft«, sagte Craymorus. Er wusste nicht, was er sonst sagen sollte.

Mellie führte ihre Tante zu dem Hocker. Die alte Frau setzte sich, tastete nach dem Napf und trank daraus.

»Ich weiß, weshalb Ihr hier seid«, sagte sie, als sie ihn wieder absetzte. »Mellie hat mir davon erzählt.«

»Ich …«, begann Craymorus, aber Eani redete weiter. »Meine Schwester hat das nie getan, wisst Ihr? Die anderen Zofen haben die Geheimnisse, die sie hörten, verkauft und leben jetzt oben in den Hügeln in Steinhäusern wie reiche Leute. Aber nicht sie. Sie teilte ihre Geheimnisse nur mit mir. Und wo hat sie das hingebracht?«

Sie schüttelte den Kopf. Ihre blinden weißen Augen blickten in Craymorus' Richtung. »Ihr wollt Rickard helfen, seine Verlobte zu finden?«

»Ja.«

»Ein netter Junge. Seine Mutter wollte immer zu viel von ihm. Nichts, was er tat, war gut genug. Deshalb hat Fürst Balderick ihn auf seine Feldzüge mitgenommen, wusstet Ihr das?«

»Das wusste ich nicht«, sagte Craymorus. Seine Beine begannen zu schmerzen.

»Aber deswegen ist er auch nicht hier, Tante Eani.« Mellie legte ihr die Hand auf die Schulter. »Erzähl ihm von dem General.«

Die alte Frau zögerte. Ihre Hände tasteten nach dem Napf und begannen ihn zu drehen. Es fiel ihr sichtlich schwer, einem Fremden etwas zu verraten, was sie so viele Jahre lang geheim gehalten hatte. Craymorus sagte nichts. Je weniger sie an seine Anwesenheit dachte, desto leichter würde es ihr fallen. Sie hatte Mellie schließlich schon einmal verraten, was damals geschehen war.

»Es begann während des Krieges«, sagte Eani. »Es waren schwere Zeiten, sogar in Westfall. Meine Schwester, Mellies Mutter, war einige Jahre zuvor mit der Fürstin hierhergekommen, als sie den Fürsten heiratete. Die Fürstin war unglücklich und allein, und der General war« – sie zögerte – »da. Er war in der Schlacht vom Krähenhügel verwundet worden und erholte sich in der Festung. Er war galant, klug, war gebildet, so viele Dinge, die der Fürst nicht sein konnte oder nicht sein wollte. So fing es an.«

»Die Fürstin hatte ein Verhältnis mit General Korvellan?« Craymorus vergaß seine Schmerzen.

Eani schüttelte den Kopf. »Es war mehr als das. Meine Schwester sagte mir oft, dass sie füreinander geschaffen worden waren. Die Fürstin tat ihr leid.«

Mellie lächelte und streichelte Eanis Schulter. »Erzähl ihm alles.«

»Die Fürstin wurde schwanger. Als sie es nicht länger verbergen konnte, täuschte sie eine Krankheit ihrer Mutter vor und reiste in ihre Heimat nach Noderland. Meine Schwester war dabei, als ihre Tochter dort geboren wurde.«

Craymorus drehte sich zum Eingang um. Er hoffte, dass die Soldaten draußen das Gespräch nicht mithörten. »Sie ließ das Kind am Leben?«, fragte er leise.

»Ja. Sie sagte dem General, es sei tot geboren worden. Kurz darauf verschwand er.«

»Und das Kind lebt immer noch in Noderland?«

Eani nickte. »Die Fürstin sagte ihrer Mutter, es sei aus einer Nacht mit einem Sklaven entstanden. Das geschieht häufiger, als viele glauben. Eine Zofe erzählte meiner Schwester einmal, ihre Herrin habe mehr Sklavenkinder als eigene in die Welt gesetzt.«

Craymorus sah Mellie an, richtete seine Frage jedoch an Eani. »Was geschah mit deiner Schwester?«

»Sie kam eines Abends nicht mehr nach Hause. Ich hatte sie angefleht, nicht mehr in die Burg zu gehen, aber sie ging trotzdem. Als sie nicht zurückkehrte, nahm ich die kleine Mellie bei der Hand und floh. Ich versteckte mich hier mit ihr. Ich glaube, die Fürstin wusste nicht einmal, dass Cira eine Schwester und eine Tochter hatte. Sie interessierte sich nicht für das Leben ihrer Diener.«

»Sie weiß nicht, dass ich Ciras Tochter bin«, sagte Mellie.

Eanis blinde Augen richteten sich wieder auf Craymorus. »Das ist alles, was ich weiß, Herr.«

»Ich danke dir.«

Mellie küsste sie auf die Wange. »Danke, Tante Eani. Du wirst es nicht bereuen.«

Die alte Frau drehte stumm ihren Napf.

Craymorus atmete tief durch, als er nach draußen trat. Die Ehrengarde nahm Haltung an.

»Geht zurück zur Sänfte«, sagte er ihnen. »Wir kommen gleich nach.«

Einer der Soldaten grinste, als wisse er genau, weshalb ein Herr und seine Zofe allein sein wollten. Craymorus ahnte, dass sich sein Verhältnis mit Mellie längst herumgesprochen hatte.

Die Soldaten verließen die Gasse, ließen ihn und Mellie allein zurück. Er küsste sie.

»Danke«, sagte er. »Es tut mir leid, was mit deiner Mutter geschehen ist, und ich verstehe, weshalb du dich rächen willst, aber ich kann die Fürstin mit diesem Wissen nicht unter Druck setzen.«

Ärger glitt wie ein Schatten über ihr Gesicht. »Warum nicht?«

Er zog sich einige Schritte weiter, wollte darüber nicht in Eanis

Nähe reden. »Ein Kind mit einem Nachtschatten zu haben, wäre ihr Todesurteil«, sagte er leise. »Sie würde alles tun, um sich zu schützen, deine Tante töten, ihre eigene Tochter. Rickard würde nicht wollen, dass ich so weit gehe. Es tut mir leid.«

»Dann werden wir Ana von Somerstorm nicht finden und du wirst Rickard enttäuschen.«

»Ich weiß.« Craymorus zog sich durch die Gasse auf die Sänfte zu. Er hörte Stimmengewirr.

»Und bitte sorg dafür, dass Eani eine anständige Unterkunft bekommt«, sagte er über seine Schulter hinweg. »Ich werde dafür zahlen.«

»Ja, Herr.« Mellie klang wütend. Er fragte sich, wie lange sie auf die Gelegenheit gewartet hatte, sich an der Fürstin zu rächen. Jahre? Ein ganzes Leben lang? Aber er konnte ihr nicht helfen, auch wenn er es wollte. Zu viele Konsequenzen, deren Ausmaß er noch gar nicht ermessen konnte, wären damit verbunden gewesen.

Craymorus bog um die Ecke und blieb stehen. Eine Menschenmenge hatte sich hinter der Sänfte versammelt, wurde von der Ehrengarde zurückgehalten.

»Was ist hier los?«, fragte er.

Der Kommandant der Garde drehte sich zu ihm um. »Ich weiß es nicht, Herr. Sie standen hier, als wir zurückkamen.«

Eine Frau bahnte sich ihren Weg durch die Menge. Sie hatte nur einen Arm und zeigte mit dem Stumpf auf Craymorus. »Bist du der, der uns vor den Menschwölfen retten soll?«

»Sprich vernünftig!« Der Kommandant holte mit seinem Stock aus. »Für dich ist das ein Herr.«

»Schon gut.« Craymorus hob beschwichtigend die Hand. Dann wandte er sich an die Frau. »Meinst du die Nachtschatten?«

»Ja«, antworteten mehrere gleichzeitig.

Er nickte. »Euer Fürst hat mich gebeten, ihn bei diesem Kampf zu unterstützen.«

Seine Gedanken glitten kurz zu dem Nachtschatten im Folterkeller. Seit seiner ersten Begegnung war er nicht mehr dort gewesen, hatte stattdessen seine Fragen durch Mellie übermitteln lassen. Er wusste, wie feige das war.

»Wie kann man sie erkennen?«, rief die Frau. »Wie kann man die Nachtschatten erkennen?«

Die Menge wurde still. Ihre Blicke richteten sich auf Craymorus.

Ich weiß es nicht, wollte er sagen, aber das wollten sie nicht hören.

»Es gibt einige Hinweise, die vielversprechend sind«, sagte er.

»Stimmt es, dass sie ihr Fell innen tragen?«, rief ein Mann.

»Das wird vermutet, aber ...«

Sie ließen ihn nicht ausreden. Fragen prasselten wie Hagelkörner auf ihn ein.

»Stimmt es, dass Krähenfedern sich weiß färben, wenn man sie damit berührt?«

»Stimmt es, dass sie sich um Mitternacht im Schlaf verwandeln?«

»Stimmt es, dass kein Blut, sondern Sand in ihren Adern fließt?«

»Stimmt es, dass man sie nur in Blindnächten töten kann?«

Er beantwortete ihre Fragen, so gut es ging, bis die Schmerzen in seinen Beinen ihn zwangen, in die Sänfte zurückzukehren. Er ließ die Vorhänge offen. Viele wollten seine Hand schütteln oder winkten ihm zu, als er das Viertel verließ.

Erleichtert atmete er die frische Luft in den Hügeln vor der Stadt ein. Mellie strich mit der Hand über seinen Arm und lächelte. Ihre Wut schien verflogen zu sein. »Habt Ihr gesehen, wie sehr man Euch respektiert und wie sehr man Euer Wissen schätzt?«, fragte sie.

»Ja, das habe ich.« Es war ein erhebendes Gefühl gewesen, eines, das er noch nie zuvor gespürt hatte. Ein Teil von ihm sehnte sich danach, es noch einmal zu erleben, ein anderer Teil fragte sich, ob sie ihm nur vertraut hatten, weil er ein Krüppel war, einer von ihnen, ein Ausgestoßener, der es bis nach oben geschafft hatte.

»Meint Ihr, Ihr könntet noch mehr Wissen sammeln, wenn Ihr wieder in den Keller gehen würdet?«

Die Frage kam so unerwartet, dass Craymorus zusammenzuckte.

»Die Antworten, die ich erhalte, sind ausreichend«, sagte er und wandte sich ab.

In der Nacht, als sie nebeneinander auf dem großen Bett lagen und die Schmerzen in seinen Beinen ihn wieder einmal um den Schlaf brachten, dachte er über Mellie nach und über das Leben, das sie geführt haben musste. Sie tat ihm leid, aber er bewunderte sie auch. Sie war stärker als er, stärker als ein Mann, der es noch nicht einmal wagte, sich seinem eigenen Hass zu stellen.

Und wenn ich es doch tue?, dachte er und setzte sich auf. Er griff nach seinen Krücken, die neben ihm an der Wand lehnten. Mellie seufzte leise im Schlaf, als er das Bett verließ. Sie war daran gewöhnt, dass er nachts aufstand und sich ans Fenster setzte, wenn er nicht schlafen konnte.

Leise legte er die Beinschienen an, zog Hemd und Hose über, dann zog er sich auf nackten Füßen aus dem Zimmer. Einige Sklaven schliefen in den Nischen der Gänge, ansonsten war die Burg um diese Zeit menschenleer. Niemand hielt ihn auf, niemand sprach ihn an, als er die Tür zum Kerker öffnete und eintrat.

Ein Wachposten nickte ihm zu. Craymorus erwiderte den Gruß und zog sich über die Stufen nach unten. Er spürte die Blicke des Soldaten im Rücken, aber der Mann bot ihm keine Hilfe an. Craymorus war froh darüber. Auf dem Treppenabsatz blieb er stehen und wischte sich den Schweiß aus den Augen. Ein Wachposten öffnete die Tür für ihn. Craymorus trat ein, blieb jedoch in dem schmalen dunklen Gang stehen, als ihm jemand entgegenkam.

»Mach mal Platz da hinten, wir müssen hier durch«, rief ihm der hintere der beiden Männer zu. Sie trugen etwas zwischen sich. Der vordere drehte sich um und flüsterte ihm etwas zu.

»Verzeihung, Herr«, sagte der hintere hastig. »Ich hatte Euch nicht erkannt. Wartet, wir geben den Weg frei.«

»Schon gut.« Craymorus drehte sich auf seinen Krücken um. »Kommt ruhig.«

»Danke, Herr.«

Er blieb neben dem Wachposten stehen und winkte die Männer heran. Fackellicht erhellte ihre Gesichter, als sie näher herankamen. Sie trugen die Lederschürzen von Folterknechten. Craymorus warf einen Blick auf ihre Last. Es war ein Mensch, eine alte Frau, deren Blößen und Folterwunden man notdürftig mit einem Stück Stoff bedeckt hatte. Lichtschein brach sich in blinden toten Augen.

Er wandte den Blick ab. Sein Herz schlug schneller. Die beiden Männer gingen an ihm vorbei und bogen links in einen anderen Gang ab.

Sie haben sie umgebracht. Er fuhr sich mit der Zunge über die Lippen und atmete tief durch. Der Wachposten warf ihm einen kurzen Blick zu.

»Ich komme später wieder«, sagte Craymorus. Seine Stimme überschlug sich vor Nervosität. Er zog sich die Treppe hoch. Seine Schultern und Beine schmerzten so stark, dass es ihm die Tränen in die Augen trieb. Der Wachposten am oberen Treppenende hielt ihm die Tür auf.

»Da unten verliert man schnell die Nerven, Herr«, sagte er in einer merkwürdigen Mischung aus Schadenfreude und Mitleid.

Craymorus schob sich an ihm vorbei den Gang hinunter. Der Weg bis zu seinem Zimmer schien sich zu dehnen. Einige Sklaven wachten in ihren Nischen auf, als er sich keuchend an ihnen vorbeischleppte. Er fiel fast in sein Quartier hinein und schlug die Tür hinter sich zu.

Mellie setzte sich erschrocken im Bett auf. Im Mondlicht wirkte ihre Haut beinahe durchsichtig.

Craymorus schluckte. »Du musst sofort weg. Sie haben Eani ermordet.«

»Was?«

»Ich war unten in den Kerkern.«

»Was hast du in den Kerkern …«

»Lass mich ausreden.« Craymorus holte Luft. »Sie haben sie gefoltert und umgebracht. Es tut mir leid, du musst so schnell wie möglich weg von hier. Wer weiß, was sie ihnen alles erzählt hat.«

Mellie schüttelte den Kopf. »Wir gehen zusammen. Du bist genauso in Gefahr.« Ihre Stimme klang verschlafen.

Craymorus lachte leise. »Sie werden mir nichts tun. Sie brauchen mich wegen der Nachtschatten. Mach dir keine Sorgen.«

Es klang überzeugend, auch wenn er alles andere als überzeugt war, aber er konnte sie nicht begleiten. Er hätte sie nur aufgehalten.

Craymorus warf einen Blick aus dem Fenster, während sich Mellie ein Kleid überwarf. Es standen Wachen am Tor. Er wusste nicht, ob sie Mellie durchlassen würden, ob sie bereits neue Befehle erhalten hatten.

»Nimm dir meinen Geldbeutel. Schleich dich in den Hof und warte dort. Ich lenke die Wachen ab.«

Sie fragte nicht nach. Sie nahm seinen dunklen Umhang und zog sich die Kapuze tief ins Gesicht. Er umarmte sie, als sie vor ihm stehen blieb.

»Lass dich nicht umbringen«, flüsterte sie. »Bitte.«

Er küsste ihre Stirn, dann ihren Mund. Sie schmeckte kühl wie die Nachtluft. »Reite nach Noderland, finde die Tochter der Fürstin. Wenn wir sie retten, retten wir auch uns.«

Sie nickte. Einen Moment blieb sie stehen, als wolle sie noch etwas sagen, dann wandte sie sich ab und verließ das Zimmer.

Craymorus klemmte die Krücken unter seine Schultern und griff nach der Weinkaraffe auf dem Tisch. Mit tiefen Schlucken leerte er sie.

Wie naiv wir doch waren, dachte er, als der Wein über sein Kinn rann. Natürlich hatte die Garde der Fürstin verraten, wo sie gewesen waren, und natürlich war sie dem Grund dieses Besuchs nachgegangen – rasch und skrupellos, wie er es hätte wissen müssen. Wer es aus einer verschlafenen Bergprovinz bis auf den Fürstenthron von Westfall brachte, wusste seine eigenen Interessen zu wahren.

Der Wein und die Erschöpfung ließen ihn taumeln. Craymorus verließ das Zimmer und zog sich auf die Haupttreppe zu, die zum Eingang führte. Es war eine Marmortreppe mit breiten flachen Stufen. Er war sie schon ein Dutzend Mal gegangen. Auf ihr fanden seine Krücken mühelos Halt.

Nicht an diesem Abend, dachte er. Ihm wurde schwindelig, als er an der obersten Stufe stehen blieb. Die Zierrüstungen, die an beiden Seiten standen, schienen ihn aus den dunklen Schlitzen ihrer Helme zu beobachten. Er stützte sich schwer auf seine Krücken, dann lockerte er die Metallschienen an seinen Beinen. Der Wein stieß ihm sauer auf.

Er blieb stehen und breitete seine Arme mit den Krücken aus. Ihre Spitzen berührten die Rüstungen. Seine Beine zitterten einige Atemzüge lang unter der Belastung, dann knickten sie ein. Er schrie, als er nach vorne fiel, dem kalten, weißen Marmor entgegen. Rechts und links von ihm wurden die Rüstungen scheppernd von ihren Podesten gerissen.

Er überschlug sich. Seine Krücken rutschten an ihm vorbei. Der Lärm der Rüstungen war lauter als seine Schreie.

Eine Ewigkeit schien zu vergehen, bis er endlich liegen blieb. Die Welt drehte sich. Er hörte laute Rufe. Gesichter tauchten über ihm auf. Craymorus erkannte die Uniformen der Wachsoldaten und schloss die Augen.

Kapitel 22

Neugier ist den Somern fremd. Oft kommt es vor, dass man einen Mann trifft, der nicht weiß, was jenseits der Hügel liegt, die sein Dorf umgeben, und auch nichts an diesem Umstand zu ändern gedenkt. Was sollte es dort schon geben, so scheint er zu denken, das die Mühen der Reise wert sein könnte?

Jonaddyn Flerr, Die Fürstentümer und Provinzen der vier Königreiche, Band 2

Er hatte vergessen, dass er ein Gefangener war, doch jetzt, da er sein Gefängnis verlassen wollte, bemerkte Gerit die Mauern und Gitterstäbe, die ihn von der Freiheit trennten. Die Wachen auf den Mauern, die ihn sonst ignorierten, beobachteten ihn misstrauisch, wenn er sich dem Tor näherte, und die Stalljungen ließen ihn nie mit den Pferden allein. Die Nebentore hatte Korvellan bereits vor einiger Zeit vernageln lassen. Wer die Festung betreten oder verlassen wollte, musste das Haupttor benutzen.

Gerit legte die Axt beiseite, mit der er Feuerholz zerkleinert hatte. Die Nachtschatten erlaubten ihm, mit Werkzeugen und Waffen zu arbeiten. Korvellan hatte Gerit vor einigen Tagen noch gelobt, weil er seine Schwerter so sorgfältig poliert hatte. Alle in der Küche waren stolz auf ihn gewesen.

Langsam begann er die Holzscheite aufzuschichten. Er ließ seine Haare ins Gesicht hängen und beobachtete die Mauern und das Tor durch die Strähnen. Jede Wache hatte ihren eigenen Rhythmus, das hatte er bereits herausgefunden. Nie machten mehr als zwei gleichzeitig Pause. Sie sprachen sich mit Handzeichen ab, die sie selbst bei Nacht erkannten. Nachtschatten sahen besser als Menschen, vor allem in der Dunkelheit.

Gerit fragte sich, ob es nicht besser wäre aufzugeben. Der Gedanke hatte etwas seltsam Beruhigendes. Er stellte sich vor, wie er die Pergamente mit all den Zahlen und Notizen verbrannte, und spürte Erleichterung.

Das ist das Blut meines Vaters, dachte er, das Blut eines Feiglings. Ich werde ihm nicht nachgeben.

»Woran denkst du?«, fragte Mamee. Sie war neben ihm aufgetaucht, so lautlos, wie es nur die Nachtschatten vermochten. Auf dem Rücken trug sie einen Korb voller Maka-Wurzeln. Schwarzklaue sollte an diesem Tag zurückkehren, deshalb hatte Gerit den Köchen befohlen, bereits am frühen Morgen mit den Vorbereitungen für das Hauptmahl zu beginnen. Es musste alles fertig sein, wenn er nach Essen verlangte.

»An den Eintopf für heute Abend«, sagte er. »Schwarzklaue soll zufrieden sein.«

»Das wird er. Du musst dir wirklich keine Sorgen machen.« Mamee rückte den Korb zurecht. »Begleitest du mich zurück zur Küche? Die Köche warten schon auf ihr Maka.«

Gerit warf einen Blick über den Hof. Die Küche war keine fünfzig Schritte entfernt. Er fragte sich, weshalb Mamee seine Gesellschaft auf einem so kurzen Weg wünschte, richtete die Frage jedoch nicht an sie. Stattdessen hängte er die Axt an einen Haken im Unterstand. »Wie du wünschst.«

Es klang steifer und ablehnender, als er beabsichtigt hatte. Er räusperte sich. »Weißt du, wo Schwarzklaue war?«, fragte er rasch hinterher, um seinen Tonfall abzumildern. »Ich habe ihn seit fast zehn Tagen nicht mehr in der Festung gesehen.«

»Seidenfell sagte, er würde die Krieger in der Stadt auf den

Kampf vorbereiten. Er ist ein großer Feldherr, weißt du? Er wird es nicht zulassen, dass die Menschen uns Somerstorm wegnehmen, auch wenn …«

Sie biss sich auf die Lippe und sah Gerit an. »Das hätte ich nicht sagen sollen, entschuldige. Manchmal vergesse ich, dass du ein Mensch bist, nicht einer von uns.«

Er hob die Schultern. »Du sagst nur, was du denkst.«

Das Pergament in seiner Hosentasche knisterte bei jedem Schritt. Seit er seine Flucht beschlossen hatte, trug er es bei sich. Er bezweifelte, dass Mamee ahnte, wie verzweifelt die Situation ihres Volkes tatsächlich war. Gerade mal einhundert Nachtschatten, Männer und Frauen, hatte Korvellan für kampftauglich erklärt. Keiner von ihnen hatte je einer Armee angehört. Wenn Schwarzklaue tatsächlich die letzten zehn Tage mit ihrer Ausbildung verbracht hatte, würde er in schlechter Stimmung in der Festung eintreffen. Gerit glaubte jedoch, dass er die Zeit genutzt hatte, um Bauern beizubringen, wie man menschengroße Puppen bastelte und auf Pferden festschnallte. Eine Armee aus Holz und Stroh.

Sie gingen über den Hof. Aus den Augenwinkeln sah Gerit, dass die Tür zur Gerberei geschlossen war. Moksh schlief anscheinend noch.

»Hasst du uns?«, fragte Mamee.

»Nein.« Es hätte eine Lüge sein sollen, aber Gerit bemerkte überrascht, dass es die Wahrheit war. »Ich hasse, was ihr getan habt, was ihr mir weggenommen habt, aber ich hasse nicht euch. Ich könnte hier nicht leben, wenn es so wäre.«

Er drehte sich um. Mamee war stehen geblieben. Sie hatte den Kopf gehoben, sah aus wie ein Wolf, der Beute wittert.

»Komm mit«, sagte sie.

Gerit folgte ihr. Sein Magen verkrampfte sich, als er sah, dass sie auf die Gerberei zuging. »Ich möchte wirklich nicht mit Moksh reden.«

Mamee antwortete, ohne sich umzudrehen: »Ich glaube nicht, dass du das musst.«

Er verstand ihre Worte, als sie die Tür öffnete. Schwerer, faulig süßer Geruch schlug ihm entgegen und ließ ihn würgen. Er wandte den Kopf ab, atmete die Luft ein, die von draußen ins Innere der Gerberei drang. Dann folgte er Mamee tiefer in den Raum hinein. Es war dunkel. Licht drang durch einige schmale Spalte im Holz. Moksh hatte die größeren mit Fellresten verstopft, um sich vor der Kälte und dem Wind zu schützen. Gerit wusste das, weil er ihm dabei geholfen hatte.

Moksh hing an einem Deckenbalken. Seine Augen waren geöffnet und blutunterlaufen. Seine Zunge ragte schwarz und geschwollen aus seinem Mund. Ein Schemel lag umgeworfen unter ihm im Stroh. Gerit bemerkte, dass seine Füße nicht mehr als eine Handbreit vom Boden entfernt waren. Eine Handbreit, die Dicke einer Maka-Wurzel, hatte über Leben und Tod entschieden.

Gerit fragte nicht, warum Moksh sich das Leben genommen hatte. Der Grund war leicht zu erraten. Er sah auf den Tisch neben der Feuerstelle, wo ein Teekessel und zwei Holzbecher standen. Einer war halbvoll, der andere leer.

Ich habe ihn umgebracht, dachte er. Als hätte ich ihm ein Schwert in den Leib gerammt.

Er schloss die Augen, öffnete sie aber sofort wieder, als er Mokshs Gesicht vor der Schwärze seiner Augenlider sah. Er hatte ein Kind umgebracht und einen alten Mann, die Einzigen, die ihm vertraut hatten.

Gerit blinzelte. »Ich werde ihn abschneiden«, sagte er. Seine Stimme war rau.

»Nein, er hat dein Mitleid nicht verdient. Lass ihn hängen.«

»Ich kann ihn noch nicht …« Gerit brach ab und suchte nach Worten. »Er hat sich umgebracht, weil er einsam war, weil ich sein einziger Freund war und ihn wie Luft behandelt habe.«

Hinter ihm betraten zwei der Wachen die Gerberei. Sie mussten den Gestank bemerkt haben. Einer von ihnen drehte sich um, als er den Toten sah, und übergab sich. Der andere, ein kräftiger Nachtschatten mit fleckigem Fell, klopfte ihm auf den Rücken und grinste.

»Er hat es verdient, wenigstens würdevoll begraben zu werden«, fuhr Gerit fort.

»Einen Scheiß hat er«, sagte der Wächter mit den Fellflecken. »Gelebt wie ein Feigling, verreckt wie einer. Nicht schade drum.«

Die Worte rissen etwas in Gerit auf. Wut stach wie ein Messer in seinen Kopf. Er ballte die Fäuste, hörte sich selbst schreien und spürte, wie dünne, aber kräftige Arme ihn festhielten. Der Wächter griff nach dem Schwert in seinem Gürtel. Der andere, der sich gerade wieder aufrichtete, schüttelte den Kopf. »Lass ihn.«

Gerit wehrte sich gegen Mamees Griff. Sie taumelte, als er sich gegen sie warf. Gerit prallte gegen Mokshs Beine. Die Leiche begann am Seil vor und zurück zu schwingen. Eine Krallenhand glitt über seine Haare.

»Was ist hier los?«

Korvellans Stimme drang durch Wut und Schuld bis in seinen Geist.

»Nichts«, hörte er Mamee sagen. Sie ließ ihn los. Gerit fing sich mühsam und strich sich die Haare aus dem Gesicht.

Er zeigte auf die Wächter. Sein Atem ging so schwer, dass er einen Moment brauchte, um etwas hervorzubringen. »Ich dachte, sie hätten mich beleidigt«, sagte er dann, »aber ich habe mich geirrt.«

Korvellan sah sich in der kleinen Hütte um. Sein Blick glitt über den Tisch, den umgeworfenen Schemel, Gerit und die Leiche, die hinter ihm an ihrem Seil schwang. Dann trat er vor und spuckte Moksh ins Gesicht.

»Das ist das Einzige, was er je von mir bekommen wird«, sagte er, »und es ist das Einzige, was er von euch allen bekommen sollte.«

Gerit starrte ihn an. Er hätte nie geglaubt, dass Korvellan in der Lage war, etwas so Barbarisches zu tun. Die beiden Wächter nickten. Nacheinander gingen sie auf die Leiche zu und spuckten sie an. Nur einer von ihnen traf Mokshs Gesicht.

Mamee ließ Gerit los. Er spürte, wie ihr Blick den seinen suchte, und sah nach unten. Tu es nicht, dachte er. Mamee spie Moksh an. Ihr Speichel lief an seinem Arm hinab.

Korvellan lehnte sich an den Tisch. »Er hat dich mehr beleidigt als uns alle, Gerit«, sagte er. »Moksh hat sich als dein Freund ausgegeben, weil er wusste, dass du unsere Bräuche nicht kennst. Er hat dich ausgenutzt, und als du das erkanntest, hat er sich mitten in der Festung umgebracht, damit du glaubst, du müsstest dich um ihn kümmern. Aber so schwach bist du nicht mehr, oder?«

Gerit schüttelte den Kopf. »Er war doch nur ein alter Mann, der ...«

Korvellan unterbrach ihn. »Falsch. Er hat sich entschieden, ein alter Mann zu werden. Niemand außer ihm trägt dafür die Verantwortung. Er wollte, dass du glaubst, für ihn verantwortlich zu sein. Er hat dich betrogen. Du solltest ihm zeigen, was du davon hältst.«

Gerit sah Moksh an. Das Seil, an dem er hing, knarrte leise. Gerits Mund war so trocken, dass er nicht hätte spucken können, selbst wenn er es gewollt hätte.

»Ich muss noch Brennholz für heute Abend hacken«, sagte er. Korvellan nickte. In seinem Gesicht war nicht zu erkennen, was er von dieser Antwort hielt. Gerit schob sich an den Wachen vorbei und verließ die Gerberei.

Tief atmete er die kühle Sommerluft ein. Sie roch nach Pollen und Ziegendung. Einen Moment blieb er wartend stehen, aber

Mamee folgte ihm nicht. Er hörte, dass Korvellan in der Gerberei etwas sagte, verstand ihn aber nicht. Gerit wandte sich ab. Niemand sollte ihm vorwerfen können, dass er die Gespräche anderer belauschte.

Gerit wünschte sich, er hätte Korvellans Worte nicht verstanden, sondern sich gefragt, was es denn wohl mit Stärke zu tun hatte, einem toten Mann ins Gesicht zu spucken und ihm ein Begräbnis zu verwehren. Doch er verstand es.

Müde nahm er die Axt von ihrem Haken im Unterstand. Der Karren war halbvoll mit frisch zurechtgesägten Ästen, genug Arbeit, um ihn bis zum Abend zu beschäftigen. Er war froh über die Gelegenheit, mit niemandem reden zu müssen, weder über seine Schwäche noch über seine Stärke.

Ein Stück entfernt, weit genug, dass er ihre Gespräche nicht verstehen konnte, verließen Korvellan, Mamee und die Wachen die Gerberei. Mamee wollte die Tür schließen, aber Korvellan hielt sie mit einer Geste davon ab. Gerit verstand auch das. Der Gestank würde schneller vergehen, wenn die Möwen und Krähen an die Leiche herankamen.

Korvellan blieb stehen und sah zu ihm herüber. Gerit spuckte in die Hände und begann Äste zu spalten. Nach einer Weile sah er zur Seite und bemerkte, dass Korvellan verschwunden war.

Den ganzen Tag über hackte er Holz. Die Arbeit lenkte ihn von seinen Gedanken ab und von den Bildern in seinem Kopf. Gegen Mittag kam Mamee vorbei, brachte ihm Obstbier und ein Tablett mit frischem Brot und Schmalz. Sie aßen gemeinsam, schweigend, danach stand Mamee auf und ging. Einige andere sahen gelegentlich zu ihm herüber, während sie ihrer eigenen Arbeit nachgingen, aber niemand sprach mit ihm. Es war eine respektvolle Stille, nicht die Verachtung, mit der man Moksh gestraft hatte. Sie ließen ihm die Zeit, die er benötigte.

Gegen Abend war der Karren leer und der Verschlag so voll, dass Gerit die letzten Scheite kaum noch unterbringen konnte.

Seine Schultern schmerzten, und seine Hände waren voller Blasen, aber er fühlte sich besser, als ein Horn ertönte und die Wachen auf der Mauer nach unten sprangen und das Haupttor aufzogen.

Der donnernde Hufschlag verriet bereits, dass Schwarzklaue zurückkehrte, noch bevor er durch das Tor galoppierte und an den Zügeln seines gewaltigen Kriegsrosses zog. Er wirkte wütend. Gerit zog sich hinter den Verschlag zurück. In dieser Stimmung war es besser, wenn Schwarzklaue ihn nicht sah.

Der Nachtschatten sprang von seinem Pferd. Der Hengst tänzelte nervös und wieherte. Die Wachen, die das Tor geöffnet hatten, breiteten die Arme aus, um ihn einzufangen. Seine mit kleinen Steinen beschwerten Zügel schleiften über den Boden.

Mit weit ausholenden Schritten lief Schwarzklaue die Stufen zum Hauptgebäude hinauf. Gerit sah ihn bereits im Inneren verschwinden, da blieb er plötzlich stehen und hob den Kopf, roch wohl den Verwesungsgestank aus der Gerberei.

Schwarzklaue drehte sich um. Sein Blick richtete sich auf den Verschlag. »Gerit!«

Gerit zuckte zusammen. Der Nachtschatten schien ihn gewittert zu haben wie ein Hund das Wild. Er trat hinter seinem Versteck hervor. »Was kann ich für dich tun?«

»Ich will, dass du in die Stadt reitest und mit diesen verdammten Ältesten redest!« Schwarzklaues Stimme hallte über den Hof. »Sie müssen uns mehr von ihrer Ernte überlassen, nicht nur angeschimmeltes Maka und verdorbenes Fleisch. Damit könnte man kein Schwein füttern, erst recht keine Armee. Du bist der Sohn des Mannes, den sie Herr genannt haben. Vielleicht hören sie auf dich, bevor ich die Hälfte von ihnen umbringen muss.«

Er wandte sich ab, sah dann aber noch einmal zu Gerit. »Und beeil dich. Die Armee ist bereit zum Abmarsch.«

Seine Worte sorgten für Aufregung auf dem Hof. Schon lange hatten sich die Nachtschatten in der Festung gefragt, wann der

Kampf beginnen würde. Jetzt lachten sie und klopften sich gegenseitig auf die Schultern.

Ihr wisst nichts, dachte Gerit, gar nichts.

»Ich reite sofort los, Schwarzklaue«, sagte er. Einer der Stalljungen legte einer kleinen braunen Stute bereits das Zaumzeug an. Gerit schwang sich auf ihren ungesattelten Rücken. Vor ihm stand das Tor weit offen. Die Wachen, die den Hengst inzwischen eingefangen hatten, beachteten ihn nicht.

Er drehte sich nicht um, sah nicht zurück auf die Festung, die, seit er denken konnte, sein Zuhause gewesen war. Die Stute trabte über den Hof und auf das Tor zu. Gerit glaubte, Schwarzklaues Blicke im Rücken zu spüren. Bei jedem Atemzug erwartete er, zurückgerufen zu werden. Sein Herz hämmerte, seine Augen sahen nichts außer der wolkenverhangenen Landschaft jenseits des Tors.

Und dann war er hindurch.

Kapitel 23

Bedenkt man, dass es ohne das Wasser des Großen Flusses keine Kultur, keinen Handel und keinen Wohlstand gäbe, so erscheint es nicht etwa seltsam, dass so viele Völker zu den Göttern des Großen Flusses beten, sondern dass es nicht alle tun.

Jonaddyn Flerr, Die Fürstentümer und Provinzen der vier Königreiche, Band 1

Gibt es Nachrichten vom Krieg? Gibt es Nachrichten aus Somerstorm?«

Ana rief diese Fragen jedem Floß zu, das sie passierten, aber sie erhielt nie eine Antwort. Manchmal starrten die Händler und Matrosen an Deck sie an, meistens ignorierten sie Ana jedoch. Vielleicht sprachen sie nicht die gleiche Sprache, vielleicht schreckte sie auch der Käfig ab, in dem sie stand.

Man hatte sie eingesperrt wie Vieh. Die Gaukler hockten auf dem Deck eines Floßes, das das letzte Glied einer Reihe aus insgesamt fünf Flößen bildete. Sie waren mit armdicken Seilen vertäut worden. Die Ausleger ragten weit in die Sümpfe hinein. Ihre breiten Holzfüße, die wie kleine Boote aussahen, kratzten über Baumstämme und Sträucher. Die nackt darauf balancierenden Ruderer trugen Stangen, mit denen sie sich vom Grund abstießen. Das Wasser war flach. Hin und wieder kratzte der Boden des Floßes über den Untergrund.

Ana stand an den Baumstämmen, die seit fünf Tagen die

Grenze ihrer Welt bildeten. Wie Gitterstäbe ragten sie in die Höhe. Die Zwischenräume waren so eng, dass nicht mehr als ein Männerarm hindurchpasste. Ein Dach gab es nicht. Alles war nass; Haare, Haut, Kleidung. Die meisten Gaukler hatten sich bis auf den Lendenschurz ausgezogen und ihre Kleider auf dem Boden verteilt. Die Stoffe sogen die Tropfen auf. Solange es regnete, gab es Trinkwasser.

Und solange Jonan angelt, haben wir Nahrung, dachte Ana. Sie wandte den Blick vom monotonen Grün des Urwalds ab und sah zu Jonan, der an den Baumstämmen lehnte und eine Schnur ins Wasser hielt. Seit sie an Bord gekommen waren, hatte er fast ein Dutzend kleiner Fische und eine Wasserschlange gefangen. Ana sah ihm oft dabei zu, vor allem nachts, wenn sie auf den harten Bohlen lag und nicht schlafen konnte. Er wirkte ruhig, wenn er angelte, fast schon zufrieden.

Die Matrosen ließen sie in Ruhe. Abgesehen von den Ruderern hielten sie sich auf dem ersten Floß auf. Sie gaben ihren Gefangenen weder Nahrung noch Wasser. Es schien sie nicht zu interessieren, ob sie lebten oder starben. Am ersten Tag hatte Daneel noch versucht, mit ihnen zu reden, doch sie schienen ihn nicht zu verstehen. Anscheinend funktionierte seine Magie nur, wenn man ihn verstand. Irgendwann hatte Daneel es aufgegeben, hockte seitdem stumm in einer Ecke des Käfigs. Nur wenn sie sich einem kleinen Dorf oder einem anderen Floß näherten, stand er auf und warf einen Blick darauf. Er schien auf etwas zu warten, so wie auch schon im Sumpfland.

Die Gaukler hielten sich fern von ihm. Niemand sprach ihn an. Er versuchte nicht mehr, sie mit seiner Stimme zu beeinflussen; Ana wusste nicht, warum. Aber sie war froh darüber. Es war, als hätte jemand einen Vorhang aufgezogen, der sie von der Welt getrennt hatte. Zum ersten Mal, seit sie Braekor verlassen hatten, fühlte sie sich wieder als Herrin über ihre eigenen Gedanken.

Ana und Jonan waren ebenso zu Außenseitern geworden wie Daneel. Die Gaukler hockten dicht nebeneinander wie Schafe, die sich in einem Sturm gegenseitig zu wärmen versuchten. Borrums Tod hatte sie alle tief getroffen, vor allem Fyramei. Wenn sie sich unbeobachtet fühlte, weinte sie. Am zweiten Tag war Qaru zu Ana gekommen. »Wir geben dir nicht die Schuld an dem, was geschehen ist«, hatte er gesagt. »Wir wissen, dass Daneel dich betrogen hat, so wie er uns betrogen hat. Wir wünschten nur, du hättest einen anderen Weg eingeschlagen, einen, der weniger Menschen in dein Unglück hineingerissen hätte. Diese Wahl hast du nicht getroffen. Das ist die Schuld, die du auf dich geladen hast.«

Seine Worte hatten geklungen wie die auswendig gelernten Zeilen eines Theaterstücks. Seit er sie ausgesprochen hatte, dachte Ana immer wieder über sie nach. Ein Sprichwort ihres Vaters schien darauf zu passen: Ein Mann, dem die Flucht vor einem Bären gelingt, ist nicht der Mörder des Mannes, den der Bär an seiner Stelle frisst. Sie trug keine Schuld am Schicksal der Gaukler, egal was Qaru gesagt hatte.

Ana trat neben Jonan. »Ich sollte mit ihnen reden«, sagte sie.

Er sah nicht auf. Seine Hand bewegte sich rhythmisch auf und ab, gaukelte den Fischen im Wasser Leben am Ende der Schnur vor. »Über was?«, fragte er.

»Über ihre Anschuldigungen. Sie haben Unrecht. Ich bin nicht schuld. Sie hätten an meiner Stelle das Gleiche getan.«

»Wieso interessiert es dich, was sie denken?«

Ana zögerte. »Weil es so ungerecht ist. Weil sie so tun, als ob ich eine Wahl gehabt hätte.«

Jonan riss kurz und heftig an der Schnur, dann zog er sie langsamer in den Käfig hinein. Ein Frosch hing an ihrem Ende. Seine Zehen waren gespreizt, die Schwimmhäute gespannt, als versuchte er sich in der Luft abzustoßen und zu fliehen. Jonan schlug ihm mit der Faust auf den Kopf, dann zog er den Angelhaken – eine Nadel, die Fyramei bei sich gehabt hatte – aus dem Maul.

»Er hatte eine Wahl«, sagte er dann. »Er hätte nicht in den Köder beißen müssen, aber er hat es getan.«

»Was willst du damit sagen?«

Jonan hob die Schultern, spießte einen der Nachtfalter, die er als Köder benutzte, auf den Haken und warf die Schnur wieder ins Wasser. Ana kannte ihn gut genug, um zu wissen, dass er nicht mehr dazu sagen würde. Es machte sie wütend. Er war nur ein paar Jahre älter als sie, hatte kaum mehr von der Welt gesehen, aber er klang stets so, als besäße er ein Geheimwissen, das ihres überstieg. Er schien vergessen zu haben, dass er immer noch ihr Diener war, auch wenn sie die Distanz, die standesgemäß gewesen wäre, aufgegeben hatten. Sie würde ihn daran erinnern müssen, wenn die Zeit reif war und sie diese Gefangenschaft überstanden hatten.

»Ich denke darüber nach, Daneel zu töten«, sagte Jonan nach einem Moment leise.

Ana sah aus den Augenwinkeln zu Daneel hinüber. Er lehnte mit geschlossenen Augen an den Gitterstäben. Seine Kiefer bewegten sich unablässig, so als versuche sein zahnloser Mund zu kauen.

»Glaubst du, du könntest es?«

»Er stellt eine Gefahr für dich dar. Es ist meine Pflicht, Gefahren zu beseitigen.«

Er hatte sie missverstanden. Ana schüttelte den Kopf. »Natürlich könntest du es, er wäre ja nicht der Erste.« Sie bemerkte, dass er die Lippen zusammenpresste, als sie das sagte. »Aber wäre das klug?«, fuhr sie fort. »Er hat uns aus Braekor herausgebracht, und wenn er jemanden findet, der seine Sprache spricht, kann er uns auch aus diesem Käfig holen, bevor wir am Ziel ankommen.«

Sie glaubte den Atem der Priester wieder auf ihrer Wange zu spüren. Ihr wurde kalt. »Ich will an diesem Ziel nicht ankommen, Jonan.«

Er richtete seinen Blick auf die Angelschnur im Wasser. Seine Hand wippte auf und ab. Ana sah die Tätowierung auf seinem Handrücken, eine Welle mit einem Schwert darüber. Auf seiner dunklen Haut war sie nur schwer zu erkennen.

»Daneel wartet auf jemanden«, sagte Jonan und sah sie an. »Ich glaube, er wartet, seit wir Braekor verlassen haben.«

Sie nickte. »Er weiß nicht, was er mit mir machen soll. Er braucht Anweisungen.«

Jonan riss an der Angelschnur. Der Haken war leer, der Köder verschwunden. Er verzog das Gesicht und griff nach einer frischen Motte. »Wir sollten weit weg sein, wenn er sie bekommt«, sagte er dann. »Alle wollen dich tot sehen, alle außer ...«

Für einen Augenblick dachte Ana, er würde den Satz mit dem Wort »mir« beenden, aber stattdessen sagte er: »...vielleicht Rickard. Du glaubst doch noch immer an ihn, oder?«

Als Ana zehn Jahre alt war, hatte Zrenje sie gefragt, ob sie immer noch an Palla glaube, die Fee im Stein, der man Wünsche zuflüstern konnte. Natürlich, hatte sie geantwortet, weil sie wusste, dass Zrenje das hören wollte.

Sie sah Jonan an und lächelte. »Ja, ich glaube an ihn. Er wird mich nicht hintergehen.«

Er warf die Schnur zurück ins Wasser. Der tote Frosch, der neben ihm lag, trocknete langsam in der Sonne. Fliegen begannen über ihm zu kreisen.

Ana sah zu Daneel hinüber. Er war aufgestanden und wandte ihr den Rücken zu. Sein Blick richtete sich auf einen hölzernen Steg, der in die Sümpfe hineinragte. Ein Junge saß nackt darauf und angelte. Zwei Frauen saßen ebenso nackt am Ufer.

»Könnt ihr mich verstehen?«, rief Daneel. »Nickt, wenn ihr mich versteht!«

Die beiden Frauen winkten ihm zu und lachten. Der Junge sah nicht einmal auf.

Daneel schlug mit der Faust gegen einen Holzbalken und schüttelte den Kopf.

»Töte ihn nicht«, sagte Ana leise. »Er will dieses Floß ebenso sehr verlassen wie wir. Vielleicht hilft uns das.«

»Wie du wünschst.«

Ana legte den Kopf gegen das Holz der Gitterstäbe. Sie war müde, hatte seit Beginn der Fahrt kaum geschlafen. Die Angst und die Enge hielten sie wach. Die Luft roch nach Fisch und menschlichen Exkrementen. Sie alle bemühten sich, ihre Notdurft im Wasser zu verrichten, aber nicht immer gelang das auch. Ana schämte sich jedes Mal, wenn sie sich hinhocken und ihren Rock hochheben musste. Die Gaukler schien das nicht zu stören. Sie waren wohl daran gewöhnt, ihr gesamtes Leben in Gegenwart anderer zu verbringen.

Ana schloss die Augen. Eine Brise kühlte ihr Gesicht und trug süßen Blütengeruch über das Wasser. Sie fragte sich, wie das Wetter wohl in Somerstorm sein mochte. War bereits der Schnee gefallen? Hatten die Hirten die Ziegen ins Tal getrieben, und war die Maka-Ernte gut ausgefallen?

Sie vermisste Somerstorm, die Kälte, den Wind und die Ödnis. Diese grünen Landschaften, durch die sie fuhren, waren ihr fremd, ihre Bewohner unheimlich. Und die Menschen, mit denen sie reiste, waren fremd und unheimlich zugleich, sogar Jonan, den sie mal zu kennen, mal zu mögen, mal zu hassen glaubte. Doch nichts davon hatte Bestand. Er zog sich so sehr in sich zurück, dass er selbst nach all der Zeit ein Unbekannter geblieben war.

»Könnt ihr mich verstehen? Nickt, wenn ihr mich versteht!«

Ana öffnete die Augen, als sie Daneels Stimme hörte, und drehte sich um. Er stand auf der anderen Seite des Käfigs. Seine Worte richteten sich an eine Kette aus drei Flößen, die ihnen entgegenkam. Auf dem Dach des ersten Floßes, hoch über dem Sumpf, hockten einige Männer zwischen Kisten und Säcken. Sie trugen Reisekleidung – staubige Ledermäntel, hohe Stiefel und breite Hüte, die Gesicht und Nacken vor der Sonne schützten. Einer von ihnen, ein bärtiger, kräftig wirkender Mann, erhob sich. Ein Schwert hing an seiner Seite. »Ich kann Euch sogar antworten, wenn Ihr das möchtet.«

Er sprach im Dialekt von Braekor. Ana sprang auf. »Habt Ihr Nachrichten aus Somerstorm?«, rief sie, bevor Daneel etwas sagen konnte.

Der Mann breitete die Arme aus. Er stand hoch über ihnen wie ein Sonnenpriester auf einem Tempeldach. Die Flöße waren noch so weit voneinander entfernt, dass sie seinen Gesichtsausdruck nicht erkennen konnte. »Somerstorm ist gefallen. Die Nachtschatten herrschen jetzt dort. Fürst Balderick hat eine gewaltige Armee aufgestellt, um Somerstorm zurückzuerobern. Es heißt, dass zwanzigtausend Mann nach Norden marschieren. Eine solche Armee hat man seit dem Roten König nicht mehr gesehen.«

Der Mann räusperte sich. Er klang so, als hätte er schon anderen Bericht erstattet. »In Braekor kämpfen Karral I und II gegeneinander. Beide behaupten, der andere sei ein Nachtschatten. Niemand ist mehr sicher, das ganze verdammte Land ist verrückt geworden. Wir hätten Somerstorm nehmen können, aber stattdessen wird es jetzt dem gierigen Sack Balderick und seiner Brut in die Hände fallen.«

Die anderen Männer nickten. Das Floß war so nahe herangekommen, dass man in ihre Gesichter blicken konnte. Sie wirkten müde und grimmig. Alle fünf trugen Bärte.

»Balderick gehört dieses Land nicht«, antwortete Ana, »es gehört den Fürsten von Somerstorm.«

»Die sind doch längst tot, Mädchen«, rief der Sprecher der kleinen Gruppe. »Es hieß, die Tochter sei entkommen, aber seit vier Blindnächten hat man nichts mehr von ihr gehört.«

Ana bemerkte Jonans warnenden Blick und schwieg. Der Mann schob den Hut in den Nacken. »Ihr seht nach einer ziemlich traurigen Versammlung aus. An wen sollt ihr verkauft werden?«

»Wir sind keine Sklaven!« Qaru antwortete an Anas Stelle. Die Annahme schien ihn zu ärgern.

»Was seid ihr dann?«, rief der Mann.

»Gaukler aus Somerstorm, mit denen es das Schicksal nicht gut gemeint hat.« Daneel stieß in die Unterhaltung wie ein Vogel in einen Mückenschwarm. »Wir wurden belogen und beraubt. Man hat uns hier gegen unseren Willen eingesperrt. Wenn dieses Floß sein Ziel erreicht, werden wir alle sterben. Einer der unseren musste bereits sein Leben lassen.«

»Tut mir leid.« Der Mann klang so, als würde er das wirklich meinen. Auch seine Begleiter wirkten betrübt über das Schicksal von Fremden, die sie noch nie zuvor gesehen hatten.

»Nur ihr allein könnt dieses schreckliche Unrecht verhindern. Wir würden es euch danken, und eure Götter auch.«

Die anderen Männer standen auf. »Was sollen wir tun?«, rief einer.

»Du hattest Recht«, sagte Jonan leise zu Ana. »Es war gut, ihn am Leben zu lassen.«

Sie nickte.

Jonan rief: »Befreit uns! Kommt an Bord und reißt diesen Käfig nieder!«

Die Männer zögerten. Einer von ihnen nahm seinen Hut ab und kratzte sich am Kopf. »Ich glaube, da hätten eure Wärter was dagegen«, sagte er.

Daneel hob die Schultern. »Dann tötet sie.« Seine Stimme zitterte.

Der Mann hörte auf, sich am Kopf zu kratzen. Die anderen sahen sich einen Moment an, dann nickten sie. »Das wäre eine Möglichkeit«, sagte der Sprecher der Gruppe. Er sprach seltsam langsam, als könne er selbst nicht ganz glauben, was er sagte.

Ana sah hinüber zu Daneel. Er stand aufrecht, das Kinn vorgestreckt, den Kopf in den Nacken gelegt. Schweiß lief über sein Gesicht und seinen mageren Oberkörper. Was auch immer er tat, es strengte ihn an.

Die Gaukler standen auf. Einer der Ruderer zog seine Stange aus dem Wasser und stieß damit nach Daneel, verfehlte ihn jedoch. Er rief etwas in seiner seltsamen singenden Sprache. Die Ruderer auf den Flößen vor ihnen drehten sich um.

Daneel wich von dem Gitter zurück. »Seht ihr das? Sie wollen uns umbringen. Wenn ihr nichts unternehmt, werden wir alle sterben. Wollt ihr das etwa zulassen?«

Die Männer schüttelten gleichzeitig die Köpfe. Zwei von ihnen zogen ihre Mäntel aus, einer begann bereits, über eine Leiter nach unten zu klettern. Springen konnten sie nicht, das Wasser war zu flach.

Die Flöße waren fast auf einer Höhe. Die Ruderer auf beiden Seiten riefen durcheinander. Sie stachen mit ihren Stangen nach den Männern und nach Daneel. Einer der Männer wurde von der Leiter gestoßen und fiel ins Wasser. Hustend kam er an die Oberfläche. Mit beiden Händen ergriff er die Stange des Ruderers und zog ihn in den Sumpf.

»Ihr müsst alle töten!«, schrie Daneel. »Tötet sie!«

Der Mann im Wasser würgte den Ruderer. Seine Begleiter sprangen von den Leitern und schwammen auf das Floß zu. Der größte von ihnen watete durch das flache Wasser. Er hielt ein Schwert in der Hand. Sein Gesicht war voller Hass.

Ana sah nach vorne, zu den anderen Flößen in der Kette. Die Ruderer verließen ihre Ausleger und liefen über die Seile nach hinten. Sie zählte zehn, aber nur zwei von ihnen waren bewaffnet. Einer trug einen Holzknüppel, der andere eine Axt, deren Kopf aus einem behauenen Stein bestand.

Die Floßkette, von der die Männer gesprungen waren, fuhr weiter. Fast schon panisch stießen die Ruderer ihre Stangen in den Untergrund und trieben die Flöße an. Einige Reisende standen auf den Dächern und gestikulierten. Ana war sich nicht sicher, ob sie helfen oder die Ruderer anspornen wollten.

Eine Stange schoss so dicht an Anas Gesicht vorbei, dass sie Spritzwasser auf ihrer Haut spürte. Instinktiv griff sie zu und warf sich nach vorne, drückte die Stange gegen einen Holzstamm. Die Stange zersplitterte krachend. Ana stolperte und fiel auf die Knie. Sie fühlte Jonan neben sich und hielt die Stange, die jetzt noch so lang wie ihr Arm war, hoch. Das zersplitterte Ende sah spitz aus.

»Du wirst eine Waffe brauchen«, sagte sie.

Jonan nahm ihr die Stange aus der Hand. »Bleib unten.«

Die Männer hatten das Floß fast erreicht. Mühsam wichen sie den Schlägen der Ruderer aus. Die Stangen waren schwerfällige Waffen, doch die Kleidung der Männer hatte sich voll mit Wasser gesogen und verlangsamte ihre Bewegungen.

»Werft euch gegen das Gitter auf der rechten Seite!«, rief Jonan plötzlich. »Qaru, Soram, Fyramei, ihr alle!«

Die Gaukler folgten seinem Befehl zögerlich. Erst als sie sahen, wie sich die Erschütterungen auf ihrem eigenen Floß auf die anderen übertrugen und die Ruderer auf den Auslegern zu taumeln begannen, legten sie ihre ganze Kraft in die Bewegungen. Ana wich einer Stange aus und half ihnen. Den ärgerlichen Blick, den Jonan ihr zuwarf, ignorierte sie. Er hatte geschworen, sie zu beschützen. Sie hatte nicht geschworen, sich beschützen zu lassen.

Einer der Männer ertrank, als Ruderer ihn mit ihren Stangen unter Wasser drückten, die anderen zogen sich auf das Floß vor dem Käfig. Sie holten mit ihren Schwertern aus, als wären es Dreschflegel. Sogar Ana erkannte, dass ihnen der Kampf nicht vertraut war.

Doch die Ruderer schienen noch weniger damit vertraut zu sein. Nach nur wenigen Lidschlägen trieben vier von ihnen bereits tot oder verletzt im Wasser. Zwei hatten ihre Stangen weggeworfen und schwammen auf das Ufer zu. Die anderen kämpften. Einem von ihnen gelang es, mit seinem Holzknüppel einem Angreifer den Schädel einzuschlagen. Jetzt waren sie nur noch zu dritt.

Auch Daneel schien zu erkennen, dass der Ausgang des Kampfes ungewiss war. »Tötet sie!«, schrie er. »Eure Götter sind mit euch!«

Er hatte aufgehört zu schwitzen. Seine Haut spannte sich über seinen Wangenknochen. Seine Rippen und Hüftknochen traten spitz hervor. Ana war nie aufgefallen, wie dünn er war.

Etwas knirschte. Qaru wich von dem Holzstamm zurück, gegen den er sich geworfen hatte. »Ich glaube, er ist locker«, sagte er. »Helft mir.«

Ein Dutzend Hände begannen an dem Stamm zu ziehen und gegen ihn zu drücken. Daneel konzentrierte sich auf die Männer, denen er den Kampf aufgezwungen hatte. Jonan stand neben ihm, die zersplitterte Stange in der Hand. Ana konnte nicht sagen, ob er Daneel schützen oder töten wollte.

Sie zuckte zusammen, als die Deckplanke, in der der Holzstamm gesessen hatte, auseinanderbrach und der Stamm ins Wasser fiel. Das Loch, das er hinterließ, war groß genug für einen Menschen. Qaru war der Erste, der vom Floß sprang. Er hielt die in Leder eingeschlagenen Pergamentrollen hoch über seinen Kopf und stieß den Holzstamm in Richtung des Floßes.

»Kommt!«, rief er. »Wer nicht schwimmen kann, hält sich am Holz fest.«

»Jonan?« Ana sah ihn an. Er zögerte, warf einen Blick auf Daneel, der am ganzen Körper zitternd neben ihm stand und »Tötet sie. Tötet sie alle« flüsterte, dann auf den Kampf. Nur noch zwei Angreifer standen und drei Ruderer, aber einer von ihnen hatte das Schwert eines Gefallenen aufgenommen und fuchtelte damit herum.

»Du musst ihn nicht umbringen«, sagte sie. Daneel war zu

schwach zum Schwimmen, und egal wie der Kampf auch ausging, keiner der Überlebenden würde Gnade zeigen. Die Floßschiffer hatten viel verloren, die Männer, die er beeinflusst hatte, noch mehr.

Jonan nickte. »Ich weiß.«

Daneel beachtete sie nicht, als sie ins Wasser sprangen und auf das Ufer zuschwammen. Ana war nicht mehr geschwommen, seit sie als Kind den Großen Fluss verlassen hatte, aber die Bewegungen fielen ihr leicht. Sie hatte nichts verlernt.

Als sie Schlamm unter den Füßen spürte, drehte sie sich um. Die Floßkette trieb den Fluss hinunter. Die Schatten der Bäume hüllten sie ein, ließen nicht erkennen, ob der Kampf ein Ende gefunden hatte. Sie wandte sich ab und kämpfte sich durch den knöcheltiefen Schlamm ans Ufer.

Jonan half den Gauklern, die sich am Holzstamm festgeklammert hatten. Fyramei sah immer wieder zum Floß zurück. Tränen liefen über ihr Gesicht. Ana hoffte, dass sie nicht um Daneel weinte.

Die Sonne begann bereits hinter den Bäumen zu verschwinden, als der letzte Gaukler den schmalen Uferstreifen zwischen Sumpf und Urwald erreichte. Wolken zogen über ihnen auf. Es sah nach Regen aus.

Qaru stand auf. Seine Hose war voller Sand und grüner Algen. Er räusperte sich. »Wir sollten nach Norden gehen, bis wir die Straße nach Lak-Binnou finden. Ich war dort schon mal, und ich weiß, in welchen Dörfern Menschen wie wir willkommen sind. Was haltet ihr davon?«

»Fürst Baldericks Armee müsste nördlich von hier sein, wenn sie auf dem Weg nach Somerstorm ist«, antwortete Ana vor allen anderen. »Dort muss ich hin.«

Qaru sah sie an. Sein Blick war nachsichtig, beinahe mitleidig, seine Stimme kalt. »Wohin du musst oder willst, betrifft uns nicht mehr. Geh und nimm deinen Leibwächter mit.«

Scham stieg warm in ihr Gesicht. Sie wollte ihm antworten, wollte erklären, was sie sich auf dem Floß zurechtgelegt hatte, aber Jonan kam ihr zuvor. »Du hast Recht. Wir werden einen anderen Weg wählen.«

Er streckte Ana seine Hand entgegen. »Komm.«

Sie ignorierte seine Geste und stand auf. Der Rock klebte an ihren Beinen, ihre nackten Füße waren braun von Schlamm.

»Ihr wisst, wer ich bin«, sagte sie. »Eines Tages werdet ihr das bereuen.«

Sie erwartete beinahe, dass einer von ihnen lachen würde – wahrscheinlich Fyramei –, aber sie alle schwiegen, während sie mit Jonan zwischen den mannsgroßen Blättern der Bäume verschwand.

Eine Weile kämpften sie sich wortlos durch das Unterholz. Ana stolperte über Schlingpflanzen und Wurzeln, die wie Fallen aus dem Boden ragten. Ein paarmal glaubte sie die Gaukler zu hören, aber jedes Mal, wenn sie sich nach ihnen umdrehte, sah sie nur das Grün des Urwalds. Sie konnten nicht allzu weit entfernt sein, schließlich hofften sie ebenso wie Jonan und Ana, eine Straße im Norden zu entdecken.

»Warum hast du das gesagt?«, fragte Jonan nach einiger Zeit. »Warum hast du gesagt, sie würden das noch bereuen?«

Sie bog einige Äste zur Seite. Es war eine dumme Bemerkung gewesen, das war ihr längst klar geworden. »Weil man so keine Fürstentochter behandelt«, sagte sie trotzdem. »Sie waren unverschämt.«

»Ich verstehe.« Jonan ging weiter, versuchte so gut wie möglich, ihr einen Weg zu bahnen.

Sie blieb stehen. »Du bist nicht einverstanden mit dem, was ich gesagt habe?«

»Das steht mir nicht zu.« Er sagte so etwas immer, bevor er ihr widersprach.

»Aber?«, fragte sie.

»Eines Tages, wenn es den Göttern gefällt, wirst du große Macht erlangen.« Er drehte sich um und sah sie an. Im Dämmerlicht verschmolz sein Gesicht mit den Schatten. »Menschen werden dich nach deinem Wort beurteilen. Du musst einer Drohung Taten folgen lassen, sonst wird dich niemand ernst nehmen. Du wirst dich daran erinnern, was du zu diesen Gauklern gesagt hast, und du wirst nicht wissen, ob sie nicht in den Dorfschänken von einem kleinen Mädchen erzählen, das haltlose Drohungen ausgesprochen hat. Das kannst du ihnen nicht erlauben. Also wirst du sie jagen und hinrichten müssen, jeden einzelnen.«

Sie lachte. Es klang laut und unecht. »Ich habe noch nicht einmal ein Paar Schuhe, und du redest von Macht? Sollte ich jemals mein Erbe antreten, werde ich sicher nicht an ein paar armselige Gaukler in irgendeinem Sumpfland denken.«

Sie lachte erneut, auch wenn sie in ihren Gedanken wusste, dass sie die Worte und das Gesicht eines jeden einzelnen Gauklers ihr Leben lang nicht vergessen würde.

»Wie du meinst«, sagte Jonan.

Kapitel 24

Die Verstrickungen, Allianzen und Intrigen zwischen den Provinzen sollten den Reisenden nicht interessieren. Nicht wenige, die mit dieser Regel gebrochen haben, konnten im Kerker oder auf dem Richtblock über ihren Sinn nachdenken.

Jonaddyn Flerr, Die Fürstentümer und Provinzen der vier Königreiche, Band 2

Die ersten Tage nach seinem Treppensturz hatte er verschlafen. Sie hatten ihm etwas gegen die Kopfschmerzen gegeben und die Fenster seines Zimmers mit Stoffbahnen verhängt, weil das Licht in seinen Augen stach. An diesem Morgen, nach fast sechs Tagen, hatte Craymorus zum ersten Mal darum gebeten, sie wieder abzunehmen. Er fühlte sich besser.

Oso war in seine Dienste zurückgekehrt, aber obwohl Craymorus ihn mehrmals nach Mellie gefragt hatte, gab er ihm keine Antwort. Der Sklave wirkte eingeschüchtert. Außer ihm und dem Arzt, der sich als Leibarzt des Fürsten vorgestellt hatte, war niemand zu Besuch gekommen. Craymorus fühlte sich, als hätte man ihn von der Welt getrennt. Vielleicht war das so gewollt.

Er drehte den Kopf, als die Tür geöffnet wurde. »Oso …«, begann er, senkte dann jedoch sofort den Kopf. »Eure Hoheit.«

Cascyr, der König ohne Land, winkte ab. »Ihr müsst Euch nicht erheben. Man hat Uns mitgeteilt, Ihr hättet Euch ausreichend gut erholt, um einer Unterhaltung folgen zu können.«

Er zog einen Stuhl heran und setzte sich neben das Bett. Die vier Gardisten, die ihn begleiteten, verteilten sich im Zimmer.

»Ja, Herr.«

Der König griff nach einem Stück Käse, drehte es zwischen Daumen und Zeigefinger und legte es wieder auf den Teller. »Man hat Uns auch mitgeteilt, Ihr hättet Glück gehabt. Nichts ist gebrochen, zumindest nicht gebrochener, als es vorher war.«

Er wischte sich die Hand an der Bettdecke ab.

»Ja, Herr. Ich werde in Zukunft wohl mit dem Wein vorsichtiger umgehen.«

»Das solltet Ihr.« Cascyr verschränkte die Arme vor der Brust. Die weiße Seidenrobe glänzte in der Morgensonne.

»Eine seltsame Nacht war das, findet Ihr nicht auch?«

Craymorus hob die Schultern. »Abgesehen von den Unannehmlichkeiten, die ich allen bereitet habe, fällt mir nichts Seltsames zu dieser Nacht ein.«

»Tatsächlich? Dann findet Ihr es auch nicht seltsam, dass Ihr kurz vor Eurem Sturz sehr aufgeregt und, wie Wir hörten, anscheinend nüchtern im Kerker gesehen wurdet, einem Ort, den – so haben Wir es vernommen – Ihr nur ein einziges Mal zuvor betreten hattet und das wohl sehr widerwillig. Aber in dieser Nacht gingt Ihr hinein, seltsamerweise die gleiche Nacht, in der eine alte Bettlerin dort zu Tode kam.« Der König roch an der Weinkaraffe und verzog das Gesicht. »Bedenkt man, dass in der gleichen Nacht Eure Zofe verschwunden ist, so wirkt das Ganze doch sehr seltsam.«

Craymorus verbarg seine Erleichterung. Mellie schien die Flucht gelungen zu sein – zumindest schien Cascyr anzunehmen, dass sie verschwunden, nicht etwa gefangen war.

»Sie war eine unzuverlässige Zofe. Es wundert mich nicht, dass sie verschwunden ist.«

Der König lächelte. »Es würde sie bestimmt betrüben, dass Ihr so schlecht über sie sprecht. Hat sie nicht all Eure Wünsche zur vollsten Zufriedenheit erfüllt?«

Craymorus schwieg. Der König beugte sich vor und sah ihn an. »Und nun hören Wir, dass die Fürstin Eurem Wunsch nachkommen und Euch Geld und Männer zur Suche nach dem Somerstorm-Mädchen zur Verfügung stellen will, obwohl sie das bis jetzt abgelehnt hat. Ihr scheint etwas Bedeutsames erfahren zu haben, Craymorus. Wir fragen uns, wie das möglich ist, da Ihr gerade eben lange genug an diesem Hof seid, um Euch nicht zu verlaufen.«

Er wartete die Antwort nicht ab, sondern stand auf. »Wir glauben, dass Wir es früher oder später in Erfahrung bringen werden. Ihr wisst ja, dass Wir Meister der Geduld sind. So lange denken Wir, dass es in Eurem Interesse wäre, Euch mit zwei Mitgliedern Unserer Garde zu umgeben, und zwar mit ihm da an der Tür und ihm am Fenster.« Er schien die beiden Männern wahllos ausgesucht zu haben. »Macht Euch nicht die Mühe, ihre Namen zu lernen. Eine normale Unterhaltung mit ihnen zu führen, ist ohnehin ausgeschlossen.«

Cascyr ging zur Tür, drehte sich aber noch einmal um. »Ach ja, sobald es Euch besser geht, wünschen Wir, dass Ihr die Verhöre des Nachtschattens wieder aufnehmt. Ihr habt das doch sehr schleifen lassen. Sagen wir morgen früh? Gut. Eure Garde wird Euch hinbringen.«

Er öffnete die Tür. Zwei Gardisten folgten ihm nach draußen, die anderen beiden blieben stehen. Craymorus nickte ihnen zu. Die beiden Männer reagierten nicht.

Er zuckte zusammen, als sich die Tür erneut öffnete. Ein Gardist machte einen Schritt nach vorn, hielt die Tür fest und sah hinaus. Dann drehte er sich zu Craymorus um. »Die Fürstin wünscht Euch zu sprechen.«

»Natürlich. Bitte sie herein.« Er zog die Bettdecke über seine nackte Brust.

Der Gardist zog die Tür auf. Syrah trat ein. Sie trug ein hochgeschlossenes braunes Kleid und hatte die Haare zu einem Knoten zusammengesteckt. Sie wirkte älter und strenger als bei ihrer letzten Begegnung.

»Wie ich sehe, hat der König Euch ein Geschenk gemacht«, sagte sie mit einem Blick auf die Gardisten.

»Ja, er ist sehr großzügig. Bitte verzeiht, dass sie Euch nicht augenblicklich eingelassen haben. Ich bin den Umgang mit ihnen noch nicht gewohnt.«

»Ihr werdet ihn lernen.« Sie blieb in der Mitte des Raums stehen. »Ihr habt von dem Geschenk, das ich Euch gemacht habe, schon gehört?«

Craymorus nickte. »Der König sprach davon. Es freut mich sehr, dass Ihr gewillt seid, Rickards und meiner Bitte nachzukommen.«

»Und Ihr wisst auch ...« Sie zögerte, schien nicht recht zu wissen, wie sie in Gegenwart der Gardisten fortfahren sollte.

»Ich weiß«, sagte Craymorus, »dass ich mich nur an Euch wenden muss, sollte etwas geregelt werden müssen.«

Erst als er den Satz zu Ende gebracht hatte, bemerkte er, wie unverschämt er klang. Die Fürstin presste kaum merklich die Lippen zusammen.

»Ja, das solltet Ihr tun«, sagte sie und drehte sich um. »Unsere Unterhaltung scheint Euch angestrengt zu haben. Wir werden sie zu einem anderen Zeitpunkt fortsetzen.«

Ohne ein weiteres Wort verließ sie den Raum.

Er ließ sich zurück in die Kissen sinken. Seine Kopfschmerzen waren zurückgekehrt, schlugen rhythmisch hinter seinen Schläfen. Die Fürstin schien erkannt zu haben, dass ihr die Situation entglitten war. Ihr Zugeständnis an Craymorus zeigte, dass sie ihn nicht zum Feind haben wollte. Doch anstatt sie wissen zu lassen, dass auch er ihre Feindschaft nicht wünschte, hatte er sie weiter unter Druck gesetzt.

Ich hätte die Insel der Meister nie verlassen sollen, dachte er, ich bin nicht geschaffen für solche Spiele.

Kapitel 25

Der Reisende, der Somerstorm (nach meist kurzer Zeit) verlässt, tut dies in der Gewissheit, dass es kaum einen trostloseren Ort in den vier Königreichen geben mag. Diese Erkenntnis erfüllt seine Schritte mit Kraft und seinen Geist mit Freude.

Jonaddyn Flerr, Die Fürstentümer und Provinzen der vier Königreiche, Band 2

Am Morgen des vierten Tages erwachte Gerit in einer Höhle, die er am Vorabend entdeckt hatte. Mehrere Leichen lagen mit dem Gesicht nach unten darin, so wie es in Somerstorm Brauch war. Knochen waren überall verstreut. Es stank, aber nicht so schlimm wie in der Gerberei. Die meisten Leichen waren alt. Gerit hatte gezögert, sich dann aber doch entschieden, die Nacht in der Höhle zu verbringen. Tote konnten ihm nichts tun, und er hoffte, dass ihr Geruch einen Nachtschatten täuschen würde, wenn er zufällig in der Nähe vorbeikam. Das Pferd hatte er freigelassen. In den Bergen, die vor ihm lagen, konnte er es jenseits der Wege nicht mehr reiten.

Gerit hatte sich in eine Ecke der Höhle gehockt, in der er die Steinhaufen und Decken nicht sehen konnte, und versucht, trotz der Kälte zu schlafen. Ein Feuer anzuzünden wagte er nicht. Es waren zu viele Patrouillen in der Nähe der Pässe unterwegs. Wahrscheinlich hatte man sie längst über seine Flucht informiert. Die Nachtschatten liefen schneller und ausdauernder als

Pferde, nahmen die Tiere nur mit, um sich in menschlicher Form auf ihrem Rücken auszuruhen. Er nahm an, dass sie bereits die Pässe besetzt hatten und dort auf ihn warteten.

Ich hätte Korvellan nichts von dem zweiten Pass erzählen sollen, dachte er, während er in eine ungekochte Maka-Wurzel biss. Sie schmeckte bitter und war hart wie eine Nuss.

Seine einzige Hoffnung lag darin, dass Korvellan nicht genug Soldaten hatte, um beide Pässe abzuriegeln. Er konnte es sich nicht leisten, seine kleine Armee aufzuteilen, nicht, wenn Rickard bereits so nahe war, wie es den Anschein hatte.

Gerit stand auf und trank etwas von dem salzigen Wasser, das im hinteren Teil der Höhle von der Decke tropfte. Es löschte kaum den Durst, aber es vertrieb wenigstens den Geschmack der Maka-Wurzel von seiner Zunge.

Einen Moment lang blieb er stehen und lauschte den Wassertropfen, dann drehte er sich um. Es machte keinen Sinn, das Unvermeidliche noch länger aufzuschieben. Mit zusammengepressten Lippen ging er die Reihe der Leichen ab. Leere Augenhöhlen schienen ihn zu beobachten. Kleine Knochen knackten unter seinen nackten Füßen. Vor einem Toten, der wohl erst einige Wochen zuvor gestorben war, blieb er stehen. Im Sonnenlicht, das durch den Eingang drang, sah er den grauen Makastoff, der seinen Körper bedeckte. Haare wuchsen zwischen den Steinen.

Gerit hockte sich vor den Toten. »Es tut mir leid«, sagte er und begann die Steine zu entfernen. Der Gestank wurde so stark, dass er zu würgen begann. Er dachte an Moksh, an Vrenn, an seine Eltern und den Nachtschatten, der vor der Festung verweste. Immer wieder schüttelte er den Kopf, aber die Gedanken hatten sich in seinen Geist gekrallt und ließen nicht los.

Es dauerte nicht lange, dann lag die Leiche frei. Der Mann war etwas kleiner als Gerit und bärtig. Seine Haut war schwarz verfärbt, Insekten krochen darüber. Die Kleidung, die er trug, hatte ihn vermutlich sein halbes Leben lang begleitet, so oft war sie geflickt worden. Aber sie sah wärmer aus als Gerit eigene Kleidung, und vor allem roch sie nicht nach ihm.

Dem Toten Jacke und Hose auszuziehen, war einfacher, als Gerit geglaubt hatte. Er schüttelte die Kleider, um die Insekten daraus zu vertreiben. Sie waren schwer und klamm. Als er sich umzog, bemerkte er, dass die Hose nicht ganz bis zu seinen Knöcheln reichte und die Jacke um seinen Körper schlotterte. Gestank hüllte ihn ein. Ihm war nicht mehr übel.

Er steckte das Pergament in seine neue Hose und verneigte sich vor dem Toten. »Danke.«

Die Morgensonne vertrieb schon bald die Feuchtigkeit aus Gerits Kleidung. Ein warmer Wind wehte in seinem Rücken, der Himmel war so blau, dass ein Blick hinein die Augen tränen ließ. Narrenwärme nannten die Somer dieses Wetter, weil es so schnell in Kälte umschlagen konnte, dass es schon viele Unvorsichtige das Leben gekostet hatte.

Der Weg führte steil bergauf. Gegen Mittag erreichte Gerit eine Abzweigung, die ihn östlich am Berg entlangführen würde. Der eigentliche Weg knickte nach Westen ab, wo er im Hauptpass münden würde. Gerit blieb stehen. Er hatte gehofft, auf Spuren zu stoßen, die ihm seine Entscheidung erleichtern würden, aber außer den Abdrücken einiger Ziegenhufe war nichts zu sehen. Die Nachtschatten mussten einen anderen Weg gewählt haben.

Aber welchen?, fragte er sich. Man benötigte weniger Soldaten, um den kleinen Pass abzuriegeln, aber wenn das Wetter umschlug, waren sie dort oben gefangen. Den Hauptpass zu kontrollieren, war schwieriger und aufwendiger, und Korvellan riskierte, seine Soldaten zu verlieren, sollte Rickard auftauchen und ihre Stellungen überrennen. Wenn der General ahnte, dass Gerit sein Geheimnis kannte, würde er den Pass abriegeln und die Verluste in Kauf nehmen, aber nur dann.

Ich glaube nicht, dass er es weiß, dachte Gerit. Er hätte mich längst getötet, wenn es so wäre.

Er wandte sich nach Westen, dem Hauptpass zu. Die Berge stiegen rechts von ihm grau in den Himmel, das Tal breitete sich links aus. Die Luft war so klar, dass er sogar Bochat in der Ferne erkennen konnte. Solange er auf diesem Weg blieb, würde eine Nachtschatten-Patrouille ihn nicht überraschen.

Den ganzen Tag über ging er bergauf. Seine Waden schmerzten. Er tötete eine Krähe mit einem Stein und aß ihr Fleisch roh. Es war die einzige Rast, die er einlegte.

Gerit verließ den Weg am späten Nachmittag, kurz bevor er in der Passstraße endete. Er fand einen Pfad, der weiter den Berg hinaufführte. Zwischen Felsen und trockenem Gras kletterte er ihn entlang. Es gab Ziegenspuren im Staub und Kot. An manchen Stellen waren Steine in den Weg geschlagen worden, um ihn zu festigen. Anscheinend wurde er von Hirten oder Schmugglern genutzt. Einmal hörte er weit entfernt das Meckern einer Ziege, konnte jedoch niemanden entdecken. Die Straße lag verlassen unter ihm. Manchmal knickte der Pfad ab, kehrte aber stets zu ihr zurück. Er sah keine Reiter, keine Wanderer, keine Nachtschatten.

Gerit hatte gehofft, Braekor erreichen zu können, bevor es dunkel wurde, aber als die Nacht kam, hatte er gerade mal die Hälfte des Aufstiegs geschafft. Nur einer der Zwillingsmonde stand am Himmel, der andere hing als winzige Sichel über dem Tal. Zweimal stolperte Gerit in der Dunkelheit, dann gab er auf und suchte sich eine Nische zwischen zwei Felsen. Seine Beine zitterten vor Anstrengung. Er hatte Durst. Die Kälte der sternklaren Nacht brannte in seinem Gesicht und an seinen Füßen. So gut es ging rollte er sich in seine Jacke ein, aber schlafen konnte er nicht. Jedes Mal, wenn ihm die Augen zufielen, ließ ein Geräusch oder ein unerwarteter Gedanke ihn wieder hochschrecken.

Schließlich legte er sich mit angezogenen Knien auf den Rücken und betrachtete die Sterne. Norhan hatte ihm die Konstellationen gezeigt, und es beschämte ihn, dass er die meisten vergessen hatte. Er erkannte nur die beiden feindlichen Schlachtrösser, den Fischer mit seinem Netz und den Himmelsaltar der Vergangenen. Er dachte an den Abend, an dem er Korvellan den Altar gezeigt hatte. »Wir kennen dieses Sternbild unter einem anderen Namen«, hatte der General geantwortet. »Wir nennen es ›Der Henker und der Richtblock‹.« Damals in der Festung hatte Gerit die Figuren nicht gesehen, doch hier auf dem Berg erkannte er sie so klar, als habe sie jemand in den Himmel gemeißelt.

Kurz vor der Dämmerung zog sich der Himmel zu. Henker, Fischer und Schlachtrösser verschwanden hinter grauen Wolken, und mit dem ersten Licht begann es zu regnen. Gerit stellte sich unter einen Felsvorsprung und leckte warmes Regenwasser von den Blättern eines Strauchs. Dann zog er sich die Jacke über den Kopf und kletterte weiter. Seine Fußsohlen schlitterten über die nassen Steine, seine Zehen krallten sich in den Lehm. Wasser und Schlamm zogen seine Kleidung nach unten. Mit einer Hand hielt er seine Hose fest, um sie nicht zu verlieren.

Das Licht blieb grau. Es schien, als gelänge es dem Tag nicht, die Welt der Nacht zu entreißen. Gerit fiel es schwer zu schätzen, wie lange er bereits unterwegs war, einige Stunden vielleicht oder eine Kerzenlänge. Als er die Rauchsäule sah, die sich jenseits der Felsen mit den Wolken verband, blieb er stehen und strich sich die Haare aus dem Gesicht. Er wusste jetzt, wie weit er gekommen war. Die Rauchsäule gehörte zu dem Gasthaus, das sich im Sommer um Reisende kümmerte. Er hatte einmal dort übernachtet, zusammen mit seiner Familie. Im Schankraum hatte ein großer schwarzer Hund gelegen, den Ana und er mit Knorpelstücken gefüttert hatten. Er erinnerte sich an den Geruch des Maka-Eintopfs auf der Feuerstelle.

Sein Magen begann zu knurren. Gerit wandte den Blick von der Rauchsäule und verbannte die Erinnerung an den Ort in seinem Kopf, wo alles endete, das tot und vergessen sein sollte. Dann kletterte er weiter.

Jemand hatte einen Altar an der Stelle gebaut, an der Somerstorm endete und Braekor begann. Es war nur ein kleiner hölzerner Schrank, in dessen Rückseite die Symbole der Götter Braekors eingebrannt waren, aber Gerit kniete trotzdem davor nieder und presste die Stirn auf das Holz. Vertrocknete Blüten und gebleichte Vogelknochen lagen auf dem Boden verstreut.

Gerit richtete sich auf. Misstrauen mischte sich in die Erleichterung, die er fühlte. Es erschien ihm seltsam, dass er noch nicht einmal einen Späher gesehen hatte. Woher bezog Korvellan seine Neuigkeiten, wenn niemand an den Grenzen stand?

Der Pfad führte steil bergab. Gerit folgte ihm noch eine Weile, dann kletterte er durch Sträucher und Ziegengras zur Straße. Der Grenzposten Braekors musste ganz in der Nähe sein.

Es hatte aufgehört zu regnen. Sonnenstrahlen blitzten zwischen den Wolken auf. Die Straße machte eine langgezogene Kurve, dann sah Gerit die hölzernen Palisaden des Postens – und die Fahne Westfalls, die im Wind flatterte.

Rickard, dachte er und begann schneller zu gehen. Er spürte den Hunger nicht mehr und auch nicht das Ziehen in seinen Muskeln. Seine Hand tastete nach dem Pergament in der Hosentasche, das den Krieg für Westfall gewinnen würde. Gerit fragte sich, ob Rickard ihn in seiner Armee mitreiten lassen würde. Verdient hatte er es sich.

Abrupt blieb er stehen. Der Wind drückte gegen seinen Rücken, als wolle er ihn dem Grenzposten entgegentreiben, aber Gerit zögerte. Ist das eine Falle?, dachte er. Korvellan war kein Narr. Würde er es wirklich zulassen, dass sein Feind so dicht vor seinen Grenzen lagerte? Warum hatte er den Posten nicht erobert, nachdem er Somerstorm genommen hatte? Aber vielleicht hatte er genau das getan und die Fahne Westfalls gehisst, um den neuen, unerfahrenen Fürsten Braekors zu verwirren.

Gerit verließ die Straße und zog sich zurück zwischen die Sträucher. Das Tal, in dem der Grenzposten lag, war so breit, dass er ihn von allen Seiten betrachten konnte, bevor er eine Entscheidung traf. Geduckt schlich er sich heran. Das Tor war geöffnet, Wachen standen auf allen vier Türmen. Er erkannte die Uniform Westfalls. Zelte standen in langen Reihen vor den Palisaden. Soldaten saßen an Feuern, redeten und reinigten ihre Schwerter. Ungefähr ein Dutzend von ihnen baute eine Pferdekoppel aus Pflöcken und Stricken. Gerit schätzte, dass einige hundert Pferde dort grasten. Die Soldaten schienen noch nicht lange an diesem Ort zu lagern.

Das sind keine Nachtschatten, dachte Gerit. Langsam richtete er sich auf und duckte sich nur einen Atemzug später, als er Schreie hörte.

In den Sträuchern versteckt umrundete er den Posten ein Stück weiter, bis er die Lichtung dahinter sah. Ein einzelner blattloser Baum stand darauf. Leichen hingen von seinen Ästen. Gerit blickte auf dunkelrotes Fleisch und würgte. Er hatte noch nie jemanden gesehen, der gehäutet worden war.

Neben dem Baum stand ein Karren, auf dem ein Soldat saß und einen Strick zu einer Schlinge verknotete. Seine Beine baumelten über den verstümmelten Leichen zweier Männer. Ihre Köpfe und Gliedmaßen fehlten.

Gerit sah sich um, als eine Gruppe Soldaten ein Mädchen auf den Baum zuzerrten. Sie war fast nackt und schrie. Die Soldaten schlugen sie, aber sie schrie weiter. Sie war so schlank und hell wie Mamee.

Sie häuten uns bei lebendigem Leibe, weil sie glauben, dass wir das Fell innen tragen, hatte ihm Mamee eines Abends mit angstgeweiteten Augen erzählt. Gerit hatte sie ausgelacht. Menschen tun so etwas nicht.

Die Schreie des Mädchens wurden lauter, als der Soldat mit der Schlinge in der Hand vom Karren sprang und sich ihr näherte. Er legte sie ihr um den Hals und zog sie zu. Das Mädchen begann zu husten.

Das Pergament drückte gegen Gerits Hüfte. Einer der Soldaten zog ein langes Kürschnermesser aus seinem Gürtel. Der Soldat mit der Schlinge sagte etwas. Die anderen lachten. Gerit wandte sich ab, sah zu den Zelten, die nicht einmal einen Steinwurf entfernt standen. Niemanden schien zu stören, was sich auf der Lichtung abspielte. Soldaten aßen, plauderten, tranken, so unbeteiligt, als würden dort Hühner geschlachtet.

Es sind Tiere für sie, nur Tiere, dachte Gerit. Man zeigt keine Ehre gegenüber Tieren.

Er stutzte, als er einen Offizier mit goldenen Schulterstücken am Rand der Lichtung sah. Trotz des geschorenen Kopfes und des Bartes erkannte Gerit ihn sofort wieder. Es war Rickard. Er stand an einen Karren gelehnt und beobachtete, wie seine Soldaten ein Mädchen töteten. Ab und zu trank er aus einem Weinschlauch.

Gerit würgte und spuckte bitteren Speichel aus, während das Mädchen vor dem Baum offenbarte, dass es kein Fell unter der Haut trug. Mit einer Hand zog er das Pergament aus der Tasche. Sein Schweiß hatte es feucht werden lassen. Es fühlte sich schmutzig an.

Gerit zerriss es, bis nichts übrig blieb außer winzigen Fetzen. Mit den Fingern grub er ein Loch in den Dreck, kehrte die Fetzen hinein und bedeckte sie mit Erde und Blättern. Er bemerkte erst, dass er weinte, als seine Tränen weiße Striemen auf seinen Händen hinterließen. Zitternd wischte er sich über die Augen.

Es raschelte hinter ihm. Gerit fuhr herum.

»Es war nicht leicht, dir zu folgen«, sagte Korvellan. Er stand im Schatten einiger Felsen, dort, wo die Wachen ihn nicht sehen konnten.

Gerit rieb sich die Augen mit dem Handrücken. Er sagte nichts.

Korvellan warf einen kurzen Blick auf die Lichtung, dann senkte er den Kopf. »Keiner von ihnen ist ein Nachtschatten, aber das spielt wohl keine Rolle.« Er streckte Gerit seine Hand entgegen. »Komm. Wir gehen.«

»Damit du mich umbringen kannst?«

»Damit ich dir etwas zeigen kann.«

Hinter Gerit verstummten die Schreie. Er ergriff Korvellans Hand und ließ sich hochziehen. Die Klauen kratzten über seine Haut.

Kapitel 26

Sümpfe sind Orte, in denen sich das Leben nicht entscheiden kann, ob es das Wasser oder das Land bevorzugt. Hier wird der Reisende auf Tiere stoßen, die seine Phantasie beflügeln und seine Augen berauschen. Unglücklicherweise sind die meisten giftig, ungenießbar oder beides.

Jonaddyn Flerr, Die Fürstentümer und Provinzen der vier Königreiche, Band 2

Wohin willst du gehen?«, fragte Jonan und blieb stehen. Vor ihnen lag eine Straße, das erste Zeichen menschlicher Besiedlung, das sie seit zwei Tagen gesehen hatten. Sie gabelte sich an dieser Stelle. Der Hauptweg verlief von Westen nach Osten, ein schmalerer nach Norden.

Ana strich sich die nassen Haare aus dem Gesicht. Seit dem Morgen hatte es nicht aufgehört zu regnen. »Westen«, sagte sie.

»Fürst Baldericks Armee ist im Norden.«

»Ich weiß.« Sie dachte an ihre Begegnung mit dem Fürsten, einem lauten Mann mit rotem Gesicht, über den ihr Vater gesagt hatte, dass er seinen Reichtum wohl an seine Sklaven verfütterte. Sie war schockiert gewesen, als er damit angab, nie lesen und schreiben gelernt zu haben, und noch entsetzter, als Rickard den gleichen Makel offenbarte – allerdings verschämt, nicht stolz wie sein Vater. Sie hatte Balderick damals nicht gemocht, und so langsam glaubte sie, er sie auch nicht.

»Ohne Rickard wäre ich dort vielleicht nicht willkommen«, sagte Ana. »Ich muss wissen, ob er dort ist, bevor ich mich offenbare.«

Jonan nickte. »Gut.«

Er bog nach Westen ab, Ana folgte ihm. Der Schlamm war glitschig, aber weich unter ihren Fußsohlen. Es tat gut, sich nicht jeden Schritt durch Unterholz und Gestrüpp erkämpfen zu müssen. Sie sah an sich herunter. Ihre Kleidung war zerrissen und schmutzig, ihre Fingernägel schwarz, ihre Haut voller Schlamm und Mückenstiche. Sie hätte alles für einen Platz am Feuer und eine warme Mahlzeit gegeben.

»Wir brauchen Geld«, sagte sie.

»Ich werde arbeiten, sobald sich die Gelegenheit bietet.« Jonans feste Kleidung hatte den Marsch durch den Urwald besser überstanden als ihre eigene, aber auch er war dreckverschmiert, von Mücken zerstochen und müde. Er weigerte sich immer noch, nachts zu schlafen, wachte stattdessen bis zum Morgengrauen über ihren Schlaf, bevor er sich selbst für ein paar kurze Stunden hinlegte. Sie hielt das für albern.

Die Straße wand sich zwischen den Bäumen hindurch. Nebel hing über ihr, Regen fiel in Karren- und Hufspuren, die sich tief in den Schlamm gegraben hatten.

»Sollten wir wirklich auf der Straße bleiben?«, fragte Ana. »Was ist, wenn Soldaten uns sehen?«

Jonan hob die Schultern. »Sie suchen nach einer Gruppe Gaukler und einem Zahnlosen, nicht nach einem Mann und einer Frau. Uns droht keine Gefahr.«

Ana dachte an Daneel und was er getan, wie er ausgesehen hatte. Es war, als hätte er sich selbst verzehrt. Sie hatte versucht, mit Jonan darüber zu reden, aber er hatte desinteressiert gewirkt, so als sähe er keinen Sinn darin, über die Vergangenheit nachzudenken. Daneel ist tot, hatte er gesagt. Die Fragen, die du hast, wird niemand mehr beantworten können.

Gegen Nachmittag trafen sie zwei Frauen, die auf einem Karren Käfige voller Hühner hinter sich herzogen. Sie kamen vom Markt und waren auf dem Weg in ihr Dorf, um dort die Hühner weiterzuverkaufen. Von den Frauen erfuhren sie, dass sie das Sumpfland längst verlassen hatten und sich in der Provinz Lak-Binnou befanden. Ana wusste, dass ein Rat aus Stammesältesten hier regierte, aber sie war keinem von ihnen je begegnet. Die Frauen schenkten ihnen ein paar Eier, bevor sie weiterzogen. Jonan trank seine roh, Ana steckte ihre in die Tasche.

Es war bereits dunkel, als sie den Markt erreichten, von dem die Frauen gesprochen hatten. Ana hatte ein Dorf erwartet, stattdessen fand sie nur einen gepflasterten, menschenleeren Platz und eine Holzhütte, neben der einige Karren standen. Dunkle Silhouetten lagen unter den Karren. Sie hörte jemanden schnarchen. Hinter der Hütte schnaubte ein Pferd.

Der Regen hatte nachgelassen, und im Westen schimmerte einer der Monde durch die Wolken. Jonan ging auf die Hütte zu. Die Tür stand offen, wahrscheinlich um kühle Abendluft ins Innere zu lassen. Ein Fenster gab es nicht.

Ana folgte Jonan und warf einen Blick durch die Tür ins Innere. Sie sah keine Möbel, nur eine rot glimmende Feuerstelle, die von Steinen eingerahmt wurde, und einige Matten, auf denen Menschen lagen. Sie schienen zu schlafen.

»Ich glaube, das ist ein Gasthaus«, sagte sie.

»Es ist nicht ein Gasthaus, sondern das einzige Gasthaus«, antwortete eine weibliche Stimme aus dem Inneren. Jemand erhob sich von einer der Matten und warf einige Zweige in die Feuerstelle. Kleine Flammen leckten darüber. Es begann zu knistern. »Kommt rein.«

Ana wollte über die Schwelle treten, aber Jonan hielt sie auf. »Wir haben kein Geld«, flüsterte er. »Das …«

Sie löste sich aus seinem Griff. »Entschuldige bitte«, wandte sie sich an die Silhouette im Dunkeln. »Man hat uns auf der

Straße überfallen und ausgeraubt. Wir können dich für deine Gastfreundschaft nur mit Dankbarkeit entlohnen.«

»Überfallen?« Die Stimme der Frau klang alt. Sie sprach einen schweren, kaum verständlichen Dialekt. »Was wird nur aus dieser Welt? Kommt, trocknet eure Kleidung und esst etwas Warmes. Ihr seht jung und kräftig aus. Wir werden am Morgen schon etwas finden, mit dem ihr mich bezahlen könnt.«

Das Feuer flackerte höher und offenbarte ihr Gesicht. Ana schätzte, dass die Wirtin ungefähr im gleichen Alter wie Zrenje war, aber sie wirkte rundlicher und weicher. Ihr Haar war hell, wahrscheinlich weiß, ihre Haut glatt. Sie trug nur einen Lendenschurz.

Ana wandte den Blick ab. »Du bist sehr großzügig.«

Sie stieg über die Schlafenden hinweg, bis sie ein paar Matten entdeckte, auf denen genügend Platz für sie und Jonan war. Die alte Frau stellte einen tönernen Topf auf die Feuerstelle. »Fischsuppe«, sagte sie. »Es wird nicht lange dauern, bis sie warm ist.«

Auf den Matten begannen sich andere Silhouetten zu regen. Jemand flüsterte etwas, das Ana nicht verstand. Ihr Magen knurrte.

Die Frau lachte. »So ist es recht. Eine warme Mahlzeit und ein Dach über dem Kopf. Mehr braucht der Mensch nicht.«

Sie nahm einen Holzlöffel und rührte die Suppe um. »In was für Zeiten leben wir nur? Überfälle auf den Straßen und auf dem Wasser. Heute Morgen noch hat mir jemand von Flößen erzählt, die flussaufwärts ans Ufer getrieben wurden. Kein Mensch an Bord, nur Blut überall. Furchtbar.«

Ana warf Jonan einen raschen Blick zu. Er schüttelte kaum merklich den Kopf. »Wir haben nichts davon gehört«, sagte er.

»Nachrichten sprechen sich in dieser Gegend nicht sehr schnell herum. Die Leute bleiben unter sich, keiner reist viel, vor allem nicht seit dieser schrecklichen Sache im Norden.«

»Meinst du Somerstorm?«, fragte Ana.

Die alte Frau nickte. »Ja, so heißt es wohl. Ich weiß nicht viel von diesen Dingen. Mein Leben lang habe ich in den Sümpfen gelebt. Es war hier immer friedlich, sogar im Krieg, aber jetzt …«

Sie beendete den Satz nicht, sah stattdessen zu den Silhouetten auf den Matten. »Es tut mir leid, dass ich euch wach halte.«

»Das macht nichts, wir brauchen nicht viel Schlaf.« Die Stimme kratzte wie mit Klauen über Anas Geist. Sie erkannte sie sofort.

»Der Zwerg!«, schrie sie. Neben ihr sprang Jonan auf. Sie sah, wie er nach den Klingen in seinem Gürtel griff, Klingen, die er schon längst nicht mehr besaß. Mit einem Schritt stand er neben der alten Frau und riss ihr den langen Löffel aus der Hand. Sein Fuß trat der Stimme den Topf entgegen. Funken und Asche stoben auf. Die Frau schrie.

Der Geruch nach Essig stand plötzlich im Raum. »Was habt ihr mit meinem Freund Daneel gemacht?«, fragte der Zwerg. Neben ihm erhoben sich andere Silhouetten. Feuerschein brach sich in gelben Augen.

»Lauf!« Jonan warf sich den Nachtschatten entgegen, drängte sie gegen die Rückwand der Hütte. Ana stolperte, als die alte Frau sie zur Seite stieß und an ihr vorbei durch die Tür lief. Sie fiel auf die Knie. Der Essiggeruch versetzte sie zurück nach Somerstorm, lähmte sie in Todesangst.

»Lauf!«

Sie hob den Kopf. Draußen schrien Stimmen wild durcheinander. Jonan hielt den Tonkrug in einer Hand, schwang ihn am Henkel den Nachtschatten entgegen. Sie waren zu viert. Ana sah ihre Klauen und weit aufgerissenen Mäuler.

»Lauf doch!«

Stoff riss. Jonan schrie und ließ den Krug fallen. Der Zwerg, noch grotesker in seiner Nachtschattenform, sprang ihn an, warf ihn zu Boden. Jonan riss die Beine hoch, schleuderte ihn in die anderen beiden hinein. Funken stoben auf, als einer von ihnen mit dem Rücken ins Feuer fiel. Der Geruch nach verbranntem Fell mischte sich in den Essiggestank.

Jonan drehte sich nach ihr um. Ana wusste, dass er diesen Kampf nicht gewinnen konnte, und sie sah in seinem Blick, dass er es auch wusste. Er konnte sie nur aufhalten. Es lag an ihr, dafür zu sorgen, dass sein Opfer nicht vergeblich war.

Der Gedanke trieb sie auf die Beine, brachte sie durch die Tür nach draußen. Sie dachte an das Pferd, dessen Schnauben sie gehört hatte. Es musste irgendwo hinter der Hütte stehen.

Die alte Frau war auf die andere Seite des Platzes geflohen. Sie stützte sich auf einen älteren Mann. Eine Frau und ein anderer Mann zogen an dem Karren, unter dem sie wohl geschlafen hatten. Ana lief an ihnen vorbei, stoppte jedoch abrupt, als sie eine Axt zwischen Holzstämmen auf dem Karren liegen sah.

Sie zog sie heraus. Die Schneide war rostig, aber so lang wie ihr Unterarm.

Ana hörte das Brüllen der Nachtschatten. Jemand krachte von innen so heftig gegen die Hüttenwand, dass eines der Bretter herausbrach. Einen Moment zögerte sie. Ihr Herz schlug so heftig, dass ihr das Denken schwerfiel.

Sie lief zurück.

Die Menschen vor der Tür beachteten sie nicht. Sie sah in die Hütte hinein. Jonan stand aufrecht zwischen den Nachtschatten. Sie umkreisten ihn wie Wölfe.

»Jonan!«, schrie sie. Er fuhr herum, sah zuerst sie, dann die Axt in ihrer Hand. Mit der Schulter rammte er einen Nachtschatten zur Seite, brach aus dem Kreis aus und warf sich ihr entgegen. Die Hand, mit der er nach der Axt griff, war blutig. In seiner Wange klaffte ein Schnitt.

»Es tut mir leid«, sagte er, als er wieder hochkam.

»Was …«, begann Ana, aber er wandte sich bereits wieder ab.

Sein Körper begann zu zittern, schien wie ein Schatten zu zerfließen. Die Nachtschatten, die ihm gerade noch nachgesetzt hatten, stoppten, als er sich vor ihnen aufrichtete und ihnen seinen Hass entgegenbrüllte. Er legte den Kopf in den Nacken, atmete die Nachtluft ein wie ein Ertrinkender, dem Luft eine Ewigkeit lang versagt geblieben war. Seine Klauen umklammerten die Axt. Sein schwarzes Fell verschmolz mit der Dunkelheit.

»Was für eine Überraschung«, sagte der Zwerg. Er klang nicht überrascht.

Ana glaubte ins Nichts zu stürzen. Jonan konnte kein Nachtschatten sein, er hatte sie doch gerettet, sie hatte ihm vertraut, sogar mehr als das. Es konnte nicht sein.

In der Hütte begann der, den sie als Jonan gekannt hatte, die Axt zu schwingen. Ana wich zurück, schluckte Wut und Tränen herunter. Im nächsten Moment saß sie bereits auf dem Pferd, ohne zu wissen, wie sie dorthin gelangt war. Sie trat ihm in die Flanken und ritt in die Dunkelheit hinein. Sie ritt, bis ihr Pferd sich weigerte weiterzugehen. Dann legte sie sich unter einen Baum und schlief.

Sie erwachte im Dämmerlicht. Eine Weile blieb sie auf dem Rücken liegen und sah hinauf in den grauen Himmel. Die Welt sah anders aus als am Tag zuvor, kälter, aber auch klarer. Ich habe keinen Menschen je gekannt, dachte sie, weder meine Eltern, meinen Bruder, Jonan und schon gar nicht mich selbst.

Sie wartete auf Tränen des Selbstmitleids, aber ihre Augen blieben trocken. Auch das hatte sich geändert.

Ana setzte sich auf.

Jonan saß einige Schritte von ihr entfernt auf einem umgestürzten Baumstamm. Er hielt sich steif aufrecht, so wie jemand, dem jede Bewegung Schmerzen bereitete. Der Schnitt in seiner Wange war verkrustet, seine anderen Verletzungen unter der frischen Kleidung nicht zu sehen. Sein Pferd graste neben ihm.

Es überraschte sie nicht, dass er sie gefunden hatte.

»Sind sie tot?«, fragte sie.

»Der Zwerg ist entkommen, die anderen sind tot.« Er senkte den Kopf und betrachtete einen kleinen Zweig, den er zwischen den Fingern drehte. »Ich ...«

»Du bist verletzt«, sagte Ana, bevor er weiterreden konnte.

»Das wird heilen. Hör zu, ich ...«

»Nein, ich werde nicht zuhören.« Ana stand auf und legte ihrem Pferd den Sattel auf den Rücken. »Ich entbinde dich von deinem Schwur, mich zu beschützen. Du wirst deiner Wege gehen und ich meiner.«

Er sah nicht auf. »Sie werden dich töten.«

»Das muss dich nicht mehr interessieren, so wie dein Schicksal auch mich nicht mehr interessiert.« Ihre Stimme brach. Sie hasste sich dafür. »Geh. Geh zu deinem eigenen Volk.«

»Die Nachtschatten sind nicht ...« Er brach ab und schüttelte den Kopf. »Wir wären beide gestorben, wenn ich es nicht getan hätte. Das weißt du.«

Du hättest es mir gestehen müssen, wollte sie sagen. Du hättest mir vertrauen müssen so wie ich dir.

Aber sie schwieg, weil sie nicht wusste, ob sie die Tränen zurückhalten konnte, wenn sie ihm das sagte.

Jonan schien zu erkennen, dass er die Antwort, auf die er wartete, nicht erhalten würde. Seine Blicke glitten über Anas Gesicht, so als wolle er sicherstellen, dass er nichts vergessen würde. Er öffnete den Mund, aber Ana wandte sich ab, bevor er etwas sagen konnte.

»Geh«, sagte sie.

Jonan schwieg einen Moment, dann griff er hinter sich und warf einen gefüllten Beutel auf den Weg. Etwas darin klimperte.

»Kleidung und Geld der Nachtschatten«, sagte Jonan.

Sie nahm den Beutel und band ihn am Sattel fest. »Und nun geh. Folge mir nicht, oder ich schwöre bei den Flussgöttern, dass ich dich verraten werde.«

Er stand steif von dem Baumstamm auf.

»Wie Ihr wünscht, Mefrouw«, sagte er.

Sie zog den Sattel fest. Aus den Augenwinkeln sah sie, wie er langsam zu seinem Pferd hinkte und aufsaß. Dann ritt er auf der Straße nach Osten davon. Sie rechnete fest damit, dass er sich noch einmal umdrehen würde, aber das tat er nicht. Nach einer Weile verschwand er zwischen den Bäumen.

»Ich bin die Fürstin von Somerstorm«, flüsterte Ana, als sie ihn nicht mehr sehen konnte. Dann lauter: »Ich bin die Fürstin von Somerstorm, die Fürstin von Somerstorm.«

Die Fürstin von Somerstorm. Das klang nach einer Frau, die niemanden brauchte, die bekam, was sie wollte, und sich nahm, was man ihr zu verwehren versuchte.

Das klang nach einer Frau, die Ana sein konnte.

Sie saß auf und wandte ihr Pferd nach Westen.

Kapitel 27

Wer auf dem Rücken eines Pferdes reist, braucht Geduld und kräftige Schenkel; wer sich auf das Deck eines Schiffs begibt, braucht Gottvertrauen und einen guten Magen.

Jonaddyn Flerr, Die Fürstentümer und Provinzen der vier Königreiche, Band 1

In Braekor kaufte Korvellan zwei Pferde von einer Händlerin. Das war das einzige Mal, dass sie mit Fremden redeten. Ansonsten sprachen sie mit niemandem, umgingen die Dörfer und Siedlungen und überquerten die Grenze nach Ashanar bei Nacht, als die Wachposten bereits betrunken waren. Niemand hielt sie auf.

»Du wolltest nie eine Armee in Somerstorm aufstellen, oder?«, fragte Gerit eines Abends am Lagerfeuer.

Korvellan schüttelte den Kopf. Er blieb in seiner menschlichen Form, nur nachts, wenn er schlief, verwandelte er sich. Im Schlaf und in der Dunkelheit schien er die Kontrolle darüber zu verlieren wie so viele der Nachtschatten, die Gerit in der Festung kennen gelernt hatte.

»Und es gab auch keine Versorgungsengpässe, keine Soldaten in den Kasernen, keine Waffenausbildung?«

»Nein.« Korvellan drehte den Spieß mit dem Kaninchen, das sie am Nachmittag erlegt hatten. »Schwarzklaue hat in der Stadt die Evakuierung der Somer organisiert, sonst nichts. Wir mussten ihre Dörfer niederbrennen, um Rickards Armee um ihre Versorgung zu bringen.«

»Ihr habt die Dörfer der Somer niedergebrannt?«, fragte Gerit. Der Gedanke war abstoßend. »Dann seid ihr nicht besser als Westfalls Folterer.«

»Das würde ich nicht sagen. Wir haben die Somer und all ihre Tiere und Vorräte in die Minen gebracht. Dort ist es warm, trocken und sicher. Im Frühling werden wir ihnen Dörfer errichten, um die sie jeder Bauer in Braekor oder Westfall beneiden wird. Wir haben ihnen das Gold gezeigt, das wir dafür beiseitegelegt haben. Das hat gereicht. Klingt das wie das Werk der Menschen, die du in Braekor gesehen hast?«

»Nein«, sagte Gerit. Er stocherte mit einem Ast im Feuer herum. Funken stiegen in die sternklare Blindnacht. Die Bäume rund um die Lichtung wirkten in der Dunkelheit wie eine undurchdringliche schwarze Wand. Sie gaben Gerit ein Gefühl der Sicherheit, so wie die Mauern einer Festung.

Er dachte an die Dokumente, die er scheinbar zufällig in Korvellans Quartier gefunden hatte, an die Unterredungen, die Schwarzklaue und der General nur um seinetwillen geführt hatten, an die Flucht, die keine gewesen war.

»Warum?«, fragte er schließlich.

»Um herauszufinden, ob du mich stolz machen würdest.« Korvellan zog das Kaninchen vom Spieß und begann es auf einem Teller aus Baumrinde zu zerteilen. »Und das hast du getan.«

Gerit genoss das Lob, auch wenn er wusste, dass noch mehr dahinterstecken musste. Er fühlte sich, als habe er eine Prüfung bestanden. »Ich habe versucht, ehrenvoll zu handeln, das war alles«, sagte er. Es klang so bescheiden, wie er gehofft hatte.

»Du hast nicht nur ehrenvoll gehandelt, du hast die Taten von Menschen und Nachtschatten gleich bewertet.«

Gerit war sich nicht sicher, dass er verstand, was daran bemerkenswert sein sollte, also hob er nur die Schultern.

Schweigend aßen sie das Kaninchen. Es war zäh und trocken.

»Bevor wir kamen«, sagte Korvellan, als er die Knochen des Kaninchens ins Feuer warf, »warst du ein verzogenes, dummes Kind. Weißt du noch, was du damals vom Leben erwartet hast?«

Es überraschte Gerit, wie lange er nachdenken musste, bis es ihm einfiel. »Meine Schwester sollte von Westfall aus das Fürstentum regieren. Meine Aufgabe wäre es gewesen, ihre Befehle umzusetzen.«

Korvellan lächelte. »Und jetzt, da du einen Mann getötet und über eine Küche regiert hast, würde dir das für dein Leben reichen?«

Im ersten Moment wollte Gerit darüber lachen, doch das Gefühl verging, bevor es seine Kehle verlassen konnte.

»Nein«, sagte er, »das würde es nicht.«

Korvellan nickte.

Am nächsten Morgen ritten sie weiter. Korvellan hatte sich nach der Nacht nicht zurückverwandelt, also blieben sie den Straßen und Wegen fern, folgten stattdessen den Trampelpfaden, die Tiere im Wald hinterlassen hatten. Ab und zu ritt Korvellan auf einen Hügel und hob die Nase in die Luft.

»Wir sind nahe«, sagte er nach dem vierten Hügel.

Vor ihnen lichtete sich der Wald. Korvellan folgte dem Waldrand nach Westen. Ashanar war ein hügeliges Land mit engen Tälern und dichten Laubwäldern. Sie ritten stetig bergauf. Die Herbstsonne wärmte zuerst Gerits Rücken, dann sein Gesicht.

Gerit zuckte zusammen, als etwas im Wald raschelte. Drei Nachtschatten traten aus dem Unterholz. Sie trugen keine Waffen außer ihren Zähnen und Klauen.

»Willkommen, Korvellan«, sagte die einzige Frau in der Gruppe. »Schwarzklaue erwartet dich bereits. Wir werden dich zu ihm führen.«

Ihr Blick streifte Gerit. Er nickte ihr zu, aber sie beachtete ihn nicht weiter. »Schwarzklaue ist hier?«, fragte er, als sie den drei Nachtschatten zu folgen begannen. »Ich dachte, er überwacht die Evakuierung.«

»Er brach auf, kurz nachdem du die Festung verlassen hattest«, sagte Korvellan. Er stellte sich im Sattel auf. »Sieh.«

Gerit war kleiner als Korvellan. Im ersten Moment sah er nichts außer der Hügelkuppe, die vor ihnen lag, dann begann sich die Landschaft dahinter abzuzeichnen. Unwillkürlich zügelte er sein Pferd.

»Ich hatte gehofft, dem Zwerg würde es gelingen, die Nachricht zu verbreiten«, sagte Korvellan neben ihm. Zum ersten Mal, seit Gerit ihn kennen gelernt hatte, hörte er so etwas wie Begeisterung in seiner Stimme. »Meine Hoffnung hat sich erfüllt.«

Es waren Tausende.

Sie lagerten in Zelten zwischen den Hügeln und in selbst gegrabenen Erdlöchern. Patrouillen liefen schnell wie Pferde zwischen ihnen hindurch. Überall standen Wasserfässer und Karren voll mit Vorräten. Der Geruch nach Essig und Urin war überwältigend.

»Wie viele sind es?«, fragte Korvellan die Frau, die neben ihm auf allen vieren lief.

»Ich weiß es nicht, aber es werden täglich mehr. Gestern sind fünfzig aus einem Nest in Noderland eingetroffen.«

»Nest?«, fragte Gerit.

Sie antwortete erst, als Korvellan auffordernd nickte. »Das sind geheime Orte, an denen sich die treffen, die unentdeckt unter Menschen leben müssen.« Sie neigte den Kopf. »Der General hat das erste vor vielen Jahren in Westfall gegründet. Meine Mutter wurde dort aufgenommen. Ohne die Nester wäre eine solche Zusammenkunft wie hier nicht möglich gewesen.«

»Wieso ...« sind sie alle hier?, wollte Gerit fragen, unterbrach sich dann jedoch. Korvellan hatte gewusst, dass er die Nachtschatten nicht ohne große Verluste nach Somerstorm bringen konnte, deshalb hatte er es noch nicht einmal versucht. Aber warum hatte er sie stattdessen an diesen Ort weit weg von Somerstorm befohlen? Was erhoffte sich der General von dieser Entscheidung?

Er bemerkte, dass Korvellan ihn aus den Augenwinkeln musterte. Er schien auf etwas zu warten. Gerit drehte sich im Sattel um, blickte auf den Weg zurück, den sie gekommen waren. Etwas südlich davon befand sich ein langes, schmales Tal, durch das sich eine Straße zog. Gerit folgte ihr mit dem Blick. Sie führte von Süden hinein und nach Norden, in Richtung Braekor und Somerstorm, hinaus. Es war eine Straße, groß und breit genug für eine Armee.

Er atmete tief durch. »Du willst Balderick angreifen.«

Korvellan nickte und schwieg.

Die drei Nachtschatten führten sie durch das Lager. Gerit bemühte sich, ruhig zu bleiben. Er war der einzige Mensch an diesem Ort. In der Festung war ihm das kaum noch aufgefallen, auf dem Weg durch das Lager fühlte er sich mit jedem Blick, mit jeder geflüsterten Bemerkung unsicherer und fremder.

Schwarzklaues Zelt unterschied sich nicht von den anderen. Er saß davor auf einem Bärenfell, hatte einige Karten vor sich ausgebreitet und mit Steinen beschwert. Als er Korvellan sah, stand er auf.

»Mein Freund!«

Gerit glaubte, Schwarzklaues Stimme müsse bis ins Tal zu hören sein. Er stieg ab und gab die Zügel seines Pferdes einem Nachtschatten. Korvellan ließ sein Pferd stehen und umarmte Schwarzklaue.

»Wie viele?«, fragte er.

»Fünfeinhalbtausend.« Schwarzklaue grinste, dann fiel sein Blick auf Gerit. Das Grinsen verschwand aus seinem Gesicht. »Also hast du uns nicht verraten.«

Korvellan antwortete an seiner Stelle. »Er hat seine Wahl mit Ehre und Weisheit getroffen. Dein Vertrauen wurde nicht enttäuscht.«

»Es war dein Vertrauen, nicht meines«, sagte Schwarzklaue. »Ich wollte ihn töten.«

Er lachte. Korvellan stimmte nicht mit ein. »Willst du ihn immer noch töten?«, fragte er.

Schwarzklaue zögerte. Gerit musste seinen ganzen Mut aufbringen, um nicht wegzulaufen.

»Nein«, sagte der Nachtschatten nach einem Moment. Er schlug Korvellan auf die Schulter. »Ich vertraue dir, du vertraust ihm. Mehr ist dazu nicht zu sagen.«

»Und das gilt für euch alle!«, rief er den Nachtschatten, die in der Nähe standen, zu. »Dieser Mensch wird behandelt wie einer von uns, versteht ihr? Der General vertraut ihm, ihr also auch.«

Verhaltenes Nicken antwortete ihm. Nachtschatten ließen sich nicht gern sagen, was sie zu denken hatten, noch nicht einmal von einer Legende wie Schwarzklaue.

Korvellan beugte sich bereits über die Karten. »Wo ist Balderick?«, fragte er.

Schwarzklaue hob die Schultern. »Wir wissen es nicht. Die Späher haben ihn noch nicht gesehen.«

»Wie weit hast du sie ausgeschickt?«

»Drei Tagesmärsche.«

»Wann erwartest du die nächsten zurück?«

»Heute Abend.« Schwarzklaue streckte sich. »Mach dir keine Gedanken. Er wird kommen. Du kennst ihn zu gut, um dich zu irren.«

»Ja, du hast Recht.« Gerit fragte sich, ob er der Einzige war, der den plötzlichen Zweifel in Korvellans Augen sah.

Sie warteten drei Tage, dann vier. Jeden Abend kamen Späher zurück, jeden Abend schüttelten sie nur stumm die Köpfe.

Am fünften Tag hörte Gerit Korvellan sagen: »Ich glaube nicht, dass er noch kommt.«

Schwarzklaue bat ihn zu warten.

Die Nachtschatten hatten ihnen Zelte und Decken gegeben. Gerit hatte sie nebeneinander aufgestellt, schlief aber meistens in einem leeren Karren vor Korvellans Zelt. In der Nähe des Generals fühlte er sich sicher. Die Nächte waren trocken und kalt. Es hatte schon lange nicht mehr geregnet. Einige Nachtschatten zogen immer wieder zu weit entfernten Flüssen, um die Wasserfässer aufzufüllen. Auch die anderen Vorräte wurden knapp. Sie hatten die Wälder rund um das Lager längst leer gejagt. Weiter wagten sie sich aus Angst vor Entdeckung nicht. Korvellans Plan baute darauf auf, dass sie nicht zu früh bemerkt wurden.

Am sechsten Tag, als Korvellan morgens sein Zelt verließ, setzte sich Gerit in seinem Karren auf und fragte: »Was wirst du machen, wenn Balderick nicht kommt?«

»Den Krieg verlieren«, sagte Korvellan. Er urinierte in einen Strauch, dann drehte er sich um. »Balderick hat zwölf, vielleicht sogar fünfzehntausend gut ausgebildete Soldaten, Bogenschützen, Speerträger, Schwertkämpfer, Katapulte und Belagerungstürme. Ich habe fünftausend Bauern, Schneider, Fischer und Schmiede. Im offenen Feld kann ich ihn nicht schlagen, und Somerstorm kann ich mit Klauen und Zähnen allein nicht verteidigen.«

Er zeigte auf das Tal. »Ich brauche das! Und wenn ich den Kampf in diesem verdammten Tal nicht bekomme, wird Balderick uns töten, jeden einzelnen Nachtschatten in Somerstorm und jeden in den Provinzen, den er für einen hält.«

Gerit dachte an das Mädchen, das gehäutet und schreiend an einem Baum in Braekor gehangen hatte. Ihm wurde übel.

»Es darf nicht ...«, begann er, aber laute Rufe unterbrachen ihn.

Einige Nachtschatten liefen auf ihn und Korvellan zu. In ihrer

Mitte ging ein Mädchen, dessen Kleidung zerrissen und staubbedeckt war.

»Los, erzähl ihm davon«, sagte einer der Nachtschatten.

Das Mädchen trat vor. Sie sah aus wie ein Mensch, hatte jedoch gelbe Augen. Ihr Blick glitt unsicher von Korvellan zu Gerit und wieder zurück, so als wisse sie nicht genau, wen sie ansprechen sollte.

»Ich habe die große Armee gesehen«, sagte sie dann zu einem Punkt zwischen ihnen.

Korvellan machte einen Schritt auf sie zu. »Wo?«

»Drei Tagesmärsche im Westen, in der Nähe des Hafens von Zvaran.«

Gerit sprang von seinem Karren, lief in das Zelt des Generals und kehrte mit den Karten zurück, breitete sie auf dem Boden aus.

Korvellan beugte sich darüber. »Zvaran«, murmelte er, während seine Klaue suchend über das Pergament kratzte. »Hier.«

Er schüttelte den Kopf. »Was für ein Narr. Er will seine Armee über das Meer nach Somerstorm bringen. Er hat wohl mehr Angst vor dem Pass als vor den Herbststürmen. Wir müssen ihn von dieser Angst abbringen.«

Korvellan stand auf und nickte dem Mädchen zu. »Du hast uns sehr geholfen, ich danke dir.«

Sie lächelte. Gerit sah ihr nach, als sie mit den anderen Nachtschatten zwischen den Zelten verschwand. Sie war hübsch, fast so hübsch wie Mamee in Somerstorm.

»Wir müssen ihn davon abbringen«, sagte Korvellan leise. Er beugte sich bereits wieder über die Karten.

Die Idee stand plötzlich in Gerits Kopf. »Ich könnte das.«

»Was?«

»Er kennt mich. Wenn ich ihm sage, dass Rickard siegreich war und der Pass frei ist, wird er mir glauben.«

Korvellan sah ihn an. »Wieso würdest du das für uns tun?«

Gerit hielt seinem Blick stand. »Ich weiß, was mich erwartet, wenn er siegt. Entweder muss ich mich ein Leben lang verstecken oder in Somerstorm die Marionette eines anderen werden. Wieso sollte ich ihm den Sieg wünschen?«

Korvellan zögerte, dann sagte er: »Warte hier.«

Gerit hatte nicht wirklich geglaubt, dass sein Vorschlag Beachtung finden würde. Die Idee war aus dem Moment entstanden, aus der Erinnerung an die Folter und Mamees Gesicht. Schon jetzt, wenige Lidschläge nachdem er sie ausgesprochen hatte, erschien sie ihm lächerlich.

Er sah Korvellan zwischen den Zelten auftauchen. Schwarzklaue ging neben ihm. Er trug einen langen roten Schal in der Hand.

»Du brichst sofort auf«, sagte Korvellan. Gerits Mund wurde trocken. »Du reitest nach Zvaran. Sag Balderick, dass Rickard Somerstorm kontrolliert und auf ihn wartet, um die Festung einzunehmen. Mach deutlich, dass ich noch lebe. Erkläre ihm, dass du den Pass überquert hast und kein Schnee liegt. Führe ihn in das Tal. Wenn es so weit ist, leg den Schal an. Das wird das Zeichen für die Nachtschatten sein, dich nicht anzugreifen. Hast du alles verstanden?«

Gerit nickte. Er konnte nicht sprechen. Ein Nachtschatten drückte ihm die Zügel eines Pferdes in die Hand. Er spürte das Leder kaum.

Schwarzklaue verschränkte die Arme vor der Brust. Er sagte nichts, aber sein Blick verriet seine Ablehnung. Gerit fragte sich, was Korvellan gesagt hatte, dass er sich darauf eingelassen hatte.

Er steckte den Schal in die Satteltasche und saß auf. »Ich werde euch nicht enttäuschen.«

Korvellan nickte, Schwarzklaue reagierte nicht. Gerit wendete das Pferd und trieb es an, der Straße entgegen.

Er ritt den Tag durch bis tief in die Nacht hinein. Die Zwillingsmonde standen am Himmel und wiesen ihm den Weg. Er schlief bis zum Morgengrauen, dann ritt er weiter. Gegen Abend des zweiten Tages stieß er auf das Ende der Armee.

Gerit zügelte sein Pferd, als er die gewaltigen Belagerungstürme auf ihren hölzernen Rädern sah. Jeder Turm wurde von zehn Ochsen gezogen, die Soldaten mit Peitschen antrieben. Trotzdem kamen sie nur langsam voran. Immer wieder gerieten die Reihen ins Stocken, wenn es weiter vorne, dort wo Trebuchets und Katapulte die Straße entlanggezogen wurden, nicht mehr weiterging.

Gerit ritt auf einen Offizier zu, der neben den Wagen herging. »Verzeiht, ich habe dringende Nachricht für Fürst Balderick. Wo kann ich ihn finden?«

Der Mann sah ihn aus roten Augen an. Er wirkte krank. »An der Spitze natürlich, wo denn sonst?«

Gerit bedankte sich und ritt weiter. Wie ein riesiger Wurm schlängelte sich die Armee aus Fleisch und Holz und Metall durch die Landschaft. Es gab kaum Reiterei, nur Infanterie und Belagerungsmaschinen. Die Reiter hatte Rickard bekommen.

Es wurde bereits dunkel, als Gerit die Spitze des Trosses erreichte. Er schätzte, dass er über eine Stunde an der Armee entlanggeritten war. Fahnen und Banner in Westfalls Farben verrieten ihm, dass er sein Ziel erreicht hatte. Er entdeckte eine Gruppe von Reitern in voller Rüstung auf Kriegsrössern und ritt darauf zu. »Ich habe dringende Nachrichten für Fürst Balderick!«, rief er, als er näher herankam. »Ich habe Nachricht von seinem Sohn.«

Die Männer auf den Kriegsrössern drehten sich um. Sie schienen einen Schutzwall um einen Reiter in ihrer Mitte zu bilden.

»Was für Nachrichten?«, rief einer von ihnen zurück.

»Ich habe Anweisung, nur mit dem Fürsten selbst zu sprechen.« Gerit hatte Rickard nur einmal getroffen, aber es klang wie ein Befehl, den er geben würde.

Die Männer ritten zur Seite, um die Armee weiterziehen zu lassen. Der Offizier, der Gerit geantwortet hatte, ritt heran und musterte ihn. Es war ein älterer Mann, der unter seinem Helm stark schwitzte.

»Heb dein Hemd hoch«, sagte er.

Gerit folgte dem Befehl.

Der Offizier drehte sich um. »Er ist unbewaffnet.«

»Dann bringt ihn her.« Die Stimme kam aus der Mitte der Reiter. Gerit stieg ab, nahm sein Pferd am Zügel und ging darauf zu. Die Reiter wichen zurück. Einer nahm ihm die Zügel aus der Hand. Zwischen ihren riesigen gepanzerten Kriegsrössern fühlte sich Gerit hilflos und klein.

Er wird die Lüge durchschauen, dachte er. Ich weiß es.

Fürst Baldericks Rüstung glänzte rot in der Abendsonne. Er hatte seinen Helm abgenommen und auf seinen Oberschenkel gesetzt, so als posiere er für einen Porträtmaler. Gerit hatte ihn nicht so dick in Erinnerung.

»Was behauptest du?«, fragte der Fürst.

Gerit kniete nieder. »Herr, Euer Sohn Rickard schickt mich mit wichtiger Nachricht. Er hat den Nachtschatten-General besiegt und kontrolliert ganz Somerstorm.«

Die Reiter johlten und schlugen mit Schwertern auf ihre Schilde. Eines der Pferde tänzelte nervös. Gerit wich seiner gepanzerten Flanke aus, dann kniete er wieder nieder.

»Ist Korvellan tot?«

»Nein, Herr, er verschanzt sich feige in seiner Festung. Euer Sohn lagert in der Stadt am Fuße der Hügel und erwartet dringend Eure Ankunft, bevor der Schnee den Pass versperrt.«

»Der Pass ist noch offen?«

»Ja, Herr, ich habe ihn selbst genommen.«

Einen Moment lang hörte Gerit nichts außer dem Schnauben der Pferde.

»Sieh mich an, Junge«, sagte Balderick dann.

Gerit hob den Kopf, sah ihm direkt in die Augen.

Der Fürst musterte ihn. »Du wirkst vertraut, aber du bist keiner von Rickards Reitern. Wer bist du?«

Er erkennt mich nicht. Der Gedanke erschreckte und erleichterte ihn gleichzeitig. Hatte er sich so sehr verändert?

»Ich bin nur ein Sklave aus Somerstorm. Mein Name ist Vrenn. Euer Sohn war so gnädig, mich zu seinem Diener zu machen.«

»Und dich allein mit einer so wichtigen Aufgabe zu betrauen?«

Gerit schüttelte den Kopf. »Nein, Herr. Er hat drei andere geschickt, ich bin wohl nur zuerst eingetroffen.«

Aus den Augenwinkeln sah er, wie die Reiter sich Blicke zuwarfen. Einer von ihnen flüsterte Balderick etwas ins Ohr.

»Wie sieht mein Sohn aus?«, fragte der Fürst.

»Sein Kopf ist geschoren, und er trägt einen Bart, der Kinn und Wangen bedeckt. Er ist stark und wendig, ein großer Krieger.«

Balderick nickte. Die Falten in seinem Gesicht glätteten sich. »Das ist er.«

Er sah einen der Reiter hinter Gerit an. »Gebt den Befehl, die Armee zu wenden. Wir nehmen den Pass.«

»Ja, Herr.«

Gerit senkte den Kopf. Er fühlte sich schuldig.

Es dauerte fast die ganze Nacht, den Befehl auszuführen. Die Flüche und Rufe der Soldaten hielten Gerit in dem Sklavenzelt, in dem man ihn untergebracht hatte, wach. Erst gegen Mittag zog der Tross weiter nach Osten, dem Tal entgegen.

Fürst Balderick bestand darauf, dass Gerit bei ihm und den Offizieren ritt. Immer wieder stellte er ihm Fragen zu Rickards Sieg, und immer wieder sah er ihn an, so als überlege er, wo sie sich schon einmal begegnet sein konnten. Wenn er ihm keine Fragen stellte, erzählte Balderick von seinen eigenen Siegen. Der

Name Korvellan fiel dabei kein einziges Mal, obwohl sie jahrelang Seite an Seite gekämpft haben mussten.

Gerit fragte sich, wie sehr Balderick den General hasste.

Die wenigen leichten Reiter, die mit der Armee zogen, sandte der Fürst als Späher aus. Am zweiten Tag kehrte einer von ihnen nicht zurück. Fryderich, der Offizier, der Gerit angesprochen hatte, wirkte besorgt, Balderick nicht. Er sandte zwei weitere Späher in die gleiche Richtung aus, die bei ihrer Rückkehr nichts Auffälliges zu berichten wussten. Das beruhigte Fryderich.

Quälend langsam bewegte sich die Armee die Straße entlang. Erst am Morgen des vierten Tages sah Gerit das Tal vor ihnen auftauchen. Er warf einen kurzen Blick auf Balderick, der neben ihm ritt, fragte sich, ob er die Falle ebenso klar sehen konnte wie er selbst.

»An den Roten König erinnerst du dich natürlich nicht mehr«, sagte der Fürst gerade. »Weißt du, warum man ihn so nannte? Weil er angeblich im Blut seiner getöteten Feinde badete. Es hieß, er glaube, das mache ihn unverwundbar. Was für ein verrückter Bastard.«

»Herr?«, fragte Fryderich von seiner anderen Seite. »Ich schlage vor, dass wir hier lagern und weitere Späher aussenden. Hier in dieser Gegend ist der erste Kundschafter verschwunden.«

Balderick schüttelte den Kopf. »Dann verlieren wir den ganzen Tag. Der Pass bleibt nicht ewig frei.«

Fryderich presste die Lippen aufeinander. »Ja, Herr.«

Nur ein Satz, dachte Gerit. Nur ein Satz von mir könnte alles aufhalten.

Er hatte Ereignisse in Bewegung gesetzt, die vielleicht den Lauf der Welt verändern würden. Ein seltsames Gefühl kitzelte seinen Magen, wenn er daran dachte. Es war nicht unangenehm, nur fremd und neu.

Ein einziger Satz würde reichen, aber er sprach ihn nicht aus, ritt nur schweigend und nickend neben Balderick ins Tal hinein.

Mit jedem Schritt, den sie weiterkamen, nahm das Kitzeln in seinem Magen zu, wurde zu einem schmerzhaften Pochen. Seine Hände waren schweißnass und kalt. Unablässig suchten seine Blicke die Hügel auf beiden Seiten der Straße ab. Die Geschichten, die Balderick neben ihm erzählte, drangen kaum noch zu ihm durch. Erst als er das Wort Somerstorm hörte, konzentrierte er sich mühsam darauf.

»Man hätte das Land nie diesem Sklavenhändler geben sollen, Gold oder kein Gold. Land verteilt man nicht wie Brotscheiben. Man müsste diesen Tieren beinahe dankbar sein, dass sie dem ein Ende gemacht haben, vor allem …«

Er unterbrach sich. »Jetzt weiß ich, an wen du mich erinnerst. Den kleinen Somerstorm, den Bruder von Ana.«

Gerit erstarrte. Baldericks Augen weiteten sich. »Zurück!«, schrie er plötzlich. »Das ist eine Falle!«

Er griff nach seinem Schwert. Um ihn herum brach Chaos aus. Die Reiter versuchten seinem Befehl zu folgen, schrien ihrerseits der Infanterie Befehle zu. Gerit ließ sich aus dem Sattel fallen, brachte das Pferd zwischen sich und Balderick.

Der Fürst schlug zu. Das Schwert rutschte am Sattel ab und riss den Rücken des Pferdes auf. Die Zügel wurden Gerit aus der Hand gerissen, als es schrill wiehernd stieg. Seine Vorderhufe trafen eines der Kriegsrösser und den Mann, der darauf saß. Sein Schrei mischte sich in das Wiehern.

Gerit tauchte unter das Kriegsross. Hufe schlugen vor und hinter ihm, rechts und links in den Dreck. Staub legte sich auf seine Kehle und verklebte seine Augen. Der Reiter, der auf dem Pferd saß, schien ihn nicht zu bemerken, war zu sehr damit beschäftigt, mit dem Tier zu ringen.

»Sie kommen!«

Der Ruf wurde hundertfach aufgenommen. Gerit warf sich

zur Seite, vorbei an den Hufen, und kam auf die Knie. Durch tränende Augen sah er, wie die Nachtschatten aus den Hügeln strömten. Sie waren schnell, schneller als ein Mensch, schneller als ein galoppierendes Pferd.

»Verteidigungsformation!«, schrie Balderick. Er war so nahe, dass sein Speichel Gerit ins Gesicht spritzte. Eine Schwertspitze stach neben ihm in die Luft. Er warf sich nach vorn, flüchtete unter Baldericks Pferd und griff nach dem Sattelriemen. Ein Huftritt traf seinen Arm, ein zweiter seinen Rücken. Er spürte die Schmerzen kaum.

Das Pferd machte einen Satz, riss ihn mit sich, brach zur Seite aus.

Gerit konnte sich nicht mehr festhalten und ließ los. Er rollte durch den Staub, zwischen den Hufen hindurch. Nachtschatten sprangen über ihn hinweg, warfen sich wie Wölfe auf die Pferde. Einer von ihnen drehte ab und blieb auf allen vieren vor Gerit stehen. Seine Schnauze war voller Blut. Er knurrte.

Gerit wich zurück. »Ich bin einer von euch!«, schrie er. »Ich gehör zu euch!«

Der Nachtschatten sprang. Etwas Dunkles traf ihn noch in der Luft und schleuderte ihn zur Seite. Geschickt drehte er sich, landete auf den Beinen, setzte wieder an und blieb stehen.

Gerit sah auf. Schwarzklaue richtete sich vor ihm auf. »Er gehört zu uns«, sagte er.

Der Nachtschatten nickte und wandte sich ab.

»Du solltest doch einen roten Schal tragen.«

Gerit hustete. Sein Arm schmerzte. »Ich hab ihn verloren.«

Schwarzklaue winkte einige Nachtschatten heran. »Passt auf ihn auf. Wenn wir heute siegen sollten, dann ist das sein Verdienst.«

»Ja, Schwarzklaue«, sagte einer von ihnen. Sie richteten sich auf und bildeten eine Phalanx um ihn, so wie die Reiter es bei Balderick getan hatten. Einer reichte ihm einen Wasserschlauch.

Gerit trank, bis er fast leer war. Dann übergab er sich in den Staub und trank den Rest.

Zwischen den Nachtschatten hindurch beobachtete er die Schlacht. Es war Chaos, eine wogende Masse aus Menschen, Nachtschatten, Pferden und Schwertern. Der Lärm Tausender, die aus Wut oder Verzweiflung schrien, betäubte ihn beinahe. Über ihren Köpfen stiegen Rauchschwaden auf. Jemand musste die Belagerungsmaschinen angezündet haben, um der Armee den Rückzug abzuschneiden. Eingekesselt zwischen den Nachtschatten auf der einen und den Flammen auf der anderen Seite, kämpften die Soldaten um ihr Leben. Dort, wo die Schlacht tobte, verwandelte Blut den Staub in Schlamm.

Nach einer Weile gaben die Nachtschatten um Gerit herum ihre Phalanxformation auf und setzten sich. Die Kämpfe hatten sich weit genug von ihnen entfernt.

»Was hast du gemacht?«, fragte derjenige, der ihm den Wasserschlauch gereicht hatte.

Gerit neigte den Kopf. »Ich habe einen Satz gesagt und einen anderen nicht.«

Die Nachtschatten sahen sich an, fragten aber nicht weiter.

Bei Sonnenuntergang stand fast kein Soldat mehr. Eine kleine Gruppe Infanteristen hatte die Waffen abgelegt und kniete mit erhobenen Händen zwischen den Toten. Jedes Mal, wenn ein Nachtschatten an ihnen vorbeilief, riefen sie um Gnade, aber niemand beachtete sie. Die Nachtschatten schienen auf dem Weg zur anderen Seite der Schlacht zu sein.

»Kommt, das sehen wir uns an«, sagte der Nachtschatten, der neben Gerit gesessen hatte, und stand auf. »Ich hab die ganze Schlacht auf meinem Arsch verbracht, ich will wenigstens das Ende sehen. Kommt ihr mit?«

Alle nickten, auch Gerit. Sie fingen ihm ein Pferd ein und halfen ihm beim Aufsteigen. Er hatte fast kein Gefühl mehr in seinem Arm.

»Wartet hier«, sagte er, als sie an den Soldaten vorbeiritten. »Euch wird nichts geschehen.«

Er wusste nicht, ob das stimmte.

Das Ausmaß der Schlacht überwältigte ihn. Tote und Verletzte lagen übereinander und nebeneinander, manchmal so dicht, dass er den Boden nicht mehr erkennen konnte. Der Gestank raubte ihm den Atem. Das Pferd schnaubte und tänzelte, rutschte immer wieder im blutigen Schlamm aus.

Ich war das, dachte Gerit. Der Gedanke war so gefühllos wie sein Arm.

Schließlich sah er, wohin die Nachtschatten gelaufen waren, dorthin, wo Fürst Balderick und seine Reiter ihren letzten Kampf kämpften. Nur noch zwei Offiziere saßen auf ihren Pferden, als Gerit sie entdeckte. Sie schützten Balderick mit ihren Leibern und fingen die Angriffe, die ihm galten, ab.

Die Nachtschatten hatten einen Kreis um sie gebildet. Sie griffen nicht gemeinsam an. Abwechselnd sprang einer von ihnen nach vorne und warf sich auf einen Soldaten. Sie spielten mit ihnen. Zwei Nachtschatten hatte das bereits das Leben gekostet, doch während Gerit hinsah, gelang es einem dritten, einem Offizier die Kehle durchzubeißen. Der Mann fiel lautlos vom Pferd.

Der andere drehte sich zu ihm um, dann zu Balderick. Durch den Helm konnte Gerit sein Gesicht nicht erkennen.

»Verzeiht, Herr«, sagte der Offizier. Er drehte das Schwert um und rammte es sich in den Hals. Einige Nachtschatten grölten.

Balderick nahm seinen Helm ab. Sein Gesicht war rot, die Haare klebten an seinem Kopf. Das Schwert, das er in seiner Hand trug, war abgebrochen.

»Wo ist er?«, schrie er heiser.

Für einen Moment dachte Gerit, er sei gemeint, doch dann trat Korvellan aus dem Kreis der Nachtschatten heraus.

»Ich bin hier«, sagte er. Seine Kleidung war blutig. Er wirkte erschöpft.

Balderick warf ihm sein Schwert entgegen. Es fiel vor Korvellan in den Schlamm.

»Hast du jetzt endlich, was du wolltest, du verdammtes Tier?«

»Nein.« Korvellan zog das Schwert des toten Offiziers aus dessen Hals und hielt es Balderick hin. »Willst du es zu Ende bringen, oder soll ich es tun?«

Der Fürst schlug die Klinge beiseite. »Niemand bringt hier etwas zu Ende. Sag mir, was du willst.«

Korvellan reagierte so schnell, dass Gerit kaum folgen konnte. Er stieß Balderick vom Pferd, setzte ihm den Fuß auf die Brust und die Schwertspitze an die Kehle.

»Alles«, sagte er.

Mit einem Schlag trennte er Balderick den Kopf ab.

Kapitel 28

Selbst in der Trauer zeigt sich Westfall pompös. Reichtum und Farbenpracht werden an solchen Tagen mehr zur Schau gestellt als an jedem anderen. Mancher Reisende ist bereits zu dem Schluss gekommen, der Schleier, mit dem die Trauernden ihr Gesicht verhüllen, diene nur dazu, den Neid zu verbergen, den die Reichen beim Anblick der noch Reicheren verspüren.

Jonaddyn Flerr, Die Fürstentümer und Provinzen der vier Königreiche, Band 2

Die Nachricht von Fürst Baldericks Tod erreichte Craymorus, als er vor der Zelle des Nachtschattens saß. Seit er seinen Sturz überwunden hatte, kam er jeden Morgen dorthin. Die Gardisten sorgten dafür. Jedes Mal, wenn der Folterknecht seine Werkzeuge ansetzte, spürte Craymorus das Ungeheuer in seinem Inneren, aber er behielt es unter Kontrolle. Nie ließ er zu, dass andere es sahen. Methodisch untersuchte er den Nachtschatten. Er hatte bereits widerlegt, dass eine Krähenfeder sich bei Berührung weiß färbte, und unter der Haut schien es auch kein Fell zu geben. Zumindest in seinem Rücken hatten sie keines gefunden. Gesprochen hatte der Nachtschatten noch kein Wort. Nur seine Augen drückten den Hass aus, den er empfinden musste.

Craymorus sah von seinen Notizen auf, als die Tür geöffnet wurde und einer der Soldaten eintrat. Er war blass. Seine Wangen waren nass, als hätte er geweint. Er beugte sich zu Craymorus hinunter. »Der Fürst ist tot, die Armee Westfalls geschlagen.«

Er hatte geflüstert, aber der Nachtschatten begann zu lachen, ein heiseres, meckerndes Geräusch, das von Husten unterbrochen wurde.

Craymorus ließ sich von seinen Gardisten aufhelfen. Der Schock raubte ihm die Sprache. Er hatte Balderick nicht gemocht, trauerte nicht um den Mann, nur um den Fürsten und um die mächtige Armee, an deren Spitze er geritten war.

»Was ist geschehen?«, fragte er den Soldaten, als sie die Kerker verließen.

»Ein paar Bogenschützen sind vor kurzem in der Burg eingetroffen. Die Nachtschatten haben sie gehen lassen, damit sie uns von ihrem Sieg berichten. Man wird sie natürlich wegen Verrats hängen.«

»Die Nachtschatten haben zwanzigtausend Mann vernichtet?« Die Zahl erschien ihm lächerlich groß.

»Es war eine Falle, Herr.« Der Soldat zog die Nase hoch. »Rickard und seine Reiter sollen auch gefallen sein. Es heißt, sie seien in Somerstorm erfroren.«

Craymorus blieb stehen, blinzelte die Tränen in seinen Augen weg. »Ist das sicher?«

»Nein, Herr.«

»Weiß die Fürstin schon Bescheid?«

»Alle wissen es, Herr. Die ganze Stadt trauert.« Der Soldat zog die Tür zum Wohntrakt auf. Craymorus hörte Sklaven heulen wie Hunde. Sie gingen durch die Gänge und löschten die Fackeln. Jeder einzelne trug einen schwarzen Schleier über dem Kopf. Er hob und senkte sich im Rhythmus ihres Atems.

Oso erwartete ihn vor der Tür. Er weinte unter seinem Schleier. »Habt Ihr es schon gehört, Herr? Müssen wir jetzt alle sterben?«

»Natürlich nicht«, sagte Craymorus, bereute jedoch sofort seinen barschen Ton. »Die Nachtschatten sind weit weg, Oso. Wir werden sie schlagen, bevor sie Westfall zu nahe kommen.«

»Womit, Herr?«

Es war eine berechtigte Frage. Craymorus hatte keine Antwort, also wechselte er das Thema. »Ich muss der Fürstin mein Beileid aussprechen. Welche Kleidung trägt man in Westfall zu einem solchen Anlass?«

»Ich habe sie schon zurechtgelegt, Herr.«

Oso ließ Craymorus und die Gardisten eintreten und schloss die Tür hinter sich. »Sie liegt auf dem Stuhl.«

Craymorus blieb stehen. Gelb karierte Hosen, ein grünes Hemd und ein schwarzer Schleier lagen vor ihm. »Ist das wirklich angebracht?«, fragte er zögernd.

»Ja, Herr, so ist es Brauch hier.«

»Nun gut.« Er ließ sich von Oso beim Anziehen helfen und legte den Schleier auf seinen Kopf. Er war an den Seiten mit kleinen Perlen beschwert, damit er nicht vom Wind davongeweht werden konnte.

»Sobald die Trommeln geschlagen werden, wird die Fürstin vor ihr Volk treten und die Nachfolge verkünden.«

»Nachfolge?« Craymorus knöpfte das Hemd zu. Es war warm und dunkel unter dem Schleier. »Rickard ist der neue Fürst. Solange wir nicht sicher wissen, dass er tot ist, kann es keinen anderen Fürsten geben.«

Oso senkte den Kopf. »Wir alle beten für ihn.«

Draußen auf den Mauern begann dumpfer, monotoner Trommelschlag. Craymorus sah aus dem Fenster und blinzelte überrascht. Alles war voller Menschen, der Burghof, die Mauern, der Hügel, der zur Burg hinaufführte. Sie trugen Schleier und bunte Kleidung und waren so still, dass er sie erst jetzt bemerkte. Nur die Haupttreppe war von Soldaten abgeriegelt worden. Dort stand ein leerer Thron, der von zwei Soldaten in polierter Paraderüstung flankiert wurde.

Craymorus nickte den Gardisten zu. »Ich bin fertig.«

Er zog sich neben ihnen durch die Gänge bis zur Haupttreppe. Soldaten traten beiseite, um ihn durchzulassen. »Geht bitte bis nach unten durch«, sagte der Wachkommandant. »Hier oben darf nur die Fürstin stehen.«

»Natürlich.« Craymorus setzte die Krücken auf die erste Stufe, drehte sich jedoch um, als jemand ihm die Hand auf die Schulter legte.

»Wir hoffen, Ihr habt heute keinen Wein getrunken«, sagte Cascyr. Er wirkte unangemessen fröhlich unter seinem Schleier.

Craymorus lächelte knapp und setzte seinen Weg fort.

Die Menschen machten ihm Platz, als er zwischen sie trat. Es war überwiegend das einfache Volk, das sich auf dem Burghof versammelt hatte, aber Craymorus entdeckte auch einige Adlige und Beamte zwischen ihnen. In der Trauer schienen selbst in Westfall alle gleich zu sein.

Fast alle, dachte er, als die Fürstin neben den Thron trat. Sie trug ein Kleid, das mit Edelsteinen besetzt war. Sie funkelten in der Morgensonne und ließen die Gestalt der Fürstin vor den Augen verschwimmen. Einige Frauen atmeten tief ein und begannen miteinander zu flüstern. Craymorus verstand nicht, was sie sagten.

Zwei Priester traten neben die Königin. Sie sangen in der alten Hochsprache Westfalls, priesen Balderick und seinen Sohn Rickard. In den Händen trugen sie zwei Hühner, deren Flügel man an die Körper gebunden hatte.

»Ist Rickard auch tot?«, fragte ein Mann neben Craymorus. Ein anderer nickte. »Ja.« »Nein«, sagte ein dritter.

Craymorus mischte sich nicht ein.

Auf der Treppe bissen die Priester gleichzeitig den Hühnern die Kehlen durch. Blut spritzte über ihre Gesichter und über die Treppe. Sie schwenkten die zitternden Vögel, bis sie erschlafften und der Blutstrom versiegte. Der dumpfe Trommelschlag verhallte.

»Ihr habt das Blut der Vögel gesehen und den Willen der Götter vernommen«, rief einer der Priester. »Rund ist die Spur, die sie hinterlassen haben, rund wie der Torbogen, durch den große Krieger in das ewige Leben schreiten. Trauert nicht um Balderick und Rickard, denn sie werden den Göttern den Weg bereiten, wenn der letzte Sommer beginnt.«

Der Jubel war verhalten. Das Volk schien es mehr zu interessieren, wer sie in diesem Leben verteidigen würde.

»Hört die Worte eurer Fürstin«, sagte der zweite Priester. Tief verneigte er sich.

Syrah trat vor. »Ihr wisst, dass Trauer mein Herz zerreißt und meine Augen darauf brennen, die Kadaver unserer Feinde in der Sonne verrotten zu sehen.«

Der Jubel nahm zu. Sie fand die richtigen Worte.

»Deshalb habe ich beschlossen, die dreißig Tage, die mir für die Wahl eines Ehemanns zustehen, nicht verstreichen zu lassen, sondern mich sofort zu entscheiden, damit meine Liebe und der Krieg mit gleicher Leidenschaft entfacht werden können. Mögen die Priester ihn segnen, und möge mein Volk mit der gleichen Ehrfurcht zu ihm emporblicken wie zu meinem geliebten Balderick.«

Sie streckte die Hand aus. »König Cascyr.«

»Er hat ja noch nicht einmal ein Land«, sagte der Mann neben Craymorus. »Woher soll er denn Armeen nehmen?«

»Er hat die Ewige Garde«, sagte ein anderer. »Die ist unbesiegbar.«

Cascyr betrat die Treppe und trat vor den Thron. Theatralisch nahm er Syrahs Hand und setzte sich.

Die Trommelschläge setzten wieder ein. Soldaten schlugen mit ihren Schwertern auf die Schilde. Der Applaus des Volkes klang wie eine Pflichtübung. Craymorus verstand ihre Zweifel. Cascyr wirkte nicht gerade wie ein erfahrener Feldherr.

»Mach dir keine Sorgen«, sagte eine Stimme hinter ihm. Craymorus erkannte sie sofort. Mellie. Im letzten Moment widerstand er der Versuchung, sich nach ihr umzudrehen. Er spürte ihre Hand in der seinen und hielt sie fest.

»Sie wird ihn nicht heiraten«, flüsterte Mellie ihm ins Ohr. »Sie wird dich heiraten.«

Epilog

Am Morgen hatten sie das letzte Pferd geschlachtet. Rickard hatte geweint, als er das Schwert ansetzte, ebenso wie seine Männer. Die Tränen waren in seinem Bart gefroren. Jetzt lag der Kadaver des Pferdes in der Höhle, in der sie seit ein paar Tagen lebten, Rickard und die dreißig Männer, die ihm geblieben waren. Der Rest war entweder desertiert, erfroren oder getötet worden. Niemand war bisher verhungert, aber das würde nicht mehr lange auf sich warten lassen.

Korvellan war zu klug für dich, Vater, dachte Rickard. Der Ritt über den Pass schien eine Ewigkeit zurückzuliegen. Durch das Herbstlaub und die roten Bäume Braekors waren sie geritten, hatten die Soldaten verhöhnt, die von ihren Wachtürmen auf sie herabgeblickt hatten. Niemand konnte sich ihnen in den Weg stellen, kein Soldat und erst recht kein Nachtschatten. Der Eiswind, der ihnen auf dem Pass entgegenschlug und die Männer zwang, Tücher vor ihre Gesichter zu binden, hätte Rickard warnen müssen, aber er war wie berauscht von seiner eigenen Macht gewesen. Das Trommeln der Hufe hinter ihm, die Gesänge der Männer, das Klirren der Waffen und der Geruch des Bluts hatten seinen Geist schlimmer vernebelt als der stärkste Wein.

Was haben wir nur getan?, dachte Rickard. Sie hatten gefoltert und gemordet, waren in ihrer Allmacht zu Ungeheuern geworden. Er hatte nicht vergessen, wie viele sie getötet hatten. Jede Nacht sah er ihre Gesichter. Nur ein Nachtschatten war nicht unter ihnen gewesen. Seit der Nacht auf dem Boot, damals,

als er und Cray die Insel der Meister verlassen mussten, hatte er keinen einzigen mehr gesehen.

Es war beinahe komisch, wenn man genau darüber nachdachte. Keine zwei Tagesritte von dieser Höhle entfernt gab es eine Festung voller Nachtschatten, doch begegnet war er noch keinem.

»Worüber lachst du?«

Rickard sah zur Seite, als einer seiner Unteroffiziere, Rothbar, sich neben ihn an das kleine Feuer setzte. Rothbars Nase und Finger waren schwarz, aber er sagte, er habe keine Schmerzen.

»Ich denke nur über ein paar Dinge nach.«

»Und das ist zum Lachen? Du musst einen verdammt seltsamen Humor haben.« Zuhause in Westfall hätte man Rothbar die Zunge für eine solche Bemerkung herausgerissen, in Somerstorm hatten Stand und Disziplin längst ihre Bedeutung verloren. Rickard wusste, dass die Männer ihn nicht respektierten. Er hatte eine falsche Entscheidung nach der anderen getroffen, und mit jeder hatte er seine Armee tiefer in den Abgrund geführt.

Er warf einen Blick tiefer in die Höhle hinein. Seine Männer, die längst nicht mehr seine Männer waren, hockten um drei kleine Feuer herum, eingehüllt in alle Decken und Felle, die sie in den verlassenen und größtenteils niedergebrannten Dörfern Somerstorms gefunden hatten. Es gab nur wenig Brennbares, hier und da mal einen Weidezaun oder einen Schuppen, den die Nachtschatten übersehen hatten. Jedes Stück Holz, jedes bisschen Dung war kostbar.

»Ekhart und ich wollen versuchen, über den Pass zu kommen«, sagte Rothbar und spuckte ins Feuer. Er sprach, als habe er einen Schnupfen. »Sobald der Schneesturm aufhört, geht's los. Bist du dabei?«

»Wenn der Schneesturm aufhört?« Rickard versuchte sein Lachen zu unterdrücken, aber es brach aus ihm hervor. Die Män-